물 흐르듯 구름 가듯

물 흐르듯 구름 가듯

발행일	2023년 10월 4일

지은이	김립		
엮은이	이웅수		
평역	문세화		
펴낸이	손형국		
펴낸곳	(주)북랩		
편집인	선일영	편집	윤용민, 배진용, 김부경, 김다빈
디자인	이현수, 김민하, 안유경	제작	박기성, 구성우, 배상진
마케팅	김회란, 박진관		
출판등록	2004. 12. 1(제2012-000051호)		
주소	서울특별시 금천구 가산디지털 1로 168, 우림라이온스밸리 B동 B113~114호, C동 B101호		
홈페이지	www.book.co.kr		
전화번호	(02)2026-5777	팩스	(02)3159-9637

ISBN	979-11-93304-79-2 03810 (종이책)	979-11-93304-80-8 05810 (전자책)	

(주)북랩 성공출판의 파트너

북랩 홈페이지와 패밀리 사이트에서 다양한 출판 솔루션을 만나 보세요!

홈페이지 book.co.kr   •   **블로그** blog.naver.com/essaybook   •   **출판문의** book@book.co.kr

작가 연락처 문의 ▶ ask.book.co.kr

작가 연락처는 개인정보이므로 북랩에서 알려드릴 수 없습니다.

물 흐르듯 구름 가듯

김립 지음 / 이응수 엮음 / 문세화 평역

딱히 누굴 탓할 수도 없고 하늘을 원망할 수도 없고
또 한 해가 저무니 서글픔만 마음속 깊이 사무치네
(尤人不可怨天難 歲暮悲懷餘寸腸)

북랩

개똥 밟고 살아도 이승이 저승보다 낫지 않더이까?

말 못 할 절박한 이유가 무어 그리 많아 30여 년 긴 세월을

걸식 유랑하며

조부, 부친, 모친에 대한 孝마저 외면하며 살다가

客死할 수밖에 없었소?

김삿갓 묘에서, 강원도 영월군 와석리 노루목

2021년 늦가을 어느 날

一華 合掌拜禮

鳥巢獸穴皆有居
顧我平生獨自傷
芒鞋竹杖路千里
水性雲心家四方
尤人不可怨天難
歲暮悲懷餘寸腸

새도 둥지가 있고 짐승도 굴이 있어 다 머물 데가 있는데
내 한평생 뒤돌아보니 홀로 마음만 아프구나
짚신 신고 대지팡이 짚고 머나먼 길 다니며
물 흐르듯 구름 가듯 떠돈 곳 모두 내 집이었노라
딱히 누굴 탓할 수도 없고 하늘을 원망할 수도 없고
또 한 해가 저무니 서글픔만 마음속 깊이 사무치네.

책머리에

땅덩어리 변함없되 한 허리는 동강 났네
하늘빛은 푸르러도 오고 가지 못하누나!
이 몸 죽어 백 년인데 풍류 인심 간곳없고
어찌하다 북녘땅은 핏빛으로 물들었나?

'김삿갓 북한방랑기'는 KBS에서 1964년 5월 처음 방송된 대북 체제 비난용 라디오 프로그램이었다. 2001년 4월까지 37년 오랜 세월 북한 주민의 실상을 알리고, 국군장병들의 사기를 북돋우며 국민의 사랑을 받아온 인기 라디오 프로그램이었다.

2022년 현재 대한민국의 1인당 국민총소득이 미화 3만 3천 달러를 상회해 북한의 1,100달러 수준의 30배가 넘지만, 1960년대 초만 하더라도 북한이 137달러로 남한의 94달러에 비해 1.5배였을 정도로 남한은 북한보다 가난한 세계 최빈국(最貧國)에 속했다. 6.25 전쟁으로 나라가 둘로 갈라진 지 70여 년 지난 지금 남한은 세계 경제 선도국 중 하나로 발전했고 북한은 개성(開城) 같은 대도시에서도 아사자(餓死者)와 '영실 동무1)'가 속출하는 가난한 나라가 되었다. 6.25 전쟁 후 1960년대 초 만하더라도 남한은 모두가 빈곤하여 라디오가 흔치 않았다. 까까머리 중학생이

---

1) 영실 동무: 1990년대 북한에서 고난의 행군 시절 당시 영양실조(營養失調)에 걸려 죽거나 쓰러진 사람들을 빗대어 부르던 북한의 은어(隱語).

던 필자의 집에도 라디오가 없어 어느 전파상 가게 앞에 쪼그리고 앉아 자주 듣던 '김삿갓 북한방랑기' 방송 시작을 알리는 라디오 음성이었다. 우리 민족 특유의 한(恨)과 정(情)을 김삿갓의 풍자와 해학으로 얘기해주는 구성진 성우의 목소리에 푹 빠져들곤 했다. 김삿갓이 떠돌며 보고 느낀 북한의 비참한 생활 모습은 북한 체재 선전과는 180도 다르다며 허구에 찬 북한 공산집단의 실상을 낱낱이 고발하는 체제 비판용이었지만, 북한 명승지를 돌아다니며 북한 백성의 삶과 애환을 적나라하게 전해주었던 최장수 인기 라디오 프로그램이었다. 오늘은 여기서 풍찬노숙(風餐露宿) 내일은 저기서 문전걸식(門前乞食)하며 팔도강산을 구석구석 누비며 떠도는 라디오 속 김삿갓은 필자의 마음속에서 지금도 방랑을 계속하고 있는 듯하다. '월광곡과 교향곡 5번 '운명'으로 세상 사람들의 사랑을 받아온 불멸의 악성(樂聖) 베토벤이 삶과 죽음 사이에 음악을 선택했듯이 김삿갓은 詩를 통해 부패 퇴락한 세상을 통렬히 비판하고 풍자하는 길을 택했다. 19세기 같은 시대에 고통스럽게 말년을 보낸 김삿갓과 베토벤은 57세 같은 나이에 세상을 떠났지만, 시문학과 음악의 두 대가(大家)는 필자의 마음속 어딘가에서 지금도 작품활동과 방랑을 계속하고 있는 듯하다.

필자가 2021년 겨울 이응수의 『金笠詩集』 초판(1939)과 증보판(1941)의 전편(前篇)에 수록된 절구(絶句)와 율시(律詩) 중 독자들의 관심을 끌 수 있다고 판단한 시들을 간추려 뽑아 평역(評譯)해 『이응수의 金笠詩集 小考』를 출간했지만, 후편(後篇)에 수록된 과거(科擧)시험의 서체인 과시체(科試體) 형식의 한시(漢詩)에는 손을 전혀 대지 못했다. 솔직히 서체의 구성이 매우 복잡하고 중국 경서(經書)와 『史記』와 같은 중국 고대역사에 관한 전문지식이 깊지 못해 애당초 평역 시도에 엄두조차 내지 못했다. 그런 이유에서인지 2021년 겨울 『이응수의 金笠詩集 小考』 출간 이후에도 후편(後篇)의 과체시(科體詩) 평역에 관한 미련이 마음속에서 먹구름처럼 떠나지 않아 뒤늦게나마 이응수의『金笠詩集』후편에 수록된 40 首의 과체시(科體詩) 중 19 首를 뽑아 발간하게 되었다.

1939년, 1941년 이응수(李應洙)가『金笠詩集』초판에 시 177수, 증보판에 333수를 포함한 많은 작품을 편찬해 세상에 내놓기 전까지는 지금 우리가 알고 있는 '김삿갓'이라는 존재는 전설과 설화 속에서 막연히 전해오던 민중 시인에 지나지 않았다. 알 수 없는 이유로 해방 후 월북한 이응수(李應洙)는 1956년 평양 국립출판사에서『金笠詩集』최종본이라고 할 수 있는『풍자시인 김삿갓』을 간행하고 1964년 평양에서 타계했다. 평양에서 발간한 최종본에는 월북하기 전 서울에서 발간한 초판과 증보판에 새로 추가된 김삿갓의 작품도 없었고, 오히려 북한 체제와 사상에 편향되어 김삿갓 문학의 결함을 부정적으로 언급해 필자의 실망이 무척 컸다. 문필가에 의한 정치적 혁명이 가능하지도 않은 조선 말기 시대적 상황에서 김삿갓에게 혁명정신이 없었다고 평가했기 때문이다. 한마디로 웃기는 얘기다. 김삿갓의 소중한 문학 자료를 지방 곳곳을 다니며 체계적으로 채록(採錄)하고 편역(編譯)한 김삿갓 연구의 선구자 이응수 선생의 열정과 판단을 군이 비판하고 싶지는 않지만, 체제의 눈치를 보며 어쩔 수 없이 내린 결론이었을 것이라는 생각을 지울 수가 없었다. 공산주의 인민공화국 체제하에서의 월북 문인으로 목숨을 부지하기 위해 불가피한 언급이었다고 볼 수밖에 없다. 일제강점기 때 일본의 천황제를 부정한 재일 독립투사 박열(朴烈)이 해방 후 납북되어 북한 체제 선전에 이용되다 사망한 후 북한 평양시 형제산구역에 있는 신미리애국열사릉(新美里愛國烈士陵)에 남한에서 활동했던 빨치산 혁명세력과 납북된 혹은 월북한 남한 출신 인사들의 특설묘역에 안장되어있다던데, 혹시 이응수 선생도 그곳에 잠들어 있지 않을까? 찾아가 술이라도 한잔 올리며 명복을 빌고 싶다. 그의 1956년 최종본에는 추가 작품도 실리지 않았고, 지금은 땅덩어리 두 동강 나 북한 땅을 자유롭게 떠돌며 김삿갓의 작품을 추가 채록(採錄)할 수 있는 상황도 아니니 김삿갓 작품 연구에 관한 필자의 관심과 열정이 한계에 이른 듯해 마음이 편치 않다.

김삿갓은 평생 자신의 본명인 '김병연(金炳淵)'이라는 이름을 밝히거나 쓴 적이 없었으며, 정체되어 판에 박힌 조선 후기 성리학적 문학 형식과 관습의 틀에서 벗어나, 평민 사상과 봉건체제에 대한 저항의식을 풍자·폭로·해학 시로 표현하며 당시 억압받던 백성들의 목소리를 대변했다. 김삿갓은 19세기 수많은 위항시인(委巷詩人)[2]과 평민 시인의 문학관을 걸식 유랑을 통한 실존적 체험으로 모두 함께 아울렀으며, 사설(私說)의 문학성과 우리 고유의 전통 음악성이 잘 드러난 판소리 「춘향가」도 김삿갓의 언문풍월(諺文風月) 희작시(戱作詩)의 산물이라고 평가할 수밖에 없으며, 20세기 초 한국의 신문학 시대로 가는 지평을 열어준 선구자로도 평가된다. (참고: 『김삿갓연구』 195~196쪽, 정대구)

김삿갓은 조선 말기 부패하고 권위적인 집권 세력에 힘없는 백성들은 그나마 삶의 위안을 받고 기댈 수 있는 언덕이었다. 서민적이고 낭만적인 시를 읊어대며 걸식 유랑하던 김삿갓이 실제로 역적 후손인지 이름이 무언지는 알 필요조차도 없었고 오로지 권위적이고 보수적인 정통 한시(漢詩)의 틀을 속 시원히 때려 부수며 당시 성리학의 권위적 정서(情緖)를 정면으로 비판한 김삿갓의 작품을 통해 대리만족하지 않았나 싶다. 쉽고 자유분방한 언문풍월(言文風月) 시, 파자시(破字詩) 등 파격적인 시의 형태로 비뚤어진 세상을 비웃으며 신랄하게 비판한 그의 풍자. 조롱 시는 힘없고 못 배워 가난한 삶을 살며 마음대로 웃고 울 힘도 없었

---

2) 위항시인(委巷詩人): 조선 시대 후기 1850년경 양반 사대부들의 전유물이던 귀족문화 한문학(漢文學) 활동에 중인(中人)과 서얼(庶孼), 상인, 천민과 같은 하급계층의 백성들도 참여하며, 한시(漢詩)를 짓고 시집(詩集)도 만들고 시회(詩會)도 열며 그들의 예술 활동과 신분 상승을 추구했다.

던 당시 백성에게는 대리만족 혹은 카타르시스(catharsis)[3]의 기회를 주었다고 판단한다. 전해오는 김삿갓 작품의 필사본(筆寫本)이 원본(原本)인지 사본(寫本)인지, 그의 작품이 실제로 그의 작품인지 아닌지에 관한 논란에도 불구하고 김삿갓은 설화를 넘어 신화 속 인물로까지 업그레이드되어 대중적 인기가 절대적이었던 것 같다. 필자는 1939년과 1941년에 발간된 이응수의 『金笠詩集』 초판과 증보판을 어렵사리 구해 2021년 겨울에 『이응수의 金笠詩集 小考』라는 평역 도서를 출간한 바 있다.

전편(前篇) 128首는 걸식(乞食)편 12首, 인물(人物)편 24首, 영물(靈物)1.2편 33首, 동물(動物)편 10首, 산천누정(山川樓亭)편 24首, 잡편(雜篇) 25首로 분류되어 수록되어 있다. 후편(後篇)과 부록(附錄)에 수록된 40首는 과시체(科試體) 형식의 공영시(功令詩)로 쓰였으며 작품을 이해하기 위해서 중국 경서(經書), 고대사(古代史), 한시(漢詩) 등에 관한 깊은 지식이 요구되었지만, 필자의 그 부분 학문적 관련 지식이 천착(穿鑿)하지 못해 2021년에 발간한 『이응수의 金笠詩集 小考』에서 다루지 못해 미완성의 아쉬움으로 남아 있었다. 2022년 겨울 『미래를 찾아서 과거 속으로』 도서를 발간한 후, 시간적 여유가 생겨 이제 『金笠詩集』 후편에 수록된 40 首의 공영시(功令詩)중 19 首를 뽑아 평역하였다. 『이응수의 金笠詩集 小考』에 수록되지 않은 절구(絶句)와 율시(律詩) 등 자유시 86 首도 추가하였다. 독자의 양해(諒解)와 협조(協助)를 구하고 싶은 점 하나는 필자가 중국 경서(經書)와 역사를 체계적으로 공부해 보지 못한 천학(淺學)의 비전문가인 이유로, 본 서적이 원치 않는 오류(誤謬)와 사실과 다른 오역(誤譯)을 포함할 수도 있다는 점이 걱정된다는 점이다. 그런 부분에 관해서는 차후 추가, 수정이 필요할 수도 있으니 이 글을 읽는 지식인들의 관대한 이해와 조언(助言)을 기대해 본다..

---

3) 카타르시스(catharsis): 자기가 직면한 슬픔과 고뇌(苦惱) 따위를 밖으로 표출함으로써 강박 관념을 해소하는 일.

차례

제2장 김립시집(金笠詩集) 後篇

제3장 김립시집(金笠詩集) 前篇 추가시

1장

김삿갓(김립)에 대하여

1. 들어가며

죽장에 삿갓 쓰고 방랑 삼천리
흰 구름 뜬 고개 넘어가는 객이 누구냐
열두 대문 문간방에 걸식을 하며
술 한 잔에 시 한 수로 떠나가는 김삿갓
세상이 싫던가요 벼슬도 버리고
기다리는 사람 없는 이 거리 저 마을로
손을 젓는 집집마다 소문을 놓고
푸대접에 껄껄대며 떠나가는 김삿갓

'去者日以疎(거자일이소)'라는 말이 있다. '떠난 사람은 매일 잊혀간다.'라
는 의미이다. 지팡이 짚고 삿갓 쓴 방랑 시인 김삿갓이 우리 곁을 떠난
지 이미 160여 년 오랜 세월이 흘렀는데도 우리는 어째서 김삿갓의 풍류
(風流)를 잊지 못하는 걸까?

'김삿갓 북한방랑기' KBS 라디오 방송이 2001년에 중지되어 이제는 들
을 수 없지만, '이만갑[1]'을 통해 그나마 북한 체제의 실상을 부분적으로
나마 알 수 있게 된 것은 다행이다. '인간으로 태어난 김에 자유롭게 숨
쉬며 살고 싶다면 한국 생활에 한 번 도전해 보세요!'라는 북한 주민을
향한 고영환[2]씨의 탈북 호소를 기억하며 옛 생각에 1950대 말 명국환의
노래 '방랑 시인 김삿갓'을 나직이 한 번 불러봤다. 필자가 대학교 학창시

---

1) 이만갑: 「이제 만나러 갑니다」라는 채널A 방송의 통일 예능 프로그램.
2) 고영환: 1991년에 망명한 북한 자강도 출신 외교관.

절 때 친구들과 모여 막걸리라도 한잔 걸치면 젓가락 두들기며 부르던 애창곡이었다. 그때 우리는 김삿갓이 누구인지, 그의 시 한 구절 의미도 제대로 모르면서 그 노래가 왜 그리 좋았던지 그 당시는 몰랐다. 민주투사라도 된 것처럼 반정부 학생 데모 앞장서고, 수업시간 마치면 끼리끼리 다방 구석에 모여 쭈그리고 앉아 거금 80원이나 하는 커피 한 잔 시켜놓고 담배꽁초 필터 다 타들어 갈 때까지 빨아대며, '유신(維新)³⁾군사독재 정권이 뭐가 못 마땅 하느니', '상대성이론(相對性理論)이 뭐가 잘못됐다느니', 제대로 알지도 못하면서 뭐 할 얘기와 불만이 그리 많다고 죽치고 앉아 떠들어 댔는지 지금 생각해 보면 절로 웃음이 나온다. 그러다 밤이 늦으면 학교 앞 포장마차에 몰려가 '방랑 시인 김삿갓', '댄서의 순정'을 막걸리 들이켜며 목청 높여 불러대곤 했다. 그게 아마 우리에게 허용되었던 그 당시 우리의 유일한 낭만이었나보다. 세월이 흘러 필자도 이제 망팔(望八) 나이를 넘겼으니, 인생의 내리막길에서 갈 곳 몰라 헤매는 김삿갓 같은 나그네가 되어 잊혀가는 신세가 된 게 아닐까? 다시 한 번 불러본다. '열두 대문 문간방에 걸식을 하며, 술 한 잔에 시 한 수로 떠나가는 김삿갓~'. 돌이켜 보건대, 그때 우리가 즐겨 불렀던 '김삿갓' 노래는 한국인 고유의 두 가지 정서(情緖)를 담고 있어 그렇게 좋아했던 게 아닐까?

'Han(한恨)' 그리고 'Jung(정情)'

속 시원하고 완벽한 설명이 불가능한 단어이다. 천재 시인 김삿갓은 본명을 밝힌 적이 없었으며 목을 내놓을지언정 삿갓은 절대로 벗지 않았

---

3) 유신(維新): 낡은 제도를 고쳐 새롭게 한다는 의미. 1972년 10월 17일 박정희 정권의 장기 집권과 지배 체제 강화를 위하여 단행한 초헌법적 비상조치라는 주장도 있음.

다. 왜 그랬을까? 김삿갓은 술주정뱅이처럼 술을 매일 마시고 일 년 내내 헤진 베적삼 두루마기에 찢어진 짚신 신고 삿갓을 늘 쓰고 다녔으며 몇 달씩 얼굴을 씻지도 않았다. 뭔가 말 못 할 사연으로 심사(心思)가 온통 'Han(한恨)'과 'Jung(정情)'으로 맺혀있지 않았을까? 그렇다면 '김삿갓'이란 사람이 도대체 누구인가?

조선 후기 흔히 '김삿갓(김립金笠, 1807년~1863년)'으로 불린 방랑 시인의 본명은 김병연(金炳淵)이다. 당시 세도 가문이었던 안동 김씨(安東 金氏)인 그의 조부 김익순(金益淳)은 선천부사(宣川府使)였지만, 순조(純祖) 11년(1811년) 홍경래의 농민반란군에 항복(降伏)하고 모반(謀反)에 협조한 반역죄로 참수(斬首)되었다. 김삿갓은 나이 스무 살 때 그의 가문이 폐족(廢族)이라는 사실을 모친 함평 이씨(咸平 李氏)로부터 전해 듣고, 『동국여지승람(東國輿地勝覽)[4]』 지리서 한 권 괴나리봇짐에 쑤셔 넣고 가족들과의 영원한 이별을 위해 가출한다. 평생 삿갓으로 얼굴을 가리고 전국을 걸식 유랑하며 세상을 풍자하고 비판하는 시를 남겼다. 조선 왕조의 전통적 통치 이념인 유교의 인의예지(仁義禮智)와 충효(忠孝) 사상에 얽매이지 않고, 속세(俗世)를 떠돌면서도 탈속(脫俗)한 대승(大乘)적 삶을 살며, 가진 자와 힘 있는 자에게 빌붙어 주눅 든 현학적(衒學的)[5] 선비들과 고리타분하고 현실과 동떨어진 그들의 '공자왈 맹자왈'식 고답적(高踏的)[6] 학문을 비웃으며, 한학자(漢學者)이면서 한시(漢詩)형식마저 파괴해버린 창조적 '저항시인'이었다. 19세기 봉건적 사회지배와 탄압으로 드러내지 못했던 인간의 이성과 감정 등 정신적 내면(內面)세계를 시를 통해서 마음껏 표출한 매월당(梅月堂) 김시습(金時習)과 연암(燕巖) 박지원(朴趾源)과 같이 조선의 문학적 르네상스(Renaissance)를 일으킨 천재 시인으로 평가된다. 1807년 경

---

4) 동국여지승람(東國輿地勝覽): 1481년(성종 12) 총 50권으로 편찬된 조선전기의 대표적 관찬 지리서.

5) 현학적(衒學的): 배움과 학식이 남보다 높다고 자랑하는 태도.

6) 고답적(高踏的): 세상에 초연(超然)하거나, 현실과 동떨어지게 사고하거나 행동함을 이르는 말.

기도 양주군에서 출생했으며(추정), 1863년 그의 나이 57세에 전라도 화순 땅에서 사망했다고 전한다. 본관은 안동(安東)이고, 자(字)는 성심(成深), 호(號)는 난고(蘭皐), 이명(怡溟), 지상(芝祥)이다. 그러면 '김삿갓' 또는 '김립(金笠)'이라는 이름은 언제부터 그의 별호가 되었나?

1926년에 편찬된 야사집 『大東奇聞(대동기문)』[7]에 金炳淵(김병연)의 호칭이 '金笠(김립)'이라는 별호로 처음 언급된 후 '김삿갓'이라는 우리말 이름이 구전되어 알려지게 되었다. '金笠'이라는 성명의 이름 '笠'은 기존하는 글자를 합쳐 만든 형성문자(形聲文字)[8]이다. 파자(破字)해 풀어보면, '金' 씨라는 사람이 서서(立) 머리 위에 대나무(竹) 관을 쓰고 있다는 의미가 되니, '김삿갓'이라는 호칭이 자연스럽게 붙여진 듯하다.

친조부 김익순(金益淳)이 관서지방 반란군 홍경래에게 항복하고 반란군을 도운 대역모반(大逆謀叛) 죄인인데, 그 사실도 모르고 친조부를 신랄하게 비판하며 쓴 글로 과거 급제한 자신을 스스로 '하늘을 올려 볼 수 없는 천하의 불효자'라 자책할 수밖에 없었으며, 그래서 삿갓으로 얼굴을 가리고 처자식과 이별한 후 37여 년 대승적(大乘的) 풍류 시인의 삶을 살다 객사(客死)했다는 것이 전해오는 김삿갓 설화(說話)의 정설이다.

불자(佛者)의 출가(出家)와도 흡사한 김삿갓의 가출(家出) 이유를 상상하다 보면 12살 어린 나이에 부모를 경찰에 고소한 '자인'이라는 아이의 항변이 떠오른다. 경찰이 왜 부모를 고소했냐는 질문에, '가버나움(Capernaum)[9]'이라는 영화 속 어린 주인공 '자인'은 단호한 답변을 던진

---

7) 大東奇聞(대동기문): 1926년 강효석(姜斅錫) 편찬한 야사집, 漢陽書院 刊行.

8) 형성문자(形聲文字): 한쪽에서는 뜻을, 다른 한쪽에서는 音을 가져와 합쳐 만든 글자.
   한자의 육서(六書) - 상형(象形), 지사(指事), 회의(會意), 形聲(형성), 轉注(전주), 假借(가차)의 여섯 가지 한자 구성 원리.

9) 가버나움(Capernaum): 2018년 칸 영화제와 아카데미 국제 영화 수상작.

다. "나를 태어나게 했잖아요?" 자신도 사람임을 증명할 수 있는 유일한 서류인 출생증명서도 없이 살아가게 했고 학대만 하며 고통을 준 부모를 상대로 고소한 것이다. 부모의 무능함과 학대, 가혹한 배고픔에 시달리며 살아온 빈민가의 12세 소년 '자인'의 항변을 생각하면, 김삿갓도 '자인'과 같이 조상(祖上)을 향한 원망이 있었으리라 생각된다. 애당초 태어나지 않았다면 원치 않는 원망과 고통의 삶 또한 없었으리라. 이문열(李文烈)은 그의 장편소설 『시인(詩人)』에서 설화의 구성 자체를 바꿔 김삿갓이 자신의 조부 김익순(金益淳)이 대역모반(大逆謀叛) 죄인이었다는 사실을 이미 알고 있었지만, 입신양명(立身揚名)을 위한 '충(忠)'을 얻기 위해 조부에게 원망과 저주를 공개적으로 퍼부으며 '효(孝)'를 버렸다는 주장에 오히려 합리적 개연성이 있다. 그래서 자신을 폐족(廢族)의 후손으로 삶을 망치게 한 장본인인 대역죄인(大逆罪人) 조부 김익순(金益淳)을 원망하며 영월 관풍헌(觀風軒)[10]에서 있은 향시(鄕試)에서 '대대로 임금을 섬겨온 너 김익순에게 고하노니~, 日爾世臣金益淳왈이세신김익순~)'라며 할아버지를 '너'라고까지 부르며, 패륜(悖倫)적 욕설과 비판을 퍼부으며 조상에게 침을 뱉지 않는가?

그러나 우리는 관풍헌(觀風軒) 향시(鄕試)에서 김익순(金益淳)을 비판한 시의 시작인(詩作人)이 김삿갓인지 아닌지에 관한 진위(眞僞)에는 관심이 없다. 우리는 김삿갓노래를 부르며 뜻 모를 '한(恨)'을 유전적으로 공유하며 사는 건 아닌지? 우리 민족이면 누구나 공유하는 '한(恨)'이 무엇을 의미하는지를 다른 민족에게 제대로 설명하기도 힘들고 영어로 정확하게 번역하기도 어렵다. 30여 년 전 외국에서 태어나 한국 문화와 역사를 접해 보지 못한 딸 아이가 느닷없이, "아빠, 'Han(한恨)'이 뭐야?"라며 영어

---

10) 관풍헌(觀風軒): 조선 6대 왕 단종(端宗, 1441~1457)이 세조(世祖)에 의해 왕위를 찬탈당하고 강원도 영월 청령포(淸泠浦)로 유배되었다가 물이 범람해 이곳으로 옮긴 후 17세 어린 나이에 교살(絞殺)된 곳에 있는 누각 이름.

로 물어 왔을 때, 제대로 대답을 못 해준 게 아직도 안타까운 심정이다. 해외에서 태어나 자라며 교육받은 아이에게 'Han(한恨)'이나 'Jung(정情)'의 의미를 설명해주는 게 그리 쉬운 일은 아닌듯하다. 그때 필자는 딸에게 '아리랑' 노래 가사를 인용해 은유적으로 빗대어 에둘러 설명해주었지만, 딸 아이는 그리 흡족해하지 않았던 거로 기억한다. '십리(十里)도 못 가서 발병 난다~'라는 '아리랑' 노래 가사는 '떠나는 임이 미워 멀리 가기 전에 실제로 발병이나 나 병신이 되기를 원한다.'라는 저주의 의미가 아니다. 너무 사랑하고 헤어지기 싫어 차라리 '십 리도 가기 전에 발병이라도 나서 내게 다시 돌아오라!'라는 우리나라 민족 정서에서만 볼 수 있는 정한(情恨) 감정을 내포한 애절한 반어법(反語法) 표현이다. 'Han(한恨)'과 'Jung(정情)'은 동전의 양면과 같다. 'Jung(정情)'이 쌓이니 'Han(한恨)'이 맺히는 것이고, 'Han(한恨)'이 맺히니 'Jung(정情)'이 쌓이는 게 아닌가?

동시대 인물은 아니지만, 삶의 방식과 시의 내용이 유사해, 필자가 가끔 조선의 두 천재 시인을 같은 인물로 착각하는 때가 있다. 동가식서가숙(東家食西家宿)[11] 풍찬노숙(風餐露宿)[12]하며 한평생 살다간 김삿갓 난고(蘭皐) 김병연(金炳淵, 1807~1863)과 매월당(梅月堂) 김시습(金時習, 1435~1493)은 둘 다 독선적이고 고답적(高踏的)인 사대부 양반 기질의 인간성을 대놓고 비판하며, 그들의 잘못을 있는 그대로 적나라하게 드러냈다. 따라서 지배층 상류 사회의 고답적 생활감정에서가 아닌 대다수 민중의 감정을 대변해 주었다. 고인 물이 썩듯이 오랜 세월 이어오며 부정부패 속으로 퇴락(頹落)한 조선 왕조의 전통적 통치 이념인 유교의 인의예지(仁義禮智)와 충효(忠孝) 사상에 얽매이지 않고, 속세(俗世)를 떠돌면서도 탈속(脫俗)한 대승(大乘)적 삶을 살며, 가진 자와 힘 있는 자에게 빌붙어 주눅 든 현학

---

11) 동가식서가숙(東家食西家宿): '동쪽 집에서 얻어먹고 서쪽 집에서 잔다.'라는 뜻으로, 한곳에 정착하지 못하고 여기저기를 떠돌아다니면서 얻어먹고 사는 고생스러운 삶을 의미.

12) 풍찬노숙(風餐露宿): '바람을 먹고 이슬 맞고 길거리에서 잠잔다.'라는 뜻으로, 일정한 거처 없이 떠도는 사람의 고생스러운 삶을 의미.

적(衒學的) 선비들과 그들의 '공자왈 맹자왈' 식의 고리타분한 고답적(高踏的) 학문을 비웃으며, 비판한 '저항시인'이었기 때문이다.

乍晴乍雨사청사우 ─ 梅月堂매월당 金時習김시습

- 잠시 갰다 잠시 비 오고

乍晴乍雨雨還晴
사 청 사 우 우 환 청

잠시 갰다 다시 비가 오고 비 오다간 다시 개고

주해

乍(사): 잠깐, 갑자기.

天道猶然況世情
천 도 유 연 황 세 정

하늘의 이치도 이러한데 하물며 세상 인정이야.

주해

猶(유): 마땅히 ~해야 한다, 오히려. 況(황): 하물며, 더욱이.

譽我便是還毁我
예 아 변 시 환 훼 아

나를 칭찬하다 돌아서서 헐뜯고

譽(예): 칭찬하다, 가상히 여기다. 便(편, 변): 편하다, (소, 대)변, 여기서는 부사 '곧'의 의미.

毁(훼): 헐뜯다, 상처를 입히다.

逃名却自爲求名
도 명 각 자 위 구 명

이름나기 싫다면서 외려 유명해지길 바라네.

주해

逃(도): 달아나다, 도망치다.

却(각): 물리치다, 그치다. 여기서는 부사 '오히려'의 의미.

花開花謝春何關
화 개 화 사 춘 하 관

꽃이 피고 지는 것이 봄과 무슨 상관이뇨?

주해

謝(사): 사죄하다, 물러나다.

雲去雲來山不爭
운 거 운 래 산 부 쟁

구름이 왔다 갔다 해도 산은 불평하지 않네.

寄語世人須記認
기 어 세 인 수 기 인

세상 사람들아 내 말 새겨들으라.

寄語(기어): 멀리 있는 사람에게 전하는 말, 기별.

取歡無處得平生
취 환 무 처 득 평 생

영원히 즐겁고 기쁜 한평생 찾아도 없다는 걸.

　김삿갓과 김시습의 詩에는 직설(直說)적 표현이 거의 없다. 대부분 가정적(假定的)이거나 메타포(Metaphor, 隱喩은유)식 표현이나 묘사이다. 2000년 이상 오랜 세월 쌓인 우리 민족 특유의 고통과 번민의 DNA가 없는 외국인에게 'Han(한恨)'이나 'Jung(정情)'을 문자나 말로 이해시키는 것은 애당초 불가능한 시도일 지도 모른다. 한국인이라 할지라도 책이나 TV 드라마를 통한 간접 경험이 있더라도 완벽한 이해와 설명은 불가능하다. 김삿갓의 시는 그의 시가 쓰인 시대의 문화적 사회적 환경 속에서만이 제대로 이해될 수 있다. 필자를 포함한 그 누가 평역과 해설을 해도 김삿갓이 처했던 시대적 상황 속 문화와 정서를 완벽히 알 수가 없으므로 단지 유추하고 상상하며 이해할 수밖에 없는 것이다. 그런데도 우리가 부단히 그의 작품을 해석하고 이해하려고 노력하는 이유는 그의 작품을 통해 간접적으로나마 우리 역사와 문화 속에 연연히 이어져 온 'Han(한恨)'이나 'Jung(정情)'과 같은 우리 민족 특유의 정서(情緖)가 우리 몸과 마음에 이미 존재하고 있기 때문이다.

　김삿갓의 'Han(한恨)'이나 'Jung(정情)'은 이렇게 시작된다.

　김삿갓 김병연(金炳淵)은 신라 말 호족이며 고려 개국공신인 안동김씨(安東金氏) 시조 김선평(金宣平)의 후손인 김안근(金安根)과 함평 이씨(咸平 李氏) 사이에 차남으로 1807년 3월 13일 한양 혹은 양주(楊州)시 회암동에서 출생(추정)했는데, 당시 친조부 김익순(金益淳)이 홍경래(洪景來)의 반란

군에 투항한 죄로 1812년 대역모반(大逆謀叛) 죄로 참형을 당한다. 안동
김씨(安東金氏) 세도 가문 중에서도 가장 힘이 있었던 김삿갓의 장동김씨
(壯洞金氏) 가문은 폐족(廢族)이 되었고, 그는 어머니와 형과 함께 강원도
영월(江原道 寧越) 외지에서 숨어 살다, 그의 나이 스무 살 되던 1846년(憲
宗헌종 12년) 영월(寧越)의 동헌(東軒)이었던 관풍헌(觀風軒)[13]에서 시행된 향
시(鄕試)[14] 혹은 백일장(白日場)에서 장원급제(壯元及第)했다. 시험의 시제는
이러하다.

論鄭嘉山忠節死 嘆金益淳[15]罪通于天
논 정 가 산 충 절 사 탄 김 익 순 죄 통 우 천

죽음으로 충절을 지킨 가산 군수 정시(鄭蓍)에 대해서 논(論)하고,
하늘까지 이르는 큰 죄를 지은 김익순(金益淳)을 탄핵하라.

김병연(金柄淵)은 '세록지신(世祿之臣) 대대로 녹(祿)을 받고 살아온 너 김
익순(金益淳)에게 묻노니(日爾世臣金益淳왈니세신김익순)'라고 할아버지를 '너'
라고 부르며, 신랄한 비판과 조롱으로 과체시(科體詩) 탄핵 글을 거침없이
운필(運筆)해 써 내려간다. '忘君是日又忘親망군시일우망친 一死猶輕萬死宜
일사유경만사의' 너는 임금을 저버린 날 조상마저 버렸으니, 한번 죽어선

---

13) 관풍헌(觀風軒): 조선 6대 왕 단종(端宗, 1441~1457)이 세조(世祖)에 의해 왕위를 찬탈당하고 강원도 영월
청령포(淸泠浦)로 유배되었다가 물이 범람해 이곳으로 옮긴 후 17세 어린 나이에 교살(絞殺)된 곳의 누
각 이름.

14) 향시(鄕試): 과거 1차 시험(初試초시)으로 지방 각 道에서 실시. 백일장(白日場)은 과거시험이 아닌 유생(儒
生)들의 학업을 권장하기 위한 시문(詩文) 글짓기대회. 김병연(金柄淵)이 치른 시험이 향시(鄕試)인지 백
일장(白日場)인지 고증(考證)할 수 없음.

15) 金益淳(김익순): 안동김씨(安東 金氏) 김병연(金柄淵)의 조부(祖父). 홍경래의 난 때 선천부사(宣川府使)였지
만 반란군에 항복(降伏)하고 모반(謀反)에 협조한 반역죄로 참수(斬首)됨. 1908년 고종 때 내각총리대신
(內閣總理大臣)이며 을사늑약(乙巳勒約)으로 을사오적(乙巳五賊) 중 한 사람이 된 이완용(李完用)의 건의로
죄적(罪籍)에서 삭제되어 명예회복 됨.

너무 가볍고 만 번은 죽어야 마땅하다.

"네가 그렇게 조롱하고 비판한 그 만고(萬古)의 역적(逆賊)이 바로 너의 할아버지(祖父)이시다."라는 모친 함평 이씨(咸平 李氏)의 말을 듣고, 병연(炳淵)은 몰락한 양반의 폐족(廢族) 자손으로 '충(忠)'을 버렸으며, 친조부를 비판하며 천륜(天倫)에 침을 뱉으며 '효(孝)'까지 버린 마당에, 새삼 무슨 꿈과 희망에 매달려 살아가야 한단 말인가? 스스로 하늘을 바라볼 수 없다며 삿갓으로 얼굴을 가리고, 죽장 하나 벗 삼아, 조선팔도(朝鮮八道) 모든 지방을 걸식유랑(乞食流浪)하다 그의 나이 57세 되던 해(1863)에 그의 모친 함평 이씨의 외가가 가까이 있는 전라도 화순 무등산(無等山) 근처에서 나옹선사(懶翁禪師)의 게송대로 '물처럼 바람처럼 살다 떠났다(如水如風而終我여수여풍이종아)'라고 설화는 전한다.

김삿갓이 세상을 떠나기 전 자신의 인생을 뒤돌아보며 마지막으로 남긴 회고시, 「蘭皐平生詩(난고평생시)」와 필자가 존경하는 조선 한시(漢詩) 작가 가운데 조선 명종(明宗) 때 문신(文臣) 선비 노수신(盧守愼)이 자기 죽음을 미리 애도하며 읊은 시 「自挽(자만)」이 우리 민족 특유의 'Han(한恨)'과 'Jung(정情)'에 관한 정서(情緒)를 잘 묘사한 유사한 작품이라 판단되어 그 두 수(首)를 옮긴다.

蘭皐平生詩난고평생시 ― 金笠김립

- 나의 한평생을 뒤돌아보며

주해

蘭皐(난고): 金柄淵(김병연)의 호.

鳥巢獸穴皆有居
조 소 수 혈 개 유 거

새도 둥지가 있고 짐승도 굴이 있어 다 머물 데가 있는데

주해

巢(소): 집, 둥지, 보금자리. 皆(개): 다, 모두.

顧我平生獨自傷
고 아 평 생 독 자 상

내 평생을 뒤돌아보니 홀로 마음만 아프구나.

주해

顧(고): 돌아보다.

芒鞋竹杖路千里
망 혜 죽 장 로 천 리

짚신 신고 대지팡이 짚으며 머나먼 길 다니며

주해

芒鞋竹杖(망혜죽장): 짚신과 대지팡이, 지팡이 짚으며 먼 길 떠나는 모습,

水性雲心家四方
수 성 운 심 가 사 방

물 흐르듯 구름 가듯 모든 곳을 내 집처럼 다녔노라.

주해

水性雲心(수성운심): 물과 구름이 흐르고 떠다니듯 한곳에 머물지 못하고 떠돈다는 의미. 사

방(四方): 모든 곳.

尤人不可怨天難
우 인 불 가 원 천 난

딱히 누굴 탓할 수도 없고 하늘을 원망할 수도 없고

주해

尤(우): 더욱, 특히.

歲暮悲懷餘寸腸
세 모 비 회 여 촌 장

한 해가 또 저무니 서글픈 마음만 구석구석 사무치네.

주해

歲暮(세모): 섣달 그믐날. 寸腸(촌장): 창자의 마디마디, 여기서 腸(장)은 마음을 뜻함.

初年自謂得樂地
초 년 자 위 득 락 지

어렸을 땐 좋은 집안에서 태어났다고 좋아했고

漢北知吾生長鄕
한 북 지 오 생 장 향

한양이 내가 태어나 자란 고향인 줄 알았지.

주해

漢北(한북): 한강 북쪽, 강북, 여기서는 서울, 한양(漢陽).

簪纓先世富貴人
잠 영 선 세 부 귀 인

조상 대대로 부귀영화를 누렸었고

주해

簪(잠): 비녀, 纓(영): 갓끈, 簪纓(잠영): 비녀와 갓끈. 여자 머리 장신구 또는 남자 의관의 장신구인 비녀와 갓끈을 의미하며 신분이 높은 양반(兩班)을 가리킴.

花柳長安名勝庄
화 류 장 안 명 승 장

꽃피고 수양버들 아름답다는 장안에서도 명성(名聲) 높은 집이었노라.

주해

花柳(화류): 꽃과 버들, 유곽, 여기서는 아름다운 곳을 가리킴. 庄(장): 고관대작의 사유지, 영지.

隣人也賀弄璋慶
인 인 야 하 농 장 경

이웃 사람들이 옥동자 낳았다고 축하도 해주고

주해

弄(농): 가지고 놀다. 璋(장): 구슬. 弄璋(농장): 아들을 낳음. 璋慶(장경): 生男의 경사.

早晚前期冠蓋場
조 만 전 기 관 개 장

조만간 장원급제할 거라고 기대도 하였지.

蓋(개): 덮다, 덮개. 冠蓋(관개): 높은 벼슬아치들이 타던, 말 네 마리가 끌던 덮개 있는 수레. 여기서는 '과거에 급제하여 출세하다'라는 의미.

鬚毛稍長命漸奇
수 모 초 장 명 점 기

턱수염 자라면서 팔자도 점점 기구해지더니

鬚(수): 턱수염, 입가의 수염. 稍(초): 끝, 말단 나무 끝.

灰劫殘門飜海桑
회 겁 잔 문 번 해 상

멸문지화(滅門之禍) 폭삭 망해 세상이 뒤바뀌었네.

灰(회): 재. 劫(겁): 천지가 한번 개벽한 후 다음 개벽할 때까지 (반대는 刹那찰나). 灰劫(회겁): 불교 용어로 불탄 후 남은 재. 殘門(잔문): 망해 남은 가문. 飜(번): 엎어지다. 桑(상): 뽕나무. 海桑(해상): 상전벽해(桑田碧海), 뽕나무밭이 바다가 되어 세상이 뒤바뀌었다는 의미.

依無親戚世情薄
의 무 친 척 세 정 박

의지할 친척은 없고 세상인심 야박한데

哭盡爺孃家事荒
곡 진 야 양 가 사 황

부모마저 돌아가셔 곡(哭)을 하니 집안이 망했구나.

爺孃(야양): 부모의 속칭. 荒(황): 거칠다, 허황하다, 멸망하다.

終南曉鐘一納履
종 남 효 종 일 납 리

남산 새벽 종소리 들으며 짚신 신고 다니며

納(납): 받아들이다, 바치다, 헌납하다. 履(리): 신, 신다.

終南山(종남산): 도교(道敎, Taoism)의 발상지로 중국 산시성(陜西省섬서성) 시안시(西安市) 남쪽에 위치한 산. 신선들이 노닐고 은자들이 머무는 곳으로 알려져 (神仙遊신선유 隱者居은자거) 선비들이 세상 명리나 벼슬을 피해 은거하던 산이었으며 노자(老子)가 생전에 『도덕경(道德經)』을 제자들에게 설파했다는 설경대(設經臺)가 있는 곳. 여기서는 물 흐르는 대로 자연의 순리대로 떠도는 자신의 도가적(道家的) 심정을 종남산(終南山) 새벽 종소리에 빗대어 은유적으로 표현했다.

風土東邦心細量
풍 토 동 방 심 세 량

동쪽 땅을 골고루 다닐 생각이었네.

心猶異域首丘狐
심 유 이 역 수 구 호

이역만리 타향에서 고향을 어찌 잊을 수 있으리오

猶(유): 오히려, 다만, 마땅히. 心猶(심유): 마음이~와 같다. 首丘狐(수구호): '狐死歸首丘(호사귀수구)'에서 유래한 말로 여우도 죽을 때 저 살던 언덕으로 머리를 향한다는 뜻, 여기서는 '고향을 어찌 잊을 수 있겠는가? (故鄕安可忘고향안가망)'의 의미.

勢亦窮途觸藩羊
세 역 궁 도 촉 번 양

이 몸의 신세가 울타리에 걸려 꼼짝달싹 못 하는 숫양 같구나.

주해

窮途(궁도): 곤궁하고 난처한 처지. 觸藩羊(촉번양): 羝羊觸藩(저양촉번)의 의미, 숫양이 울타리를 받다가 뿔이 걸려 옴짝달싹 못 하게 되다, 사람의 진퇴(進退)가 자유롭지 못함을 뜻함.

南州從古過客多
남 주 종 고 과 객 다

남쪽 고을은 자고로 과객이 많이 지나는 곳

轉蓬浮萍經幾霜
전 봉 부 평 경 기 상

마른 쑥대 바람에 구르듯 부평초처럼 떠돈 지 몇 해였던가?

주해

轉蓬(전봉): 가을에 뿌리째 뽑혀 바람에 여기저기 굴러다니는 쑥, 고향을 떠나 떠돌아다니는 모습. 萍(평): 부평초. 經(경): 지나다. 霜(상): 서리, 여기서는 해, 세월.

搖頭行勢豈本習
요 두 행 세 기 본 습

머리 굽실대는 모습이 어찌 내 본래 모습이겠는가?

주해

搖(요): 흔들 요. 豈(개): 어찌.

揳口圖生惟所長
설 구 도 생 유 소 장

입 주절대며 살아가는 솜씨만 늘었도다.

주해

揳(설): 바르지 아니하다, 재다. 圖生(도생): 살기 위해 궁리하다. 惟(유): ~ 때문에, 오로지, 생각하다.

光陰漸向此中失
광 음 점 향 차 중 실

세월은 흐르다가 어느덧 사라져 버렸고

주해

光陰(광음): 해와 달, 낮과 밤, 세월.

三角靑山何渺茫
삼 각 청 산 하 묘 망

삼각산 푸른 모습 어찌 이다지도 멀고 머나.

주해

三角靑山(삼각청산): 삼각산. 渺茫(묘망): 아득하다.

江山乞號慣千門
강 산 걸 호 관 천 문

밥 구걸하는 소리 팔도강산 어딜 가나 익숙하고

慣(관): 익숙하게 되다, 버릇.

風月行裝空一囊
풍 월 행 장 공 일 낭

음풍농월로 지내다 보니 봇짐 주머니는 텅 비었구나.

風月(풍월): 음풍농월(吟風弄月)을 줄인 말.

千金之子萬石君
천 금 지 자 만 석 군

돈 많은 집 아들이건 만석꾼 집 부자이건 모두 찾아다니며

厚薄家風均施嘗
후 박 가 풍 균 시 상

후하고 박한 가풍 골고루 알아보았노라.

嘗(상): 맛보다. 均施賞(균시상): 골고루 맛보다.

身窮每遇俗眼白
신 궁 매 우 속 안 백

행색이 초라하니 만나는 사람마다 눈 흘기고

眼白(안백): 눈이 희게 되다, 눈을 흘기다.

歲去偏上鬢髮蒼
세 거 편 상 빈 발 창

흐르는 세월 속에 백발노인 되었구나.

歸兮亦難佇亦難
귀 혜 역 난 저 역 난

집으로 돌아가지도 못하고 머무르지도 못하면서

幾日彷徨中路傍
기 일 방 황 중 로 방

얼마나 기나긴 날을 길가에서 헤맸던가?

시두(詩頭)의 기구(起句)에서 '새도 둥지가 있고 짐승도 굴이 있어 다 머물 데가 있는데 내 한평생 뒤돌아보니 홀로 마음만 아프구나! (鳥巢獸穴皆有居조소수혈개유거 顧我平生獨自傷고아평생독자상)'라 했다. 심신이 지치고 고달플 때 돌아갈 집이 있는 사람은 행복한 사람이다. 시인 나태주의 「행복」

이라는 시를 덧붙인다.

행복 ― 나태주

저녁때 돌아갈 집이 있다는 것
힘들 때 마음속으로 생각할 사람 있다는 것
외로울 때 혼자서 부를 노래 있다는 것

힘들고 지친 밤이 되어도 천리타향 객지만 떠돌고 있는 김삿갓을 향해 '어서 처자식 기다리는 집으로 돌아가라'라는 호소로 들린다.

다음은 『穌齋集(소재집)』 卷4에 실려있는 노수신(盧守愼)[16]의 시이다.

自挽자만 ― 盧守愼노수신

- 나의 죽음을 스스로 애도하다

주해

挽(만): 애도하다, 당기다.

---

16) 노수신(盧守愼): 조선전기 명종과 선조 때 우의정, 좌의정, 영의정 등을 역임한 문신. 을사사화(乙巳士禍, 1545) 이후 전남 순천, 진도와 충북 괴산 산막이 옛골에 수월정(水月亭) 누각을 지어놓고 오랜 세월 유배 생활을 했다.

自謂奇男子
자 위 기 남 자

나 스스로 훌륭한 사내로 여겼지만

時稱戇丈夫
시 칭 창 장 부

세상 사람들은 나를 어리석은 사내라고 부르겠지.

주해

戇(창): 천치, 어리석다.

山河眼孔入
산 하 안 공 입

광활한 산하는 눈 안에 다 들어올 만큼 포부가 컷고

纖芥腹中無
섬 개 복 중 무

뱃속에는 털끝만큼 거리낌도 없었네.

주해

纖芥(섬개): 검불 부스러기, 겨자 지푸라기

士欲懷綿漬
사 욕 회 면 지

선비들은 술에 솜 적셔 조문 오길 원하고

綿(면): 솜, 솜옷. 漬(지): 담그다, 적시다.

綿漬(면지): 죽으면 선비들이 찾아와 조문한다는 의미. 솜을 적셔 닭구이를 싸서 갖고 가 흠모하는 사람을 조문했다는 중국 후한(後漢) 고사에서 인용한 말.

官須檢布幠
관 수 검 포 무

관청에선 의당 관 덮을 베와 이불을 살펴 지급하겠지.

布(포): 관(棺)을 덮는 포장.

幠(무): 시신(屍身)을 염(殮)할 때 덮는 이불

孤魂却先返
고 혼 각 선 반

외로운 넋일랑 먼저 고향에 돌아가

却(각): 물러나다, 쉬다.

兩弟二親隅
양 제 이 친 우

부모님과 두 아우의 곁에 있으리로다.

隅(우): 모퉁이, 구석.

2. 이응수 『金笠詩集』의 오류

- 김삿갓의 복수성(複數性)과 시작인(詩作人) 진위에 관한 논란

김삿갓이 불과 160여 년 전 실존했던 역사적 인물임에도 불구하고 그가 주로 설화나 전설의 주인공으로 인식되고 있는 이유는 무엇일까? 김병연(金炳淵)이라는 세도가문(勢道家門) 장동김씨(壯洞 金氏)[17]의 본명(本名)이 엄연히 있는데도, 설화 속 '김삿갓'이란 인물의 복수성(複數性) 때문인지, 아니면 오랜 세월 그렇게 구전(口傳)되어 내려오다 보니 '김삿갓'이란 호칭이 저절로 고유명사처럼 되어버린 것인지 모르지만, 여하튼 우리는 그를 '김병연(金炳淵)'이라 부르지 않고, '김삿갓'이라는 보통명사로 흔히 부른다. 그래서 우리가 알고 있는 '김삿갓'이 '김병연(金炳淵)'이라는 한 사람만 지칭하는 건지 아니면, '김'씨 성을 갖고 삿갓을 쓴 다수의 '김삿갓'들 속으로 '김병연(金炳淵)'이 수용된 건지 확언하기도 힘들다. 이문열의 장편소설 『시인(詩人)』에서도 역사 속 '김병연(金炳淵)'이 설화 속 김삿갓인가에 대한 개연성에 의문을 품는다.

한문학자 심경호는 '김삿갓 한시에 대한 비판적 검토'[18]에 관한 그의 논문 초록에서 보통명사 '김삿갓'과 고유명사 '김병연(金炳淵)'은 같다고 단정할 수는 없다고 다음과 같이 기술했다. 『몽유야담(夢遊野談)』[19]에 나오

---

17) 장동김씨(壯洞 金氏): 경복궁 근처 장의동에 거주하면서 세도를 누리던 신 안동 김씨 (新 安東 金氏). 고려 개국공신 김선평(金宣平)을 시조로 하는 안동 김씨(安東 金氏)의 분파임.

18) 김삿갓 한시에 대한 비판적 검토: 심경호 학술저널, DBpia 한문학논집(漢文學論集).

19) 몽유야담(夢遊野談): 조선 후기 문인 이우준이 인물·예술·기예·기담·지리 등에 관하여 저술한 잡록. 자신의 호를 몽유자(夢遊子)라 지은 이우준은 전주이씨(全州李氏)로 효령대군(孝寧大君)의 후손으로 과거 급제를 못 해 야인으로 살다 간 19세기 말 문인임.

는 김병연(金炳淵), 『대동시선(大東詩選)』[20]에 수록된 시 「영립(詠笠)」의 작가, 『대동기문(大東奇聞)』[21]에 일화를 남긴 김립(金笠), 황오(黃五) 『녹차집(綠此集)』[22]에 수록된 「김사립전(金莎笠傳)」의 김사립(金莎笠)은 같은 사람인 듯하다. 하지만 19세기에 '김삿갓'이라는 별명으로 널리 알려진 또 다른 인물로 김난(金鸞)이 있다. 신석우(申錫愚)의 「기김대립사(記金簦笠事)」에 따르면 '김대립(金簦笠)' 또는 '김난(金蘭)'은 '광주(廣州)의 향품(鄕品)[23]'으로, 소론계 문장가 안응수(安膺壽)의 식객으로 한동안 지냈다. 향품이란 사실이 알려져 안응수의 배척을 받은 뒤로는 "場屋장옥(科場과장)[24]에 드나들며 시를 수십 편을 짓기도 하고 어떤 때는 한편도 짓지 않고 나오기도 했다."라는 기록이 있다. 『몽유야담(夢遊野談)』에 따르면 김병연은 자신의 성명을 반드시 밝혔다고 했으므로 김난(金蘭)을 김병연과 동일 인물로 볼 수는 없다. 한편 조선 고종, 일제강점기 초 여규형(呂圭亨)의 시에서 과시(科詩) 작가 김초모(金草帽)를 언급하였는데, 그는 어느 인물인지는 확인할 수 없다.

안동김씨(安東金氏) 종친회 족보에 의하면 김병연(金炳淵)은 경상북도 안동을 본관으로 하는 신안동김씨 휴암공파(新安東金氏 休庵公派) 24대손이다. 선천부사였던 그의 조부 김익순(金益淳)이 홍경래(洪景來) 반란군에 투항한 대역죄인으로 참수되며 그의 집안은 폐족가문(廢族家門)이 되었고, 아버지 김안근(金安根)과 어머니 함평 이씨(咸平 李氏) 사이에 태어난 병연은 조부의 대역죄로 여섯 살 어린 나이에 황해도 곡산(谷山)에 사는 외거노비(外居奴婢)[25] 김성수의 도움으로 형과 함께 야반도주(夜半逃走)하여 목

---

20) 대동시선(大東詩選): 1918년 장지연(張志淵)이 편찬. 고조선에서 조선말까지 2,000명의 詩를 수록.

21) 대동기문(大東奇聞): 1926년 강효석(姜斅錫)이 편찬. 口傳되어 내려온 설화, 민속 등을 수록한 구비문학서(口碑文學書).

22) 녹차집(綠此集): 황오(黃五)가 순조(純祖) 때 저술. 흔히 『黃錄此集(황녹차집)』으로 불림.

23) 향품(鄕品): 조선 시대 지방의 풍속과 질서를 바로잡기 위해 설치해 운영했던 유향소(留鄕所) 관리로 좌수나 별감을 의미하기도 함.

24) 場屋장옥(科場과장): 햇볕이나 비를 피하여 들어앉아서 과거시험을 칠 수 있게 만든 장소.

25) 외거노비(外居奴婢): 주인집에서 떨어져 서울 이외의 지역에 거주하는 사노비.

숨을 건진 후 어머니 함평 이씨(咸平 李氏)와 형과 함께 황해도 경기도 강원도 지역을 떠돌며 세간의 이목을 피해 살았다. 김병연은 본처 장수 황씨(長水 黃氏)가 사망하자 열 살 연하인 경주 최씨(慶州 崔氏)와 재혼해 49세에 아들 영규(英圭)를 낳은 실존했던 인물이다.

양반집 규수로 안동김씨 가문에 시집왔다가 시아버지의 대역죄로 졸지에 상민(常民) 신분으로 추락한 김병연의 모친 함평 이씨(咸平 李氏)의 가슴은 피멍으로 얼룩졌을 것이다. 남편마저 화병으로 세상을 떠나니 가문의 복귀를 위해 남은 유일한 희망은 아들의 장원급제였을 것이다. 조선 시대 후기에 입신양명(立身揚名)하고 출세하여 가문의 명성을 높이는 유일한 방법은 과거급제였을 것이다. 병연은 21세 때 '조부가 만 번 죽어 마땅하다.'라고 비판한 그의 글로 장원급제했지만, 비판 대상이 자신의 조부였음을 어머니로부터 뒤늦게 안 후, 폐서인(廢庶人) 신분인 자신이 조상을 통렬하게 비판하고 패륜적인 글로 장원급제했음을 후회하며 24세 때 출가한 후 걸식유랑하다, 57세 되던 해에 객사했다. 여기까지가 설화로 전해오는 김병연의 이야기다. 그렇다면 설화에 전해오는 김삿갓이 김병연(金炳淵)이고, 김삿갓의 작품으로 전해오는 시가 모두 김병연(金炳淵)의 시인가? 설화나 구전으로만 전해 내려오던 김삿갓을 실존했던 역사적 인물 김병연(金炳淵)으로 받아들이고 그의 작품이라고 판단되는 168首를 담은『金笠詩集』을 1939년 발간해 김삿갓을 처음으로 세상에 소개한 이응수(李應洙)가 전국을 돌며 자료 수집하는 과정에 오류가 있을 수 있었겠지만, 치명적 잘못은 짚고 넘어가야 할 것 같아 언급한다. 김삿갓이 21세에 출가해 유량 걸식하는 방랑(放浪) 시인으로 전국을 떠돌며 잘못된 세상을 거침없이 비판·조롱하며 수많은 풍자·해학 시를 남긴 김삿갓의 이야기는 강원도 영월 땅에서 출가(出家)하며 시작된다. 그런데 그 출가(出家) 동기가 무엇이었나? 그가 급제한 과거(科擧)시험의 시제(詩題), '論鄭嘉山忠節死논정가산충절사 嘆金益淳罪通于天탄김익순죄통우천,

죽음으로 충절을 지킨 가산 군수 정시(鄭蓍)에 대해서 논(論)하고, 하늘까지 이르는 큰 죄를 지은 김익순(金益淳)을 탄핵하라'를 보고, "너는 임금을 저버린 날 조상마저 버렸으니, 한번 죽어선 너무 가볍고 만 번은 죽어야 마땅하다, 忘君是日又忘親망군시일우망친 一死猶輕萬死宜일사유경만사의"라며 신랄하게 비판해 급제했지만, 그 비판한 사람이 다른 사람도 아닌 자기의 친조부 김익순(金益淳)이었다는 사실을 뒤늦게 알고, 조상에게 침을 뱉으며 불효(不孝)한 자신의 글은 하늘 아래 또다시 찾을 수 없는 폐륜적(廢倫的) 문장이라 한탄하며 출가(出家)했다는 얘기이다. 이 출가(出家) 동기는 상식적으로도 시기적으로 설정이 잘못되었다는 지적을 간과할 수 없다. 어떻게 과거급제한 21세 청년이 자기 할아버지 이름도 몰랐을까? 과거시험에 응시하기 위해서는 응시원서인 녹명(錄名)을 시험 전에 녹명소(錄名所, 응시원서접수처)에 응시자의 신원 확인에 필요한 본인의 관직, 성명, 본관에 관한 자료는 물론 조상 사조(四祖)에 관한 사조단자(四祖單子)[26]도 본인의 시권(試卷)[27] 앞부분에 명기(明記)하여 제출해야 한다. 사조(四祖)의 관직이나 성명 등은 응시자가 누구의 자손인지를 시관(試官)이나 감독관(監督官)이 알아볼 수 없도록 비봉(秘封)하였지만, 응시자 본인이 직접 녹명(錄名)에 작성하여 제출하여야 비로소 응시자(擧子거자) 명단인 녹명책(錄名冊)에 이름을 올릴 수 있었다. 답안지 작성은 해서(楷書)체로 써야 했으며 당쟁이나 시국을 비난하는 언급이나 인용을 하면 안 되었다. 결국, 병연이 응시했던 시험이 과거(科擧)시험 초시(初試)인 향시(鄕試)였더라고 해도 조부(祖父) 김익순(金益淳)의 관직, 성명, 본관을 포함한 사조단자(四祖單子)를 제출하지 않을 수는 없었을 것이다. 병연은 다섯 살 때 소학(小學) 천자문(千字文)을 깨우쳤고, 스무 살 나이에 사서오경(四書五經), 역사, 문학 등 모든 분야의 내용을 자유자재 적재적소에 인용해 시를 읊을 수 있는 세도가문 안동김씨 가문 출신이었다. 다섯 살 때

---

26) 사조단자(四祖單子): 四祖 (아버지, 할아버지, 증조할아버지, 외할아버지)의 관직, 성명, 본관을 기록한 확인서.

27) 시권(試卷): 科擧시험 응시자의 시험답안지.

부터 신동(神童)이라고 칭찬이 자자했던 병연이 할아버지 이름과 관직을 그의 나이 21세 될 때까지 몰랐다는 것은 상식적으로 이해하기 힘들다.

과거시험에 급제하게 된 그의 시도 김삿갓의 시가 아니라는 사실이 기록으로 전한다. 1926년 강효석(姜斅錫)이 편찬한 야사집(野史集)『대동기문(大東奇文)』에서 관서(關西)지방의 노진(魯稹)이라는 자가 공영시(功令詩)를 잘 지었어도 김삿갓에게는 못 미쳐 시기하며 김삿갓을 관서(關西)지방에 발을 들여놓지 못하도록 김익순(金益淳)을 조롱하는 시를 지어 퍼뜨려 세상에 자기 이름을 더 알리려고 만든 탄핵시라는 기록이 있으며, 김립(金笠)이라는 이름이 적힌 다른 시들과 달리, 모든 필사본에 수록된 탄핵시에는 김립(金笠)이라는 시작인(詩作人) 이름이 빠져있다. 또 김병연(金炳淵) 나이 21세 때 그는 출가(出家)해 방랑시인의 삶을 시작한 게 아니라, 그때 그는 한양 양반집 식객(食客)으로 조선 시대 후기 문신이며 학자였던 신석우(申錫愚, 1805~1865)와 시문집인 『녹차집(綠此集)』[28]의 저자 황오(黃五)[29]와 같은 중앙 관료들의 자제들을 시우(詩友)나 주우(酒友) 삼아 찾아다니며 성균관이 있는 한양 명륜동 주위를 전전했다는 기록도 전하니, 그가 21세 나이에 과거급제해 출가했다는 설화의 구성 자체에 근본적 오류가 있는 듯하다. 신석우의 『해장집(海藏集)』에는 김삿갓이 시골의 행정과 질서를 바로잡기 위해 지방 자치 기구에 불과한 광주 향품(廣州 鄕品)이라고 신분을 밝히고 있고, 황오(黃五)도 김삿갓은 평생 과거시험을 보지 않았다고 그의 『녹차집(綠此集)』「김사립전(金莎笠傳)」에서 기술하고 있으니, 이응수가 수집한 여러 작품의 시작인(詩作人)이 김병연(金炳淵)이 아닌 다른

---

28) 녹차집(綠此集): 황오(黃五)가 순조(純祖) 때 저술하였음. 흔히 『황녹차집(黃綠此集)』으로 불림.

29) 황오(黃五): 조선 세종 때 영의정을 지낸 방촌 황희(厖村 黃喜)의 14대손으로 스스로 자신의 호(號)를 녹차거사(綠此居士)라 불렀다. 후기 순조(純祖) 때 경남 함양에서 활동한 문인(文人). 당시 安東金氏(안동김씨) 豊壤趙氏(풍양조씨)의 세도정치가 힘을 얻고 있던 시대에 안동김씨나 풍양조씨가 아닌 장수황씨(長水黃氏)로서는 벼슬하기 힘들어 김정희(金正喜), 김병연(金炳淵), 조두순(趙斗淳) 등 당대의 사대부들과 교분과 인맥을 쌓으며 중앙 진출을 도모하였으나 꿈을 이루지 못함.『綠此集』「金莎笠傳」에 황오가 벼슬의 꿈을 위해 한양의 여관을 전전하다 김병연을 친구 소개로 만나 나눈 대화 기록이 전한다.

사람이 아닌가 하는 의심마저 든다. 또 김병연(金炳淵)이 24세 되던 해 (純祖 31년, 1831) 그의 조부 김익순의 사촌 동생 김정순(金鼎淳)이 과거에 급제했으나 폐족(廢族) 자손이라는 이유로 합격이 취소되었던 사실로 미루어 짐작하건대, 김병연(金炳淵)은 과거시험에 관해 꿈꿀 수조차 없었다고 보는 것이 타당하다. 여규형(呂圭亨)이 그의 『하정집(荷亭集)』에서 글솜씨를 비하하며 언급한 '김초모(金草帽, 풀초로 만든 모자를 쓴 金씨)'도 김병연(金炳淵)이 아니고, 김병현(金秉玄) 같은 가짜 김삿갓이 김병연(金炳淵) 행세를 했던 사실은 이미 확인되었다.

위와 같은 사실은 근거 있는 합리적 고증(考證)이라 판단하기 때문에 필자는 자신을 '김삿갓'이라 부른 그 시대의 '김(金)'씨 성을 가진 삿갓 쓴 방랑 시인들을 모두 김삿갓으로 불러도 무방하며, 그 모든 김삿갓 중 한 사람이 우리가 알고 있는 김병연(金炳淵)으로 보는 게 옳다고 판단한다. 아무리 오랜 세월이 흘러도 그의 본명 김병연(金炳淵)을 쓰지 않고 '김삿갓'이라는 복수의 '김(金)씨'를 지칭하는 보통명사로 부르는 것도 옳다고 판단한다.

이응수의 『金笠詩集』에 수록된 시들 가운데 김삿갓의 시가 아닌 것으로 확인된 경우도 다수 있다.

김병연(金炳淵)이 태어나기 전 100년쯤 앞서 조선 후기의 문신이며 시평가(詩評家)였던 홍만종(洪萬宗, 1643~1725)의 시문집 『순오지(旬五志)』에 「화전(花煎)」이라는 백호 임제(白湖 林悌, 1549~1587)의 시가 같은 내용으로 수록되어 있다 하니, 이 시는 김병연(金炳淵)의 작품이 아닌 것으로 이미 확인되었다. 구전(口傳)이나 필사본(筆寫本) 형식으로 전해오는 자료발굴을 처음 시도했던 이응수의 있을 수 있는 오류라고 이해한다. 그러나 서민들의 편에서 그들의 'Han(한恨)'이나 'Jung(정情)'을 대변해 주며 사랑을 받아와서

인지 이응수의 『金笠詩集』 초판과 증보판에 수록된 대부분의 시가 김병연(金炳淵)의 작품으로 받아들여지고 있다. 만약 「花煎(화전)」이라는 시가 임백호(林白湖)의 작품이 틀림없다면 김립이 그의 시를 화전놀이 시 낭송 모임에서 읊었다고도 볼 수도 있다. 또 '飄然亭子出長堤표연정자출장제, 기나긴 둑 끝에 우뚝 솟은 표연정'으로 시작되는 「安邊飄然亭(안변표연정)」이라는 시도 김삿갓의 시가 아님을 알 수 있는 근거도 있다. 김병연(金炳淵)이 태어나기 전 200년쯤 앞서 조선전기 문신 이이(李珥, 1536~1584)의 『栗谷全書(율곡전서)』에 「花石亭(화석정)」이란 시가 같은 내용으로 수록되어 있어 이 시는 이율곡의 작품이라는 주장에 더 신뢰가 간다. 이 또한 구전(口傳)이나 필사본(筆寫本) 형식으로 전해오는 자료발굴을 처음 시도했던 이응수의 있을 수 있는 오류라고 이해한다.

그러나 필자는 전해오는 김삿갓 시(詩)가 모두 김병연(金柄淵)의 작품인지, 김병연(金柄淵)이 수많은 '김삿갓' 중 한 명인지에 관한 진위(眞僞)에 관한 논란에 관해서는 솔직히 깊은 관심이 없다. 동해의 독도(獨島)가 국제적으로 아직 승인된 우리 영토는 아니지만, 현재 우리가 점유관리 통제하며 실효지배(實效支配)를 하고 있으니, 국제적으로 최소한 암묵적 인정은 받고 있지 않나? 오랜 세월 실효 지배를 하면 할수록 침략국의 강자(强者) 논리는 그만큼 힘을 잃게 되고 독도(獨島)는 자연스럽게 우리 땅이 된다고 믿는다.

오랜 세월 전해오는 김삿갓 작품의 詩作人 진위(眞僞) 논쟁은 시기적으로 이미 늦어 무의미하게 되었으며, 'Han(한恨)'이나 'Jung(정情)'으로 응어리진 가슴을 부여잡고 피를 토하듯 써 내려간 주옥같은 '김삿갓'의 작품을 연구하고 감상하는 것만이 우리 후손들이 마땅히 해야 할 의무라고 판단한다.

3. 단군(檀君) 경전 천부경(天符經) 갑골문과 중국 은허(殷墟)의 갑골문

1,899년 중국 하남성에 있는 고대 은(殷) 왕조(기원전 3400~3100)의 유적지 은허(殷墟)에서 처음 발견된 갑골문(甲骨文)[30]이 한자(漢字)의 기원이라고 우리는 흔히 알고 있다.

"은허(殷墟)의 갑골문은 한자(漢字)의 기원이자 중화(中華)민족의 우수한 전통문화의 뿌리이며 인류문명 발전사에 획기적 의미가 있다."라고 중국 국가주석 시진핑(習近平)이 언급한 적이 있다.

과연 그럴까?

소위 한자(漢字)의 기원으로 알려진 갑골문(甲骨文)에 관한 기록이 중국의 은허(殷墟)에만 있었던 건 아니다. 역사적으로 중국에 대한 사대사관(事大史觀), 일본에 대한 친일식민사관(親日植民史觀) 역사학자인 이병도(李丙燾) 등에 의한 한민족의 상고사(上古史) 왜곡·말살로 우리 역사의 실체가 제대로 투영되지 못했거나 우리 역사 인식을 소홀히 하거나 폄하되었다는 평가도 있다.

---

30) 갑골문(甲骨文): 고대 상형 문자. 거북이의 배와 짐승의 어깨뼈에 새겼으며, 거북이 배딱지(腹甲)를 의미하는 갑(甲)자와 짐승의 어깨뼈인 견갑골을 표현한 골(骨)자를 합하여 갑골문(甲骨文)이라고 명명하였음. 은허(殷墟)에서 처음 발견되어 은허(殷墟)문자라고도 부름.

중국의 삼황오제가 허구(虛構)이듯 『환단고기(桓檀古記)』[31]에 전하는 우리 민족의 제일 오래된 나라인 환국(桓國) 또한 허구(虛構)로 평가할 수밖에 없다. 그러나 우리나라의 국조(國祖)인 단군(檀君)이 신화적 가상의 인물이며, 그에 관해 전해오는 경전(經典)이 위작(僞作)이라 하더라도, 신화적 건국신화는 어차피 세상 모든 나라에 존재하니 굳이 부정하고 싶지는 않다.

'하늘에서 증표해 내려주는 글'이라는 한민족의 유일한 경전인 『천부경(天符經)』[32]이라는 오래된 글이 있는데, 총 81字의 짧지만 심오한 의미를 포함한 갑골문으로 되어있다. 단군 시대 (기원전 1만 년~6천 년) 때부터 구전되어 오다, 1160년 통일 신라 때 고운(孤雲) 최치원(崔致遠)이 천부경을 한문으로 번역한 글이 그의 저서 『고운집중간본(孤雲集重刊本)』 서문에 실려있다. 그 후 천부경(天符經) 갑골문 글은 고려말 오은(五隱)[33] 중 한 사람인 농은(農隱)의 『농은유집(農隱遺集)』에서 발견되었고, 일제강점기인 1917년 묘향산에서 수행하던 승려 계연수(桂延壽)에 의해 묘향산 석벽에서 발견된 후 대종교(大倧敎)와 증산교(甑山敎)와 같은 우리 민족종교의 소의경전(所依經典)[34]으로 다루어지고 있다. 많은 사람이 천부경을 한글로 풀어 이제 유튜브에서도 쉽게 볼 수 있지만, 1963년 다석(多石) 류영모(柳永模)[35]가 풀이한 우리글이 가장 훌륭하다는 게 지배적이다.

---

31) 환단고기(桓檀古記): 일제강점기 때 유학자 이유립(李裕岦)이 독립운동가 계연수(桂延壽)의 부탁을 받고 간행한 서적. 유적, 유물 등 고증 자료가 존재하지 않고 한국과 북한의 역사학계에서 위서(僞書)로 간주.

32) 천부경(天符經): 환웅이 태백산 신단수(神檀樹) 아래에 내려와 홍익인간(弘益人間)을 위하여 모든 백성을 가르치기 위해 우주 창조의 이치와 조화를 81자로 풀이한 진경(眞經).

33) 오은(五隱): 고려말 충신 포은(圃隱) 정몽주, 목은(牧隱) 이색, 야은(冶隱) 길재, 농은(農隱) 조원길, 도은(陶隱) 이숭인을 지칭. 고려말 조선의 건국을 반대하며 고려에 충절을 지킨 유학자와 문신.

34) 소의경전(所依經典): 종교의 근본 경전을 말한다. 조계종의 소의경전은 『금강경(金剛經)』과 『전등법어(傳燈法語)』.

35) 류영모(柳永模, 1890~1981): 개신교 사상가이자 독립운동가로 함석헌의 스승. 유교, 불교, 기독교의 조화를 추구했으며, 천부경을 이해하지 못하면 주역, 불경, 성경을 제대로 이해할 수 없다 했다.

다석(多石) 류영모(柳永模)가 우리말로 풀이한 천부경(天符經) 81자 중 일부를 소개한다.

천부경(天符經)

一始無始一
일 시 무 시 일

하나의 시작은 시작이 없는 하나이다

一終無終一
일 종 무 종 일

하나의 끝남은 끝남이 없는 하나이다

析三極無盡本
석 삼 극 무 진 본

이 하나가 하늘, 땅, 사람 삼극(三極)으로 나뉘어 작용해도
그 근본은 다함이 없다

天一一 地一二 人一三
천 일 일 지 일 이 인 일 삼

하늘은 일극(一極)으로 첫째로 나타나고
땅은 이극(二極)으로 하늘 아래 두 번째로 생겨나고
사람은 삼극(三極)으로 하늘과 땅 사이에 세 번째로 존재한다.

(下略)

시작이 없는 시작은 절대 하나로 '시작도 없고 끝도 없는(無始無終무시무종)' 우주를 의미한다. 우주는 시작 없는 시작이고, 끝없는 끝으로 존재한다는 의미로도 해석된다. '태초에 말씀이 계시니라(In the beginning was the Word)'라는 성경 구절(요한1:1)을 보는 듯하다. 시작도 끝도 없는 무에서 말씀이 있었고 그 말씀이 곧 하나님이시라는 뜻으로도 이해된다. 하나님은 절대 세계 하나에 계시니, 그 하나의 시작과 끝은 시작과 끝이 없다는 의미이다. 하나는 천(天), 지(地), 인(人) 삼극(三極)으로 나뉘어 서로 작용해도 그 본질은 영원히 사라지지 않는다는 뜻이다. 『천부경(天符經)』이 세로쓰기가 아닌 우에서 좌로 쓰여 있고, 지(地), 환(環), 동(動), 태(太) 字 등 중국 은허(殷墟)의 갑골문에는 없는 글자들이 포함되어 있어 후대의 위작(僞作)이라는 논란도 있지만, 오랜 세월 일부 종단에서는 한민족 유일 경전으로 받들고 있으니 굳이 부정할 필요가 있을까? 여하튼 기원전 상고사(上古史)에 관한 한민족 『천부경(天符經)』의 위작(僞作) 여부는 역사적 학술적으로 결론이 난 적이 없으니, 『천부경(天符經)』 글자가 한자(漢字)의 기원이라는 주장도 무의미하지는 않다.

중국의 고고학을 대표할 수 있다는 역사학자 부사연(傳斯年)[36]은 '夷夏東西說(이하동서설)'이라는 학설을 주장하며 중국 황하강을 중심으로 동쪽에는 한민족의 모태인 이(夷)족이 서쪽은 중국민족의 모태인 하(夏)족이 각각 황하 문명을 일으켰으며, 길흉을 점치는 주(周)나라의 점서(占書)인 주역(周易)도 이(夷)족의 문화적 산물이라고 했다. 1899년 이후 은허(殷墟) 갑골문을 포함해 수많은 이(夷)족 유물이 발굴되며 중국 고고학계에서도 황하(黃河)강 동쪽 이(夷)족 문명이 서쪽의 하(夏)족 지역으로 전파되

---

36) 부사연(傳斯年, 1896~1950): 중국 동북 역사 고고학자. 1948년 이후 장개석(蔣介石)정권을 따라 타이완 중화민국으로 이주했으며, 중화민국 국립 타이완 대학교 총장직을 역임.

며 황하(黃河) 문명이 형성되었다는 학설이 우세해 지금은 부사연(傅斯年)의 '夷夏東西說(이하동서설)'이 충분한 학술적 논거와 인식이 일반화된 상태이다. '은(殷)/상(商)나라는 황하강 동북쪽에서 번성하다 망한 뒤 다시 동북쪽으로 돌아갔다'라고 했다. 황하강 동북쪽이면 고조선밖에 없었으니, 한자(漢字)의 기원인 은허(殷墟) 갑골문(甲骨文)과 한자(漢字)는 당연히 중국이 이(夷)족으로 부르던 고조선(古朝鮮) 한(韓)민족의 산물이리라고 보는 것이 합당하다. 그러나 신패권주의 중국몽(中國夢)을 꿈꾸고 있는 지금의 중국은 이(夷)족이 원래 중화(中華)의 한 갈래인 한(韓)민족이 은(殷)나라의 후손이기 때문에 모두 중국 족속의 한 부류에 불과하다고 주장하며, 기자(箕子)가 조선으로 간 것이 바로 은(殷)나라 고향으로 간 것이라고 주장한다. 그런데 한(漢)족과 이(夷)족은 중국 역사상 분명히 다른 민족으로 분류된다. 공자(孔子)와 린위탕(林語堂임어당) 같은 중국의 세계적 문호도 한자(漢字)는 이민족 동이(東夷)족의 문자임을 인정하지 않았나? 이(夷)족이 중화민족의 한 부류라는 주장은 논리적으로도 맞지 않으며, 온통 뒤죽박죽된 중국몽(中國夢)만 꿈꾸는 몽유병(夢遊病) 환자의 잠꼬대 소리 같이 들린다.

그러나 안타깝게도 우리나라의 좌파(左派) 우파(右派)의 권력 지배를 향한 이념적 헤게모니(hegemony)[37] 논쟁은 어쩔 수 없나 보다. 2017년 중국을 방문한 한국의 대통령이 중국 베이징대에서 '중국은 높은 산봉우리 같은 나라이고 한국은 작은 나라이지만, 한국은 중국 시진핑(習近平)의 동북공정(東北工程)[38]과 일대일로(一帶一路)[39] 정책의 이상향인 중국몽

---

[37] 헤게모니(hegemony): 패권(霸權). 어떤 집단을 주도할 수 있는 권력이나 지위. 어느 한 지배 집단이 다른 집단을 대상으로 행사하는 정치, 경제, 사상 또는 문화적 영향력을 지칭하는 용어.

[38] 동북공정(東北工程): 다민족국가인 중국의 변방을 안정시키고 민족들을 단결시켜 사회주의 중국의 통일을 강화하기 위해 추진된 학술연구(2002~2007)로 고구려를 비롯한 고조선과 발해 등 한국 고대사와 관련된 한국의 역사를 왜곡하여 중국 역사에 편입시키려는 정치·외교적 문제를 포함하고 있음.

[39] 일대일로(一帶一路, BRI: Belt and Road Initiative): '하나의 띠, 하나의 길'이라는 의미로 중국 중심의 서부 유라시아 정치경제권(圈)형성을 위해 펼친 정책. 실제로는 미국과의 충돌을 우회하고, 유라시아 대륙에서의 영향력을 강화해 궁극적으로는 세계 경제·정치 질서를 중국 중심으로 구축한다는 전략이다.

(中國夢)과 함께하겠다'라고 한 연설을 필자만 참담하고 굴욕적으로 느꼈을까? 2023년 6월 싱하이밍(邢海明형해명) 주한 중국대사가 우리나라 야당 대표를 자국 관저로 불러 훈계(訓戒)조 연설을 하며, "미국이 전력으로 중국을 압박하는 상황 속에 일각에서 미국이 승리하고 중국이 패배할 것이라는 베팅을 하고 있다. 단언할 수 있는 것은 현재 중국의 패배에 베팅하는 이들이 나중에 반드시 후회한다."라는 타국 국정 논란을 유발하는 협박성 발언을 내뱉었다. 외교 관계에 관한 비엔나(Vienna) 협약과도 상치한 협박성 발언을 한 싱하이밍(邢海明형해명)을 외교적 '페르소나 논 그라타(Persona non grata)[40]'로 지정해 '아그레망(Agreement)[41]'을 철회하는 게 마땅하다고 판단했다. 역사적으로 외교적 관례를 무시하고 중국이 우리나라에 일방적으로 공갈 협박한 적이 어디 한두 번이었나? 1882년 구한말에 조선 총독 행세를 했던 청나라 군벌 위안스카이(袁世凱원세개)[42]가 임오군란(壬午軍亂)의 책임을 물어 흥선대원군(興宣大院君)을 톈진(天津천진)으로 납치해 4년간 유폐시키질 않았나? 병자호란 때 조선 왕 인조(仁祖)에게 굴욕적 반함(飯哈)의 禮[43]를 올리며 항복하라 하질 않았나? 청태종(淸太宗) 앞에 무릎 꿇고 고두례(叩頭禮)[44]를 요구하질 않았나? 생각만 해도 치가 떨리고 울분을 참을 수 없다. 그래도 위안스카이(袁世凱원세개)는 중화제국의 황제가 되었고 청태종(淸太宗)도 황제였으니 할 말이 없지만, 국장급밖에 안 되는 주한 중국대사 싱하이밍(邢海明형해명)이 대한민국 서열 8위의 제1야당 대표를 세워놓고 오만하게 협박성 발언을

---

40) 페르소나 논 그라타(Persona non grata): 외교적 기피인물.

41) 아그레망(Agreement): 타국에서 파견한 외교사절을 주재국이 승인하는 것.

42) 위안스카이(袁世凱원세개, 1859~1916): 청나라를 멸망시키고 세워진 공화국 중화민국을 중화제국으로 바꾸고 황제라 자칭한 군벌. 임오군란 때 조선에 주재하며 내정 간섭을 함.

43) 반함(飯哈)의 禮: 임금이 두 손을 묶은 다음 죽은 사람처럼 구슬을 입에 물고 빈 관(棺)을 끌고 가며, '언제라도 명령만 내리면 관속으로 들어가겠다'라는 의미로 청 태종에게 항복하는 굴욕적 의식.

44) 고두례(叩頭禮): '꿇어엎드려 머리를 조아린다.'라는 의미. 세 번 절하고 한 번 절할 때마다 세 번 머리를 땅바닥에 찧으며 머리 찧는 소리가 단상 위의 청 태종에게 제대로 들릴 때까지 절을 계속하는 항복 의례. 삼궤구고두례(三跪九叩頭禮) 또는 삼배구고두례(三拜九叩頭禮)라고도 하며, 병자호란 때 인조가 땅바닥에 엎드려 항복문서를 바치며 청태종에게 올렸던 굴욕적 禮. 흔히 '삼전도(三田渡)의 굴욕'이라 부름.

하다니. 주위 국가를 위협하며 안하무인인 중국의 고질적 중국몽(中國夢) 증상이 갈수록 심해져 북핵(北核) 위협 이상으로 걱정된다. 좌우(左右) 정치적 사상이나 이념은 사람마다 다를 수 있다. 친중(親中)도 친일(親日)도 할 수도 있다. 그러나 타국에 의한 굴욕적 망신이나 내정 간섭, 국격 훼손에 입 다물고 아무런 반응을 보이지 않는다면 '삼전도(三田渡)의 굴욕'이나 진배없으며 매국(賣國) 행위로 볼 수도 있지 않을까? 일본에 대한 식민사관(植民史觀)도 문제지만, 중국을 향한 사대사관(事大史觀)도 비판받아야 마땅하지 않을까?

4. 한자(漢字)가 아니고 한자(韓字)이며 한문(漢文)이 아니라 한문(韓文)이다

이 책에 수록되어 평역된 김삿갓의 작품은 대부분 한문(漢文)으로 되어있다. 21세기 인공지능으로 바삐 돌아가는 세상에 왜 비효율적이고 어려운 한시(漢詩)를 굳이 평역해 독자와 그 의미를 공유하고자 하나?

한자로 표기되는 중국어는 중국을 포함한 세계 여러 나라의 화교 공동체 언어로 사용되고 있다. 3만에서 5만 자에 이르는 한자를 모두 기억할 수도 없고, 한자의 영문 표기를 모르면 컴퓨터 적용이 불가능한 병음(拼音)[45] 처리, 소리의 높낮이에 따라 의미가 달라지는 성조(聲調)[46] 처리, 수천 개의 사투리 등 비효율적이고 비생산적이라 중국은 오래전부터 3,500자로 상용한자를 제한하기도 했다. 일본에서도 비효율적인 한자 사용을 폐지하기 위해 가타가나(カタカナ)와 히라가나(ひらがな)[47]만 사용해 일본어를 표현하려 했으며, 한국도 1970년대 한자 사용을 1,800자로 제한한 바 있다. 신문이나 이력서에 영문 글자는 쉽게 볼 수 있어도 한자(漢字)는 사라진 지 이미 오래다. 그러나 한국과 일본을 포함해 세계 화교공동체 국가에서 한자 사용은 지금도 사라지지 않고 있다. 왜 그럴까?

---

45) 병음(拼音): 한자의 발음에 따라 영문 알파벳으로 철자를 쓰는 체계. 영문 알파벳을 모르면 한자의 컴퓨터 처리가 불가능함. 예) '한국인'을 한자로 표기하려면 영문 표기명 'hánguórén'을 외어야 함.

46) 성조(聲調): 한자의 소리 고르기로, 한자 표기 음의 높낮이에 따라 의미가 달라짐. 예) Mā에서 'a'를 지속해서 소리 내면(ā) '엄마(媽)'라는 뜻이 되고, 'a'를 내리꽂듯 강하게 끊어 소리 내면(à) '욕(罵)'이란 다른 의미가 됨.

47) 가타가나(カタカナ)와 히라가나(ひらがな): 일본어에서 사용하는 두 가지 형태의 글자로 가타가나는 주로 외래어 표기 등에 쓰고, 히라가나는 가타가나로 표기할 수 없는 단어, 일본 고유어로서 해당 한자가 없는 단어 등에 쓰임.

역사와 문화가 한자(漢字)로 기록되어 전하는 한국, 일본, 중국이 한자(漢字)를 폐지한다면, 결국 자국의 역사적 문화적 독창성과 전통을 알릴 기회를 송두리째 상실하기 때문에, 역사 연구와 문화적 예술적 유산의 전승과 보급을 위해 제한적으로 사용할지언정 폐지할 수는 없는 것이다. 그렇다면 한자(漢字)는 누가 언제 만들었으며, 상용화를 위해 중국은 어떤 조처를 했을까?

표의문자(表意文字)인 뜻글자 한자(漢字)와 한문(漢文)의 옛 서체, 번체繁體는 획수가 많고 복잡한 비효율적 문자이기 때문에 19세기 초 중국의 문맹율(文盲率)이 80%에 이를 정도였다. 오죽하면 한자(漢字)의 번체자(繁体字)는 근대화를 방해하는 원흉으로 '한자(漢字)가 없어지지 않으면 중국은 반드시 망한다(漢字不滅 中國必亡)'라고 루쉰(魯迅노신, 1881~1936)[48]이 주장했을까? 심지어 19세기 중반 중국이 아편전쟁(阿片戰爭, Opium Wars)에서 영국에게 완패해 중화사상(中華思想)[49] 자존심이 송두리째 흔들리게 된 근본적인 이유도 비효율적인 한자(漢字) 때문이었다는 비판이 있었을 정도였다. 중국 공산당에서 1960년 이후 번체繁體 사용을 금지하고 간소화해 간체簡体를 쓰도록 했다. 그런데 중국을 제외한 아시아 국가에서는 간체簡体를 쓰지 않고 아직도 번체繁體를 계속 쓰고 있다. 왜 그럴까? 한자(漢字)는 뜻글자 특유의 추상적인 이유로 객관적 해석이 어려워 의미 전달은 모호하지만, 주관적 해석의 다양성으로 문학적 예술적 장점도 있다. 간체簡体는 간소화된 글자로 중국의 문맹율(文盲率)을 낮추는 장점이 있겠지만, 표의문자(表意文字)의 장점과 다양성을 동시에 상실했다고 판단한다. 글자 일부분을 지우거나, 글자 왼쪽의 변(邊)과 오른쪽의 방(傍)의 하나만 골라 쓰기도 해, 글자의 형상을 보고 뜻을 파악하는 뜻

---

48) 루쉰(魯迅노신): 20세기 초 서구열강과 일본의 침략, 국공내전 등 중국 정세의 소용돌이 속에서 적극적인 현실참여 작가로 죽음을 초월하여 중국의 계몽과 선진화를 위해 힘쓴 계몽사상가.

49) 중화사상(中華思想, Sinocentrism): 주로 한족(漢族)을 중심으로 중국인 민족이 문화적 우월성을 주장하며 세계의 중심이 되는 가장 발전된 민족이라는 뜻. 화이사상(華夷思想)이라고도 부름.

글자로서 한자(漢字) 기능을 대부분 상실했다. 게다가 중국몽(中國夢)⁵⁰⁾ 실현을 위한 시진핑(習近平)의 동북공정(東北工程)⁵¹⁾과 일대일로(一帶一路)⁵²⁾ 정책은 중국에 정치·경제·외교 분야에서 득(得)이 될 수 있을지 몰라도 중국 중심의 중화(中華)사상으로 주위 국가의 역사 왜곡과 종속화를 통해 모든 국가가 중국을 위해 존재해야 한다는 21세기의 신패권주의(新霸權主義) 시도로 국제간 신뢰를 잃는 실(失)도 부정할 수가 없다. 고구려와 발해 역사 발굴을 공론화하지 않고 일방적으로 중국 역사에 편입시키려는 동북공정(東北工程) 프로젝트는 세계 역사 전문가들로부터 고대역사 왜곡이라는 거센 비판을 받아오다 2007년 대외적으로는 실패했고, 페트로 달러(Petro Dollar)⁵³⁾ 대신 중국 통화 런민비(人民幣인민폐, 圓(元)위안, Yuan)를 기축통화(基軸通貨)⁵⁴⁾로 만들기 위해 유라시아, 아프리카 개발도상국의 경제개발 인프라 구축을 위해 기존하는 세계은행(World Bank)과 아세아개발은행(Asian Development Bank)의 대항마로 중국 주도하에 설립한 아시아인프라투자은행(Asian Infrastructure Investment Bank)를 통해 400억 달러 규모의 펀드로 시작해 2022년 현재 152국에 누적 투자액이 9620억 달러(약 1400조원)에 달하지만, 일대일로(一帶一路) 정책을 시행한 지 10년이 지난 지금 중국은 마치 샤일록(Shylock)⁵⁵⁾ 같은 고리대금업자처럼 높

---

50) 중국몽(中國夢, Chinese Dream): '모든 중국인의 가장 위대한 꿈'이라는 의미로 미국의 '아메리칸 드림'에 맞서 만든 말로 시진핑(習近平) 중국 국가주석은 이를 '중화민족의 위대한 부흥'이라 정의했다. 중국의 신패권사회주의(新霸權社會主義) 국가 건설을 지향하는 핵심 사상이라 볼 수 있다. 구체적으로 동북공정(東北工程)과 일대일로(一帶一路) 정책으로 실현하고자 했다.

51) 동북공정(東北工程, Northeast Project): 다민족국가인 중국의 변방을 안정시키고 민족들을 단결시켜 사회주의 중국의 통일을 강화하기 위해 추진된 학술연구(2002~2007)로 고구려를 비롯한 고조선과 발해 등 한국 고대사와 관련된 한국의 역사를 왜곡하여 중국 역사에 편입시키려는 정치·외교적 문제를 포함하고 있음.

52) 일대일로(一帶一路, BRI: Belt and Road Initiative): '하나의 띠, 하나의 길'이라는 의미로 중국 중심의 서부 유라시아 정치경제권 형성을 위해 펼친 정책. 실제로는 미국과의 충돌을 우회하고, 유라시아 대륙에서의 영향력을 강화해 궁극적으로는 세계 경제·정치 질서를 중국 중심으로 구축한다는 전략.

53) 페트로 달러(Petro Dollar): 석유 수출국이 보유한 오일 달러를 의미. 석유 원유 대금 결제를 미국 달러화로만 할 수 있는 달러의 기축통화체제를 의미.

54) 기축통화(基軸通貨): 국제 외환시장에서 금융거래 또는 국제결제의 중심이 되는 통화.

55) 샤일록(Shylock): 윌리엄 셰익스피어의 희곡인 『베니스의 상인』에 나오는 악역 인물. 베네치아에 사는 유대인으로 고리대금업자.

은 금리 부채 상환을 요구하며 스리랑카와 잠비아 등 23국을 이미 파산 위기로 몰아넣었다. 선진 7개국인 G7(Group of Seven) 국제협의체 참가국 중 유일하게 중국의 일대일로(一帶一路) 정책에 참여한 이탈리아마저 2023년 9월에 탈퇴 의사를 중국에 통보했다 하니 중국의 중국몽(中國夢) 실현은 가능성이 희박해졌다. 중국은 2022년 이전 장기간 실시한 제로 코로나 (Zero-COVID)[56] 정책으로 경제는 침체 되고 국채나 증시의 중국 통화 런민비(人民幣인민폐) 자금이 대거 빠져나와 해외로 투자되었지만, 미국 금리 인상으로 달러 투자로 전환되며 달러 강세로 인한 위안화의 추락을 걷잡을 수 없었다. 2022년 2월 제로코로나 정책 완화 이전 달러 대비 환율이 1달러당 6.3유안(Yuan)이었지만, 제로코로나 정책을 폐지한 2023년 7월에는 7.2 유안으로 13% 이상 런민비(人民幣인민폐) 가치가 하락했다. 국제 금융시장 불투명성, 중국의 폐쇄적 통화관리, 수출에 의존할 수밖에 없는 중국 경제가 약세의 런민비(人民幣인민폐) 해외투자로 부실채권만 늘어나니 기축통화 달러를 런민비(人民幣인민폐)로 대체하기 위한 중국의 신패권주의(新覇權主義) 일대일로(一帶一路) 정책의 성공도 기대하기는 어려울듯하다.

2000년 이상 주위 민족과 국가와 문화를 공유해 온 중국이 신패권주의(新覇權主義)와 역사 왜곡에 의존하며 주장하는 그들의 역사적 정통성은 그 실체가 알고 보면 무척 허약하다. BC2000년 경에 시작되었다고 추정되는 중국 역사를 요약해 보자. 신화(神話) 혹은 황당무계한 도가(道家)철학적 얘깃거리에 지나지 않는 삼황오제(三皇五帝)와 요순 (堯舜)시대를 거쳐 우(禹) 임금이 세웠다는 하(夏)나라와 BC1600년 경의 상/은(商/殷)나라로 이어지며 무(武)왕이 중국의 최초 봉건국가 주(周)나라를 세웠다고 전한다. 이때부터 주(周) 영토의 제후들은 형식적으로 주(周) 왕실을 예

---

56) 제로코로나 (Zero-COVID): 중국이 2022년 말 폐지하기 전 3년간 실시한 코로나 감염 방역 조치.

우하지만, 천하를 제패하기 위해 서로 각축전을 벌이는 춘추전국(春秋戰國)시대에 이른다. BC453년 진(秦)나라 시황제(始皇帝)가 중국을 최초로 통일했지만, 삼국지(三國志)[57]에 등장하는 촉(蜀), 위(魏), 오(吳) 3국으로 분할되며 전국(戰國)시대를 거친다. BC202년 한(漢)나라 평민 출신 유방(劉邦)이 초(楚)나라의 금수저 장수 항우(項羽)를 이기고 한(漢)나라로 두 번째 천하통일을 한다. 여기서 '천하(天下)'라는 말은 산동(山東) 반도와 황하(黃河)강 이남 지역을 말하며 한국의 고대 왕조인 고구려(高句麗), 고구려의 계승 왕조인 발해(渤海), 금(金)나라가 지배했던 요동, 만주 지역과, 조선반도 지역은 포함하지 않으니 중국인들이 즐겨 쓰는 표현방식인 과장법 어휘 정도로 볼 수밖에 없다. 한(漢)나라는 전한, 후한(前漢, 後漢) 시대를 거쳐 AD612년 고구려 강감찬 장군에게 참패한 수(隋)나라, 그 후 당(唐)나라, 송(宋)나라로 이어지지만, 몽골 징기스칸의 손자 쿠빌라이에게 패망하고 중국에 한족(漢族)이 아닌 몽골제국의 원(元)나라가 건국된다. AD1368년 도적 출신 주원장(朱元璋)이 원(元)나라를 쓰러뜨리고 명(明)나라를 세웠지만 300년도 못가서 고구려·발해 등 한민족 후예로 전해지는 금(金)나라의 누루하치에 의해 망하고, 만주족 국가인 청(淸)나라에 이른다. 청(淸)나라도 국정 실패와 서태후의 부패, 아편전쟁 참패 등으로 1912년에 멸망하고 일제에 지배당하다, 일제 패망 후 중화민국(中華民國)과 중화인민공화국(中華人民共和國) 두 나라로 갈라져 지금에 이르고 있다. 이상 삼황오제(三皇五帝), 하은주(夏殷周) 고대 신화 국가로부터 현재에 이르기까지 중국 역사를 요약해 봐도 몽골족, 만주족, 일본 등 이민족에 지배당하며 이어온 중국 역사의 정통성과 실체는 허약할 수밖에 없다.

중국이 기원전 2000년경 고대 중국 국가라고 주장하는 황하(黃河)강 북쪽의 하(夏)나라는 고증(考證) 기록도 없고 말 뿐이라 실제로 존재했는

---

57) 삼국지(三國志): 중국 진(晉)나라 때 관료 진수(陳壽, 233년~297)가 지은 촉(蜀), 위(魏), 오(吳) 3국의 역사기록.

지조차 알 수 없는 국가이며, 고구려가 지배했던 만주 지역 인근 지역인 황하(黃河)강 중류 산동(山東) 반도 쪽의 은(殷)을 어느 민족이 세운 건지도 불분명하다. 황하강 남쪽 중국 최초의 봉건국가라 하는 주(周)나라부터 한(漢), 수(隋), 당(唐), 송(宋), 원(元) 명(明), 청(淸)까지 길어야 100년에서 300년 정도 지속한 나라들이다. 그것도 몽골의 원(元)과 만주 여진족의 청(淸)이라는 이민족 지배로 언어 문자가 뒤죽박죽된 중국 역사이다. 중국도 500년 이상 지속한 조선의 역사와 문화를 고려할 때 조선에서 계승된 한자(漢字)와 한문(漢文)의 우수성을 인정할 수밖에 없을 것이다. 그러나 시진핑(習近平)의 동북공정(東北工程)[58]을 통한 신패권주의(新覇權主義) 정당화를 위해 역사 왜곡으로 자국민을 세뇌(洗腦)하다 보니, 중국인 학자까지도 한복, 태권도, 김치, 삼겹살, 삼계탕, 심지어는 작금 세계를 석권하고 있는 K-Pop, K-drama 등 한국의 예술 콘텐츠까지 원조는 중국이며 한국이 모방하고 있다고 주장해 실소(失笑)를 금할 길 없다. 중국이란 나라의 어려운 옛 글자인 한자(漢字)의 번체(繁體)를 왜 우리는 버릴 수 없는가? 실제로 기호 글자인 한자의 생성과정과 소유가 어느 나라에 속하는지도 불분명하다. 한자(漢字)를 누가 언제 만든 건지도 모르는 체 오랜 세월 동북아시아의 문화 공유 수단으로 쓰였을 뿐이다. 필자의 소견으로는 한자(漢字)의 기원이 된 갑골문(甲骨文)이 발견된 황하(黃河)강 중류 산동(山東) 반도 쪽의 은(殷)나라를 세운 민족은 고구려가 지배한 인근 지역에 거주한 중국 역사에도 자주 기록된 한국, 대만, 일본을 포함한 동이(東夷)족으로 보는 게 합당하다. 중국의 당(唐)나라 역사와 지도, 우리나라의 삼국사기(三國史記)에도 3세기경 중국 연(燕)나라의 양평성(襄平城)을 함락한 후 세운 고구려의 요동성(遼東城)은 요주(遼州)로 이름만 바꿨지 고구려 땅이

---

58) 동북공정(東北工程, Northeast Project): 중국이 추진한 역사 연구 프로젝트 (2002~2007)로, 목적은 중국 동북 변방 지역의 역사 및 상황에 관한 연구 사업이었지만, 실제로는 우리의 고조선, 고구려, 부여, 발해사를 중국 중국의 역사로 편입시키겠다는 중국 정부 차원의 계획. 세계 각국과 UN으로부터 역사 왜곡 프로젝트라는 비판을 받아 프로젝트연구는 중단되었지만, 중국 내부에서는 아직 주변 국가의 역사와 문화를 중국에 예속시키려는 신패권주의(新覇權主義)를 위한 역사 왜곡과 침탈의 주장은 계속되고 있다.

었음을 그대로 인정하고 있다. 고구려 영토의 중국 편입은 역사적으로 신라와 당나라의 합작품이었고 명나라와 조선이 함께 인정한 최초의 동북공정(東北工程) 시도였으며 일제강점기 때 식민사관(植民史觀) 역사학자, 작금의 사대사관(事大史觀) 정치인들에 의해 확정 판결되고 있는 상태로 지금에 이르고 있다. 고구려와 발해의 그 넓은 영토 다 빼앗기고 어쩌다 이 지경이 되었나? 통탄할 노릇이다. 그러면 한자(漢字)를 만든 동이(東夷)족은 어느 나라 민족일까? 고구려 영토에서 마지막으로 남은 동이(東夷)족을 우리나라 민족으로 보는 게 옳지 않을까? 독창적인 한글을 창제하고 세계 최초로 한자(漢字) 금속활자를 만든 나라가 한자(漢字)를 창제하지 못하란 법이 있겠나? 유네스코 세계문화유산으로 지정된 조선의 한문(漢文) 목판(木板), 금속활자『팔만대장경(八萬大藏經)』같은 보물이 중국에는 없다. 세계적 보물로 그 가치를 인정받아 유네스코 세계 기록유산으로 등재된『조선왕조실록(朝鮮王朝實錄)』처럼 정확성과 신뢰도가 높은 기록을 한문(漢文)으로 472년간 오랜 세월을 걸쳐 남긴 보물이 중국에는 없다. 중국이 자랑하는『대청역조실록(大淸歷朝實錄)』도 296년간에 걸친 실록에 불과하다는 점과 그것도 한자(漢字), 몽골어, 만주어가 뒤섞여 있고 심지어는 조잡한 삽화까지 첨가되어 있어, 중국에서조차 자국의 역사 연구에 한문(漢文)으로 기록된『朝鮮王朝實錄(조선왕조실록)』을 소중한 자료로 참고하고 있다 한다. 공자(孔子)와 임어당(林語堂린위탕) 같은 중국의 세계적 문호도 한자(漢字)는 동이(東夷)족 문자임을 인정했다. 동이(東夷)족 마지막 후예인 우리나라 한민족이 만든 문자라는 얘기다. 중국 한(漢)나라에서 동이(東夷)로부터 한자(漢字)를 빌려왔거나 도용(盜用)해 국유화하며 한자(漢字)라는 이름을 붙였을 뿐이다. 결론적으로 논란이 있을 수 있겠지만 필자는 한자(漢字)는 우리 민족이 만든 고유의 문자로 우리 것이라고 확신한다. 중국『史記』에도 한(漢)나라는 중국 최초의 봉건국가인 주(周)나라의 제후국이었고, 은(殷)나라는 동이(東夷)족 국가로 중국이 아닌 고조선(古朝鮮)의 제후국이었다고 전하니, 엄밀히 말해서 한자(漢字)는 틀린 명칭이고, 한(韓)민족 가운데 동이(東夷)족 창힐(蒼頡)[59]이 만들었으니, '한자(韓字)' 혹은 '동이자(東夷字)', '창힐문자(蒼頡文字)'로 고쳐 불러야 마땅하다. 중국에서는 이미 번체繁體를 용도 폐기하지 않았는가?

한자(漢字)는 역사적으로 문화적으로 동북아시아 국가의 공용 문자이었으므로 굳이 한자(漢字)라는 명칭을 쓰려면, 한국 한자(漢字), 중국 한자(漢字)로 불러야 마땅하다.

우리나라 역사가 한자(漢字)로 쓰여 전하기 때문에 한자(漢字)를 모르면 우리나라 역사는 잊혀 사라지거나, 다른 나라의 역사에 편입되기 쉽다. 고구려 장수왕(長壽王)[60]이 부왕 광개토대왕(廣開土大王)의 업적을 추모하기 위해 중국 길림성(吉林省) 집안(集安) 지역에 세운 높이 6.39 미터의 거대한 광개토대왕릉비(廣開土大王陵碑)의 존재와 의미는 역사적으로 크게 다뤄지지 못했다. 아마도 신라가 삼국 통일을 하며 자연스럽게 역사 속에 묻혔고, 숭명(崇明) 사상의 조선 시대에서도 굳이 광개토대왕의 업적을 내세울 이유는 없었을 것이다. 1883년 만주에 파견된 일본 육군 참모본부의 사코오 가게아키(酒勾景信)를 통해 처음 일본에 입수된 탁본은 8년간 공개하지 않으며 돌비석 문자에 석회를 바르는 등 위조를 통해 일본이 낙동강 지역인 가야(伽倻)에 일본부(日本府)라는 기관을 설치해 고구려 신라 백제를 200년간 통치했다는 임나일본부설(任那日本府說)[61]의 결

---

59) 창힐(蒼頡): 단군조선의 제후국이었던 산동 반도 황하강 중류의 동이족(東夷族) 국가인 은(殷)나라 사람. 중국에서는 고대의 전설적 제왕인 황제(黃帝)의 사관(史官)으로 새와 짐승의 발자국을 본떠 한자(漢字)를 창제한 사람이라고 전함.

60) 장수왕(長壽王, 394~491): 고구려의 제20대 국왕. 광개토대왕의 맏아들로 97세까지 장수했기 때문에 장수(長壽)왕이라는 시호가 붙었다. 부왕이 사망한 2년 후 광개토왕(廣開土王)의 업적을 담고 있는 돌비석(石碑) '광개토대왕릉비(廣開土大王陵碑)'를 세웠다.

61) 임나일본부설(任那日本府說): 4세기~6세기에 왜국이 한반도 남부의 임나(任那) 가야(伽倻)지역에 통치기구를 세워 백제, 신라, 가야를 지배하고, 특히 가야에는 일본부(日本府)라는 기관을 두어 6세기 중엽까지 직접 지배하였다는 설. 일본이 조선을 침략하고 그 지배를 정당화하기 위해 날조한 식민사관의 하나로 일본(日本)이라는 명칭도 7세기 중엽 이후 만들어졌기 때문에 일본 역사학계에서도 이 주장은 허구일 가능성이 크다는 의견이 지배적이다.

정적인 근거 조작에 심혈을 기울여 한반도 역사를 송두리째 빼앗으려 했지만, 일본 역사계에서조차 이 주장은 허구라는 판단이 지배적이다. 중국은 '고구려의 영토를 넓힌 대왕'이라는 의미의 '광개토대왕(廣開土大王)' 이 중국 중심의 동북공정(東北工程) 정책에 걸림돌이 되어 중국에서는 이 돌비석을 '호태왕비(好太王碑)'라고 부르며, 돌비석의 한·중·일 공동 학술연구 조사조차 금지하고 있다. 광개토대왕의 후손인 우리는 광개토대왕릉비(廣開土大王陵碑)의 비문에 관심이 있는가? 해석하려고 노력해 본 적이 있는가? 있다면 국민적 관심을 의미 있게 수렴해 본 적이 있었던가? 한자를 외면하며 멀리하는 사이에 우리나라의 역사가 점점 사라져 중국의 역사 속으로 편입되어 가는 것 같아 마음이 무척 아프다. 역사 속 자기 문화를 기억하고 보존하지 못하는 민족에게 미래가 있을 수 없다.

어차피 한자(漢字)는 우리 것이고, 한자 이해 없이 우리 역사는 제대로 알 수도 없다. 비록 실생활에 효율적인 사용은 어려워도 학문적 연구와 문예(文藝)의 발전을 위해서라면 우리 선조들이 창제하고 쓴 문자인 한자(漢字)를 군이 외면해서는 안 된다고 필자는 판단한다. 중국은 당송(唐宋) 시대를 거치며 한시(漢詩) 문화가 꽃을 피웠지만, 그 후 만주의 원(元)나라 청(淸)나라 등 이민족의 지배로 한시(漢詩) 문화가 더는 발전하지 못했다. 실(失)이건 득(得)이건 조선은 초지일관 유교 성리학의 윤리적 가치와 이념을 체제 유지를 위한 근본으로 삼아 오백 년 오랜 세월 한시(漢詩) 문화를 꽃피워 명청(明淸) 시대 때에는 허난설헌의 『朝鮮詩選(조선시선)』[62]이 중국에서 인기도서가 되어 뭇 여성들의 눈시울을 적셨을 만큼 조선 한시(漢詩) 문화가 오히려 조선에서 중국으로 역유입될 정도였다. 어차피 조선 왕조 500년 역사가 한자로 기록되어 있고, 역사 속 우리들의 선현(先賢)

---

62) 朝鮮詩選(조선시선): 1598년 남동생 허균(許筠)의 도움으로 명나라 오명제(吳明濟)가 허난설헌(許蘭雪軒)의 작품을 모아 1600년에 중국에서 간행한 시집. 몇 년 후 주지번(朱之蕃)이 『蘭雪軒集(난설헌집)』을 다시 간행했다.

들의 글이 거의 한자(漢字)로 기록되어 있으니 우리 역사와 조상들의 업적과 그들의 생각을 이해하기 위해서는 부득불 한자(漢字)와 한문(漢文)을 공부할 수밖에 없다. 김삿갓의 주옥같은 절구(絶句)와 율시(律詩), 공영시(功令詩)는 그가 창조한 언어가 아니다. 창조는 신(神)의 영역의 언어이며 인간은 단지 모방의 단계를 거치며 창조를 향해 가까이 갈 뿐이다. 골계(滑稽)[63], 풍자(諷刺), 언문풍월(諺文風月)[64], 파자(破字) 파운(破韻) 등의 다양한 시재(詩才)가 총동원된 김삿갓의 화려한 시를 감상하다 보면, 김삿갓은 분명 창조의 영역에 근접해 있었음을 인정하지 않을 수 없다. 김삿갓의 「雪설, 눈」과 「雪景설경, 눈 덮인 경치」라는 칠언절구(七言絶句) 두 首를 한번 감상해보자. 시를 읽다 보면 자신도 모르게 머릿속에 한 폭의 동양화가 그려지니, 글을 읽는 게 아니라 차라리 한 폭의 동양민속화(東洋民俗畵)를 감상하게 될 것이다.

雪설

- 눈

天皇崩乎人皇
천 황 붕 호 인 황

천황씨가 죽었는가 인황씨가 죽었는가?

주해

天皇(천황): 중국 신화 속 삼황(三皇), 天皇 地皇 人皇.

崩(붕): 무너지다, 흩어지다, 황제가 죽다(崩御).

---

63) 골계(滑稽): 익살스러워 웃음을 자아내는 말이나 글.

64) 언문풍월(諺文風月): 조선 시대 말 주로 여성들 사이에 창작됐던 시가(詩歌) 양식. 한시(漢詩) 사용이 금기시되었던 시대에 기방(妓房) 여인이나 아녀자들이 한시(漢詩)를 언문(諺文)으로 흉내 냈던 것.

萬樹靑山皆被服
만 수 청 산 개 피 복

푸른 산과 온 나무가 모두 상복을 입었네.

주해

服(복): 옷, 입다.

明日若使陽來弔
명 일 약 사 양 래 조

만약 내일 아침 햇님이 조문 오면

家家檐前淚滴滴
가 가 첨 전 루 적 적

집집마다 처마 아래로 눈물깨나 흘리겠네.

주해

檐(첨): 처마. 滴(적) 물방울, 물방울 떨어지다.

천황(天皇)씨가 죽었느냐 인황(人皇)씨가 죽었느냐 천지강산(天地江山) 만목천수(萬木千樹)가 모두 소복(素服)을 입었네. 설경(雪景)을 소복(素服)에 비유했다. 만일 내일 아침 햇볕이 내리쪼이며 조상(弔喪)을 오면 집집마다 첨하(檐下, 처마) 밑으로 곡상(哭喪)의 눈물깨나 흘리겠구나!

음풍농월(吟風弄月)이란 말이 있듯이 예로부터 아름다운 자연을 시로 읊기 위해 바람과 달은 명시(名詩)의 필수 소재가 되었다. 비(雨)와 눈(雪)도 마찬가지였다. 가뭄에 비(雨)가 오면 즐겁고 기쁠 수도 있었겠지만, 그

건 자연의 경치를 노래하는 바가 아니다. 오히려 비 오는 날은 왠지 쓸 쓸하고 외로워진다. 슬픔이나 한(恨)을 묘사하는 데는 눈물처럼 흐르는 비(雨)가 제일 잘 어울린다. 반면에 눈(雪)은 자고로 즐거움과 기쁨을 표 현하는 시와 노래 소재로 흔히 쓰여 왔다. 눈이 오면 강아지도 좋아서 깡충깡충 뛰고 겨울눈이 내리면 화이트 크리스마스, 눈사람, 눈싸움 신 나는 일뿐이다. 신선들이 산다는 무릉도원에 내린 함박눈을 삼황(三皇) 붕어(崩御)에 조의(弔意)를 표하기 위해 입은 백색의 소복(素服)이라 비유한 것도 훌륭하지만 다음 날 아침 눈 그치고 햇볕이 따사로이 쬐니 지붕 위 의 눈이 녹아 처마를 타고 조의(弔意)를 표하듯 눈물처럼 뚝뚝 떨어진다 는 표현이 백미(白眉)이다. 눈(雪)을 이렇게 완벽한 詩的 언어로 한 폭의 풍 속화(風俗畵)를 그려낸 김삿갓의 시재(詩才)는 창조의 영역에 근접했다고 볼 수 있지 않은가?

雪景설경

- 눈 덮인 경치

飛來片片三春蝶
비 래 편 편 삼 춘 접

휘날리는 눈송이는 춘삼월 나비 같고

주해

蝶(접): 나비.

踏去聲聲五月蛙
답 거 성 성 오 월 와

눈 밟고 가니 오뉴월 개구리 개굴개굴 우는 듯하구나!

蛙(와): 개구리.

寒將不去多言雪
한 장 불 거 다 언 설

추워서 못 간다며 눈(雪) 핑계 대면서

醉或以留更進盃
취 혹 이 유 갱 진 배

취한 김에 혹여나 하룻밤 머무를까 다시 술잔을 드네.

　함박눈이 바람에 휘날리며 내리니 하얀 나비들이 춤추며 나는 듯하고, '뽀드득뽀드득' 눈길을 밟고 가다 보면 개구리가 개굴개굴 울어대는 듯하다. '飛來片片三春蝶(비래편편삼춘접)'句는 '휘날리는 눈송이는 춘삼월 나비 같고'로 글자를 하나하나 그대로 축자(逐字) 해석하는 것이 바람직하다. 눈 덮인 산길을 가다 보니 어두워지고 춥기도 하여 주막에 들러 호리병 탁주 한 모금 쭉 털어 넣으니 몸도 따뜻해지고 기분도 좋아지네. 왠지 술 한 잔 더하고 자고 갔으면 하는 마음이 생겨 계속 추운 날씨 핑계만 댄다. 추워서 못 간다면 그냥 하룻밤 유숙하면 됐지 술은 왜 또 마시나? 하여튼 원래 술꾼들은 술 한 잔 더 마시기 위한 구실과 핑계 찾는 데는 귀신이니 따져 무슨 소용이 있으랴? 그냥 술 취하게 내버려 두는 게 상책. 눈 내리는 어두운 산골짜기 계곡에 허름한 주막집 방안에서 술잔 들고 있는 김삿갓의 그림자가 문 창호지에 비쳐 어른거린다. 아름다운 동양화 한 폭을 보는 듯하다.

　시대와 장소를 불문하고 시(詩)라는 게 원래 노래에서 시작된 듯하다. 우리의 한시(漢詩) 속에 살아 숨 쉬는 '한(恨)'과 '정(情)'을 아름답고 재미있는 음정과 박자를 좇아 읊으면 때로는 시작인(詩作人)의 희로애락(喜怒哀樂)이 마음에 와닿는 듯한 감흥(感興)이 솟구쳐 대부분 사람은 시(詩)를 좋아할 수밖에 없다. 그러나 애석하게도 머리에 쥐 날 정도로 난해한 한시(漢詩)를 보고 있노라면 얘기는 달라진다. 복잡하고 어려운 한시(漢詩)를 좋아하는 사람을 본 적이 별로 없는 것 같다. 성경의 시편(詩篇)을 영문(英文)으로 보고 이해하면 한글 번역본을 보는 것보다 이해가 더 빠르고 깊을 수 있듯이, 약간의 끈기와 열정만 있다면 표의문자(表意文字)인 한시(漢詩)가 아닌 우리 조상이 만든 한시(韓詩)라는 믿음을 갖고 읽다 보면 머릿속에 그림이 그려지는 감상과 이해가 전혀 불가능한 것만은 아니다.

성경에 솔로몬 왕의 지혜로운 재판(열왕기상 3:16~28)에 관한 기록이 있다. 두 여자가 한 사내아이를 놓고 다투면서 저마다 자기 아기라고 주장하니, 지혜로운 솔로몬 왕이 그 아기를 둘로 갈라서 두 여자에게 반씩 주라고 명령했다. 그러자 진짜 엄마는 내 아이를 죽일 수는 없으니 차라리 가짜 엄마에게 주라고 애원했다. 진정한 엄마는 자식을 버리지 않듯이, 가짜 엄마인 중국은 한자(漢字)의 번자체를 버렸지만, 진짜 엄마인 우리 한(韓)민족의 자식(韓子한자)인 한자(韓字)의 번자체를 버릴 수 없는 것이다.

그래서 싫건 좋건, 어렵고 힘들건, 남들이 뭐라 해도 망팔(望八) 나이 지났어도 필자는 한자(漢字)라는 글자로 쓰인 우리 조상들의 문학 작품과 역사를 연구하며 한시(漢詩) 속에 숨어 있는 산수화(山水畵)와 민속화(民俗畵) 속으로 들어가 거닐며 여생(餘生)을 보내기로 했다.

5. 중국과 조선의 한시(漢詩)에 관하여

시(詩)는 언어의 의미와 소리를 융합한 언어 예술로 시인의 마음과 생각을 압축적으로 드러낸 것이다. 시(詩)는 삶 속에서 경험하는 것들에 대한 미적 감흥, 고뇌, 한(恨), 정(情) 등을 더는 참지 못하고 자신도 어쩔 수 없이 토해낼 수밖에 없는 시인(詩人)들의 마지막 절규이다.

시인은 가슴속 깊은 곳에서 활화산의 붉은 용암처럼 솟구쳐 오르는 한(恨)과 정(情)을 시라는 간결하고 절제된 언어와 글의 형식으로 표출하는 것이다. 시인은 이렇게 표출되는 시에 대해 그의 시심(詩心)을 오히려 왜곡하거나 변질시킬 수 있는 위험성이 있어 부연 설명하거나 해명하지 않으며, 의식이 있는 한 마지막 순간까지 시를 읊는다. 조선 6대 왕 단종(端宗)이 세조에 의해 교살되기 전 목메어 읊은 「자규시(子規詩)」가 그랬고, 성삼문의 「절명시(絕命詩)」가 그러하였으며, 일제강점기하에서 수많은 저항 시인들이 그러했다. 「빼앗긴 들에도 봄은 오는가」의 이상화가 그랬고, 「님의 침묵」의 한용운 시인이 그러했다. 이육사, 윤동주를 포함해 많은 저항 시인들이 광복을 보지 못하고 눈을 감았지만 그들의 시들은 우리 마음속에 영원히 남아 잊혀가는 우리의 민족의식과 긍지 그리고 역사관을 회복시켜 준다.

하나님을 찬양하는 150편의 시로 편찬된 성경의 「시편(詩篇, Psalm)」이나 중국 주(周) 나라 때 공자가 편찬한 『시경(詩經)』에 수록된 글들은 모두 노래에서 출발한 연유로 당연히 음악적 운율(韻律)을 갖춘 詩이다. 그 외에도 우리는 수많은 시를 역사 속 자료에서 접하곤 한다. 산문(散文)과 같은 자유시(自由詩)도 있고 정형시(定型詩)도 있지만, 그 가운데 가장 아름다운 시를 뽑으라고 한다면 필자는 주저 없이 조선 시대의 한시(漢詩)를 택할 것이다. 조선 말기 서학(西學)으로 불렸던 천주교가 유입되기 전까지 집권 세력이 실사구시(實事求是) 실용주의적 국익 우선 정책을 포기하고 애써 시대에 뒤떨어진 성리학의 고전적 삼강오륜(三綱五倫) 통치 이념에 매달린 조선은 변화와 위기관리의 기회를 놓치고 패망의 길로 들어설 수밖에 없었지만, 그래도 500년 이상 일관된 윤리적 근본이념 반석 위에 민족 특유의 토착 詩 문화를 꽃피운 나라는 이 세상에 조선밖에 없었기 때문이다. 한시(漢詩)는 중국의 기원전 700년 춘추전국(春秋戰國) 시대 이전부터 시작되었다고 하지만, 동북아시아 한자 문화권에서 공통으로 향유되었다. 세월이 흐르며 중국의 수당(隋唐) 나라 이후 한시는 중국 본고장 문화 주류에서 밀려나며, 중국은 오히려 조선의 한시를 조선에서 채집한 후 역수입해 자국의 한시 문화 발전에 영향을 준 때도 적지 않다. 원(元)나라는 원래 한자 문화권에 속하지도 않았고, 원나라를 멸망시킨 한족(漢族)의 명(明)나라도 276년이라는 짧은 기간 유지되다 고려에 조공(朝貢)[65]을 바치며 우호를 지켜오던 퉁구스족인 만주족(滿洲族) 여진(女眞)의 후예인 청(淸)나라에 의해 패망했으니 한시(漢詩)는 오랜 세월 중국의 문화 주류에서 제외되었다고 볼 수 있다. 청나라의 조상인 여진은 자체적인 퉁구스어 문자가 있었으나 몽골제국에 복속되며 몽골어를 차용해 쓰다가 만주문자를 창제했으니 청나라 또한 한시 문화권 나라로 보기도 어렵다.

그렇다면 중국과 조선의 한시(漢詩)에는 어떤 차이점이 있을까? 중국의 '자장몐'과 우리나라의 '짜장면'의 차이를 생각해 보면 쉽게 알 수 있을 듯하다. '장(醬)을 볶은(炸작) 밀가루(麵면)'라는 의미의 '자장몐 (醬炸麵장작

---

65) 조공(朝貢): 종주국에 속국이 때맞춰 예물을 바치던 일.

면)'이라는 음식은 원래 중국 산둥(山東) 지역에서 유래했으며 지금도 중국의 지방 음식점에 가면 '자장몐'이 음식 메뉴에 끼어있는 것을 간혹 볼 수 있다. 필자도 언젠가 산둥지역을 갔을 때 '자장몐'을 먹어본 적 있지만, 우리가 흔히 알고 있는 '짜장면'과 맛이 전혀 달라 실망한 적이 있다. 맛도 없을 뿐 아니라 감자나 양파도 들어있지 않고 볶은 된장을 돼지기름에 튀긴 '춘장(春醬)'도 없었다. 구한말 인천항이 개항되며 중국 산둥성 출신 부두 하역 노동자 '쿠리(苦力고력)'들이 흔히 먹었던 중국식 된장인 '톈몐장(甛面醬첨면장)'을 우리나라에서 우리 입맛에 맞게 개발해 새로 토착화한 음식이 '춘장'이다. '짜장면'은 원산지가 한국인 엄연한 한국식 요리이듯이, 조선의 한시도 중국 한시와 확실히 구별되는 별개의 詩 문학 장르로 이해하는 것이 바람직하다. 세계시장에서 인기가 있는 'K-Pop' 음악도 서양의 인기 음악에서 시작되었지만, 지금에 와서는 한국 음악의 새로운 음악 장르로 인식되고 있지 않은가? 김삿갓의 시를 감상하다 보면 중국 한시에서 볼 수 없는 주제와 시어(詩語)로 읊은 풍자와 해학의 시들을 자주 접한다. 독선적이고 고답적(高踏的)인 양반 집권 세력의 세상을 비판하며 대다수 민중의 감정을 대변해 주기 위해 김삿갓은 시의 주제로 '과부, 방귀, 요강, 쌍소리, 개, 고양이, 개구리, 파리' 등 생활 주변에 흔히 접하는 소재를 시재(詩材)로 삼아 탈권위적으로 언문풍월까지 섞어가며 마음껏 읊은 김삿갓의 조선 한시(漢詩)와 같은 작품은 세상 어디에서도 찾아볼 수 없다.

의미글자인 한시(漢詩)의 해석과 평가는 시를 감상하는 사람의 주관적 해석에 따라 다를 수밖에 없다. 당시 시인이 살았던 시대 상황 속에서 어떤 개인적 감정과 마음으로 시를 지었는지 우리는 정확히 알 수가 없다. 우리는 시인이 작품을 남겼던 그때 존재하지 않았기 때문에 당시 정치·사회·문화적 정서(情緖)를 정확히 알 수가 없기 때문이다. 시인은 우리가 자세히 알 수 없는 역사의 시대적 상황 속에서 자신에게 주관적이고 내면적으로 일어나는 시상(詩想)을 글이나 말로 속 시원히 드러내지 않고, 함축적인 시의 형식으로 표현했기 때문에 아무리 시를 잘 이해하는 전문가라 해도 시인의 마음을 있는 그대로 이해하긴 어렵다. 한시(漢詩)의 경우, 기승전결(起承轉結) 형식으로 시인이 원하는 시어(詩語)를 통해 주제를 내세운 후 글 잇기 이어감의 과정을 거쳐 결론에 이른다. 한시는 시어(詩語, 시의 최소 단위 언어), 구(句, 둘 이상의 시어가 합쳐짐), 절(節, 둘 이상의 句가 합쳐 문장을 서술), 행(行, 시의 한 줄), 연(聯, 여러 行으로 구성되어 문단을 이룸), 운율(韻律, 시를 읽을 때 느껴지는 규칙적 리듬)의 복잡한 시 구성에 관한 시칙(詩則)이 있다.

시의 종류도 구(句), 절(節), 연(聯)을 어떻게 조합하느냐에 따라 크게 오언(五言), 칠언절구(七言絶句), 율시(律詩) 등으로 구분할 수 있다. 수당(隋唐) 시대 때는 한시의 형식이 자유로웠다. 당(唐)나라 시대 이후의 근체시(近體詩)에서는 오언(五言), 칠언절구(七言絶句), 율시(律詩) 등 시의 구성 요건 시칙(詩則)에 엄격한 지배를 받는 정형시(定型詩)로 발전했지만, 원과 청나라와 같은 비한문권 나라가 집권하며 중국의 한시는 시 문화 영역에서 힘을 잃기 시작했다. 그러나 조선의 한시는 500년 이상 오랜 세월 변함없이 정치, 교육, 사회적으로 지배계층에 속한 사람들의 필수 지식 영역이 되었다. 과거시험도 엄격한 조선 한시 시칙(詩則)을 따른 공영시(功令詩)[66] 형태로 글을 썼으며, 지배세력, 명문 벌렬(閥閱)[67] 사대부뿐만 아니라 김 삿갓 같은 비주류 지식인, 사회 하급계층인 평민 위항시인(委巷詩人)[68]까지 조선 한시(漢詩) 문화 발전에 기여했으니, 사회 모든 계층의 특성을 모두 아우른 문학사적 위상을 갖추었다는 점이 조선의 한시(漢詩)는 한자

---

66) 공영시(功令詩): 과거시험 볼 때 쓰는 시체(詩體)로 쓴 詩. 과체시(科體詩)와 같은 의미.

67) 벌렬(閥閱): 나라에 공이 많고 벼슬 경력이 많음, 또는 그런 집안.

68) 위항시인(委巷詩人): 조선 시대 후기 1850년경 양반 사대부들의 전유물이던 귀족문화 한문학(漢文學) 활동에 중인(中人)과 서얼(庶孽), 상인, 천민과 같은 하급계층의 백성들도 참여하며, 한시(漢詩)를 짓고 시집(詩集)도 만들고 시회(詩會)도 열며 그들의 예술 활동과 신분 상승을 추구했다.

(漢字)를 읽을 수 없는 문맹률(文盲率)이 80%까지 되었던 중국의 한시(漢詩)와는 확연히 다르다고 볼 수 있다.

결론적으로 조선의 한시(漢詩)는 사회 모든 계층의 특성을 모두 아우르며, 정치, 사회, 문화, 역사 등 모든 영역의 다양한 소재를 시재(詩材)로 삼은 우리 조상들의 특수한 융합 문학이다. 우리의 역사와 문화를 제대로 알기 위해서라도 조선 한시(漢詩)의 연구와 이해가 더욱 필요하다고 판단한다.

6. 이응수『金笠詩集』후편(後篇)에 관하여

후편(後篇)은 전부 과시체(科試體)로 쓰인 작품으로 수록되어 있다. 과시체(科試體)는 과거(科擧)시험에서 써야 했던 글씨체이다. 과거(科擧)는 조선시대 고등문무관(高等文武官)을 발탁하는 시험으로 지금의 행정·사법고시와 같이 당시 벼슬을 해 입신양명(立身揚名)할 수 있는 유일한 통로였다. 후편에 실린 김삿갓의 작품은 그의 과체시(科體詩) 작품 중에 백미(白眉)로 평가되며 그의 작풍(作風)과 내용을 이해하기 위해서 조선조 헌·철종(憲·哲宗) 시대의 사람들은 김삿갓의 과체시(科體詩) 작품을 교과서처럼 여겼다. 김삿갓(金炳淵김병연)은 무수한 과체시(科體詩) 작품을 남겼다. 그러나 김삿갓과 유사한 김병현(金秉玄)과 같은 유랑과객(流浪科客)이 상당히 많아 누가 진짜 김삿갓인지 관한 논란도 많았다. 후편에 실린 과체시(科體詩)는 대부분 김삿갓의 작풍(作風)과 후손가서본(後孫家書本)의 내용과 일치한다. 과체시(科體詩)는 현대에 와서 불필요하게 되었지만, 과거 조선 시대 때에는 하나의 문학 형식으로 전문적 연구의 대상이 되는 학문 분야였다. 쉽게 해석할 수 없다는 부정적 견해도 있지만 그건 중국 고전을 이해하기 위해서 해박한 지식이 필요하다는 얘기이지 해석할 수 없다는 말이 아니다. 필자가 2021년 겨울 평역해 발간한『이응수 金笠詩集 小考』에서는 비교적 자유롭고 난해하지 않은 김삿갓의 율(律)과 구(句)를 위주로『金笠詩集』前篇 128 首의 자유시(自由詩)를 읽기 쉽게 보충설명과 함께 평역하였지만, 본서의『金笠詩集』後篇에서는 18수(首) 시칙(詩則)이 기본 조건인 과체시(科體詩) 위주로 선택해 평역했다. 널리 사람들 입에 오르내렸던 前篇의 율(律)과 구(句)는 김삿갓 작품의 초입문(初入門) 정도라 보면 되고 김삿갓 작품의 원래 영역과 가치는 後篇의 과체시(科體詩) 작품에서 발견할 수 있다 할 수 있겠다. 前篇의 작품들을 해석하는 데 그리 큰 어려움이 없지만, 後篇의 경우 우선 작품 내용이 복잡하고 길며, 무엇보다 『史記』와 같은 중국 고전에 관한 해박한 지식이 없다면 작품 이해는 물론 해석조차 불가능하다는 게 사실이다. 어떤 학문적 분야에서도 예비 지식이나 재미가 없으면 독자의 흥미를 끌을 수 없다. 後篇의 과시체(科試體) 작품의 결함을 굳이 들라면, 너무 과시(科試)의 서체 조건에 맞추려고 형식적 틀에서 벗어나지 못했고, 보통 사람의 삶에서 느낄 수 있는 지적 감정을 도외시한 역사물(歷史物) 정도로 평가하는 학자도 있다. 과체시(科體詩) 작품의 이해를 돕기 위해 서체의 규율(規律)에 간단한 설명이 필요하겠다. 시는 물론 중국 문학에 있어서 율(律), 절구(絶句), 부(賦)69) 등 운율시가(韻律詩歌)의 기본은 18수(首)로 되어있다.

1. 글머리(시수詩首)
2. 첫 항목 잇기(항련項聯)
3. 시제에 들어감(입제入題)
4. 묶음 머리(포두包頭)
5. 묶음 서술(포서包叙)
6. 늘림(연장延長)
7. 첫머리(초두初頭)
8. 첫 항목에 대해(초항대初項對)
9. 늘림(연장延長)
10. 둘째 항목(재항再項)
11. 둘째 항목 잇기(재항련再項聯)
12/13. 시제로 돌아감(회제회제대回題回題對)
14. 본론으로 돌아옴(회하回下)

---

69) 부(賦): 과거(科擧) 시험과목으로 주로 古詩 형식으로 문학적 글쓰기 능력을 평가했음. 임금에게 자기 생각을 건의하는 표(表), 국가 운영이나 정치사회 현안에 대한 식견에 관한 질문인 책문(策問)이 있다.

15. 돌아옴에 대하여(회하대回下對, 재항대再項對)

16. 자유로운 시구(자유용구自由用句)

17. 이미 기술한 16수에 대하여(16수대十六首對)

18. 자유로운 결론 시구(자유낙구自由落句)

과시체(科試體)의 18수(首) 규율은 이상과 같지만 결국 율시(律詩)의 기승전결(起承轉結)의 격식에서 벗어났다고 볼 수는 없다. 장황하고 비현실적인 중국 고전의 지식을 자주 인용해 일반 독자의 관심과 흥미를 끌지 못했다는 비판적 시각이 많다. 김삿갓은 온전한 한 편을 이루지 못한 단구(斷句)나 연구(聯句)의 작품도 남겼고, 우리말과 한자를 혼합해 파격(破格) 파운(破韻)의 언문풍월(諺文風月) 육담시(肉談詩)도 남겼지만, 김삿갓은 방랑과객(科客)으로서 과거 지망생들에게 무보상(無報償)으로 과시(科試)를 가르쳐 주던 인물이었을 것이므로, 김삿갓의 한시는 과시체(科試體) 작품이 그의 본령(本領)이라고 말할 수 있다.

1) 시두(詩頭)는 기구(起句)이고

2) 항련(項聯)은 시두(詩頭)에 대한 이음이고

3) 입제(入題)에 들어와 비로소 시의 제목(題目)을 밝힌다.

4) 포두(包頭)에 와서 시두(詩頭)에 관한 도움말을 제시하고

5) 그 아래 포서(包叙)와 연장(延長)에서 그 首의 서술로 이어간다.

6) 초두(初頭)에 들어와 비로소 시의 본론으로 들어간 후 자유낙구(自由落句)의 결론을 지으며 시의 18首 조건을 완성한다.

과체시(科體詩)는 문외한(門外漢)의 눈으로 보면 아무런 규칙도 없이 나열한 시구(詩句)에 지나지 않는 듯 보일지 모르겠으나, 위에서 설명했듯이 엄격한 형식과 규율에 지배를 받으며, 한학이 필수였던 조선 시대의 과거입시(科擧入試)의 서체가 되었다. 과체시(科體詩)가 율시(律詩)보다는 길

고 중국 역사에 해박한 지식이 요구되고 난이도(難易度) 또한 높아 과거 시험의 서체가 되었다고 볼 수 있다.

위에서 『金笠詩集』 후편(後篇)에 관한 이응수의 견해를 알기 쉽게 편집해 옮겼지만, 중요한 것은 중국 고전과 역사에 관한 사전 지식이 필요하다는 점이다. 중국 역사는 삼황오제(三皇五帝)에서 시작해 제요도당씨(帝堯陶唐氏)와 제순유우씨(帝舜有虞氏)의 요순(堯舜)시대를 거쳐 하은주(夏殷周) 세 나라를 거쳐 춘추전국시대(春秋戰國時代)를 거친다. 시황제(始皇帝)의 진(秦)나라를 거쳐 항우(項羽)와 패공(沛公) 한고조유방(漢古祖劉邦)의 초한(楚漢) 시대를 지나 한(漢)나라로 통일된다. 이후 삼국·남북조·수당(三國·南北朝·隋唐) 시대로 이르게 된다. 『金笠詩集』 후편(後篇)의 과체시(科體詩) 작품을 이해하기 위해서는 위에서 언급한 중국 고대와 초기 역사에 관한 지식이 필요하므로, 본서에서는 독자의 이해를 돕기 위해 주해, 각주, 첨언 등을 통해 가급적 많은 도움말을 덧붙이도록 노력하였다.

필자가 2021년 겨울에 발간한 『이응수 金笠詩集 小考』에 수록한 김삿갓의 조부 김익순(祖父 金益淳)에 관한 시, 「論鄭嘉山忠節死논정가산충절사 嘆金益淳罪通于天탄김익순죄통우천, 정가산의 충절한 죽음을 추모하고 김익순의 죄가 하늘에 이를 만큼 큼을 탄하라」와 「蘭皐平生詩난고평생시, 나의 한평생 뒤돌아보며」 둘 다 과체시(科體詩) 작품에 속한다.

7. 김삿갓의 파격시(破格詩) 구조

파격시(破格詩)는 한시(漢詩)의 전통적 관행을 따르지 않고 파자(破字), 차훈(借訓)/차음(借音), 파운(破韻), 언문풍월(諺文風月) 등 한시의 형식을 파괴한 시를 총칭하는 용어이다. 한자의 뜻과 음을 우리말로 옮기거나, 한자의 왼쪽과 오른쪽에 있는 변(邊)과 방(旁)을 생략하거나, 한자에 획(劃)이나 점(點)을 빼거나 추가하는 등 언어유희 같지만, 우리 민족 특유의 한(恨)과 정(情)을 풍자와 해학으로 표현한 김삿갓의 시는 한시의 형식에 얽매이지 않고 써 내려간 파격적인 시가 많다. 『金笠詩集』에 채록(採錄)된 파격시는 다음과 같은 유형으로 분류할 수 있다.

(1) 파자(破字)

한자(漢字) 한 글자의 변·방·머리·받침·에운담 등의 부수를 해체하거나 혼합해 다른 의미의 글자로 재구성하는 방식. 김삿갓의 파자시(破字詩)는 한시(漢詩)의 엄격한 규칙이나 형식을 무시하며 해학과 풍자로 사회 비판적 내용이 대부분이라 엄격한 형식의 틀을 가진 당송(唐宋) 시문(詩文)이나 유교 경서(經書)와 성리학에 깊이 길들어진 조선 시대 선비들이 즐겨 지을 수 있었던 시의 형태라고는 볼 수 없다. 그러함에도 불구하고 조선 후기에 이르러 몰락한 가문의 양반들이나 과거시험에 들지 못했거나 시문서화(詩文書畵)에 능한 사대부들이 지방 서당을 떠돌며 형식에 구애받지 않고 속마음을 마음대로 터뜨리는 일종의 분출구 역할을 했다 할 수 있다.

國無城月入門
국 무 성 월 입 문

나라에 성이 없고 달빛이 문에 들어가네.

파자(破字) 변화 후 해석하면 다음과 같다.

혹시 한가하면

주해

나라 '國국' 자에 사방의 에운담이 없으면 '或혹' 자가 되어 '혹시'라는 의미가 되고, '月월' 자가 '門문' 자 안에 들어가면, '閒한'자가 되어 '한가하다'라는 의미가 된다.

仙是山人佛不人
선 시 산 인 불 부 인

신선(仙)은 산(山) 사람(人)이요, 부처(佛)는 사람(人)이 아니다(不).

주해

仙(선)자를 파자(破字)하면 山人(산인)이고 拂(불)은 不人(불인)이 된다.

(2) 차훈(借訓)/차음(借音)

한자의 의미(訓훈) 혹은 소리(音음)를 우리 말로 옮기면서, 한자의 본래 의미와 소리에 무관하게 음을 무시하고 의미로만 쓰거나, 의미를 무시하고 소리만을 사용함.

此竹彼竹 心竹然竹
차 죽 피 죽 심 죽 연 죽

이대로 저대로 마음대로 그런대로

주해

'此竹_{차죽}'을 우리말로 차훈(借訓)하여 읽으면 '이대로'가 된다.

貴樂堂
귀 락 당

주해

'귀하고 즐거운 집'이라는 뜻이지만, 거꾸로 차음(借音)하여 읽으면 '당나귀'라는 의미가 된다.

恐失夫人脚下孔
공 실 부 인 각 하 공

마누라 다리 아랫구멍 뺏길까 겁나나 보네.

주해

恐失(공실): 잃을까 두려워하다. 脚下孔(각하공): 다리 밑의 구멍. '恐'과 '孔' 둘 다 '공'의 음을 무시하고 '두려워하다'와 비어 있는 '구멍'이라는 의미로 차훈(借訓)했다.

生徒諸未十
생 도 제 미 십

학생은 전부 열 명도 채 안 되고

주해

諸(제): 모든, 여러. 諸未十(제미십): 제 어미 십.

先生來不謁
선 생 내 불 알

훈장은 와서 만나주지도 않네.

來不謁(래불알): 내 불알.

차음(借音)해서 해석하면 다음과 같다.

학생은 제 어미 십이고
선생은 내 불알이다.

爾年十九齡
이 년 십 구 령

네 나이 열아홉에

乃早知瑟琴
내 조 지 슬 금

일찍이도 거문고를 탈 줄 알고

한자의 의미를 무시하고 음만 소리 나는 대로 차음(借音)해 읽으면 욕설이나 상스러운 언어가 된다.

(3) 파운(破韻)

한시(漢詩)는 句의 끝 글자에 운(韻)을 달아서 운율(韻律)을 맞춘다. 한시

(漢詩)에서 운(韻)은 같은 자를 중복해 사용하지 않는 규칙을 따르지만, 문체(文體)의 규칙 따위는 무시하며, 시의 내용에 맞춰 같은 운을 되풀이하며 운율(韻律)을 자유롭게 표현했다.

蜀道之難 難於上青天
촉 도 지 난 난 어 상 청 천

촉으로 가는 길 험난함이 푸른 하늘 오름보다 더 어렵구나!

世上難之大同難
세 상 난 지 대 동 난

세상살이 어렵다 해도 함께하는 일보다 더 어려우랴!

주해

'난(難)' 자(字) 운(韻)으로 김삿갓이 읊은 칠언절구(七言絶句) 파운(破韻)시이다. 한시(漢詩) 운(韻)은 같은 자를 중복해 사용하지 않는 규칙을 따르지만, 김삿갓은 '난(難)' 자(字) 운(韻)을 계속해서 사용하며, 문체(文體)의 규칙 따위는 무시하며, 시의 내용에 맞춰 운율(韻律)을 자유롭게 표현했다.

(4) 諺文風月(언문풍월)

언문풍월(諺文風月)은 조선 시대 말 주로 여성들 사이에 창작됐던 시가(詩歌) 양식으로 한시(漢詩) 사용이 금기시되었던 시대에 기방(妓房) 여인이나 아녀자들이 한시(漢詩)를 언문(諺文)으로 흉내 내며 읊었던 시의 형식이다.

사면기둥 붉게**타**
석양행객 시장**타**
네절인심 고약**타**
지옥가기 꼭좋**타**

주해

한시의 칠언절구처럼 이 언문(諺文) 시도 각 구가 '타'자 운으로 끝나는 칠언으로 구성되어 있다.

腰下佩기역
요 하 패

허리 아래 기역을 달랑 매달고

주해

腰(요): 허리. 佩(패): 차다, 지니다.

牛鼻穿이응
우 비 천

소 코에는 이응을 꿰뚫었구나.

주해

穿(천): 뚫다. 허리에 찬 낫과 소 코의 코뚜레(소고삐, 소굴레, 소멍에) 형상을 한글 자음(子音) '기역(ㄱ), 이응(ㅇ)'으로 빗댔어 지은 언문풍월 시이다.

기역(ㄱ)과 이응(ㅇ)을 풀어 해석하면 그 의미가 더 확실해진다.

허리 아래 낫을 차고
소 코에는 코뚜레를 뚫었구나!

5) 동자반복(同字反復)

한시에서 같은 글자를 되풀이하면 시의 구성에 효율이 떨어져 동자반복(同字反復)은 회피한다. 이런 관행을 무시하고 같은 글자를 중복으로 사용한 김삿갓의 동자반복(同字反復) 시는 오히려 효과적이고 함의가 깊다는 평가가 있다.

彼兩班此兩班
피 양 반 차 양 반

네가 양반이면 나도 양반이니

班不知班何班
반 부 지 반 하 반

양반이 양반도 못 알아보면서 네가 어찌 양반이뇨?

주해

'반(班)'자를 거듭 되풀이하며 시흥(詩興)의 운율(韻律)을 띄웠다. 마치 회문(回文) 놀이[70]와 같은 재미와 해학을 느끼며 시를 읊을 수 있다.

松松栢栢岩岩廻
송 송 백 백 암 암 회

소나무가 울창하고 잣나무도 무성한데 바위와 바위를 돌아 와보니

水水山山處處奇
수 수 산 산 처 처 기

---

70) 회문(回文) 놀이: 거꾸로 읽어도 제대로 읽어도 같은 문장이 되는 글이다. 예) 다 좋은 것은 좋다, 부산 임산부.

계곡물은 계곡물마다 산은 산대로 모는 곳이 기이하구나!

김삿갓이 금강산에 오르다 지은 시이다. 시를 큰소리 한 번 읽어보자! '송송백백암암(松松栢栢岩岩)', '수수산산처처(水水山山處處)' 같은 글자가 반복되는 것도 재미있고, 박자도 맞고 마치 노래를 부르는 듯하다. 금강산의 설경(雪景)과 정처 없는 나그네의 수심(愁心)을 이렇게 간결 명료한 언어로 우리 마음속에 깊이 와닿게 묘사할 수 있을까? 난해한 문자로 장황하게 설명하지 않고 소나무 두 그루와 와 잣나무 두 그루로 명산 금강산의 전체 풍경을 묘사했다. 금강산 경치에 대한 이 간결한 동자반복(同字反復) 시는 '我向靑山去아향청산거 綠水爾何來녹수이하래, 나는 지금 푸른 산을 찾아가는데, 푸른 계곡물아, 너는 왜 따라오느냐?'와 더불어 금강산 詩 중 최대의 걸작으로 평가된다.

同知生前雙同知
동 지 생 전 쌍 동 지

동지여 그대 살아 있을 때는 우리는 쌍동지였는데

同知(동지): 동지(同志)와 같은 의미.

同知死後獨同知
동 지 사 후 독 동 지

동지 죽은 후 나 홀로 동지가 되었소.

김삿갓이 이동지(李同知)라 부르는 사람이 친구인 김동지(金同知)라는 사람이 죽어 상여 글을 쓰고 싶은데 무식해서 못 써 고민하는 것을 보고 김삿갓이 써준 상여 글이다. 칠언절구 시 두 줄에 '同知'라는 글자가 네 번이나 반복되는데 전혀 지루하지 않고 재미있다.

8. 김삿갓(金炳淵김병연) 가계도(家系圖)와 연보(年譜)

(1) 김삿갓의 가계도(家系圖)[71]

金益淳 以來의 家系

金宣平 (安東 金氏 始祖, 고려 개국공신, 太史公)

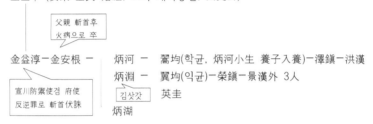

화병으로 작고한 金安根氏의 맏아들 炳河(병하)氏는 25세에 별세하여 炳淵(병연) 선생 맏아들로 입양된 䔥均(학균)氏가 대를 잇고 炳淵(병연) 선생 직계는 榮鎭(영진)氏로 내려온다.

71) 〈참고자료: 『미친 나비 날다'(狂蝶忽飛)』, 2010, page 260; 『金笠詩集』 증보판, 1941, page 9, 金笠略譜 新安東金氏 金炳淵 家系圖〉

2) 김삿갓의 연보(年譜)

연도	김병연 나이	연혁
1807 (순조 7년)	1세	신라 말 호족이며 고려 개국공신인 안동김씨 시조 김선평의 후손인 김안근과 함평 이씨 사이에 차남으로 3월 13일 한양 혹은 양주시 회암동에서 출생(추정).
1811 (순조 11년)	5세	12월 14일 홍경래의 난 발발. 친조부 김익순의 반란군 투항.
1812 (순조 12년)	6세	3월 9일 친조부 김익순 대역죄로 참형당함. 5월 29일 홍경래 총상으로 사망한 후 능지처사됨. 김병연과 형 김병하가 황해도 곡산(谷山)의 외거노비 김성수의 집으로 피신.
1814 (순조 14년)	8세	김병연이 부모와 합류(경기도 가평).
1815 (순조 15년)	9세	아버지 김안근이 화병으로 별세(추정).
1816 (순조 16년)	10세	김병연·김병하 형제, 모친 함평 이씨와 강원도 영월로 이주.
1826 (순조 26년)	20세	장수 황씨와 혼인.
1828 (순조 28년)	22세	맏아들 학균을 낳음. 한양 안경복의 문객으로 있으며 신석우·신석희 형제와 교류.
1829 (순조 29년)	23세	형 병하가 25세로 요절(추정).
1829 (순조 29년)	23세	모친 함평 이씨 사망.
1830 (순조 30년)	24세	장남 학균을 형에게 입양. 차남 익균 출생. 출가.
1831 (순조 31년)	25세	금강산 유랑.
1835 (헌종 1년)	29세	기생 가련(可憐)과 동거(추정).
1838 (헌종 4년)	32세	부인 장수 황씨 사망. 경주 최씨 후처로 혼인.

연도	김병연 나이	연혁
1840~1844	34~38세	함경도, 평안도, 황해도 구월산 등 관서지방 유랑.
1845~1848	39~42세	홍경래가 軍을 일으킨 평안도 가산 다복동(多福洞) 방문 후 자신이 김익순 손자임을 밝히고 홍경래에 대한 원한을 거둠.
1845 (헌종 11년)	39세	한양 우전 정현덕 집에서 『녹차집(김사립전)』의 저자 황오와 만남.
1852 (철종 3년)	46세	낙봉 이상우가 용인에서의 김병연 얘기를 청량사 詩會에서 『해장집(海藏集, 記金籖笠事)』의 저자 신석우에게 전함.
1853 (철종 4년)	47세	안동에서 훈장을 함.
1856 (철종 7년)	50세	경주 최씨 후처로부터 3남 영규(英圭) 출생.
1858~1862	52~56세	금강산, 강원도, 충청도, 전라도 유랑.
1863 (철종 13년)	57세	3월 29일, 전라남도 화순군 동북면 구암리 정시룡의 집 사랑채에서 운명. 시신은 정시룡이 집 뒷동산에 초분(草墳)(추정). 3년 후 차남 익균이 영월군 하동면 와석리 노루목으로 반장함.

2장

김립시집(金笠詩集) 後篇

1. 들어가기 전에

『金笠詩集』 초판에 실린 이응수의 해설을 일부분 옮긴다. 후편은 모두 과시체(科試體) 형식의 시로 편찬되었다. 과시(科試)는 청운(靑雲)의 큰 뜻을 품고 나라의 고위 공직자가 되기 위한 등용문 시험인 지금의 사법·입법. 행정 고시와 유사한 시험으로 과시에 응시하는 자들은 유교 경전이나 古文 시작(詩作) 논술능력을 높이기 위해 정성을 다했다. 그런데 김립의 수려한 과시 작품은 모범답안의 예로 인식되어 그의 작품에 나타난 기법과 방식을 배우기 위해 철종(憲宗) 헌종(哲宗) 시대의 과거시험 응시자들은 김립의 과시 작품을 마치 교과서처럼 귀하게 여겼다. 김립은 무수한 과시 작품을 남겼지만, 김병현(金秉玄)과 같은 가짜 김삿갓을 포함해 다수의 유랑과객(流浪科客)들의 모방 작품도 전해져오고 있어 김립의 시 진위(眞僞)에 관한 의혹도 많다. 이 후편에 실린 김립의 작품들은 김립의 작풍(作風)과 일치하고 그의 후손들의 가서본(家書本)과도 일치했으므로 큰 오류는 없을 것이다. 과시(科試)는 현대에 와서는 사라졌지만, 과거 조선의 소중한 문학 형식으로 전문적 연구대상이 될 수 있다. 해석 불가능을 주장하는 사람도 있지만 그건 여러 중국 고전(古典)을 인용한 점을 고려하면 박람강기(博覽强記)[72]가 필요하다는 말이지 해석 불가능한 것은 아니다. 후편에서는 작품의 율(律)과 구(句)의 제한적 해석만을 다룬 전편과 달리 80수의 공영시(功令詩)[73]를 추가했다. 김립 작품을 이해하려면 우선 기본적인 율(律)과 구(句)를 이해하고 더 나아가서는 과시(科詩) 작품을 이해해야만 김립 작품의 가치를 제대로 알 수 있다. 그러나 과시 작

---

72) 박람강기(博覽强記): 여러 책을 많이 읽고 기억을 잘함. 견문이 넓고 독서를 많이 하여 지식이 풍부함.

73) 공영시(功令詩): 과거시험 볼 때 쓰는 시체(詩體) 또는 그런 시체로 쓴 詩. 과체시(科體詩)와 같은 의미.

품은 대부분 내용도 난해하고 길며, 중국 사기 등 고전 문헌에 관한 지식이 없이는 정확한 해석이 어렵다. 독자는 후편에 수록된 김립의 과시를 이해하기 위해서라도 중국사 개요를 읽어주기 바란다. 중국사는 삼황오제(三皇五帝)로 시작해서 요순(堯舜), 하은주(夏殷周), 춘추(春秋)전국시대를 거쳐 진시황(秦始皇)의 진(秦)나라, 항우(項羽)와 패공 유방(沛公 劉邦)의 초한(楚漢) 시대를 지나 한(漢)의 통일에 이른다. 이후 위.촉.오(魏.蜀.吳) 삼국시대, 남북조(南北朝)시대, 수당(隋唐) 시대에 이른다. 後篇은 작품의 시작인(詩作人)에 관한 논란이 있는 김립의 조부 김익순(金益淳)을 비판한 공영시(功令詩)부터 시작한다.

2. 일러두기

① 김병연(金炳淵)이 본명인 김삿갓은 김사립(金莎笠), 김대립(金簦笠), 난고(蘭皐), 김립(金笠), 김난(金鑾), 이명(而鳴), 지상(芝祥), 김초모(金草帽) 등 다양한 이름과 별호로 언급될 수 있겠지만, 그들이 모두 실제 김병연의 이름과 별호인지에 대해서는 논란이 있어서, 본서에서는 김삿갓, 김립(金笠) 혹은 병연(炳淵)으로 호칭을 제한했다.

② 작품의 내용과 시작인(詩作人)의 의도를 충실히 반영하기 위해 직역(直譯)과 의역(意譯)을 적절히 섞어 해설하였으며, 필요하면 詩句에 포함되어 있지 않은 『詩傳』이나 『史記』와 같은 중국 역사기록도 포함하여 독자의 이해를 쉽게 하고자 했다.

③ 인명(人名)에 대한 호칭은 이름 그대로 따랐으며, 존칭은 가능하면 생략하였다.

④ 한글 고어체나 한문 등 독자가 이해하기 힘들다고 판단되는 부분은 알기 쉽게 번역하고 수정하였다. (예: 잣가운-> 가까운, 단엿다->다녔다, 이리하야->이리하여)

⑤ 난해한 한자들은 **주해** 라는 제목으로 설명을 추가했다.

⑥ 한시 작품해설은 별도로 표시했다.

(예) 伊來中原壯觀無
이 래 중 원 장 관 무

저 중원(中原) 땅에 흐르는 강물에는 볼 것이 없네.

주해

伊(이): 저, 그, 어조사.

⑦ 추가 설명이 필요한 경우 **추가 해설** 을 덧붙였다.

(예) 鬼神何關空髑髏
귀 신 하 관 공 촉 루

귀신이 어찌 헛되이 해골을 구하는가?

주해

鬼(귀) : 귀신. 髑(촉) : 해골. 髏(루, 누) : 해골.

추가 해설

번어기樊於期귀신이여, 영웅호걸들이 연燕나라 궁전에서 한때 의기투합해 네 머리를 잘랐
는데, 인제 와서 무슨 헛소리냐?)

⑧ 한시 본문해설은 **작품해설** 이라는 제목 아래 적었다.

⑨ 본문 아래 **첨언** 이라는 제하(題下)에 필자의 감상문을 덧붙였다.

⑩ 페이지 하단에 본문 내용 중 추가 설명이 필요한 경우를 위해 각주
(脚註)를 달았으며, 독자의 이해를 돕기 위해 각주 설명이 반복되더

라도 중복해 실었다. 각주(脚註) 설명을 동일 페이지 하단에 수록하기 힘든 경우 다음 페이지에 수록하였다.

⑪ 인터넷 검색을 해보면 스마트폰으로 쉽게 한자나 한문의 번역을 볼 수 있는데 굳이 간주(間註), 주(註), 각주(脚註)를 반복 처리한 이유는 뜻글자인 한자(漢字)는 문장 전후 내용에 따라 달리 해석될 수 있기 때문이고, 인터넷 검색의 번거로움과 오역(誤譯)을 없애고 독자의 이해를 쉽게 하기 위함이다.

⑫ 서적과 영화 등 작품명은 겹낫표『 』또는 홑따옴표 ‘ ’, 작품 내 세부 제목과 내용 설명은 홑낫표「 」, 참고와 인용 자료는 괄호 ( ) 혹은 홑화살괄호〈 〉, 질문 대답 등 대화 내용은 겹따옴표 “ ”, 홑따옴표 ‘ ’ 등으로 표기했다.

⑬ 한글과 한자의 추가 설명을 위해 漢字(한글음, 의미) 혹은 한글(漢字음, 의미로 표기해 괄호 안에 한글 음과 漢字音 또는 音訓을 함께 적었다.) (예) 和項王楚歌(화항왕초가, 항우 왕의 초(楚)나라 해하가(垓下歌)에 화답하다). 가을바람 소리 (秋聲추성). 한자한글, 한글 의미로 표기하기도 했다. (예) 已而夕陽在山이이석양재산, 어느새 석양은 서산 위에 있네.

⑭ 난해하거나 잘 쓰지 않는 한자(漢字)는 괄호 안에 한글 음(音)과 뜻 (訓)을 함께 적었다.

(예) 酒肴(주효, 술안주), 蘭皐平生詩난고평생시, 나의 한평생 뒤를 돌아보며 시를 읊다.

⑮ 쉬운 한자의 경우 音訓을 생략하였다.

3. 論鄭嘉山忠節死논정가산충절사
嘆金益淳罪通于天탄김익순죄통우천
- 가산 군수 정시의 충절한 죽음을 추모하고 김익순의 죄가 하늘에 이를 만큼 큼을 탄하라

　본서의 「김삿갓에 관하여」 장에서 이미 언급되어, 중복으로 설명되는 부분이 있지만, 독자들의 더 쉬운 이해와 추가 설명을 위해 『金笠詩集』 초판(1939)에 실린 이응수의 해석 본문과 함께 다시 덧붙인다.

주해

　鄭嘉山(정가산): 홍경래의 난이 일어났을 때 평안도 가산(嘉山) 군수(郡守)였던 정시(鄭蓍)를 가리킴.

작품해설

曰爾世臣金益淳
왈 이 세 신 김 익 순

대대로 임금을 섬겨온 너 김익순에게 고하노니

鄭公不過卿大夫
정 공 불 과 경 대 부

정공은 하찮은 하급관리였음에 불과해도

鄭公(정공): 홍경래의 난 때 전사(戰死)한 평안도 가산(嘉山) 군수(郡守) 정시(鄭蓍)를 가리킴. 卿大夫(경대부): 경(卿)과 대부(大夫), 정3품 혹은 그 아래 직급의 관직.

將軍桃李隴西落
장 군 도 이 농 서 락

정시(鄭蓍)는 한(漢)나라 땅 농서가 함락될 때 이농장군처럼 비굴하게 흉노(匈奴)에게 항복하지 않아

桃李(도이): 복숭아와 자두, 훌륭한 인재(人材), 여기서는 흉노족에게 항복한 전한(前漢)의 벼슬아치 장군 이능(李陵)을 비하하기 위해 정시(鄭蓍)를 桃李(도이)로 높임. 隴西(농서): 중국 진(秦)나라 농산(隴山)의 서쪽의 옛 변방을 가리킴.

烈士功名圖末高
열 사 공 명 도 말 고

기린각의 열사공신 초상화 중 제일 높은 곳에 안치되어 있더라.

烈士(열사): 나라가 위태로울 때 목숨을 바쳐 싸운 충신 혹은 애국자.
圖末高(도말고): 초상화 제일 상단, 공신(功臣)의 초상화 안치 서열이 제일 높다는 의미. 중국 한나라 때 공신(功臣)들의 초상화를 그려 놓은 기린각(麒麟閣)이라는 전각을 세웠다 함.

詩人到此亦慷慨
시 인 도 차 역 강 개

시인은 이 생각만 하면 가슴이 분통이 터질 것 같아

慷慨(강개): 의롭지 못한 것에 복받치어 원통하고 슬프다, 비분강개(悲憤慷慨)와 같은 의미.

撫劍悲歌秋水涘
무 검 비 가 추 수 사

가을 연못가에 앉아 칼만 만지작거리며 슬픈 노래를 읊노라.

撫(무): 어루만지다, 손에 쥐다. 涘(사): 물가, 강가.

宣川自古大將邑
선 천 자 고 대 장 읍

선천은 자고로 대장들이 지키던 큰 고을이라

比諸嘉山先守義
비 저 가 산 선 수 의

비유컨대 가산보다 먼저 의(義)로서 지켜야 할 곳이거늘.

諸(제, 저): 모든, 여기서는 어조사로 '~에' 또는 '~에서'의 의미. 선천(宣川)과 가산(嘉山) 모두 평안도(平安道) 인근 고을이며, 홍경래의 난 때 둘 다 공격을 당했다. 가산(嘉山)의 다복동(多福洞)은 홍경래의 민중혁명의 봉기군을 일으킨 군사 전초기지였으며 가산 군수였던 정시(鄭蓍)와 그의 부친 정노(鄭魯)는 반란군에 맞서 장렬하게 싸우다 전사하는 반란의 첫 번째 희생자가 되었다.

淸朝共作一王臣
청 조 공 작 일 왕 신

정가산과 너는 모두 청명한 조정에서 한 임금만을 섬겼건만

死地寧爲二心子
사 지 영 위 이 심 자

죽음에 이르러서는 너는 어찌 두 마음을 품었더냐?

주해

寧(영, 령): 차라리, 어찌, 편안하다, 여기서는 '어찌'의 의미. 子(자): 여기서는 어조사. 子(자): 여기서는 '너' 혹은 '당신'을 의미하는 어조사로 해석.

升平日月歲辛未
승 평 일 월 세 신 미

태평세월 신미년에

주해

升平(승평): 나라가 태평하다, 승평(昇平)과 동일. 日月(이월): 날과 달, 세월을 뜻함.

風雨西關何變有
풍 우 서 관 하 변 유

반란이 서관에서 일어나니 이게 무슨 변고란 말인가?

주해

풍우(風雨): 바람과 비, 여기서는 홍경래의 난(亂)을 지칭. 西關(서관): 관서(關西) 지방, 마천령(摩天嶺)의 서쪽 지방, 평안도와 황해도를 가리킴.

尊周孰非魯仲連
존 주 숙 비 노 중 련

주(周)나라에는 왕에게 충절(忠節)을 다한 제(齊)나라의 노중연(魯仲連) 같은 충신은 어디에도 없었지만

孰(숙): 어느, 누구. 魯仲連(노중연): 중국 제(齊)나라 사람으로 충신.

輔漢人多諸葛亮
보 한 인 다 제 갈 량

한(漢)나라를 되찾기 위한 제갈량(諸葛亮) 같은 충신도 많았고

諸葛亮(제갈량): 유비가 삼고초려를 한 중국 촉한(蜀漢)의 승상. 삼고초려(三顧草廬): 세 번 찾아 간청한 유비의 신하가 되어 장강(長江)의 적벽대전(赤壁大戰)에서 조조(曹操)의 군사에게 크게 이긴다.

同朝舊臣鄭忠臣
동 조 구 신 정 충 신

이 나라에서 왕을 오래 모신 정시(鄭蓍) 같은 충신은

抵掌風塵立節士
저 장 풍 진 입 절 사

맨손으로 저항하며 충절(忠節)을 지킨 충신이었으니

抵(저): 막다, 거절하다. 掌(장): 손바닥, 수완, 솜씨. 風塵(풍진): 바람에 날리는 티끌, 힘든 세상일.

嘉陵老吏揚名旌
가 릉 노 리 양 명 정

가산(嘉山) 언덕에서 싸우다 쓰러진 늙은 충신의 명성은

老吏(노리): 늙은 관리. 旌(정): 깃대 기(旗) 밝히다, 나타내다. 名旌(명정): 이름을 날리다.

生色秋天白日下
생 색 추 천 백 일 하

맑은 가을 하늘 백일하에 환하게 빛나니

魂歸南畝伴岳飛
혼 귀 남 무 반 악 비

그의 혼백은 남쪽 들판에 악비(岳飛)와 나란히 묻혔고

畝(무): 이랑, 전답(田畓, 논과 밭)의 면적, 여섯 자(尺, 척) 사방을 보(步), 100步를 무(畝)라 했음. 伴(반): 짝, 따르다. 岳飛(악비): 중국 송(宋)나라 장수로 한족의 충신으로 추앙받음, 여진족 금(金) 나라와 싸워 공을 많이 세웠으나 재상 진회(秦檜)의 모함과 무고한 누명으로 39세 나이에 옥사 (獄死)했다. 함경도에서 이시애(李施愛)의 난(亂)을 평정, 여진족 토벌 등 전공(戰功)을 많이 세웠지 만, 역모를 꾀한다는 유자광(柳子光), 한명회(韓明澮), 신숙주(申叔舟)의 모함으로 능지처참 거열(車 裂)형으로 26세 젊은 나이에 처형당한 조선 세조(世祖) 때 장수인 남이(南怡, 1443~1468) 장군과 남송(南宋) 시대 岳飛(악비, 1103~1142) 장군은 유사한 면이 많은 충신이었다.

骨埋西山傍伯夷
골 매 서 산 방 백 이

뼈는 서산에 백이(伯夷) 곁에 묻혔도다.

埋(매): (시체를) 묻다. 傍(방): 곁, 옆.
伯夷(백이): 중국 상(商)나라 사람으로 숙제(叔齊)와 형제, 주(周)나라에 의해 상(商)나라가 망 하자 주(周)나라 수양산(首陽山)에 들어가 먹을 것이 없어 고사리를 캐어 먹다 주(周)나라 땅에서 나는 고사리도 먹을 수 없다며 굶어 죽었다는 자신의 나라에 충절을 지킨 의인(義人).

西來消息慨然多
서 래 소 식 개 연 다

그런데 서쪽 선천에서 들리는 개탄스러운 소식이 자주 들리니

問是誰家食祿臣
문 시 수 가 식 녹 신

너에게 묻노라, 너는 누구의 녹을 받아먹던 신하이었더냐?

家聲壯洞甲族金
가 성 장 동 갑 족 김

너의 집 가문은 이름 높은 장동 김씨 집안이 아니더냐?

주해

甲族(갑족): 가계(家系)가 훌륭한 집안.

名字長安行列淳
명 자 장 안 항 열 순

이름은 장안에서 기세등등한 순(淳)字 항렬(行列)이고

주해

항렬(行列): 같은 씨족 안에서 상·하의 차례를 분명히 하기 위해 만든 서열. 長安(장안): 서울, 한양

家門如許聖恩重
가 문 여 허 성 은 중

가문은 이처럼 성은이 망극하니

百萬兵前義不下
백 만 병 전 의 불 하

백만 병력이 쳐온다 해도 의(義)를 져 버릴 수는 없었느니라.

淸川江水洗兵波
청 천 강 수 세 병 파

병마들은 청천강 흐르는 물에 휩쓸려 가버렸느냐?

鐵甕山樹掛弓枝
철 옹 산 수 괘 궁 지

철옹산 튼튼한 활들은 나뭇가지에 걸어 놓았느냐?

주해

鐵甕(철옹): 쇠와 독, 평안남도 맹산(孟山)의 고려 시대 이름. 철옹성(鐵甕城): 무쇠로 만든 독처럼 튼튼히 둘러쌓은 산성(山城). 掛(괘): 걸다, 걸어놓다.

吾王庭下進退膝
오 왕 정 하 진 퇴 슬

우리 임금님 궁전 앞뜰에서 꿇던 무릎을

주해

膝(슬): 무릎. 약하다, 가볍다.

背向西城凶賊股
배 향 서 성 흉 적 고

등을 돌려 서쪽의 흉악무도(凶惡無道)한 도적 떼에게 꿇었으니.

股(고): 정강이, 넓적다리. 『金笠詩集』 초판의 '脆(취)' 자 표기는 식자 오류인 듯함.

魂飛莫向九泉去
혼 비 막 향 구 천 거

너의 넋은 죽어서도 저승에 가지 못하니

九泉(구천): 땅속, 저승, 죽은 뒤 넋이 돌아간다는 곳, 황천(黃泉)과 같은 의미. 여기서 '九'는 숫자 아홉의 뜻이 아니라, '넓다', '깊다', '크다' 등의 의미. (예) 九萬里(구만리), 九重宮闕(구중궁궐), 九曲肝腸(구곡간장).

地下猶存先大王
지 하 유 존 선 대 왕

지하엔 선대왕들의 넋이 있으신 까닭이니라.

猶(유): 마치, 오히려, 마땅히~해야 한다.

忘君是日又忘親
망 군 시 일 우 망 친

임금을 저버린 날 조상도 버린 너는

一死猶輕萬死宜
일 사 유 경 만 사 의

한번으론 아니 되고 만 번 죽어 마땅하노라.

春秋筆法爾知否
춘 추 필 법 이 지 부

역사의 준엄한 춘추필법을 너는 아느냐? 모르느냐?

주해

春秋筆法(춘추필법): 대의명분을 밝혀 세우며 옳고 그름을 엄격히 판단하여 기록한 역사기록 방식.

此事流傳東國史
차 사 유 전 동 국 사

너의 이 치욕적인 반역은 우리나라 역사에 길이 전해지리라.

주해

東國(동국): 중국의 동쪽에 있는 우리나라를 의미.

추가 해설

『金笠詩集』초판(1939)에 실린 이응수의 해석은 아래와 같다.

　李朝의 世臣 金益淳(김익순)은 들어라. 嘉山(가산)의 鄭公蓍(정공시)는 일개 卿大夫(경대부)에 불과했지만, 나라를 위해 충절(忠節)을 지키며 죽지 않았더냐? 한(漢)나라 이능(李陵)은 흉노에 투항하여 후세에 罵倒(매도)를 당하니 너 金益淳(김익순)이 그와 같고, 그와 반대로 漢宣帝中興功臣十一人(한선제중흥공신십일인)의 畵像(화상)을 모신 麒麟閣(기린각)[74]에는 19년간

---

74) 麒麟閣(기린각): 중국 漢(한)나라 武帝(무제)가 지은 누각으로 宣帝(선제) 때 功臣(공신) 11명의 畵像(화상)을 안치하여 그들의 충절과 공적을 기렸다 함.

절개를 지킨 蘇武(소무)[75]의 초상화를 화상들 가운데 제일 높이 걸었으니, 비유컨대 이는 鄭嘉山(정가산)이라 하겠다. 시인은 지금 비분강개한 심정으로 울분을 참지 못하며 칼만 만지작거리며 슬프게 시를 읊노라. 선천은 자고로 대장들이 지키는 큰 고을이었으니 嘉山(가산)보다 먼저 義(의)를 지켜야 할 땅이었는데 너로 인해 먼저 무너졌다. 우리나라 조정에서 鄭蓍(정시)와 너 益淳(익순)은 둘 다 한 임금을 모신 신하인데 죽음에 이르러 어찌 두 마음을 품고 임금을 배반했단 말인가? 太平聖代(태평성대)인 辛未年(신미년) 關西(관서)지방에서 비바람 몰아치듯 洪景來(홍경래)의 亂(난)이 일어났을 때 周(주)나라에는 魯仲連(노중연)같은 忠臣(충신)이 없었고 漢(한)나라 기울 때 나라를 다시 일으킨 諸葛亮(제갈량) 같은 충신처럼 李朝(이조)에서도 이 鄭忠臣嘉山(정충신가산)이 있어 亂(난)을 막았다. 그는 늙은 하급관리의 몸으로 구국의 깃발을 세운 그의 충성심을 가을 하늘 온 세상에 밝혔으니 그의 魂(혼)이 남쪽 땅에 묻히면 宋(송)나라의 岳飛(악비)에 比肩(비견) 될 것이요, 뼈가 서쪽에 묻히면 그의 절개가 伯夷(백이)에 버금갈 것이다. 그런데 서쪽에서는 金益淳(김익순)이 굴복하였다는 개탄스러운 소식이 들려오니 이게 어찌 된 일이냐? 묻노니 너의 집은 무슨 祿俸(녹봉)으로 먹고 살았느냐? 家門(가문)의 명성은 壯洞(장동)에서 제일 높게 떨치는 淳字行列(순자항렬)이 아니더냐? 가문이 이러하고 임금의 聖恩(성은)이 망극하니 백만대군의 적이 쳐들어와도 의(義)를 잃지 말아야 하거늘. 淸川江(청천강) 강가에서 고이 씻은 兵馬(병마)와 鐵甕山(철옹산) 튼튼한 나무로 만든 활을 가졌음에도 임금님 앞에서 꿇던 그 무릎을 등을 돌려 凶賊(흉적) 洪景來(홍경래)에게 꿇다니! 예끼~, 이 고약한 놈아! 너는 죽더라도 黃泉(황천) 길로 가지 마라. 지하에 계신 우리 先代王(선대왕)들께서 거절하실 거다. 임금님을 저버리는 날 同族(동족)도 저버린 너 益淳

---

75) 蘇武(소무): 중국 漢나라 사람으로 漢武帝(한무제) 때 匈奴(흉노)에 사신으로 갔다가 억류당하지만, 끝까지 굴복하지 않으며 19년간을 지낸 후에 고국으로 돌아왔다. 조선 초기의 문인이며 생육신(生六臣)의 한 사람인 김시습(金時習)이 소무(蘇武)의 우국 충절을 칭송하는 소무찬(蘇武贊) 시가 그의 매월당집(梅月堂集)에 실려있다.

(익순)아, 넌 대체 正義(정의)의 붓으로 기록하는 孔子(공자)의 역사기록법
인 春秋筆法(춘추필법)을 아느냐? 모르냐? 너의 부끄러운 행적은 역사에
뚜렷이 기록하여 千秋萬代(천추만대)에 길이길이 전하여 너를 부끄럽게 하
리라!

첨언

병연 나이 스무 살 되던 해 강원도 영월(寧越) 동헌(東軒)이었던 관풍헌
(觀風軒)에서 있은 향시(鄕試)에서 아래의 시제(詩題)를 보고 그는 무슨 생
각을 하였을까?

論鄭嘉山忠節死 嘆金益淳罪通于天
논 정 가 산 충 절 사 　 탄 김 익 순 죄 통 우 천

가산 군수 정시(鄭蓍)의 충절한 죽음을 추모하고,
역적 김익순(金益淳)의 죄가 하늘에 이를 만큼 큼을 탄하라

"15년 전 관서(關西) 지역에서 봉기했던 역적 홍경래(洪景來)의 난(亂)으
로 세상 사람들 입에 회자하던 충신 정시(鄭蓍)와 역적 김익순(金益淳)에
관해서라면 사서오경(四書五經)과 역사에 익숙한 내가 과체시(科體詩) 하나
정도는 훌륭하게 쓸 수 있지." 그런데 가산(嘉山) 군수(郡守)였던 충신 정시
(鄭蓍)는 그렇다 쳐도 익순(益淳)의 성(姓)은 무언가 이상하다는 느낌이 들
었을 것이다. "어라~, 역적이 나처럼 '김'씨 성을 가졌네. 항렬(行列)을 보
면 나랑 촌수가 아주 가깝네!"라며 시험답안지 작성을 위해 시권(詩卷)을
펼친다. 시관(試官)의 지시에 따라 병연은 일필휘지(一筆揮之) 숨도 안 쉬고
운필(運筆)해 써 내려간다. 제일 먼저 시권 작성을 완성하고 제출한 병연

은 회심의 미소를 지으며 자리에서 일어선다. 조선 시대 사대부들의 평생소원인 과거급제 벼슬길에 이제야 오르게 된다고 생각하며 미소 짓는다. 그러나 그것이 그의 남은 인생 37년간 인생을 걸식유랑(乞食流浪)하며 조선팔도 떠돌게 될 화근(禍根)이 될 줄이야! 이 무슨 운명(運命)의 장난인가? 뒤틀린 팔자(八字)인가? 과거장에서 득의양양 웃음 지으며 돌아온 아들에게 함평(咸平) 이씨(李氏) 모친께서 집안 내력을 말해 준다. "네가 그렇게 신랄하게 비판한 대역죄인이 바로 너의 조부(祖父)이시다." 이상이 구전(口傳)되어 내려오는 병연의 과거시험 응시의 전말이다. 여기서 조선 시대 과거시험 제도에 관해서 한번 알아보자. 위의 김익순(金益淳) 탄핵에 관한 논술문제 제목은 과거(科擧)시험 과목76)인 부(賦)나 표(表), 혹은 임금의 책문(策問) 형식이 아니며 응시자의 논술답변인 대책(對策) 얘기도 없으니 대과 전시(大科 殿試)는 아닌 게 분명하고, 그렇다고 생원(生員)이나 진사(進士)를 뽑는 과거시험 초시(初試)인 지방의 향시(鄕試)는 더더욱 아닌 듯하다. 과거시험에 응시하기 위해서는 응시원서인 녹명(錄名)을 시험 전에 녹명소(錄名所, 응시원서접수처)에 응시자의 신원 확인에 필요한 본인의 관직, 성명, 본관에 관한 자료는 물론 조상 사조(四祖)에 관한 사조단자(四祖單子)77)도 본인의 시권(試卷)78) 앞부분에 명기(明記)하여 제출해야 한다. 사조(四祖)의 관직이나 성명 등은 응시자가 누구의 자손인지를 시관(試官)이나 감독관(監督官)이 알 수 없도록 비봉(秘封)하였지만, 응시자 본인이 직접 녹명(錄名)에 작성하여 제출하여야 비로소 응시자(擧子, 거자) 명단인 녹명책(錄名冊)에 이름을 올릴 수 있었다. 답안지 작성은 해서(楷書)체로 써야 했으며 당쟁이나 시국을 비난하는 언급이나 인용을 하면 안 되었다. 결국, 병연이 응시했던 시험이 과거(科擧)시험 초시(初試)인 향시(鄕試)

---

76) 과거(科擧) 시험과목: 부(賦) - 古詩 형식으로 문학적 글쓰기 능력을 평가, 표(表) - 임금에게 자기 생각을 건의하는 글, 책문(策問) - 국가 운영이나 정치사회 현안에 대한 식견에 관한 질문.

77) 사조단자(四祖單子): 四祖 (아버지, 할아버지, 증조할아버지, 외할아버지)의 관직, 성명, 본관을 기록한 확인서.

78) 시권(試卷): 科擧시험 응시자의 시험답안지.

였더라고 해도 조부(祖父) 김익순(金益淳)의 관직, 성명, 본관을 포함한 사조단자(四祖單子)를 제출하지 않을 수는 없었을 것이다. 다섯 살 때 소학 천자문을 시작했고 스무 살 나이에 사서오경, 역사, 문학 등 모든 분야의 내용을 자유자재 적재적소에 인용해 시를 읊을 수 있었던 세도가문 안동 김씨 가문 출신이었다. 다섯 살 때부터 신동(神童)이라고 칭찬이 자자했던 병연이 할아버지 이름과 관직을 그의 나이 20세 될 때까지 몰랐다는 것은 상식적으로 이해하기 힘들다. 마지막으로 과거시험처럼 관리 등용의 관문이 아니라 지방에서의 순수한 문학 진흥을 위해 실시한 민간적 차원에서 시행된 백일장(白日場)에 응시했다는 얘기도 있지만, 김익순(金益淳)에 관한 논술문제 제목은 시(詩)와 문장(文章) 등 문학적 재능을 겨루는 백일장(白日場)의 시제(詩題)로서는 전혀 어울리지 않는다. 지방의 과거시험 지망생이나 낙방생(落榜生)들이 과거시험에 대비하며 머리도 식힐 겸 참가하는 순수한 글짓기대회의 시제(詩題)로서는 부적합하다. 조선 말기에 이르러서는 시문(詩文)에 능한 기생들까지 참여할 정도로 풍기가 문란해졌다는 백일장에서 천재 시인 병연이 시문(詩文)을 겨뤘다고 보기 어렵다. 병연은 20세 나이 이전 아니 그의 나이 7~8세 때 조부 김익순의 대역죄로 인한 가문의 폐족 사실을 이미 알고 있었다고 이해하는 쪽에 오히려 객관적 타당성이 있다. 당시 유교적 봉건 체제하에서 폐족 가문의 후손이라는 치욕적 신분으로 사회적으로 참여할 수 있는 일이 전혀 없었을 것이다. 조부는 참수당하고 부친은 유배지에서 화병으로 죽은 병연의 가족은 사람들의 천대와 멸시를 피해 강원도 영월로 이주한다. 이주하기 전에는 일찍이 정조(正祖) 승하 때 고명대신(顧命大臣)[79]이었던 안동 김씨 김조순(金祖淳)의 딸이 조선 23대 임금 순조(純祖)의 왕비 순원왕후(純元王后)가 된 이래 근 60년간은 경복궁 서북쪽 지금의 청와대 근방의 장동(壯洞, 지금의 궁정동, 청운동 일대)에 거주하던 안동 김씨 세도가문

---

79) 고명대신(顧命大臣): 황제나 국왕의 승하 시 임금의 마지막 당부나 유언을 받드는 대신으로 임금의 유지(遺志)를 받았기 때문에 다음 임금의 총애와 신뢰를 받음.

(勢道家門)이었다. 조부 김익순은 홍경래 반군에 투항한 이유로 참수되어 폐족(廢族)가문이 되지만 그 근원을 따져 거슬러 올라가면 홍경래의 난도 결국 안동 김씨의 세도정치에 기인했다고 볼 수 있으니, 27살 나이 차이인 홍경래와 김립은 서로 얼굴을 마주한 적은 없지만, 불구대천(不俱戴天)의 악연을 갖고 태어났다. 불세출의 이 두 걸인(傑人)은 각각 칼과 붓으로 천지개벽(天地開闢)을 꿈꾸다 쓸쓸히 세상을 떠나게 된다. 병연의 나이 10세 때인 1816년경 세상 사람들 눈을 피해 어머니와 형과 멀리 강원도 영월 땅으로 피하긴 했지만, 먹고 살기 위해 딱히 할 수 있는 일은 없었을 것이다. 농사를 지어본 적도 없고 경술(經術)과 문장(文章)만 공부해 온 병연은 어사화(御史花)로 장식된 화관(花冠)을 쓰고 금의환향(錦衣還鄕)하는 일은 애당초 꿈도 꿀 수 없는 폐족(廢族) 신분이었지만, 그래도 한 가닥 벼슬을 향한 희망의 끈을 놓지 못하고 관료들 자제들을 시우(詩友)나 주우(酒友) 삼아 찾아다니며 기회를 엿본 듯하다. 한동안 성균관이 있는 한양 명륜동 주위를 맴돌다 모든 것이 헛되다는 사실을 알고 조선팔도를 자기 집 삼아 유랑을 하게 된다. 그의 나이 57세이던 1863년 전라남도 화순의 안참봉 집 사랑채에서 그의 마지막 작품「蘭皐平生詩(난고평생시)」를 남기고 세상을 떠났다. 김삿갓이 과거시험 향시(鄕試)도 민속 글짓기 대회 백일장(白日場)에도 응시하지 않았으며 훗날 호사가(好事家)들, 혹은 만담(漫談), 고담(古談) 이야기꾼들이 만든 가설(假說)이 구비전승(口碑傳乘)된 것으로 가정하면, 1926년 강효석(姜斅錫)이 편찬한 야사집(野史集) 대동기문(大東奇文)에서 관서(關西)지방의 노진(魯禛)이라는 자가 공령시(功令詩)를 잘 지었어도 김삿갓에게는 못 미쳐 시기하며 김삿갓을 관서(關西)지방에서 쫓아내기 위해 김익순(金益淳)을 조롱하는 시를 지어 퍼뜨려 세상에 자기 이름을 알리려고 만든 노진(魯禛)의 탄핵시라는 기록이 훨씬 더 설득력을 얻게 된다. 김립이 24세 되던 해 (純祖 31년, 1831) 그의 조부 김익순의 사촌 동생 김정순(金鼎淳)이 과거에 급제했으나 폐족(廢族) 자손이라는 이유로 합격이 취소되었던 사실로 미루어 짐작하건대, 김립은 과거시

험에 관해 꿈꿀 수조차 없었다고 보는 것이 타당하다.

결론적으로 위탄핵시의 원래 작자가 우리가 알고 있는 김삿갓 김병연(金柄淵)인지 아니면 노진(魯稹)인지, 아니면 김씨 성으로 삿갓 쓰고 다닌 또 다른 제 삼의 인물인지 알 길은 없다. 그렇다면 김삿갓 김병연(金柄淵)은 강원도 영월(寧越) 동헌(東軒)이었던 관풍헌(觀風軒)에서 있은 향시(鄕試)에서 그의 조부를 비판한 이 시의 詩作人이 아닐 수도 있다. 그러나 중요한 건 김립(金笠, 김삿갓, 여럿일 수도 있음)이 남긴 멋지고 시원한 풍자 비판시들을 그의 사후 160여 년이 지난 지금에도 우리가 감상할 수 있다는 사실이다. 곰이 쑥과 마늘 20개를 먹고 백일동안 햇빛을 보지 않고 인간 웅녀(熊女)로 태어나 환웅(桓雄)과 결혼해 단군왕검(檀君王儉)을 낳았다는 우리나라의 고조선(古朝鮮)의 건국신화를 놓고 사실(史實) 여부를 따지는 사람도 없지 않은가?

4. 鶴城風景二十韻학성풍경이십운

- 함경도 철령(鐵嶺) 북쪽 안변(安邊) 학성(鶴城) 산성의 옛

  성지(城趾)를 유랑하며 읊은 스무 개의 시

주해

韻(운): 소리와 음조가 비슷한 시행(詩行)의 끝 글자를 의미하지만 여기서는 시를 세는 단위
인 首로 보는 것이 옳음. 성지(城趾): 성터, 城이 있던 흔적, 옛터.

작품해설

勝槪江山何處是
승 개 강 산 하 처 시

풍경이 이처럼 수려한 곳이 어디메뇨?

주해

勝槪(승개): 모든 곳을 이기다, 뒤덮다.

鐵嶺以北有安邊
철 령 이 북 유 안 변

바로 철령 땅 북쪽의 안변이로다.

三臺勢氣拱天壯
삼 대 세 기 공 천 장

세 봉우리 산세가 두 팔 벌려 장엄하게 창공을 품고 있고

拱(공): 껴안다, 두 손을 맞잡다.

萬戶籠煙撲地連
만 호 농 연 박 지 연

집마다 밥 짓는 연기로 땅바닥을 자욱이 뒤덮었네!

籠(농, 롱): 뒤덮다, 자욱하다. 籠煙(농연): 밥 짓는 연기(炊煙_{취연})가 자욱하다는 의미. 撲(박): 넘어지다, 때리다, 소유하다.

落落蒼松望十里
낙 낙 창 송 망 십 리

낙락창송은 십 리 길에 뻗쳐있고

落落蒼松(낙락창송): 가지가 축 늘어진 푸른 소나무.

潺潺綠水帶南川
잔 잔 녹 수 대 남 천

잔잔히 흐르는 녹색 물줄기가 남천으로 흘러가네.

潺潺(잔잔): 물 흐르는 소리(모양).

鶴城聳翠雲中出
학 성 용 취 운 중 출

학성에 오니 파란 물총새가 하늘 높이 날며 구름에서 나오니

주해

聳(용): (높이) 솟다. 翠(취): 물총새, 비취색.

龍閣流丹水底懸
용 각 유 단 수 저 현

용을 새긴 누각 단청이 흐르는 물 바닥에 훤히 비치는구나!

一點南山當戶轉
일 점 남 산 당 호 전

한 점 남산에서 집을 향해 돌아서 있으니

天家美峴起炊煙
천 가 미 현 기 취 연

미현리 고을의 수많은 집에서 밥 짓는 연기 뭉게뭉게 피어오르네.

주해

炊煙(취연): 밥 짓는 연기.

層巒疊疊壯南北
층 만 첩 첩 장 남 북

층층이 쌓인 첩첩산중이 장엄하게 남북으로 펼쳐져 있고

주해

層巒疊疊(층만첩첩): 층층이 쌓인 산이 첩첩산중.

大野茫茫分前後
대 야 망 망 분 전 후

넓은 들판이 앞뒤로 아득히 이어지네.

茫茫(망망): 아득하다, 아득하게 멀리 이어지다.

咫尺造化天作府
지 척 조 화 천 작 부

가까이서 보면 창조주가 조화롭게 만든 관아 같고

咫尺(지척): 아주 가까운 거리. 府(부): 관아, 관청, 마을

萬天勝壯地花田
만 천 승 장 지 화 전

천하의 명승지가 장엄한 꽃밭 같네.

朝輝廣德瑞雲起
조 휘 광 덕 서 운 기

아침 햇살 비추는 광덕리 마을에 상서로운 구름이 일고

夕景北山烽火燃
석 경 북 산 봉 화 연

석양에 아름다운 북녘 산을 바라보니 봉화가 타오르네.

行樂少年誇豪氣
행 락 소 년 과 호 기

놀러 나온 소년들은 호기를 부려대고

踏靑遊子滿成阡
답 청 유 자 만 성 천

푸른들 지나는 나그네들로 논두렁길 북적이네.

주해

踏靑(답청): 봄에 푸른 들 밟으며 거닒. 遊子(유자): 나그네.
阡(천): 두렁, 도로, 무덤길.

吟風弄月幽懷足
음 풍 농 월 유 회 족

음풍농월하며 마음속 회포를 실컷 풀어보고

주해

吟風弄月(음풍농월): 시원한 바람과 밝은 달을 벗 삼아 시 짓고 즐기다, 음풍영월(吟風詠月)과
같은 의미.

論古評今逸興遄
논 고 평 금 일 흥 천

옛날이 이러쿵 지금이 저러쿵 논평하며 꽤 재미있게 보내네.

주해

逸興(일흥): 무척 즐거움. 遄(천): 빠르다, 빠르게.

莫笑鄙人淺陋意
막 소 비 인 천 누 의

그렇게 풍월이나 읊는 나를 천박하다고 비웃지 마시오.

鄙(비): 더럽다, 천하다. 淺(천): 얕다, 소견이 좁다. 陋(누): 미천하다, 소견이 좁다.

世間萬事水流潺
세 간 만 사 수 류 잔

세상만사 모두 조용히 흐르는 강물과 같은 것이라오.

潺(잔): 잔잔하게 물 흐르는 소리(모습).

靑囊我拾山河景
청 낭 아 습 산 하 경

내 시 보따리에 아름다운 산하의 경치를 주워 담아

囊(낭): 주머니, 자루, 불알. 靑囊(청낭): 시 주머니, 시심(詩心). 拾(습): 줍다, 칼집.

盡可應之亦可宜
진 가 응 지 역 가 의

필요하면 그때그때 모두 다 쓰겠노라.

逸少淸遊虛地居
일 소 청 유 허 지 거

평생 맑고 아름다운 삶을 산 왕희지도 세상에서 헛되이 사라지고

逸少(일소): 고대 중국 동진(東晉)의 서예가 왕희지(王羲之, 303~361)의 장가든 후 이름 자(字).
淸遊(청유): 속되지 않고 맑은 삶을 보냄.

靑蓮風月而已焉
청 연 풍 월 이 이 언

이태백의 풍월도 이미 사라져 버렸는데

靑蓮(청련): 중국 당나라 때 시인 이백(李白, 701~762) 호. 자는 태백(太白)이며 두보(杜甫)를 시
성(詩聖), 이백을 시선(詩仙)이라 부름.

書劍豈有塵世老
서 검 개 유 진 세 노

문장깨나 하는 내가 어찌 헛되이 늙어 사라질쏜가?

書劍(서검): 장군이 지니는 책과 칼, 여기서는 문장(文章)을 의미.
豈(개): 어찌, 반어 조사(反語助詞). 塵世(진세): 티끌 같은 세상. 세상이 다하다.

攀龍他日果靑年
반 룡 타 일 과 청 년

문장지도(文章之道)에 매달려 훗날 훌륭한 청년이 되리라.

攀龍(반룡): '용의 비늘을 붙잡고 매달리다'라는 의미로 세력 있는 자의 도움으로 출세한다

는 뜻. 여기서는 문장과 시에 매달린다는 의미.

芳蘭含露氣初鮮
방 란 함 로 기 초 선

향기로운 난초는 이슬에 맺혀 신선한 기운이 서리고

주해

芳蘭(방란): 향기로운 난초.

城柳帶黃顔色鮮
성 유 대 황 안 색 선

성안에 늘어서 있는 버드나무 잎이 황색으로 변하니 사람들 안색도 선명하네.

院中物色靑春意
원 중 물 색 청 춘 의

성안의 모든 물건은 다 청춘을 노래하고 있는데

門外客疎白鶴眠
문 외 객 소 백 학 면

성문 밖의 나그네는 뜰해 백학이 꾸뻑꾸뻑 졸고 있네.

梅裡凝光侵酒盞
매 리 응 광 침 주 잔

매화꽃 속에 어린 봄빛이 술잔처럼 스며들고

주해

裡(리): 속, 내부, 가운데. 凝(응): 엉기다. 盞(잔): 등잔, 잔.

竹窓和露襲硯田
죽 창 화 로 습 연 전

대나무 창가에 맺힌 이슬방울이 글 쓸 벼루 연적(硯滴)에 떨어지네.

주해

襲(습): 엄습하다, 불시에 쳐들어가다. 硯田(연전): 선비들이 글을 쓸 때 이용하는 벼루를 농사에 비유하여 이르는 말.

歸鶴北海三陽逐
귀 학 북 해 삼 양 축

학이 북쪽 바다에서 돌아오니 햇볕도 따라오고

주해

三陽(삼양): 양지(陽地), 풍수설(風水說)의 내양(內陽)·중양(中陽)·외양(外陽).

白鷺春汀一足擧
백 로 춘 정 일 족 거

백로가 봄날 강가에서 발을 한쪽 들어 올리네.

주해

汀(정): 물가, 涘(사)와 같은 의미.

水助豪情長不渴
수 조 호 정 장 불 갈

강물도 넓은 마음으로 도와 마르지 않고 길게 흐르고

山洪詩科興難緣
산 홍 시 과 흥 난 연

산들도 널리 시흥(詩興)을 돋구어 어디에다 이을까 어렵구나.

주해

洪(홍): 넓다, 크다, 홍수. 試科(시과): 시험 과제, 여기서는 '어떤 시를 지을까?' 고민하는 모습을 표현함.

鶴城風景如斯接
학 성 풍 경 여 사 접

학성의 경치를 이처럼 접하고 나니

주해

斯(사): 이, 이것, 사물을 가리키는 어조사.

基外餘翠不盡傳
기 외 여 취 불 진 전

그 밖의 남은 푸른 정취야 전하여 무엇하리!

첨언

시 해석 이해를 돕기 위해 한국사 데이터베이스의 자료에 실린 해설을 쉽게 풀어 덧붙인다. (참고: 삼천리 제4권 제3호, 국사편찬위원회)

승강산(勝江山)이 이 어디 인고하니 철원(鐵原) 이북에 안변(安邊)이란 경치가 수려한 곳이 있더라. 세 봉우리 산세가 웅장하게 창공에 서로 손을 맞대고 있고, 집집마다 밥 짓는 연기가 자욱하게 땅바닥이 온통 뒤덮였네! 낙락창송은 십 리 길에 뻗쳐있고 잔잔한 푸른 강물이 남대천(南大川)을 휘감아 흐르고 학성(鶴城) 누각에 이르니 물총새가 높이 날며 구름에서 나오네. 누각 단청이 강물 바닥에 훤히 비치고 한 점 남산에서 집을 향해 도니 미현리(美峴里) 농촌 집집마다 밥 짓는 연기 뭉게뭉게 피어오르네. 첩첩산중이 장엄하게 남북으로 펼친 가운데 너른 평야가 나뉘어 누워있구나! 가까이서 보면 창조주가 조화롭게 만든 관아 같고 만천하의 명승지는 장엄한 꽃밭 같네. 아침 햇살 비추는 광덕리 마을에는 상서로운 구름이 일고, 북녘 산을 바라보니 봉화가 타오르네. 이렇게 경치가 아름다우니 소년들이 놀러 나와 호기를 부려대고, 푸른들 지나는 나그네들로 논두렁 길가에 북적대네. 음풍농월하며 마음속 회포를 실컷 풀며 옛일을 이러쿵 지금이 저러쿵 논평하며 꽤 재미있게 시간을 보내네. 그렇게 풍월이나 읊어대는 나를 천박하다고 비웃지는 마시오. 세상만사 모두 말없이 흐르는 강물과 같은 것이라오. 내 시 주머니에 아름다운 산하의 경치를 하나하나 주워 담아 필요할 때마다 그때그때 쓰겠노라. 평생 맑고 아름다운 삶을 산 왕희지도 세상에서 헛되이 사라지고 이태백의 풍월도 어언간 사라져 버렸지만, 문장깨나 쓰는 내가 어찌 헛되이 늙어 사라질쏜가? 나는 문장지도(文章之道)에 매달려 훗날 훌륭한 청년이 되리라! 향기로운 난초는 이슬에 맺혀 신선한 기운이 서리고 누각 강변의 버들잎은 황색으로 변하니 사람들 안색도 선명하고 성안의 모든 물건은 다 청춘을 노래하고 있는 듯하네. 성 밖의 나그네가 뜸해 백학은 꾸뻑꾸뻑 졸고 있네. 매화꽃 속에 어른거리는 맑은 빛이 술잔에 비치고, 대나무 창가에 맺힌 이슬방울이 글 쓸 벼루 연적(硯滴)에 뚝뚝 떨어지네. 학이 북쪽 바다에서 돌아오니 햇볕도 따라오고 백로가 봄날 강가에서 발을 한쪽 들어 올리네. 강물도 마음이 넓어 마르지 않고 길게 흐르며 도와주고, 산들도 널리 시흥(詩興)을 돋구어주니 시구(詩句)를 어떻게 이을까 어렵구나! 학성(鶴城)의 풍경을 이처럼 접하여 보았으니 그 밖의 남은 푸른 정취야 구태여 전해 무엇하리!

  조선 시대 때부터 안변(安邊)은 강원도와 함경도를 연결하는 함경남도 최남단 지역으로 강원도 내륙으로 향하는 철령이라는 군사적 요충지를 가까이 둔 땅이었다. 이성계(李成桂)의 증조할아버지인 익조(翼祖)의 지릉(智陵)이 있고, 이성계(李成桂)의 첫 번째 비(妃)인 신의왕후(神懿王后)가 안변(安邊) 한씨(韓氏)라 역사적으로도 큰 의미가 있는 곳이다. 해방 후에는 강원도에 편입된 적이 있는 곳이다. 김삿갓이 함경도 안변(安邊)의 학성산성(鶴城山城) 옛터를 유랑하며 읊은 이 스무 개의 시를 감상하다 보면 마치 수려한 경치와 평화로운 동양 민속화 화폭 속으로 빨려 들어가는 듯하다.

5. 責索頭책색두

- 내 머리를 찾아달라는 번어기(樊於期)를 꾸짖다

責(책): 꾸짖다. 索(색) : 찾다.

이 작품의 이해를 돕기 위해 부득불 사마천(司馬遷)의『史記』「刺客荊軻傳(자객형가전)」을 인용한다.『史記』는 그 내용이 너무 황당무계하고 부풀려져 조선 시대 때 교육 자료로 채택하지 않았을 정도였다. 그러나 중국 역사를 집대성하여 고대 중국 역사학 이해에 새로운 지평을 열었다는 평가도 있다.

진(秦), 초(楚), 연(燕), 제(齊), 조(趙), 한(韓) 위(魏) 일곱 나라가 진(秦)의 시황제(始皇帝)가 천하를 통일할 때까지 패자(霸者)가 되기 위해 치열한 전쟁을 벌였던 춘추전국시대(BC770~221)에 연(燕)의 태자 단(太子 丹)이 진(秦)에 인질로 가게 되었다. 진(秦)은 태자 단(太子 丹)을 무례하게 대했으며 연(燕)나라로 돌려보내 달라는 청을 받아들이지 않았다. '烏頭白 馬頭角(오두백마두각), 까마귀 머리 희어지고 말머리에 뿔이 나면' 보내주겠다는 조롱을 참다 몰래 도망쳤다. 단(丹)은 귀국 후 진(秦)에 복수하기만 기다리다 조언을 듣고자 그의 선생 전광처사(田光處士)를 찾았다. 전광처사는 진시황(秦始皇)을 암살하려 했던 자객(刺客) 형가(荊軻)를 태자에게 소개했다. 형가는 원래 위(魏)나라 사람이었지만 위(衛) 나라와 연(燕) 나라 둘 다 고향으로 여긴 사람이었다. 형가는 연(燕)나라에 있을 때 자신의 신분을 숨

기려고 일부러 개백정(狗屠구도, 白丁백정) 같은 천민들과 가까이 지냈고, '축(筑)'[80]이란 악기 연주를 잘하는 고점리(高漸離)와 친분을 쌓았다. 형가(荊軻)는 술 취하면 고점리(高漸離)의 축(筑) 연주 장단에 맞춰 큰소리로 노래 불렀으며 두 사람은 옆에 누가 있건 말건 상관 않고 서로 부둥켜안고 울기까지 했다. 당시 형가(荊軻)는 전광처사(田光處士)와 가까운 관계였다. 전광처사(田光處士)의 소개를 받고 형가(荊軻)는 돈수배복(頓首拜伏)[81]의 예를 갖추고 태자의 고민을 듣고 도와주겠다 했다. 태자가 이르되, "어떻게 하면 진(秦)에 보복할 수 있겠느냐?" 형가(荊軻)가 대답하여 아뢰되, "지금 연(燕)나라로 망명한 번(樊)장군의 목(頸경)과 독항(督亢)[82] 땅의 지도를 가져가면 진(秦)왕을 죽일 수 있을 것입니다."라 대답했다. 이때 번어기(樊於期)라는 진(秦)나라 장군이 죄를 짓고 연(燕)나라에 망명해 와 있었는데, 진(秦)나라에서 그의 목에 큰 현상금을 걸고 있었다. 그러나 태자 단(丹)은 번(樊)장군과 가까운 사이라 번(樊)장군을 죽이기를 망설이니, 형가(荊軻)는 번(樊)장군을 찾아가 이른다. "진(秦)나라가 장군의 가족을 몰살하고, 장군의 목에 천만금을 걸고 있다 하니 그 원한을 어떻게 갚겠습니까?" 번(樊)장군이 어떻게 하면 좋겠냐고 되물었다. "내가 당신의 머리를 진(秦) 왕에게 가져가면 그는 기뻐하겠지요. 그때 내가 한 손으로 그의 옷소매를 잡고, 다른 한 손으로 그의 가슴을 칼로 찌르면, 장군의 원수도 갚고 태자 단(丹)의 원수도 동시에 갚게 되는 게 아니겠소?" 하니, 번(樊)장군이 "그러면 그렇게 해보라."라며 망설임 없이 자기 목을 베어 머리를 형가(荊軻)에게 주었다. 태자 단(丹)이 진(秦)왕 살해를 위한 이 음모를 외부에 발설하지 말라고 부탁하니, 전광처사(田光處士)는 자살로서 그 부탁에 응답했다. 형가(荊軻)가 출발하기 전 태자 단(丹)은 진왕 시해를 위해 떠나는 형가(荊軻)를 위해 자신의 애첩(愛妾)의 손과 애마(愛馬)의 간

---

80) 축(筑): 서양 악기인 하프와 유사한 중국의 고대 현악기.

81) 돈수배복(頓首拜伏): 머리가 땅에 닿도록 엎드려 절함.

82) 독항(督亢); 중국 하북성(河北省) 고안현(河北省 固安縣)의 비옥한 땅 지역 이름.

(肝)까지 주효(酒肴, 술안주)로 받치며 극진히 대접했다. 형가(荊軻)는 13세의 어린 나이에 자기 부모의 원수를 길거리에서 때려죽였다는 용감무쌍한 진무양(秦舞陽)을 발탁해 함께 진나라로 가기 위해 역수(易水)⁸³⁾를 건너가다 술벗 고점리(高漸離)의 처연한 축(筑) 연주 장단에 맞춰「역수가(易水歌)」라는 노래를 불렀다고 전한다. 형가(荊軻)의 진시황(秦始皇) 암살이 실패하고 죽은 후 번어기(樊於期)와 형가(荊軻)의 죽은 혼(魂)들의 대화에 관한 내용이다. 번어기(樊於期)가 "진(秦)왕을 못 죽였으니 헛되이 잘린 내 머리를 돌려달라!"라고 요구하니, 형가(荊軻)가 그리 못하겠다며 번어기(樊於期)를 꾸짖었다는 내용이다.

작품해설

我股雖斷無索處
아 고 수 단 무 색 처

내 다리가 비록 잘려서 찾을 곳이 없건만

주해

股(고) : 넓적다리.

劍事燕南水東流
검 사 연 남 수 동 류

칼에 관한 옛 사건 얘기는 연(燕) 나라 땅 남쪽에서 동쪽으로 강물 따라 흘러가 버렸네.

추가 해설

---

83) 역수(易水): 중국 하북성(河北省)에 있는 강 이름.

형가荊軻의 혼魂이 이른다. "내 다리도 진秦왕 궁전에서 잘려 지금 어디 있는지도 모른다. 진시황을 죽이려 했던 칼 사건 이야기는 이제 연燕나라 땅 남쪽에서 동쪽으로 강물 따라 멀리 흘러 가버렸다." 모두 지나간 옛이야기라는 의미.

英雄已許好肝膽
영 웅 이 허 호 간 담

영웅이 이미 기꺼이 마음을 허락했는데

주해

肝(간) : 간. 膽(담) : 쓸개. 肝膽(간담): 속마음.

鬼神何關空髑髏
귀 신 하 관 공 촉 루

귀신은 어찌 이제 와 헛되이 해골을 구하는가?

주해

鬼(귀) : 귀신. 何關(하관): 무슨 관계. 髑(촉) : 해골. 髏(루, 누) : 해골.

추가 해설

번어기樊於期귀신이여, 영웅호걸들이 연燕나라 궁전에서 한때 의기투합해 네 머리를 잘랐는데, 지금 와서 무슨 헛소리냐?

逢場爾若不開口
봉 장 이 약 불 개 구

만난 자리에서 그대가 만약 입을 열지 않았다면

逢(봉) : 만나다.

失手男兒還自羞
실 수 남 아 환 자 수

실수했던 남자로서 내가 스스로가 부끄러웠을 것을!

羞(수): 부끄럽다, 수줍다.

추가 해설

우연히 만난 이 자리에서 그대가 내게 입만 안 열었으면, 진시황 못 죽이고 실패한 나 자신도 자괴감에 시달리고 있는데, 네가 나를 탓하니 나도 한마디 하겠다.

資吾西入責在誰
자 오 서 입 책 재 수

나를 서쪽으로 들어가게 한 책임은 누구였던가?

資(자) : 재물. 이바지하다, 여기서는 탄식하는 마음을 이름.

秦索其時樊將軍
진 색 기 시 번 장 군

진나라도 당시에 그대의 목을 구하고 있지 않았던가?

주해

樊(번) : 울타리. 여기서는 번어기(樊於期)를 지칭.

추가 해설

번어기樊於期귀신이여, 나를 이용해 진秦왕 살해를 계획한 사람은 太子 丹(태자 단)이 아니었던가? 또 그때 진나라에서도 자네 머리를 원하고 있지 않았나? 그러니 자네에게도 일말의 책임이 있지 않은가?

靑山督亢竝書裏
청 산 독 항 병 서 리

비옥하고 아름다운 독항의 지도 종이 속에 숨겨 칼을 함께 넣었고,

주해

竝(병) : 나란히 하다.

白日阿房同劍投
백 일 아 방 동 검 투

대낮에 진시황(秦始皇)의 아방궁에서 그 칼을 던지지 않았더냐?

주해

阿房宮(아방궁): 중국 진시황(秦始皇)이 지은 아름답고 화려한 궁전.

추가 해설

그대 머리를 독항督亢 지도에 칼을 넣고 들어가 대낮에 진(秦)왕 얼굴

에 칼과 함께 던진 게 아니었더냐?

瀛兒還走亦足快
영 아 환 주 역 족 쾌

성이 '영'가라는 새끼는 달아남에 역시 발이 빨라

주해

瀛兒(영아): '영(瀛)'이라는 새끼, 진(秦)왕의 성이 '영(瀛)'이다.

匕首英魂楓返秋
비 수 영 혼 풍 반 추

비수와 함께 재주가 뛰어난 진(秦)왕의 혼은 가을 단풍 따라 가버렸도다.

주해

匕(비) : 비수. 楓(풍) : 단풍나무. 返(반) : 돌아오다. 楓返秋(풍반추): 가을 단풍이 몸에 달라붙듯이 혼(魂)이 단풍에 붙어 사라진 것 같다는 의미.

추가 해설

나이 어린 진秦왕 영瀛은 달아나는데 무척 발이 빨라, 내가 던진 비수 匕首와 진秦왕의 혼魂은 가을 단풍처럼 사라졌도다.

烏頭往劫薊門夕
오 두 왕 겁 계 문 석

까마귀 머리 얘기 지나간 지 오래된 계문에서 밤늦게

주해

烏(오): 까마귀. 劫(겁) : 가장 긴 세월. 往劫(왕겁): 지난 지 오래된 세월.

薊門(계문): 여기서 연(燕)나라 국도를 의미. 烏頭(오두): '烏頭白馬頭角 (오두백마두각)'에서 인용된 말로 '까마귀의 검은 머리가 하얗게 되고 말머리에 뿔이 날 때까지', 즉 연(燕)의 태자 단(太子丹)이 진(秦)에 인질로 가 있을 때 진(秦)왕이 태자 단(太子 丹)을 풀어주지 않겠다며 조롱한 말. 진시황(始皇)을 죽일 때까지 아무리 오래 걸려도 돌아오지 않겠다는 각오를 의미한다고 볼 수도 있다.

何故將軍怨語啾
하 고 장 군 원 어 추

장군은 무엇 때문에 서럽게 원망만 하는가?

주해

何故(하고): 무슨 까닭. 啾(추) : 슬피 우는 소리.

추가 해설

'까마귀 머리 하얗게 되면 돌아오라'라며 농담한 太子 丹(태자 단)도 이미 죽은 마당에 그대는 이곳 연경까지 와서 왜 질질 짜며 '내 목을 내놓아라!'라고 울부짖는가?

魂歸北邙每受嘲
혼 귀 북 망 매 수 조

나 죽은 후 혼이 북망산까지 와서도 늘 조롱에 시달리는 이유가

주해

嘲(조) : 비웃다. 북망산(北邙山): 사람이 죽어 묻히는 산.

事去西天猶載讐
사 거 서 천 유 재 수

그때 그 사건은 잊혔지만, 서쪽의 원수 진시황(秦始皇)이 아직 건재하고 있기 때문이네.

讐(수) : 원수.

　나의 혼은 북망산에서 허구한 날 비웃음거리가 되는 이유는 서쪽의 진秦나라에는 시황제始皇帝라는 원수가 아직 건재하기 때문이네.

難忘千古勇士元.
난 망 천 고 용 사 원

세상에서 제일가는 용사 그대의 머리를 내 어찌 잊으리오?

元(원) : 으뜸.

無怪渠心恨悠悠
무 괴 거 심 한 유 유

그대 마음속의 큰 원한이 유유함은 이상할 게 하나도 없네.

無怪(무괴): 괴이하고 이상하지 않음. 渠(거) : 도랑, 크다. 悠悠(유유): 유구하다, 요원하다, 물이 천천히 흐르는 모양.

추가 해설

그대같이 용감무쌍한 장수를 내 어찌 잊으리오. 그대가 마음속 원한을 영원히 잊지 못하는 것 또한 일리가 있어 전혀 이상한 게 아니네.

山東俠月至今白
산 동 협 월 지 금 백

산동(山東)의 달 지금 그 협기(俠氣)는 사라졌지만

주해

俠(협) : 의롭다, 의협심이 강하다.

有口荊卿言欲酬
유 구 형 경 언 욕 수

입 가진 나 형경도 한마디 하여 대답해주겠네.

주해

酬(수) : 갚다. 말을 주고받다.

추가 해설

산동山東의 밝은 달은 이제 빛을 잃어 희미해졌지만, 입 가진 나 형가荊軻 어른이 한마디 대답해주겠노라.

千金爾諾假手苦
천 금 이 락 가 수 고

천금 같은 그대 승낙으로 나의 수고를 빌렸으니

諾(락, 낙) : 승낙하다, 대답하다. 假(가): 빌리다, 임시로, 거짓.

一劍吾行知己由
일 검 오 행 지 기 유

칼 하나에 목숨 건 나는 오로지 참된 친구가 있었기 때문이었네.

知己(지기): 자기의 속마음을 알아주는 참된 친구. 由(유) : 말미암다.

그대의 귀한 허락으로 내 손으로 그대의 머리를 받아 진시황秦始皇 암살을 행동에 옮기는 일에 착수할 수 있었고, 칼 한 자루에 목숨 걸고 일을 행한 것은 모두 자네와 내가 의기투합한 막역지우莫逆之友였기 때문이었네.

莫逆之友(막역지우): 서로 허물이 없는 아주 친한 친구. 문경지우(刎頸之友)와 같은 의미.

函中兩目亦親見
함 중 양 목 역 친 견

함 속에 부릅뜬 그대의 두 눈을 내 똑똑이 보았네.

函(함) : 상자.

敗則其天誰怨尤
패 즉 기 천 수 원 우

그러나 실패는 곧 하늘의 뜻이니 누구를 원망할 것인가?

주해

則(칙, 즉): 법칙, 본받다, 곧. 尤(우): 더욱, 오히려.

작품해설

그대 머리를 상자에 넣어 가지고 갔을 때, 상자 속의 그대 두 눈은 모든 상황을 다 보지 않았느냐? 진시황秦始皇을 죽이지 못한 나의 실패는 하늘의 뜻이니 그 누구를 탓하겠느냐?

佳人無復斷手恨
가 인 무 부 단 수 한

아름다운 여인은 잘린 손 돌려달라는 원한이 없건만

주해

復(부, 복): 다시, 회복하다.

추가 해설

형가(荊軻)가 진왕 시해를 위해 출발하기 전 태자 단(丹)은 진(秦)왕 시해를 위해 떠나는 형가(荊軻)를 위해 애첩(愛妾)의 손과 애마(愛馬)의 간(肝)까지 주효(酒肴, 술안주)로 받치며 극진히 대접했다.

處士何會刎頸憂
처 사 하 회 문 경 우

처사는 어찌해 목 잘린 것만 갖고 괴로워하는가?

會(회) : 모이다. 刎(문) : 목 베다. 頸(경) : 목.

내가 태자 단太子 丹의 애첩愛妾 손이 예쁘다 하니, 태자 단太子 丹이 애첩 愛妾 손을 끊어 내게 바쳤는데도 그 애첩愛妾은 나보고 손을 돌려 달라 하 지 않았고, 비밀을 누설하지 않음을 자살로 증명한 전광田光선생도 내게 불평하지 않는데, 그대는 어찌 혼자 '내 목 돌려달라!'라며 칭얼대느냐?

今雖有頭更何用
금 수 유 두 갱 하 용

오늘 비록 목이 있다 한들 다시 어디다 쓰겠느냐?

草木空山同腐朽
초 목 공 산 동 부 후

초목이 우거진 빈 산에서 함께 썩어질 것을.

腐(부) : 썩다.

우리 머리가 아직 붙어 있다 한들 어디다 쓰겠느냐? 산천초목 텅 빈 산속에 함께 썩어 문드러져 있을 것을.

人形本非斷復續
인 형 본 비 단 부 속

사람의 형체는 한번 끊어지면 다시 잇지 못하는 법

復(부, 복): 다시, 회복하다. 續(속): 잇다.

俗語誠云恩反仇
속 어 성 운 은 반 구

옛말대로 진짜 은혜를 원수로 갚으려나?

仇(구): 원수.

사람의 머리는 한번 끊어지면 다시 갖다 붙일 수 없는 법인데, 참말로 '은혜를 원수로 갚는다'라는 옛말이 틀리지 않구나!

樊家七族盡殞首
번 가 칠 족 진 운 수

너 번장군의 가문 칠족이 모두 머리가 잘려 죽었지만

殞(운): 죽다.

此亦於秦能索否
차 역 어 진 능 색 부

이 역시 진나라에서 찾을 수 없도다.

추가 해설

번어기樊於期 장군, 그대의 일가친척 모두 죽어 목이 잘렸지만, 그들 머리를 진秦나라에서 찾을 수도 없다.

當初胡奈大膽傾
당 초 호 내 대 담 경

처음에는 어찌 대담하게 마음이 움직였던 그대였는데

주해

奈(나): 어찌, 어찌할꼬.

畢竟空然朽骨求
필 경 공 연 후 골 구

결국 헛되이 썩어빠진 뼈만 구한단 말인가?

주해

畢(필) : 마치다. 竟(경) : 다하다. 畢竟(필경): 결국, 마침내.
朽(후): 썩다, 부패하다.

추가 해설

참 모를 일이로다. 어찌 처음엔 되놈처럼 담대하게 머리를 내놓더니, 인제 와서 내 머리 돌려달라 아우성이냐?

頭還故國爾何妨
두 환 고 국 이 하 방

그대 머리는 고국에 돌아왔는데 무엇을 꺼리는가?

妨(방) : 방해하다, 꺼리다.

好擲咸陽丘秋草
호 척 함 양 구 추 초

함양 언덕에 가을 풀 속에 잘 던져져 있거늘.

擲(척) : 던지다.

추가 해설

그래도 그대 머리는 진秦나라가 아닌 고국 연燕나라 땅 함양(咸陽) 언덕
에 잘 안장安葬되어 있으니 정처 없이 떠도는 내 혼魂보다 복 받았다 여
기거라!

첨언

김삿갓의 「責索頭(책색두)」라는 시는 사마천(司馬遷)의 『史記』「刺客荊軻傳
(자객형가전)」의 내용을 원용84)한 것인데, 번어기(樊於期)와 형가(荊軻)가 죽
은 후 귀신이 되어 나눈 대화 내용이다. 번어기(樊於期)가 "진(秦)왕을 못

---

84) 원용(援用): 자기의 주장이나 학설을 설명하기 위해 다른 사람이나 문헌을 끌어다 씀.

죽였으니 헛되이 잘린 내 머리를 돌려달라!"라고 요구하니, 형가(荊軻)가 "그대와 내가 함께 원수 진시황(秦始皇)을 죽이기 위해 도모한 일이었다. 함께 거사한 일이 실패했는데 지금 와서 머리를 돌려달라 하니 대장부 답지 못하다"라며 번어기(樊於期)를 꾸짖는 내용이다. 김삿갓은 번어기(樊於期)의 편협한 생각을 나무라며 비록 진시황에 의해 둘 다 목이 잘려 죽 었지만, 대의(大義)를 위해 목숨을 바친 협객 형가(荊軻)의 입장에서 이 시 를 썼다. 시인 김삿갓의 절개와 의협심이 느껴진다. 홍경래 난 때 목숨 을 바쳐 순국한 가산(嘉山) 군수 정시(鄭蓍)를 형가(荊軻)로, 홍경래 반란군 에게 투항했다 참수당한 조부 김익순(金益淳)을 번어기(樊於期)로 바꿔 시 를 이해해 보면 어떨까? 김삿갓이 조부 김익순의 변절을 암묵적으로 비 판한 글로 해석할 수도 있겠다.

6. 瞽負躄고부벽

- 맹인(盲人)이 앉은뱅이를 업고 가다

전국(戰國)시대 밤낮 가리지 않고 전란(戰亂)으로 불안하니 백성들은 도탄에 빠져 피난 가는 위기상황에 맹인(盲人)과 앉은뱅이 둘이 어찌할지 몰라 고민하다가 고육지책(苦肉之策)으로 맹인(盲人)이 앉은뱅이를 업고 가기로 했다. 맹인(盲人)은 보지 못하지만 걸을 수 있고 앉은뱅이는 걷지 못하지만 볼 수 있으니 상부상조하며 나눈 대화형식의 골계(滑稽)[85] 작품이다. 평생 사회 하부계층에서 무시당하며 사는 맹인(盲人)과 앉은뱅이가 서로 상부상조하며 전란을 피해 도망가며 나눈 진솔한 대화를 통해 위선과 허위로 가득 찬 선비사회를 비판하며 역설적 교훈을 주는 김삿갓의 풍자시이기도 하다.

주해

瞽(고): 소경, 시각장애인. 負(부): 등에 짐을 지다, 빚을 지다. 躄(벽): 앉은뱅이, 절뚝거리는 사람.

작품해설

便成一體資有無
편 성 일 체 자 유 무

자네는 눈이 있고 나는 다리가 있으니 우리가 하나가 되면 편히 갈 수 있네.

---

85) 골계(滑稽): 익살스러워 웃음을 자아내는 가운데 어떤 교훈을 주는 말이나 행동.

生死知己今以後
생 사 지 기 금 이 후

이제부터 우리는 생사(生死)를 함께해야 할 하는 막역한 사이가 되었네.

주해

知己(지기): 속마음을 알아주는 막역한 사이.

爾眠不下離婁明
이 안 불 하 이 루 명

너의 눈은 옛날 눈이 밝았던 이루(離婁)의 눈에 뒤지지 않고

주해

眠(안, 면): 눈, 눈동자, 잠자다, 쉬다. 不下(불하): ~보다 못하지 아니함, 모자라지 아니함. 離婁(이루): 아주 근력과 시력이 좋았던 사람 이름. 맹자(孟子)의 대화형식 글 「離婁章句이루장구」에서 인용.

我脚寧羨夸父走
아 각 영 선 과 부 주

내 다리는 해 따라 달려가다 죽은 과부(夸父) 노인의 건강한 다리가 부러워할 만큼 튼튼하네.

주해

寧(영, 령): 편안하다. 여기서는 '차라리', '오히려'의 의미. 羨(선): 부러워하다, 탐내다. ⊠父(과부): 중국 신화에 태양을 쫓아 달려가다 목이 말라 죽었다는 인물.

風塵無患一背外
풍 진 무 환 일 배 외

이 풍진 세상에 등에 업혀 갈 수 있으니 어떤 환난에도 걱정이 없고

能視能行料理有
능 시 능 행 요 리 유

맹인(盲人)이 능히 볼 수 있고 앉은뱅이가 능히 갈 수 있으니 사료(思料)와 이치(理致)를 모두 갖췄네.

주해

料理(요리): 사료(思料)와 이치(理致). 사료(思料): 깊이 생각해 헤아림.
이치(理致): 사물에 합당한 도리.

吾何瞽也爾何躄
오 하 고 야 이 하 벽

나는 어쩌다 맹인(盲人)이 되었고 너는 어쩌다 앉은뱅이가 되었나?

恐負平生同病友
공 부 평 생 동 병 우

이런 전쟁통에 나 같은 병신과 함께할까 늘 두려워했노라!

丹靑云好五色昧
단 청 운 호 오 색 매

오색단청(五色丹靑)이 아무리 아름답다 한들 맹인(盲人)인 나는 볼 수도 없고

주해

昧(매): 어둡다, 동틀 무렵.

天地雖寬一處守
천 지 수 관 일 처 수

천지가 아무리 넓다고 해도 앉은뱅이 자네는 한 곳에만 머무는 신세네.

주해

寬(관): 넓다, 너그럽다.

憐渠身世坐不遷
연 거 신 세 좌 불 천

앉은뱅이 불쌍한 신세 개천도 못 건너고 앉은 채 못 옮기고

주해

憐(연, 련): 가엾다, 불쌍하다. 渠(거): 개천, 도랑.

一杖源源情意厚
일 장 원 원 정 의 후

눈먼 이내 신세 지팡이 하나에 한없는 고마움을 느끼네.

風塵消息有耳聞
풍 진 소 식 유 이 문

이 풍진 세상의 전란(戰亂) 소식 귀가 있어 다 듣지만

百舍皆空餘二叟
백 사 개 공 여 이 수

마을 모든 집은 모두 도망가 텅 비었고 우리 두 늙은이만 남았구나!

주해

叟(수): 늙은이.

携筇北隣健脚老
휴 공 북 린 건 각 로

북쪽 이웃 마을 다리 튼튼한 늙은이들 대지팡이 지니고 도망가고

筇(공): 대 이름, 대지팡이.

抱兒前村明眼婦
포 아 전 촌 명 안 부

앞마을 시력 좋은 부인네들 아이 안고 도망가네.

天生病人遇此時
천 생 병 인 우 차 시

태어날 때부터 병신인 우리가 뜻하지 않게 맞은 이 전란(戰亂)의 시기에

相對無言但搔首
상 대 무 언 단 소 수

우리는 마주 보며 말없이 머리만 긁적이네.

搔(소): 손톱 따위로 긁다, 떠들다, 마음이 움직이다.

終宵思得一計妙
종 소 사 득 일 계 묘

밤새도록 생각해 하나의 묘책을 얻었으니

脚眼相隨何似否
각 안 상 수 하 사 부

맹인(盲人)의 다리와 앉은뱅이의 눈이 서로 도우면 아니 좋은가?

長程跋涉信吾足
장 정 발 섭 신 오 족

산 넘고 물 건너야 할 머나먼 여정(旅程) 맹인(盲人)인 나의 발만 믿고

險地周旋資爾口
험 지 주 선 자 이 구

험한 곳은 앉은뱅이 자네 입을 이용해 피해 가네.

將吾所由籍汝無
장 오 소 유 적 여 무

장차 내가 가진 것을 네게 없는 것으로 여기고

莫如殷勤背上負
막 여 은 근 배 상 부

그러니 나 앉은뱅이를 맹인(盲人)인 자네 등위에 정중하게 업고 가는 게 상책이네.

莫如(막여): ~만한 것이 없다, ~하는 것이 낫다. 殷勤(은근): 태도가 정중하고 공손함.

高山在上豈難陟
고 산 재 상 개 난 척

높은 산이 위에 있다고 어찌 오르기가 어렵겠는가?

豈(개): 어찌. 陟(척): 오르다, 나아가다.

絶壑當前應識喩
절 학 당 전 응 식 유

전방에 끊어진 산골짜기 길을 맞닥뜨리면 자네 등위의 업힌 앉은뱅이 내가 당연히 알아챌 것이요

壑(학): 산골짜기, 구렁. 喩(유): 깨닫다, 깨우치다.

街童且莫拍手笑
가 동 차 막 박 수 소

길거리 아이들아, 손뼉 치며 자꾸 비웃지 말아라.

瞽者能隨躄者某
고 자 능 수 벽 자 모

맹인(盲人)이 앉은뱅이 아무개를 등에 업고 간다고.

瞽(고): 소경, 맹인. 躄(벽): 앉은뱅이.

君於觀處水云水
군 어 관 처 수 운 수

등에 업힌 앉은뱅이 자네가 길을 보다 물이 있으면 물 있다 하면 되고

吾亦行時右則右
오 역 행 시 우 칙 우

맹인(盲人)인 나 역시 길을 갈 때 오른쪽으로 가라면 곧장 오른쪽으로 가겠노라.

藏身之處亦難遇
장 신 지 처 역 난 우

몸을 숨길 곳 역시 흔한 게 아니니

指豫前山深有藪
지 예 전 산 심 유 수

앞산 깊숙이 덤불이 있다고 미리 알려 주시게.

藪(수): 늪, 덤불.

　장님과 앉은뱅이 모두 장애인이다. 장애인은 말 그대로 장애가 있는 사람을 의미한다. 선천적으로 후천적으로 정상인과 같은 삶을 영위하지 못하기 때문에 외국에서는 'less fortunate person(運운이 적은 사람)'이라고 부르기도 한다. 그러면 정상인은 모두 運운좋게 태어난 정상적이 사람인가? 세상을 살다 보면 장애인보다 더 비정상적인 언행을 일삼는 정상인 같지 않은 정상인을 자주 접한다. 이 작품에 김삿갓이 등장시킨 두 사람은 정상인보다 더 정상인 같은 장애인이다. 서로 없는 상대방의 눈과 다리를 이용해 상부상조하며 전란(戰亂)을 피해 도망가며 나눈 대화를 통해, 김삿갓은 우리가 이미 지닌 눈과 다리라는 신체 일부가 장애인들에게는 얼마나 소중하며, 눈과 다리를 소유하지 못한 타인에게 얼마나 큰 도움을 주는가를 일깨워준다. 김삿갓 자신이 하루하루 걸식유랑하며 얻어먹고 잠자리 구하기도 힘들어 자기 살기에 코가 석 자인데도 지나가다 비렁뱅이 하나 죽어있는 시신을 보고도 측은지심이 생겨 見乞人屍견걸인시 헌시(獻詩)까지 올리고 장사(葬事)까지 치러준 걸 보면 김삿갓은 인본주의(人本主義) 휴머니스트였음에 틀림이 없다.

見乞人屍견걸인시 ― 金笠김립

- 걸인의 시신을 보고

不知汝姓不識名
부 지 여 성 불 식 명

너의 이름도 모르고 성도 모르는데

何處靑山子故鄕
하 처 청 산 자 고 향

그대 고향이 어디메뇨?

蠅侵腐肉暄朝日
승 침 부 육 훤 조 일

따스한 아침 햇살에 파리 떼가 썩은 시신 위에 웽웽거리고

주해

蠅(승): 파리. 暄(훤) 떠들썩하다, 시끄럽다.

烏喚孤魂弔夕陽
오 환 고 혼 조 석 양

저녁이 되니 까마귀가 외로운 혼을 위해 울어주네.

주해

喚(환): 부르다, 외치다.

一尺短筇身後物
일 척 단 공 신 후 물

짤막한 대나무 지팡이는 그대의 유물이고

주해

筇(공): 대나무 지팡이.

數升殘米乞時糧
수 승 잔 미 걸 시 량

몇 되 남은 곡식은 구걸하며 얻은 식량인가?

奇語前村諸子輩
기 어 전 촌 제 자 배

앞마을 청년들 부탁 한 번 하노니

携來一簣掩風霜
휴 래 일 궤 엄 풍 상

한 삼태기쯤 흙을 가져다 시신이나 묻어 주시게나.

주해

簣(궤): 삼태기[86]. 掩風霜(엄풍상): 바람과 서리를 막아주다, 즉 묻어주다.

---

86) 簣(궤): 삼태기, 재나 두엄을 나르기 위해 대나무나 짚을 엮어 만든 도구. 아이들이 오줌을 싸면 삼태기를 머리에 이고 이웃집에 소금을 빌려오라고 했다는 민간 풍속이 전해 옴. 오줌싸개 아이들을 창피하게 해 오줌 싸는 것을 막으려 했다 함.

7. 不言主事者滄海力士불언주사자창해역사

- 거사(擧事)를 주도했던 자에 관해 발설하지 않은 창해역사

　진시황(秦始皇)은 왕위에 오른 후 백성을 엄격한 형벌과 가렴주구(苛斂誅求)[87]로 다스리며 만리장성(萬里長城), 아방궁(阿房宮) 등 대형 토목공사를 일으키니, 민심은 흉흉하고 불안했다. 설상가상(雪上加霜)으로 분서갱유(焚書坑儒)[88]로 책을 불태우고 유학자들을 산 채로 묻어버리니 진시황의 폭정에 백성과 학자 모두 분노에 들끓었다. 이때 진(秦)나라 때문에 망한 한(韓)나라에서 재상을 다섯 번이나 배출한 가문 출신인 장량(張良)이 복수를 위해 힘센 역사(力士)를 구하다 동쪽 바다를 건너온 창해역사(滄海力士)를 만났다. 장량(張良)이 120근이나 나가는 철퇴를 창해역사(滄海力士)에게 주어 진시황(秦始皇)을 박랑사(博浪沙)에서 저격하려 하였으나 실패하며 도주하였으나, 미처 피하지 못한 창해역사(滄海力士)는 붙잡혔으며, "누구의 사주를 받고 나를 죽이려 했느냐?"라며 추궁하는 진시황(秦始皇)에게 '장량(張良)이 주모자'라는 말을 끝내 발설하지 않고 능지처사(陵遲處死) 죽음의 길을 선택한 창해역사(滄海力士)의 대장부 의리를 기리는 김삿갓의 공영시(功令詩) 작품이다.

---

87)　가렴주구(苛斂誅求): 백성으로부터 세금을 혹독하게 거두고 재물을 강제로 뺏음.

88)　분서갱유(焚書坑儒): 진시황이 농서(農書)를 제외한 모든 서적을 불태우고(焚書) 수백 명의 유생을 생매장한(坑儒) 사건.

誤事一椎歸無色
오 사 일 추 귀 무 색

철퇴 한번 잘못 내리쳐 일을 망쳐버려 돌아올 면목 없고

주해

椎(추): 몽둥이.

宇宙悲歌死不避
우 주 비 가 사 불 피

천지사방을 향해 슬픈 노래 불러도 죽음을 피하지는 못하는구나!

有如我心滄海白
유 여 아 심 창 해 백

내 마음은 창해역사와 같이 맑고 깨끗하니

味知誰家喬木翠
미 지 수 가 교 목 취

어느 집에 교목지신 장량(張良)이 숨어 있는지 알 수가 없네.

주해

喬木翠(교목취): 喬木(교목)은 가지가 무성하고 곧게 자란 큰 나무. 중국 한(韓)나라의 장량(張良)을 교목지세신喬木之世臣 (대대로 왕을 모신 신하의 가문)이라 불렀으며 張良(장량)을 가리킴.

秋風黙立劒頭客
추 풍 묵 립 검 두 객

가을바람 맞으며 말없이 서서 칼을 만지작거리는 협객도

燕趙斜陽無恨墜
연 조 사 양 무 한 추

연(燕)나라와 조(趙)나라가 무너지며 한(恨)을 품고 사라졌네.

孅秦若問我同仇
섬 진 약 문 아 동 구

만약 진(秦)나라를 망하게 한 나와 같은 진(秦)나라의 원수가 누구냐 묻는다면

주해

孅(섬): 가늘다, 작다, 가냘프다.

天下之人皆主事
천 하 지 인 개 주 사

세상 모든 사람이 모두 장량(張良)이라 할 거다.

주해

張良(장량): 중국 전국(戰國)시대 한(韓)나라의 귀족 출신으로 한나라가 진시황(秦始皇)에 의해 무참히 무너지자, 창해 역사(滄海力士)와 같은 장사를 이끌고 진시황(秦始皇)을 암살을 도모했지만 실패했다. 한고조(漢高祖) 유방(劉邦)의 책사(策士)로도 유명하다. 창해(滄海)가 우리나라를 이르는 말이라서인지 창해 역사(滄海力士)가 강원도 강릉(江陵) 출신이라는 설화도 전한다.

千金客是賈勇心
천 금 객 시 가 용 심

수천 금을 주고 용감한 마음을 살 수 있는 나는 돈 주고 살 수 있는 일개 직업적 역사(力士) 일는지는 몰라도

五世誰非亡國淚
오 세 수 비 망 국 루

한(韓)나라 다섯 세대 대대로 정승(政丞) 벼슬을 지낸 가문 출신인 장량(張良)이 어찌 망국(亡國)의 눈물을 흘리지 않았으리오?

吾家亦在海東月
오 가 역 재 해 동 월

우리 집 역시 바다 건너 동쪽 달 뜨는 곳에 있었고

추가 해설

'海東(해동)'이라는 명칭은 '渤海(발해)의 東쪽 나라'라는 뜻으로 고대 중국에서 우리나라를 흔히 가리키는 말로 『三國史記(삼국사기)』에도 언급된다. 고구려 종족인 濊貊(예맥) 사람들이 강원도 강릉 지역에 창해군(蒼海郡)이라는 행정명도 썼다 하니 창해 역사(滄海力士)는 '강원도에서 온 장사'라는 의미로 볼 수 있다. 조선 시대에 쓰인 『龍飛御天歌(용비어천가)』 1장에 '海東(해동) 六龍(육룡)이 ᄂᆞᄅᆞ샤 일마다 天福(천복)이시니'라는 기록도 전한다. 이 詩句(시구)에서 吾는 창해 역사(滄海力士)를 지칭하니, 창해 역사(滄海力士)가 중국인이 아닌 고조선 사람이었음을 알 수 있다.

帝秦餘羞魯連志
제 진 여 수 노 련 지

진시황(秦始皇)은 노중련(魯仲連)의 의지가 부끄러웠겠네.

魯連(노련): 기원전 345~205년에 살았을 것으로 추정되는 중국 제(齊)나라 충신 노중련(魯仲連)의 별칭. 벼슬과 세속을 멀리하며, 청렴하고 가난하게 살았던 선비의 대명사로 당나라 때 시인 이백(李白)의 우상이었다. 羞(수): 부끄러워하다, 수줍어하다.

沙椎無色主人家
사 추 무 색 주 인 가

박랑사(博狼沙)에서 잘못 휘두른 철퇴는 진시황(秦始皇)의 안색을 싹 바꿔 놓았고

沙(사): 博狼沙(박랑사)를 의미. 박랑사(博狼沙)는 중국 허난성에 있던 진(秦)나라 영토로 장량(張良)이 역사(力士)에게 철퇴를 주어 진시황(秦始皇)을 척살하려 실패한 곳.

失手歸程禍遇値
실 수 귀 정 화 우 치

저격 실패한 대가로 돌아오는 길에 붙잡히는 화(禍)까지 입었네.

懸金渭市購頭日
현 금 위 시 구 두 일

위수(渭水) 시에서 장량(張良)의 머리에 현상금이 걸린 날

渭市(위시): 중국 황하(黃河) 최대 지류로 위하(渭河)라고도 부르는 위수(渭水) 지역의 도시를 말함.

按劍湘淋問罪地
안 검 상 림 문 죄 지

상림(湘淋)에서 칼을 만지작거리며 진시황(秦始皇) 척살하려 한 나의 죄를 묻는구나!

주해

湘淋(상림): 창해 역사(滄海力士)가 능지처참당한 곳. 按(안): 어루만지다, 당기다.

從容何處緩步客
종 용 하 처 완 보 객

그런데 지금 장량(張良)은 조용히 어디를 천천히 걷고 있을까?

주해

從容(종용): 덤벙대지 않고 침착함, '조용'의 원래 말. 緩(완): 느슨하다, 느리게.

丈夫言頭生死寄
장 부 언 두 생 사 기

대장부의 말 한마디에 장량(張良)의 목숨이 달렸노라!

주해

寄(기): 위탁하다, 보내다.

平生俠窟慷慨心
평 생 협 굴 강 개 심

평생 협객의 소굴에서 의롭고 정의로운 마음만 갖고 살았으며

주해

慷慨(강개): 의(義)롭지 못한 것을 보고 정의심(正義心)에 복받치어 한탄함.

暗刻男兒知己字
암 각 남 아 지 기 자

남몰래 '男兒知己(남아지기)'라는 네 글자를 마음속에 새겨 두었노라.

주해

男兒知己(남아지기): '사내대장부로서 남자답다'라는 나 자신의 속마음을 알다.

朱生深聽信陵策
주 생 심 청 신 릉 책

주해(朱亥)는 신릉군(信陵君)의 묘책을 깊이 알아들었으니

주해

朱生(주생): 신릉군(信陵君)의 친구이자 백정 출신 협객인 주해(朱亥)를 지칭. 信陵(신릉): 중국 전국(戰國)시대 사군자(四君子) 중 위(魏)나라 신릉군(信陵君)을 가리킴. 왕위를 노린다는 모함으로 안희왕(安釐王)으로부터 쫓겨나 술과 여자로 세월을 보내다 죽었다.

攝政焉忘仲子義
섭 정 언 망 중 자 의

협객 섭정(攝政)이 어찌 엄중자(嚴仲子)와의 의리를 잊을 수 있으리오?

주해

攝政(섭정): 『史記』의 「刺客傳」에 나오는 인물로 엄중자(嚴仲子)의 사주를 받아 한(韓)나라의 재상 협루(俠累)를 암살한 자객 이름.

仲子(중자): 한(韓)나라의 재상 협루(俠累)를 미워해 攝政(섭정)에게 협루(俠累)를 죽여달라고 부탁한 신하 엄중자(嚴仲子)를 가리킴.

層雲一點故不放
층 운 일 점 고 불 방

고로 협객의 의리(義理)는 구름처럼 층층이 쌓여 한 점 흐트러지지 않고

俠藪春光桃李邃
협 수 춘 광 도 리 수

후미진 숲속엔 봄빛과 복사꽃 자두 냄새가 그윽하네.

주해

藪(수): 덩굴, 늪, 후미진 숲. 桃李(도리): 복숭아와 자두. 또는 그 꽃과 열매. 邃(수): 심오하다, 깊숙하다, 멀다.

吳江誰偕解劒便
오 강 수 해 해 검 편

오(吳)나라 강가에서 누가 칼을 쥐여주던 사람의 의심을 더불어 헤아렸나?

주해

偕(해): 함께, 함께 있다.

오자서(伍子胥)의 고사를 인용. 오자서(伍子胥)는 춘추전국(春秋戰國)시대 오(吳)나라 장수로 오(吳)나라를 위해 크게 공헌하였으나, 재상 백비(伯嚭)의 이간질에 몰려 오(吳)나라 왕 부차(夫差)로부터 명검 촉루(屬鏤)를 내려 자결의 명을 받고 한(恨)을 품고 죽었다.

추가 해설

오자서(伍子胥)가 초(楚)의 추격을 피해 오강(吳江)에 이르렀을 때, 어떤 뱃사공에게 배를 태워 강을 건네주기를 부탁해 도움을 주었는데, 강을

건넌 후 현상금이 걸린 오자서가 뱃사공을 의심하니, 뱃사공은 죽음으로 믿음을 증명하겠다며 그대로 강에 뛰어들어 죽었고 이에 오자서가 안타까워했다는 이야기가 전한다.

趙橋人從吞炭意
조 교 인 종 탄 탄 의

조(趙)나라 다리 밑에서 원수를 갚기 위해 숯 검댕이 집어삼킨 예양(豫讓)의 의지를 따랐을 뿐.

주해

吞炭(탄탄): 숯을 삼키다. 중국 진(晉)나라 사람 예양(豫讓)이 원수를 갚기 위해 몸에 옻칠을 검게 해 문둥이 흉내를 내고, 숯을 삼켜 벙어리 흉내를 내며 복수할 기회를 노렸다는 고사에서 인용된 말. 豫讓又漆身爲예양우칠신위 厲吞炭爲啞여탄탄위아…『史記』「刺客列傳」. 厲(려, 여): 갈다.

荊刀漸筑一般心
형 도 점 축 일 반 심

칼을 잘 쓰는 협객 형가(荊軻)와 축(筑)을 잘 연주하는 고점리(高漸離) 모두 한마음 한뜻이었으니

隻手英雄神勇試
척 수 영 웅 신 용 시

이 두 영웅의 팔 하나씩 빌어 용맹함을 시험해 본 것이네.

주해

隻(척): 외짝, 하나.

池魚豈便及殃害
지 어 기 편 급 앙 해

연못의 물고기가 어찌 재앙이 미친다고 피하겠느냐?

穽虎誰知乞憐愧
정 호 수 지 걸 연 괴

함정에 빠진 호랑이가 어찌 불쌍함을 수치스럽게 구걸하랴!

주해

穽(정): 함정. 愧(괴): 부끄러워하다.

첨언

    한고조(漢高祖) 유방(劉邦)을 도와 한(漢)나라를 건국한 유방의 신하이자 책사였던 장량(張良)이 무릉도원 선계(仙界)로 들어가 은둔하며 살다 죽겠다며 속세를 떠나자, 장량(張良)의 도움이 필요한 유방(劉邦)이 군사를 이끌고 장량(張良)이 은둔해 있던 높고 깊은 산속으로 올라가 '그곳엔 먹을 게 없으니 내려와 나와 함께 하자'고 권유한다. 장량(張良)은 산꼭대기에 강(江)도 없는데 물고기 몇 마리를 어디서 구했는지 유방(劉邦)에게 던지며 이른다. '여기는 천지에 먹을게 깔렸으니 걱정하지 말고 돌아가라'라며 유방(劉邦)의 회유를 거절한다. 장량(張良)은 이 무릉도원 선계(仙界)에서 여생을 마쳤다. 이곳이 장량(張良)의 후손들이 대대로 살아오며 이룬 장(張)씨 가문의 마을 '장가계(張家界)'이다. 언젠가 필자가 장가계(張家界)에 오른 적이 있다. 블록버스터 영화 〈아바타〉의 배경이 될 정도로 아름다운 봉우리들이 구름바다(雲海운해) 위에 둥둥 떠 있다가 안개구름 서서히 걷히며 펼쳐지는 옥삭천봉(玉削千峰, 깎아 지른 듯한 기암절벽 봉우리들)의 환상적이고 신비로운 경관을 잊을 수가 없다. 도연명(陶淵明)[89]의

---

89) 도연명(陶淵明): 중국 송(宋)나라 때 시인으로 그의 선경(仙境) 이야기인 『도화원기(桃花源記)』에 세속을 떠난 이상향(理想鄕)인 무릉도원(武陵桃源) 얘기가 나오는데 건곤주(乾坤柱)가 있는 장가계(張家界)를 지칭한다는 설이 있다.

무릉도원의 배경인 중국 후난성의 명산(名山) 장가계(張家界)에 건곤주(乾坤柱)라는 기묘하고 아름다운 바위기둥이 있다. 하늘과 땅을 떠받치고 우뚝 솟은 형상이라 해서 그리 이름 지었다 하는데 바위뿐인 아래 경치보다 소나무가 무성한 정상의 경관이 너무 아름다워 신비로울 정도다. 영화 '아바타(AVATAR, 2009)'에서 'Hallelujah Mountain (할렐루야 山)'으로 불리어 세상 사람들에게 친숙하게 되니, 중국에서 건곤주(乾坤柱)라는 봉명(峰名)을 아예 '할렐루야山'으로 바꿨다 한다. 한반도 강릉(江陵) 출신 창해역사(滄海力士) 도움으로 진시황(秦始皇)을 죽이려다 실패는 했지만, 창해역사(滄海力士)가 위의 시처럼 누설을 끝까지 안 해, 살아남은 장량(張良)이 유방(劉邦)을 도와 항우(項羽)를 무찌르고 한(漢)나라 건국을 돕고, 말년을 은둔거사로 보내다 장가계(張家界)에서 죽었다는 얘기인데, 글쎄, 장량(張良)이 항우(項羽)의 무덤이 있는 황산(黃山)의 곡성산(穀城山)에도 묻혔고 그곳에 후손도 산다는 얘기도 전하니, 뭐가 진실인지 중국 고사(古事)는 정말 알다가도 모르겠다. 장가계(張家界) 전설은 꾸며낸 얘기인가? 여하튼 장가계(張家界)에 가보니 장(張) 씨들은 많더라. 사마천(司馬遷)의 『史記』의 장량(張良)에 관한 얘기인 『유후세가(留侯世家)』에 장량(張良)과 더불어 진시황(秦始皇)을 척살하려다 실패한 인물인 창해역사(滄海力士)에 관한 기록이 있다. 진(秦)나라 때까지 중국에는 창해(滄海)라는 지역 이름은 없었고, 장량(張良) 시대 이전부터 한반도의 특정 지역이 창해(蒼海)라는 지명을 써왔다. 고조선(古朝鮮)과 치열한 전쟁을 벌였던 한무제(漢武帝) 때 고조선 사람들과 고구려 종족인 예맥(濊貊)인이 많아 창해군(蒼海郡)이라는 행정명을 쓴 적이 있으니 역사적으로 보면 창해(蒼海)는 동이(東夷) 한반도 지역을 가리킨다. 그래서인지 창해역사(滄海力士)가 산동(山東) 반도 지역에서 고조선(古朝鮮) 유민을 이끈 우두머리였다든가, 강원도 강릉(江陵) 출신의 역사(力士)라는 말도 전한다. 기원전 200여 년 전 설화를 기원전 140년경 사마천이 쓴 『史記』 기록에 근거하지만, 내용이 너무 황당무계하고, 뜬구름 잡는 얘기만 있어 조선 시대 서당(書堂)에서

도 교육 자료로 쓰지 않았다 하니, 김삿갓도 그냥 재미 삼아 이 시를 읊어 본 게 아닐까?

8. 易水歌역수가

- 역수(易水) 강에서 노래를 부르다

형가(荊軻)가 13세의 어린 나이에 자기 부모의 원수를 길거리에서 때려 죽였다는 용감무쌍한 진무양(秦舞陽)을 발탁해 함께 진(秦)나라로 가기 위해 역수(易水)[90]를 건너가다 술벗 고점리(高漸離)의 처연한 축(筑)[91] 연주 장단에 맞춰 불렀다는 노래이다. 진시황(秦始皇)을 죽이기 위해 비장한 마음으로 협객 형가(荊軻)가 역수(易水)를 건너며 부른 노래이다.

작품해설

風蕭蕭兮易水寒
풍 소 소 혜 역 수 한

바람은 쓸쓸하게 불고 역수 강물 차갑도다

주해

蕭蕭(소소): '바람이 쓸쓸히 분다'라는 의미의 의성어(擬聲語).

壯士一去兮不復還
장 사 일 거 혜 불 복 환

천하장사 한번 가면 다시 돌아오지 못하리니

---

90) 역수(易水): 중국 하북성(河北省)에 있는 강 이름
91) 축(筑): 서양 악기인 하프와 유사한 중국의 고대 현악기.

探虎穴兮入蛟宮

탐 호 혈 혜 입 교 궁

호랑이 굴은 어디인가? 악마(진秦왕)의 궁으로 들어가는구나!

주해

蛟(교): 용, 뱀, 귀신

仰天噓氣兮成白虹

앙 천 허 기 혜 성 백 홍

하늘을 우러러 큰 숨 한번 내뿜으니 흰 무지개가 뜨는구나!

주해

噓(허): 숨을 내뿜다, 탄식하다. 虹(홍): 무지개

事所以不成者

사 소 이 불 성 자

너를 죽이려 거사(擧事)했던 일은 이제 실패했다.

以欲生劫之

이 욕 생 겁 지

너(진秦왕)를 겁박해 사로잡아

주해

劫(겁): 위협하다, 빼앗다.

必得約契以報太子也

필 득 약 결 이 보 태 자 야

태자와 맺은 언약을 지켜 보답하고자 애썼을 뿐이었노라!

주해

契(계, 결): 약속을 맺을 계, 애쓸 결

첨언

자객 형가(荊軻)가 연(燕)나라 태자 단(丹)과 헤어지며 "바람이 쓸쓸하니 역수 또한 차갑구나, 장사는 한번 가면 다시 돌아오지 못하리니!"라는 시구를 남겼다. 진(秦)에 들어가 진(秦)왕을 알현하는 척하며 죽이려 하였으나 실패로 끝나고, 오히려 죽임을 당할 것을 예견한 듯하다. 진(秦) 나라에 도착한 형가(荊軻)는 진(秦)왕을 보고, "여기 왕께서 원하는 번어기(樊於期)의 머리와 비옥한 독항(督亢) 땅의 지도를 가져왔습니다."라고 말하며 지도가 그려진 두루마리를 펼치는 순간 그 안에 있는 비수(匕首, 날카로운 短刀단도)를 들어 찌르려고 했지만, 붙들고 있던 진(秦)왕 옷의 소매 끝이 찢어지는 바람에 진(秦)왕을 죽이지 못했다. 형가(荊軻)가 진(秦)왕을 쫓았으나 신하들이 막고 단도로 진(秦)왕의 장검에 대항할 수 없어 결국 진(秦)왕 시해 계획은 실패했고 형가(荊軻)는 참수되었다.

9. 攝政後二百年秦有荊軻之事(俠客傳)

섭정후이백년진유형가지사(협객전)

- 섭정 후 이백 년 지나 진나라 형가에 이르기까지의 사건(협객전)

『史記列傳(사기열전)』卷86의 『刺客列傳(자객열전)』중 「荊軻傳(형가전)」에 나오는 글이다. 『刺客列傳(자객열전)』에서는 노(魯)나라의 조말(曹沫), 오(吳)나라의 전제(專諸), 진(晉)나라의 예양(豫讓), 한(韓)나라의 섭정(攝政), 연(燕)나라의 형가(荊軻) 등 다섯 명의 자객(刺客)에 관한 얘기가 실려있는데 그 중 협객 형가(荊軻)에 관한 글이다. 형가(荊軻)는 기원전 250년경 사람으로 전국시대 말기의 자객(刺客)으로 원래 위(衛)나라 사람이었으나, 진시황제(秦始皇帝)를 죽이려 하다 실패해 목이 잘린 인물이다. 진시황제(秦始皇帝)는 즉위하기 전에 약소국 연(燕)나라의 어린 태자 단(丹)과 함께 조(趙)나라에 볼모로 있으면서 친하게 지냈는데, 즉위한 다음 태자 단을 무시하자, 태자 단(丹)은 자객 형가(荊軻)에게 부탁해 복수해줄 것을 간청했다. 형가(荊軻)는 연(燕)나라의 사신으로 속여 연나라의 비옥한 땅인 독항(督亢)이란 땅을 바치겠다며 지도까지 들고 와 진시황제(秦始皇帝)에게 보이는 순간 지도 속에 감춰둔 단검(短劍)으로 진시황제(秦始皇帝)를 죽이려 했으나 실패해 처형되었다.

작품해설

孔後五百龍門史
공 후 오 백 용 문 사

공자가 『春秋』를 지은 후 태사령 사마천(太史令 司馬遷)이 『史記』를 지을 때까지 오백 년 동안

주해

龍門(용문): 『史記』의 저자 사마천(司馬遷)의 출생지.

間世奇觀種種有
간 세 기 관 종 종 유

세상에는 기이한 일이 종종 있었다.

齊髡楚孟滑稽傳
제 곤 초 맹 골 계 전

제(齊)나라의 순우곤(淳于髡)과 초(楚)나라의 우맹(優孟)이 「골계전(滑稽傳)」에

주해

滑稽傳(골계전): 『史記列傳(사기열전)』의 단편 글.

越蠡周圭殖貨誌
월 려 주 규 식 화 지

월(越)나라의 범려(范蠡)와 주(周)나라의 백규(白圭)가 「殖貨誌(식화지)」에 실렸네.

주해

蠡(려): 월나라의 범려(范蠡). 圭(규): 주나라의 백규(白圭).
殖貨誌(식화지): 『史記列傳(사기열전)』의 단편 글.

歸來俠窟以劍鳴
귀 래 협 굴 이 검 명

돌아온 협객의 소굴에 섭정(攝政)의 칼바람이 부니

深井寒風易水至
심 정 한 풍 역 수 지

심정리(深井里) 고을 찬바람 맞으며 역수(易水)에 이르렀노라.

人間何代不有俠
인 간 하 대 불 유 협

인간 세상 어느 시대였건 협객이야 끊이지 않았지만

攝荊千秋兩絶事
섭 형 천 추 양 절 사

섭정(攝政)과 형가(荊軻) 두 협객 얘기는 천년 세월 흐르며 사라졌네.

주해

攝荊(섭형): 섭정과 형가 두 협객

殉命同日妹瑩熱
순 명 동 일 매 영 열

섭정에게는 같은 날 목숨을 바친 누이 영(瑩)이라는 열녀가 있었고

作半其時舞陽椎
작 반 기 시 무 양 추

형가에게는 용감무쌍한 길동무 무양(舞陽)의 쇠뭉치가 있었네.

주해

作伴(작반): 길동무, 동지. 舞陽(무양): 형가가 길에서 만난 13세 소년.
椎(추): 몽둥이, 망치, 때리다.

吳專齊沫好種子
오 전 제 말 호 종 자

오(吳)나라의 전제(專諸), 제(齊)나라의 조말(曺沫) 같은 훌륭한 협객이 나오며

주해

吳專(오전): 오(吳)나라 협객 전제(專諸)를 이름. 齊沫(제말): 제(齊)나라 협객 조말(曺沫)을 이름.

年數山東劒次次
년 수 산 동 검 차 차

해를 거듭할수록 산동(山東) 지역 협객의 칼은 점점 더 빛을 발하였다.

層雲一斷劒目市
층 운 일 단 검 목 시

섭정이 저잣거리의 무수한 협객들의 눈알을 단칼에 도려내니

주해

層雲(층운): 층층이 쌓인 구름, 여기서는 무수한 협객들의 무리를 의미.

以後風聲寂寞易
이 후 풍 성 적 막 이

그 후부터는 칼바람 소리 사라져 적막하게 되었네.

英名半死戰國七
영 명 반 사 전 국 칠

영웅으로 이름깨나 날리던 협객 반쯤은 전국시대 일곱 나라에서 죽고

戰國七(전국칠): 진(秦), 초(楚), 연(燕), 제(齊), 조(趙), 한(韓), 위(衞)의 일곱 나라

小俠徒歸公子四
소 협 도 귀 공 자 사

남은 몇몇 협객들은 사공자(四公子) 이름으로 전할 뿐이네.

徒(도): 무리, 동아리. 公子四(공자사): 제(齊)나라의 맹상군(孟嘗君), 위(魏)나라의 신릉군(信陵君), 조(趙)나라의 평원군(平原君), 초(楚)나라의 춘신군(春申君).

三長大筆暫徘徊
삼 장 대 필 잠 배 회

세 가지 역사가의 필수 덕목을 갖춘 사마천(司馬遷)의 큰 붓이 잠시 머뭇거리는 사이에

三長(삼장): 역사가의 세 가지 필수 덕목인 재식지(才識知).

燕趙斜陽漸轉墜
연 조 사 양 점 전 추

연(燕)나라 조(趙)나라의 지는 해는 점점 떨어지네.

山河俠氣竟不死
산 하 협 기 경 불 사

산하의 협기는 끝내 죽지 않아

秦代何兒鳴以義
진 대 하 아 명 이 의

진나라 때에 와서 어떤 남아가 의로운 목소리를 냈는가?

張椎博浪以上起
장 추 박 랑 이 상 기

장량이 박랑사에서 철퇴로 진시황을 내려치려 봉기했고

주해

장추(張椎): 장량(張良)의 몽둥이(椎), 한(漢)나라 초기의 공신 장량(張良, 혹은 장자방張子房)은 자객을 써서 박랑사(博浪沙, 지금의 河南省 原陽縣)에서 몽둥이로 진시황을 저격하게 했으나 성공하지 못함.

漸筑咸陽其次置
점 축 함 양 기 차 치

고점리가 함양에서 거문고로 내려친 게 그다음이었네.

주해

漸(점): 형가(荊軻)의 동반자 고점리(高漸離). 筑(축): 거문고와 유사한 중국 고대 악기. 咸陽(함양): 진(秦)나라 수도.

宮中飛出匕首客
궁 중 비 출 비 수 객

궁궐 안을 휙휙 날며 비수를 던지던 협객 형가의 혼은

上黨歸雲一面視
상 당 귀 운 일 면 시

한(韓)나라 도읍 상당에서 협객 섭정의 혼은 구름 속에서 형가의 모습을 한번 보고자 했을 뿐이었네.

진시황(秦始皇) 저격에 실패한 협객 형가(荊軻)의 넋을 한(韓)나라 왕을 저격한 협객 섭정(攝政)의 넋이 슬퍼함을 묘사했음. 섭정은 한(韓)나라 왕의 칼을 제때 만들지 못해 처형당한 아버지의 원한을 풀기 위해 한(韓)나라 왕을 죽인 자객.

蒼鷹韓府杳茫影
창 응 한 부 묘 망 영

푸른 매는 한(韓)나라 승상부로 쏜살같이 달려가는 협객 섭정(攝政)의 사라져간 그림자이며

蒼鷹(창응): 푸른 매, 용감한 협객 섭정(攝政)의 기세 때문에 생긴 섭정(攝政)의 대명사. 杳(묘): 아득히 먼 모습, 어둡다. 茫影(망영): 아득히 사라져 간 그림자.

白虹燕天蕭瑟意
백 홍 연 천 소 슬 의

흰빛 무지개는 연나라 하늘에 쓸쓸함을 말해주네.

白虹(백홍): 흰빛 무지개, 진시황(秦始皇)을 죽이기 위해 협객 형가(荊軻)가 역수를 건널 때 흰빛 무지개가 떴다 함.

乾坤厲氣二百年
건 곤 려 기 이 백 년

하늘 아래 기세등등한 섭정(攝政)과 형가(荊軻)의 협기(俠氣)가 이백 년에 걸쳐

乾坤(건곤): 하늘과 땅, 천지. 厲(려, 여): 애쓰다, 힘들다. 厲氣(여기): 끝까지 포기하지 않는 정

신, 불요불굴의 기세.

後先男兒一般志
후 선 남 아 일 반 지

먼저 대장부나 나중 대장부나 그 뜻은 같았네.

屠門俠月缺圓處
도 문 협 월 결 원 처

도문(屠門) 마을에 용맹스러운 기운에 찬 달은 기울다 찼다 하고

주해

缺(결): 이지러지다.

史局文瀾斷續地
사 국 문 란 단 속 지

실록청 사관(史官)들의 긴 글들이 끊어졌다 이어졌다 하던 땅이네.

주해

瀾(란): 물결, 물결이 일다.

仇家二代亦並時
구 가 이 대 역 병 시

섭정(攝政)과 형가(荊軻)는 원수인 진시황(秦始皇) 두 시대에 걸쳐 있었지만

주해

仇家(구가): 원수 집안.

王在阿房視俠累
왕 재 아 방 시 협 루

한 시대였더라면 진시황(秦始皇)이 아방궁에서 두 협객을 동시에 볼 수 있었을 것을!

수해

阿房(아방): 진시황(秦始皇)의 아방궁(阿房宮), 지나치게 화려한 집.

俠累(협루): 협객, 자객 무리, 섭정(攝政)이 죽인 한(韓)나라 재상 이름 협루(俠累)로 해석할 수
도 있다.

첨언

　섭정(攝政)은 전국시대 제(齊)나라 사람으로 엄중자(嚴仲子)란 사람이 한
(韓)나라 재상 협루(俠累)를 살해할 것을 부탁하자, 노모 봉양을 이유로
거절하다가, 노모가 죽자 협루(俠累)를 베어버리고 자신의 얼굴을 스스로
훼손하고 자살하여 아무도 자신을 알아보지 못하게 한 자객이다. 형가
(荊軻)는 전국시대 위(衛)나라의 사람으로 연(燕)나라 단(丹) 태자의 부탁을
받아 진시황(秦始皇)을 암살하려다 실패하고 처형당한 자객이다. 시대는
다르지만, 섭정(攝政)과 형가(荊軻) 둘 다 원수를 갚으려다 실패해 죽은 의
로운 협객이었다고 김삿갓이 읊은 시이다. 김삿갓이 이 시를 지으며 할
아버지를 죽이고 자신의 가문을 폐족(廢族)으로 만든 순조(純祖)를 베어
버리고 싶은 마음은 들지 않았을까?

10. 易水歌壯士而詩人역수가장사이시인

- 역수가(易水歌)를 부른 자객 형가(荊軻)는 천하장사였으며
  시인이었네

이 노래는 자객 섭정(攝政)이 죽은 지 이백 년 후 자객 형가(荊軻)가 연 태자(燕太子)의 부탁을 받고 진시황(秦始皇)을 척살(刺殺)하러 갈 때 역수(易水) 강가에서 시문(詩文) 형식으로 읊은 노래이다.

작품해설

一幅督亢三昧手
일 폭 독 항 삼 매 수

한 폭의 독항(督亢) 땅 지도를 삼매경에 빠져 손수 그렸는데

주해

三昧(삼매): 잡념을 버리고 한 가지 일에 몰두해 빠지는 경지, 삼매경(三昧境). 督亢(독항): 진시황(秦始皇)이 늘 탐내고 있던 비옥한 연(燕)나라 지역 이름.

先畵刀山又墨疊
선 화 도 산 우 묵 첩

먼저 깎아지른 산을 그리고서 다시 층암절벽을 그렸네.

疊(첩): 겹치다, 포개다. 畵刀山又墨疊(화도산우묵첩): '깎아지른 산을 그리고 먹물을 계속 쓰다'로 직역하는 것보다, 칠언구(七言句)를 맞추며 문무(文武)에도 능했음을 은유적으로 표현했다고 보는 게 바람직하다.

추가 해설

'刀도, 칼'은 '武무'를 뜻하고, '墨묵, 먹'은 '文문'을 뜻하니 '문무(文武)'를 겸비했다는 말이다. 풀어 해석하면, '우선 형가(荊軻)의 한 폭의 그림은 검(劍)을 갖춘 무용(武勇)뿐 아니라 선비의 시적풍류(詩的風流)도 갖춰 문무(文武)를 두루 겸비했음을 말해주네.'라는 의미가 된다.

二百年運韓攝政
이 백 연 운 한 섭 정

이백 년 전 운명적으로 거사한 한(韓)나라의 섭정(攝政)의 용감무쌍함은

十一篇辭楚屈子
십 일 편 사 초 굴 자

초(楚)나라 때 역사 열한 편에 적힌 굴원의 용기와 형가(荊軻)의 무용담의 뿌리가 되었다.

주해

屈子(굴자): 초(楚)나라 때 정치가이며 시인인 굴원(屈原)을 지칭, 모함을 받아 왕의 신임을 잃고 자살함.

蓬頭遠客所懷與
봉 두 원 객 소 회 여

형가는 역수에서 머리가 헝클어진 쑥대머리 친구를 기다렸는데

蓬頭遠客(봉두원객): 형가(荊軻)가 역수(易水) 강가에서 뒤처져 오는 쑥대머리 동반자를 의미.

白露蒼葭秋水涘
백 로 창 가 추 수 사

흰 서리 맺힌 푸른 갈대 가을 강가에 있었노라.

白露蒼葭(백로창가): 『詩經』을 알기 쉽게 풀이한 『詩傳』에 '白露爲霜 蒹葭蒼蒼(백로위상 겸가창창, 흰 이슬 서리가 되었고 갈대밭 짙푸르네)'이라는 구절에서 인용한 말. 蒹葭(겸가): 갈대. 涘(사): 강가, 물가.

三長古史閱荊卿
삼 장 고 사 열 형 경

사마천의 고사(古史)에 형가(荊軻) 기록을 들춰봐도

三長(삼장): 역사가의 세 가지 필수 덕목인 재식지(才識知). 여기서는 재식지(才識知)를 두루 갖춘 사마천을 지칭.

不云詩人唯壯士
불 운 시 인 유 장 사

시인이라 부른 적 없고 오로지 장사라고만 했네.

唯(유): 오직, 오로지.

邯鄲局上博於焉
한 단 국 상 박 어 언

한단 관아에서 장기 한판 두는 것도 좋으나

주해

邯鄲(한단): 조(趙)나라의 수도. 博(박): 넓다, 평평하다, 여기서는 바둑을 의미.

楡次村中劒而己
유 차 촌 중 검 이 기

유자촌에서 검무(劍舞)도 즐겼노라.

주해

楡次村(유차촌): 한(韓)나라의 자객 섭정(攝政)이 재상 협루(俠累)를 죽이러 한(韓)나라 도읍 상당(上黨)에 가는 길에 검무(劍舞)를 춘 고을 이름. 모름지기 장사(壯士)는 장기도 두는 풍류와 검무(劍舞)도 즐길 줄 알아 문무(文武)를 겸비해야 한다는 뜻.

詩亡然後戰國世
시 망 연 후 전 국 세

시가 사라지면 반드시 그 뒤엔 전국(戰國)시대가 오고

주해

詩亡(시망): 시문(詩文)이 사라짐. 한 나라의 정사(政事)를 보더라도 시문(詩文)을 멸시하면 나라가 망하는 법이니, 주(周)나라도 시문(詩文)을 무시한 연후에 망하고 결국 전국(戰國)시대에 들어갔음. 장사(壯士)는 모름지기 문무(文武)와 풍류(風流)도 가까이해야 나라에 도움이 된다는 뜻이다.

任俠徒遊非足美
임 협 도 유 비 족 미

의협심 강한 무리로 돌아다니는 건 그리 보기 좋은 건 아니다.

任俠(임협): 사내답고 용감하다.

巨然一曲出於情
거 연 일 곡 출 어 정

형가(荊軻)가 떠나며 한가로이 마음속 품은 정(情)을 노래 한 곡조로 읊었나니

巨然(거연): 하는 일 없이 무료함.

渡頭悲歌歌易水
도 두 비 가 가 역 수

그게 바로 '나루터 슬픈 노래, 도두비가(渡頭悲歌)'라는 역수(易水)를 읊은 노래였다.

渡頭(도두): 나루터.

金臺落葉助音處
금 대 낙 엽 조 음 처

역수(易水) 강물 흐르는 소리를 돕듯 금대산 낙엽은 소리를 내며 떨어지고

金臺(금대): 산 이름, 금대산(金臺山).

碣石斜陽遺興始
갈 석 사 양 유 흥 시

갈석산 지는 해가 그간 잊고 살았던 시흥(詩興)을 비로소 돋구네.

碣石(갈석): 산 이름, 碣石山(갈석산), 선돌, 비석. 遺興(유흥): 잃은 흥미.

文章固是不學能
문 장 고 시 불 학 능

형가는 본래 배운 적이 한 번도 없어도 능히 시를 짓노니

變微三章興而此
변 미 삼 장 흥 이 차

그게 바로 『시전(詩傳)』의 변미삼장(變微三章)의 흥(興)과 마찬가지네.

變微(변미): 고대 동양 음악의 다섯 음계인 '궁상각치우(宮商角徵羽)'중 '치(徵)'음에서 半音 올리거나 내린 음. 지금의 '#'혹은'b'에 해당. 三章(삼장): 시전(詩傳)의 세 번째 장.

中於宇宙問前輩
중 어 우 주 문 전 배

천지사방 고금에 있었던 옛 협객 무리에게 묻노니

彼俠斯文兩難似
피 협 사 문 양 난 사

형가(荊軻)의 저런 의협심과 이런 문장을 다 겸비한 협객 찾기는 어려운 것이다.

專曹古村劒兩遠
전 조 고 촌 검 양 원

오(吳)나라 협객 전제(專諸) 제(齊)나라 검객 조말(曺沫) 소식 모두 고촌서 멀어졌고

鄭衛諸邦風半死
정 위 제 방 풍 반 사

정(鄭)나라 위(衛)나라의 모든 나라의 무릇 시풍이 거의 사라졌구나.

英雄未易況騷客
영 웅 미 이 황 소 객

영웅 되기도 쉽지 않은데 하물며 시부(詩賦)를 읊는 문객(文客)이 어디 있겠는가?

주해

未易(미이): 쉽지 않다. 易(역, 이): 고치다, 쉽다. 騷(소): 떠들다, 떠들썩하다.

一荊千秋壯如此
일 형 천 추 장 여 차

일개 형가(荊軻)야말로 이처럼 문무(文武)를 겸비했으며 천추에 자랑스러운 대장부가 바로 이 사람이었으며

吟懷怊悵漸離筑
음 회 초 창 점 리 축

형가(荊軻)는 동반자 고점리의 거문고 곡조에 맞춰 애절하게 노래를 불렀네.

주해

怊悵(초창): 슬프다, 섭섭하다. 漸離(점리): 형가(荊軻)의 동반자 고점리(高漸離). 筑(축): 거문고와 유사한 중국 고대 악기.

詞氣崢嶸舞陽匕
사 기 쟁 영 무 양 비

협객 무양추의 문장도 사기도 드높고 빼어났도다.

주해

詞氣(사기): 여기서는 문장과 협기, 문무(文武)로 해석함이 바람직.

崢嶸(쟁영): 사기가 높음, 산이 험준하고 가파르다.

舞陽匕(무양비): 비수를 잘 쓰는 동반자 무양추(舞陽椎)를 지칭.

陽春白雪慷慨響
양 춘 백 설 강 개 향

비분강개하며 읊어대는 형가(荊軻)의「陽春白雪曲(양춘백설곡)」소리 울려 퍼지매

주해

陽春白雪(양춘백설): 초(楚)나라 때 가곡「陽春白雪曲(양춘백설곡)」을 지칭. 속된 세상을 초탈해 격조 높은 시문(詩文)으로 부른 노래.

薊門靑川一張紙
계 문 청 천 일 장 지

연나라 도읍 계문의 푸른 하늘을 쫙 펴고 내 마음속에 역수가(易水歌)를 쓰네.

주해

薊門(계문): 연(燕)나라 도읍.

靑川一張紙(청천일장지): 이태백(李太白)의「靑川一張紙청천일장지 寫我腹中詩사아복중시」라는 시에서 한 구(句)를 인용했다.

靑川一張紙
청 천 일 장 지

푸른 하늘을 종이에 한 번 쪽 펴

五老峰爲筆
오 로 봉 위 필

오로봉으로 붓을 만들고

주해

五老峰(오로봉): 중국 여산(廬山)에 있는 다섯 노인을 닮은 봉우리로 산봉우리가 붓끝처럼 뾰족하다.

三湘作硯池
삼 상 작 연 지

삼상 동정호를 벼루로 삼아

주해

三湘(삼상): 동정호로 흘러 들어가는 세 강물 줄기, 소상(瀟湘), 증상(蒸湘), 원상(沅湘)의 세 물줄기를 말함.

寫我腹中詩
사 아 복 중 시

내 마음속에 시를 쓰네.

魚龍出聽劍數関
어 룡 출 청 검 수 결

역수(易水)의 물고기와 용 모두 튀어 오르며 검객 형가(荊軻)의 노래 여러 구절을 다 들으니

주해

関(결): 일이 끝나 문을 닫다, 노래의 일 절이 끝났다는 의미.

鴻雁呼歸秋萬里
홍 안 호 귀 추 만 리

큰 기러기 때도 울며 가을 하늘 멀리서 날아오네!

易水寒兮 風葉蕭蕭
역 수 한 혜 풍 엽 소 소

역수 강가는 춥고 바람에 낙엽 지니 쓸쓸하고

壯士一去而不復還
장 사 일 거 이 불 복 환

천하장사는 한번 가면 다시 돌아오지 않노라.

첨언

이 노래는 협객 형가(荊軻)가 연태자(燕太子)의 부탁을 받고 진시황(秦始皇)을 척살(刺殺)하러 갈 때 역수(易水) 강가에서 시문(詩文) 형식으로 읊은 노래이다. 김삿갓이 협객(俠客) 형가(荊軻)는 천하장사였으며, 동시에 문무(文武)를 두루 겸비한 시인(詩人)이었다고 칭송하며 읊은 칠언구(七言句) 30首로 지은 과시체(科試體) 작품이다. 형가(荊軻)가 진시황(秦始皇)을 시해하기 위해 떠나기 전 역수(易水) 강가에서 노래를 부르며 다짐한 비장한 각오를 절실하게 표현했다. 원수 진시황(秦始皇)을 죽이지 못하면 절대로 살아 돌아오지 않겠다는 마지막 구절이 37년 오랜 세월 방랑하다 귀향하지 않고 먼 객지에서 쓸쓸히 세상을 떠난 김삿갓의 모습이 연상된다. 양반 출신이면서 양반 노릇 못하고 걸식유랑하며 조선팔도를 떠돌게 만든 김삿갓의 원수는 누구였을까? 친조부 김익순(金益淳)을 대역죄인(大逆罪人)으로 만든 원초를 제공한 홍경래(洪景來)? 아니면 친조부를 참수한 순조

(純祖)? 그는 삶과 죽음 사이에 무엇을 찾으려 긴 세월 방랑하다 쓸쓸히 이승을 떠났을까?

11. 八千愧五百팔천괴오백
- 팔천 명이 오백 명을 부끄러워하다

이 시는 『史記列傳(사기열전)』 卷94 『田儋列傳(전담열전)』 중 장수 전횡(田橫)과 초(楚)나라 항우(項羽)에 관한 얘기이다. 전횡(田橫)은 한(漢)의 유방(劉邦)이 천하를 평정하자 섬에 숨어 살다가, 유방의 부름을 받고 낙양(洛陽)으로 가던 중 패전의 수치스러움에 참모 장수와 함께 자결한 인물이다. 군사의 수적 열세에도 온 힘을 다해 싸운 전횡(田橫)의 의(義)로움을 칭찬하며 수많은 군사가 있었음에도 싸움에 패배한 항우(項羽)를 비판하는 시이다.

작품해설

十八騎亦羞二客
입 팔 기 역 수 이 객

따라 죽지 않은 항우(項羽)의 이십 팔 명의 말 탄 장수들은 전횡(田橫)을 따라 죽은 두 장수가 부끄러우리라.

주해

卄(입): 스물, 이십. 羞(수): 부끄러워하다.
항우(項羽)가 죽을 때 스물여덟 명의 말 탄 장수들은 따라 죽지 않았으나, 전횡(田橫)이 죽을 때 그에게 남은 두 장수는 따라서 순사(殉死)[92]했다.

---

92) 순사(殉死): 모시고 있던 임금이나 주인이 세상을 떠날 때 신하나 하인 등이 따라서 자결하는 것. 아내가 남편을 따라 자결하는 것.

東城不是戶鄉至
동 성 불 시 호 향 지

항우(項羽)가 자결한 동성(東城)은 땅의 가치로 봐도 전횡(田橫)이 죽은 호향(戶鄉) 땅에 비해 쓸모없는 곳이었다.

주해

東城(동성): 항우(項羽)가 패전한 후 스스로 목을 베어(자문自刎) 자결한 곳.
戶鄉(호향): 전횡(田橫)이 전사한 곳.

億兆離心商紂勢
억 조 이 심 상 주 세

옛날 상(商)나라 망할 때 주(紂)왕의 신하가 수없이 많았어도 모두 떠났고

주해

億兆(억조): 셀 수 없을 만큼 많은 수. 商紂勢(상주세): 商나라의 포악무도한 紂왕 때문에 나라가 망하게 된 형세.

數千親己田文事
수 천 친 기 전 문 사

맹상군(孟嘗君)의 수천 식객(食客)들은 그의 후사(後事)를 돕기 위해 친히 몸을 바쳤다.

주해

田文(전문): 중국 전국(戰國)시대 때 덕망 높은 사군자(四君子) 중 하나인 맹상군(孟嘗君)을 지칭. 사군자(四君子): 제(齊)나라의 맹상군(孟嘗君), 위(魏)나라의 신릉군(信陵君), 조(趙)나라의 평원군(平原君), 초(楚)나라의 춘신군(春申君).

靑燈大白擊節起
청 등 대 백 격 절 기

푸른 등불 아래에서 큰 술잔 들어 제사 절차에 맞춰 일어났고

주해

大白(대백): 큰 술잔. 擊節(격절): 두들겨 박자를 맞추다.

酹汝英魂深淺觶
뢰 여 영 혼 심 천 치

전횡(田橫)의 꽃다운 넋을 위해서는 술을 가득 부었지만, 항우(項羽)의 수치스러운 부하들의 넋을 위해서는 술잔을 조금만 채웠노라.

주해

酹(뢰): 술을 붓다, 따르다, 제사 술을 올리다. 觶(치): 술잔, 뿔잔.

風塵若論衆寡勢
풍 진 약 론 중 과 세

전란(戰亂)으로 힘든 세상에 굳이 장수의 수가 많고 적음을 논하자면

주해

風塵(풍진): 바람과 티끌, 힘들게 고생하며 살아야 하는 힘든 세상.
若論(약론): 만약(굳이) 논하자면.
衆寡(중과): 수효가 많고 적음.

五百當爲八千愧
오 백 당 위 팔 천 괴

전횡(田橫)의 오백 명의 군사에게 패한 항우(項羽)의 팔천 명의 군사는 수치스러워해야 했다.

주해

當爲(당위): 마땅히 그렇게 해야 하거나 돼야 함. (예: 欲爲大者욕위대자 當爲人役당위인역, 큰 사람이 되고자 하면, 마땅히 다른 사람을 섬겨야 한다, 마태복음 20 : 26). 愧(괴): 부끄러워하다, 창피하다.

神騅大國號曰健
신 추 대 국 호 왈 건

애마 오추마(烏騅馬)를 타고 호령한 항우(項羽)의 나라는 강한 나라였지만

주해

神騅(신추): 항우(項羽)가 타던 애마(愛馬) 이름. 적토마(赤兎馬)와 함께 준마(駿馬)의 대명사. 말의 색깔이 검은색이라 '오추마(烏騅馬)'라고도 불렸음.

爽鳩殘枰杖以義
상 구 잔 평 장 이 의

다 뺏기고 남은 상구(爽鳩)의 작은 땅을 전횡(田橫)은 의(義)로서 지켰노라.

주해

爽鳩(상구): 제(齊)나라 땅 이름. 杖(장): 지팡이, 쥐다, 여기서는 '지키다'로 해석.

山河無愧兩家雄
산 하 무 괴 양 가 웅

항우(項羽)와 전횡(田橫)은 천하에 부끄러움이 없는 두 영웅이었으며

西渡風聲男面位
서 도 풍 성 남 면 위

항우(項羽)는 산동(山東)에서 강을 건너 서쪽으로 진격할 때 전횡(田橫)은 남쪽에서 왕위에 오른 때였다.

元功俱讓漢十八
원 공 구 양 한 십 팔

전횡(田橫)은 모든 공(功)을 한(漢)나라 열여덟 충신에게 돌리고

주해

俱讓(구양): 함께 다 양보하다,

半洋垓城何等地
반 양 해 성 하 등 지

전횡(田橫)의 반양(半洋) 땅과 해자가 있는 항우(項羽)의 해성(垓城)은 아무런 쓸모없는 땅이 되었네.

주해

垓(해): 경계, 끝, 여기서는 성 주위의 방어용 해자(垓子)를 의미.
何等(하등): '아무런'과 같은 부정적 의미로 쓰임.

將軍南出有餘運
장 군 남 출 유 여 운

항우(項羽)가 남쪽으로 도망칠 때 운이 조금 남아 있었으나

主人西歸無所冀
주 인 서 귀 무 소 기

전횡(田橫)이 서쪽으로 돌아 공격하니 바랄 게 없이 절망적이었네.

冀(기): 바라다, 바라건대.

江祠洛墳萬古恨
강 사 낙 분 만 고 한

강동(江東)에 있는 항우(項羽)의 사당(祠堂)과 낙양(洛陽)에 있는 전횡(田橫)의 무덤에는 오랜 세월 한(恨)이 맺혀있고

江祠(강사): 강동(江東)에 있는 항우(項羽)의 사당(祠堂).
洛墳(낙분): 낙양(洛陽)에 있는 전횡(田橫)의 분묘(墳墓, 무덤).

竹枝悲歌起三四
죽 지 비 가 기 삼 사

죽지비가(竹枝悲歌)의 슬픈 노래가 서너 차례 들리는구나.

竹枝悲歌(죽지비가): 북송(北宋) 시대 시인 소식(蘇軾)이 지은 초(楚)나라 항우(項羽)의 죽음을 슬퍼하는 한(恨) 맺힌 노래.

從臣厥初有誰謨
종 신 궐 초 유 수 모

애당초 신하들이 누구의 꾐에 빠져 왕을 추종하게 된 것도 아니고

從臣(종신): 임금을 늘 쫓아다니는 신하. 厥(궐): 고개를 숙이다.

以數觀之多少異
이 수 관 지 다 소 이

그 숫자를 보면 다소 다른 면이 있었다.

항우(項羽)와 전횡(田橫)의 군사들은 다 우국충정(憂國衷情)의 마음으로
왕을 따랐지만, 항우(項羽)의 군사는 많았고 전횡(田橫)의 군사는 턱없이
부족했다.

稽山月甲士號倍
계 산 월 갑 사 호 배

항우(項羽)의 군사는 월(越)왕 구천(句踐)이 훈련한 군사 사천 명의 두 배인 팔천 명이었지만

稽山(계산): 월(越)왕 구천(句踐)이 군사를 훈련한 회계산(會稽山).

月甲(월갑): 월(越)왕 구천(句踐)의 병사.

瀛海秦童客數備
영 해 진 동 객 수 비

전횡(田橫)의 군사는 서불(徐市)이 진시황(秦始皇)의 명을 받들어 불로초(不老草)를 동해(東海)로
데리고 간 동자(童子)의 숫자 그 오백 명이었다.

瀛海秦童(영해진동): 진시황(秦始皇)이 불로초(不老草)를 구하기 위해 서불(徐市)로 하여금 동자

(童子) 오백 명을 거느리고 동해(東海)로 보낸 일

千雖爲大不當百
천 수 위 대 부 당 백

항우(項羽)의 천(千)의 군사가 비록 많았지만, 전횡(田橫)의 백(百)의 군사를 당하지 못했으니

向背之間輕重視
향 배 지 간 경 중 시

누가 쫓고 누가 도망가며 싸움을 가볍게 보고 무겁게 보는지 그 경중을 자연히 알 수 있노라.

주해

向背(향배): 쫓아가고 도망가다.

江東父老視何面
강 동 부 노 시 하 면

항우(項羽)는 강동(江東)의 늙으신 부모를 무슨 면목으로 볼 수 있을까?

海上君臣同死志
해 상 군 신 동 사 지

해도(海島)에 남아 있던 전횡(田橫)의 군사와 신하도 한마음 한뜻으로 함께 죽었네.

荊南九郡愧一嶼
형 남 구 군 괴 일 서

항우(項羽)가 자기 땅이었지만 전횡(田橫)이 고립되어있던 형남(荊南)의 아홉 고을이 한 개에 섬에 지나지 않는다고 여긴 것을 부끄러워하고

嶼(서): 섬, 도서(島嶼).

敵萬元戎無所倚
적 만 원 융 무 소 의

만 명이라도 대적할 수 있는 항우(項羽)의 으뜸가는 군사들이 주군(主君)을 잃고 의지할 데가 없어졌네.

戎(융): 병사, 싸움. 元戎(원융): 군사의 우두머리 장수.

山簫風送半夜步
산 소 풍 송 반 야 보

항우(項羽)의 군사는 산에서 바람결에 들려오는 퉁소 소리에 흐느끼며 야반도주(夜半逃走)하였고

簫(소): 퉁소, 피리.

島樹霜凄同一淚
도 수 상 처 동 일 루

전횡(田橫)이 자결했다는 소식을 듣고 섬에 있는 나무들도 모두 슬피 우는구나!

淄東夜上仲連月
치 동 야 상 중 연 월

전횡(田橫)의 고향 산동성(山東省) 치동(淄東)에 충의(忠義) 군자 노중련(魯仲連)의 달이 휘영청 뜨는데

주해

淄東(치동): 산동성(山東省)에서 황하(黃河)로 들어가는 물줄기에 있는 전횡(田橫)의 땅, 지금의 산동성 임치현(山東省 臨淄縣). 仲連(중연): 노중련(魯仲連)을 지칭. 벼슬에 관심 없이 천하를 주유하다 살다간 전횡(田橫)과 같은 제(齊)나라 사람.

楚天疎星漸漸墜
초 천 소 성 점 점 추

항우(項羽)의 초(楚)나라 하늘에는 머나먼 별이 빛을 점점 잃어가누나.

주해

疎星(소성): 멀어져가는 별. 墜(추): 떨어지다, 잃다.

千秋有光大洋白
천 추 유 광 대 양 백

전횡(田橫)의 망망대해 속 섬에는 빛이 비치어 하얀데

萬事無顔縠城翠
만 사 무 안 곡 성 취

항우(項羽)의 무덤이 있는 곡성(縠城) 땅은 모든 게 표정도 없이 새파랗게 질렸구나.

주해

縠城(곡성): 항우(項羽)의 무덤이 있는 곳 이름. 翠(취): 물총새, 푸르다.

첨언

이 시는 전횡(田橫)과 항우(項羽)의 부하가 많고 적음을 비교하며 전횡(田橫)의 의로움을 칭찬하고 대군을 갖고도 싸움에 진 항우(項羽)를 비판한 김삿갓의 시이다. 글쎄, 필자는 김삿갓의 판단에 동의하기 힘들다. 싸움에 진 장수(將帥)는 아무리 잘 싸웠어도 싸움에 지면, 용감했다고 말할 수 없다지만(敗軍之將패군지장 不可以言勇불가이언용), 패자(敗者) 항우(項羽)는 어차피 죽어 말이 없다. 애첩(愛妾) 우희(虞姬), 애마(愛馬) '오추마(烏騅馬)' 모두 그를 따라 죽어 말이 없다. 꽃이 떨어져 말이 없듯이 죽은 자는 말이 없는 법이니(落花無言낙화무언 死者無言사자무언), 너무 항우(項羽)를 깎아내리지 말았으면 좋겠다. 저잣거리 건달 출신인 한고조(漢高祖) 유방(劉邦)과 달리 항우(項羽)는 그래도 명망(名望) 있는 가문(家門)의 '금수저'로 태어나, 한때 '산을 뽑고 세상을 덮을 만한 기개(力拔山氣蓋世역발산기개세)'를 갖춘 영웅호걸이었으니.

12. 以王禮葬田橫이왕예장전횡

- 왕이 예를 갖추어 전횡을 위해 장사(葬事)를 지내다

전횡(田橫)은 義로운 자로 제(齊)나라 왕 전영(田榮)의 동생이었는데 형이 항우(項羽)와 싸우다 전사하자 잔병(殘兵)을 이끌고 항우(項羽)와 대적했다. 항우(項羽)가 한패공(漢沛公) 유방(劉邦)과의 전투에 여념이 없는 틈을 타 전횡(田橫)은 자립해 제(齊)왕이 되었다. 그러나 얼마 후 漢나라가 쳐들어와 장수 팽월(彭越)의 땅으로 도망갔으나 팽월(彭越)이 유방(劉邦)에게 항복하니, 전횡(田橫)은 오백여 명의 군사를 이끌고 해도(海島)로 들어가 은신했다. 유방(劉邦)이 義로운 전횡(田橫)을 신하(臣下)로 중용하고자 낙양(洛陽)으로 소환했지만, 전횡(田橫)이 낙양(洛陽)을 가던 중 자결하자 전횡(田橫)의 의협심(義俠心)을 아쉬워하며 禮를 갖춰 묻어 주었다며 읊은 32行의 다소 긴 과시체(科試體) 詩이다.

작품해설

對局相爭破局笑
대 국 상 쟁 파 국 소

서로 맞대고 싸우다 격파하면 미소짓지만

八年恩讎奕一場
팔 년 은 수 혁 일 장

팔 년 세월 은혜와 원한으로 싸운 바둑 한판 싸움이었네.

주해

恩讎(은수): 은혜와 원수, 은원(恩怨)과 같은 의미.

奕(혁): 바둑, 익히다, 크다, '바둑 혁(弈)'과 동일.

勝公家赦季布罪
승 공 가 사 계 포 죄

싸움에서 이긴 후 항우(項羽)의 장수였던 계포(季布)를 용서해주었고

穀城山臨項羽喪
곡 성 산 임 항 우 상

곡성산에 내가 친히 임하여 항우도 조상(弔喪)했느니라.

田橫一死亦一憐
전 횡 일 사 역 일 련

전횡의 한 번 죽음 또한 가련하여

玉匣珠襦其禮煌
옥 갑 주 누 기 례 황

옥으로 만든 관에 붉은 수의를 입혀 장례를 치르니 장엄하도다.

주해

匣(갑): 궤, 작은 상자, 여기서는 관(棺). 襦(누): 목이버섯, 여기서는 시신에 입히는 수의(壽衣).
煌(황): 빛나다.

英雄不幸漢天地
영 웅 불 행 한 천 지

楚나라 영웅 항우(項羽)에게는 불행하게도 漢나라 세상천지가 되었고

朕亦招時大者王
짐 역 초 시 대 자 왕

나 역시 항우(項羽)와 싸운 전횡(田橫)을 오라 했을 때 그가 큰 사람이면 왕으로 봉하려 했었다.

痴心莫抗萬乘位
치 심 막 항 만 승 위

어리석음을 떨치지 못하고 죽을 때까지 황제에 저항했단 말인가?

주해

痴心(치심): 어리석은 마음, 미련한 마음. 萬乘(만승): 만 개의 수레, 황제의 자리.

厚意將封千里疆
후 의 장 봉 천 리 강

인정을 후하게 베풀어 漢나라 넓은 강토에 제후(諸侯)로 봉하려 했노라.

주해

疆(강): 지경, 한계, 끝. 강토(疆土, 넓은 국경의 땅)의 준말.

宮床刻出一王印
궁 상 각 출 일 왕 인

궁에서 이미 만들어 놓은 왕의 인수(印綬)를 하나 꺼내 들고

주해

印(인): 도장, 여기서는 인수(印綬)의 준말. 인수(印綬): 벼슬자리에 임명(任命)될 때 임금에게서 받는 관인(官印)을 몸에 차기 위한 끈.

稍喜來車近洛陽
초 희 래 차 근 낙 양

이제나저제나 기쁜 마음으로 그대 탄 수레가 낙양(洛陽)성에 오는 걸 기다렸는데.

주해

稍(초): 점점, 차츰, 벌써.

戶鄕消息夜來凶
호 향 소 식 야 래 흉

어젯밤 꿈자리가 뒤숭숭하더니 전횡(田橫) 쪽에서 끔찍한 소식이 들려오더니

주해

戶鄕(호향): 여기서는 전횡이 자결한 마을을 이름.

太强南兒引劍忙
태 강 남 아 인 검 망

의협심이 크고 강했던 대장부 전횡(田橫)이 칼을 꺼내 목을 베었구나!

入曾海島慷慨膽
입 증 해 도 강 개 담

전횡(田橫)이 일찍이 해도(海島)에 들어가 은신한 대범하고 간 큰 친구였는데

鬼亦泉臺鳴咽腸
귀 역 천 대 명 인 장

지금은 그의 넋이 저세상에서 얼마나 애간장 태우며 목메어 울고 있을까?

咽(인): 목구멍. 腸(장): 창자, 腸(장)의 俗子.

他鄕有誰厚葬汝
타 향 유 수 후 장 여

타향에서 누가 그대에게 이렇게 후한 장례를 치러 주겠는가?

二客凄凉哭戶傍
이 객 처 량 곡 호 방

그대를 따라온 두 부하만 처량하게 곁에서 울어줄 뿐이다.

龍顔先下感憐涕
용 안 선 하 감 련 체

제황(帝皇)인 내가 먼저 나아가 불쌍히 여겨 눈물을 흘리며

涕(체): 눈물, 눈물 흘리며 울다.

不可其尸置尋常
불 가 기 시 치 심 상

그대의 시신을 아무 데나 버리지 않았노라.

尸(시): 시체, 주검.
尋常(심상): 대수롭지 않고 예사(例事)로움, 그저 그런.

元非暴强舊敵國
원 비 폭 강 구 적 국

그대 전횡(田橫)은 원래 나의 포악한 옛 적국(敵國) 장수는 아니었으니

且時寬仁今帝皇
차 시 관 인 금 제 황

이제 제황으로서 관용과 자비를 다시 베푸노라.

주해

寬仁(관인): 너그럽고 인자하다.

衣襦棺槨擬千乘
의 누 관 곽 의 천 승

수의(壽衣)를 입히고 훌륭한 관(棺)에 넣어 제후(諸侯)의 수레에 태워

주해

襦(누): 목이버섯, 여기서는 시신에 입히는 하얀 수의(壽衣).

棺槨(관곽): 시신을 넣는 속과 겉의 널. 擬(의): 헤아리다.

千乘(천승): 제후(諸侯)의 수레. 주(周)나라 전시(戰時) 때 천자(天子)는 만승(萬乘)의 수레를, 제후(諸侯)는 천승(千乘)을 수레를 탔다는 의미.

葬汝齊山松柏蒼
장 여 제 산 송 백 창

그대를 그대의 고향인 제(齊)나라의 푸른 송백(松柏)이 우거진 땅에 묻었노라.

先敎石工立蒼碣
선 교 석 공 입 창 갈

그대를 묻은 후에 먼저 석공을 시켜 푸른 갈석(碣石)을 세우라 했고

碣(갈): 비석, 돌을 세우다. 여기서는 갈석(碣石, 묘비)의 준말.

更戒樵童剪白楊
갱 계 초 동 전 백 양

그대 무덤 앞 백양나무 잘라 땔감으로 쓰지 못하게 아이에게 재차 경고까지 했노라.

樵(초): 땔나무(火木화목), 나무꾼. 剪(전): 자르다, 화살.

白楊(백양): 버드나무과 큰 키의 백양나무.

蕭曹信越共護喪
소 조 신 월 공 호 상

나의 소하(蕭何), 조참(曹參), 한신(韓信), 팽월(彭越) 등 네 중신(重臣)의 초상처럼 극진히 치렀으며

蕭曹信越(소조신월): 漢나라의 소하(蕭何), 조참(曹參), 한신(韓信), 팽월(彭越) 네 충신을 이름. 護喪(호상): 초상을 치르며 돌봄.

祖送靑山白雲庄
조 송 청 산 백 운 장

흰 구름 드넓은 나의 푸른 산으로 그대를 잘 보내주었노라.

祖送(조송): 떠나는 사람을 보냄. 庄(장): 고관대작의 사유지, 영지.

白雲庄(백운장): 흰 구름 덮인 농막, 여기서는 유방(劉邦)의 넓은 땅을 의미.

元年偶然我南宮
원 년 우 연 아 남 궁

옥좌에 오른 해 우연히 내가 남궁(南宮)을 짓자마자

萬事嗟乎士北忙
만 사 차 호 사 북 망

아~ 슬프도다. 전횡(田橫)은 만사 다 제쳐두고 죽었구나!

王孫春草漢寒食
왕 손 춘 초 한 한 식

漢나라 왕손들은 봄풀 나는 한식(寒食)날

使人年年尊玉觴
사 인 연 연 존 옥 상

해마다 옥 술잔을 높이 올리도록 하라!

첨언

초한전(楚漢戰)에서 항우(項羽)를 이긴 유방(劉邦)이 中原 통일을 위해 각 지역의 제후(諸侯)들을 포섭하는 과정에 의협심이 강한 전횡(田橫)을 낙양

(洛陽)으로 소환하며 이른다. '전횡(田橫)은 마땅히 와야 한다. 王이나 제후(諸侯)로 봉할 것이다. 오지 않는다면 군사를 보내 죽일 것이다' 田橫宜來전횡의래 大者則王대자즉왕 小者則封侯소자즉봉후 然而不來則연이불래즉 擧兵加誅伐거병가주벌 전횡(田橫)은 유방(劉邦)의 명령에 따라 군사 두 명을 데리고 가던 중 마음이 변해 낙양(洛陽)행을 중지하고 이르되, "내가 유방(劉邦)과 더불어 항우(項羽)에게 맞서서 싸웠던 제(齊)나라 왕인데 어찌 유방(劉邦)에게 복종할 수 있겠는가?"라는 말을 남기고 스스로 목을 베 자결했다. 해도(海島)에 남아 있던 그의 잔병(殘兵) 오백여 명도 전횡(田橫)을 따라 목숨을 끊었다. 전횡(田橫)의 의협심(義俠心)을 아쉬워하며 예로 갖춰 묻어 주었다며 읊은 32行 다소 긴 과시체(科試體) 詩이다.

주해

則(즉, 칙): 곧, 바로, 본받다, 법칙.
誅伐(주벌): 정벌해 베어버림.

'朕亦招時大者王짐역초시대자왕, 나 역시 전횡(田橫)을 오라 했을 때 그가 큰 사람이면 왕으로 봉하려 했었다.'라는 句에서 유방(劉邦)이 '나(朕짐)'라는 황제의 1인칭 대명사(代名詞)를 쓴 것을 보면, 이 시의 시작인(詩作人)이 한고조(漢高祖) 유방(劉邦) 자신인 것 같기도 하지만, 31 句 '王孫春草漢寒食왕손춘초한한식, 漢나라 왕손들은 봄풀 나는 한식(寒食)날'에서는 '春草(춘초)'라는 詩語를 왕유(王維)의 「송별(送別)」이라는 작품의 詩句에서 인용한 듯하다. '春草年年綠춘초연연록 王孫歸不歸왕손귀불귀' 봄풀은 해마다 푸르지만 한번 간 친구는 돌아오지 않는구나. 왕유(王維, 699~759)는 漢나라가 아닌 당(唐)나라 때 시인이니, 김삿갓이 詩作人인 듯하기도 하다.

13. 垓城帳中問置妾何地虞美人
해성장중문치첩하지우미인

- 해하성(垓下城) 군막 안에서 우희를 어찌 살릴까 묻다

초(楚)나라 항우(項羽)가 한(漢) 나라 유방(劉邦)의 공격을 받아 초한(楚漢) 국경 해하성(垓下城)에서 포위되어 漢나라 병사들의 사면초가(四面楚歌) 노래를 들으며 자살하기 전 애첩 우희(虞姬)와 나눈 비통한 대화이다. 애마(愛馬) 오추마(烏騅馬)도 죽이고 자신도 죽기 전에 읊었다고 『史記』의 『項羽本紀(항우본기)』에 전하는 「해하가(垓下歌)」 노래 내용과 유사하다.

작품해설

帳外起問劉郎家
장 외 기 문 유 랑 가

군막(軍幕) 밖으로 나가 한고조(漢高祖) 집안 소식을 물으니

주해

垓城(해성): 항우(項羽)가 패전한 해자가 있는 해하성(垓下城)의 준말.
劉郎家(유랑가): 유방(劉邦)이라는 놈의 집안. 帳(장): 휘장, 군막(軍幕).

天地恢恢呂后置
천 지 회 회 여 후 치

여후(呂后)가 중원(中原)의 제일 넓고 좋은 곳에 있다 하네.

주해

恢(회): 넓다, 광활하다. 呂后(여후): 한고조(漢高祖) 유방(劉邦)의 첫째 부인 태후(太后).

佳姬一別萬古恨
가 희 일 별 만 고 한

소첩(小妾)과 대왕(大王)이 죽어 이별함은 만고의 한(恨)이 될 터인즉

주해

佳姬(가희): 초(楚)나라 때 항우(項羽)의 애첩으로 虞美人(우미인) 혹은 우희(虞姬)라 불림. 서시(西施), 왕소군(王昭君), 초선(貂蟬), 양귀비(楊貴妃) 중국 4대 미녀93)에 버금가는 미녀로 손꼽힌다.

大王平生今日淚
대 왕 평 생 금 일 루

대왕(大王)과 오늘 눈물 흘릴 줄 어찌 알았으리오.

烏騅背上載去否
오 추 배 상 재 거 부

오추마 등에 올라 성 밖으로 도망가라 해도 가지 않고

---

93) 중국 4대 미녀:
　　서시(西施)- 춘추전국시대의 미녀.
　　왕소군(王昭君)- 漢나라 元帝의 후궁. 정략 결혼하였으나 흉노 땅에서 자결.
　　초선(貂蟬)- 漢나라 미인.
　　양귀비(楊貴妃)- 唐나라 玄宗의 후궁. 안녹산의 난 때 마외(馬嵬) 땅에서 자결.
　　'沈魚落雁침어낙안 閉月羞花폐월수화'로 비유되는 중국 역사상 제일 아름다운 네 명의 미녀.
　　침어(沈魚): 물고기가 서시(西施)의 미모에 빠져 바라보다 바닥으로 가라앉다.
　　낙안(落雁): 날아가던 기러기가 왕소군(王昭君)의 아름다움에 취해 날갯짓을 잊고 땅에 떨어지다.
　　폐월(閉月): 달이 초선(貂蟬)의 미모를 못 이겨 구름 뒤에 숨다.
　　수화(羞花): 꽃도 양귀비(楊貴妃) 미모에 자기 모습이 부끄러워 고개를 숙이다.

烏騅(오추): 항우(項羽)의 애마(愛馬) 오추마(烏騅馬).

楚語三更暈月四
초 어 삼 경 훈 월 사

달무리 훤히 사방을 비추는 깊은 밤에 초(楚)나라의 슬픈 사면초가(四面楚歌) 노래가 들려오네요.

三更(삼경): 밤 11시에서 새벽 1시경. 暈月(훈월): 달무리.

章華夜燭問佳約
장 화 야 촉 문 가 약

장화궁(章華宮)에서 항우(項羽) 당신과 촛불 밝혀 백년가약(百年佳約)을 맺을 때

章華(장화): 항우(項羽)의 초(楚)나라 궁궐, 장화궁(章華宮)

佳約(가약): 아름다운 언약, 부부간의 약속.

置妾中原第一地
치 첩 중 원 제 일 지

천하를 통일하면 소첩을 중원(中原)의 제일 좋은 곳에 있게 하겠노라 말했지요!

江山九幅好家居
강 산 구 폭 호 가 거

그렇다면 산과 강이 넓게 펼쳐진 좋은 곳에 집을 짓고 살면서

九(구): 여기서는 숫자 아홉의 뜻이 아니라, '넓다', '깊다', '크다' 등의 의미. (예) 九萬里(구만리), 九重宮闕(구중궁궐), 九曲肝腸(구곡간장).

雲南三生甘夢寐
운 남 삼 생 감 몽 매

아름다운 운남(雲南) 땅에서 영원히 단 꿈꾸며 자겠지요.

주해

三生(삼생): 불교 용어로 전생(前生), 현생(現生), 후생(後生).
화엄종에서는 부처가 되는 세 단계를 이르기도 함. 견문생(見聞生), 해행생(解行生), 증입생(證入生). 甘夢寐(감몽매): 단 꿈꾸며 자다. 부질없이 헛된 꿈을 꿨다는 의미로 이백(李白)의 시 「淸平調詞(청평조사)」 詩句 중, '雲雨巫山枉斷腸운우무산왕단장, 초회왕(楚懷王)은 꿈속에서 만났던 무산(巫山)의 신녀(神女)를 만나길 원하여 부질없이 애간장을 태웠다.'라는 내용과 유사하다. 枉斷(왕단): 옳지 않은 어쩔 수 없는 결과를 이르는 말이다.

銀屛珠帳分外榮
은 병 주 장 분 외 영

은(銀)으로 병풍 두르고 주옥(珠玉)으로 장막으로 가리고 내 분수에 넘치는 영화를 누리며

주해

分外(분외): 분수에 넘치다. 屛(병): 병풍(屛風), 담.

百年王家歌舞待
백 년 왕 가 가 무 대

오랜 세월 항우(項羽) 대왕을 춤과 노래로 모시겠지요.

英雄運去妾命悲
영 웅 운 거 첩 명 비

오호(嗚呼)라! 영웅(英雄)의 운(運)이 다하니 소첩(小妾)의 운명도 덩달아 비참한데

紅淚孤城殘月墜
홍 루 고 성 잔 월 추

해자성(垓子城)에서 홀로 피눈물 흘리며 새벽달 지는 모습만 바라보네요.

芳情忽撼九里簫
방 정 홀 감 구 리 소

꽃다운 정이 홀연히 요동치며 멀리서 구슬픈 퉁소 소리 들려오니

주해

芳情(방정): 꽃다운 정. 撼(감): 요동치다, 흔들리다

弱魂翻驚四面幟
약 혼 번 경 사 면 치

심약한 나의 넋은 사면에 둘러싸인 무수한 한(漢)나라 깃발에 기가 죽는구나!

주해

翻驚(번경): 갑자기 놀라다. 幟(치): 표적, 표시. 여기서는 한(漢)나라의 군기(軍旗).

吾兒八千盡散去
오 아 팔 천 진 산 거

내 군사 팔천은 모두 사기가 떨어져 뿔뿔이 흩어져 가버렸네.

渠亦鄕園家室事
거 역 향 원 가 실 사

고향의 도랑이건 시골 정원이건 그들 역시 집안일이 있을 테니 어찌 탓하겠나?

渠(거): 도랑. 개천, 우두머리.

靑油纔罷可憐舞
청 유 재 파 가 련 무

등잔불은 가물가물 구슬피 춤추며 꺼져 가고

纔罷(재파): 겨우 그치다.

隻雁荊南寒語至
척 안 형 남 한 어 지

기러기 한 마리가 쓸쓸한 형남(荊南) 군영(軍營) 하늘 위를 울며 스쳐 가네.

隻雁(척안): 기러기 새 한 마리.

君主別後寂寞魂
군 주 별 후 적 막 혼

군주 항우(項羽) 대왕을 떠나보낸 내 혼은 쓸쓸하겠지요.

兒女生前慷慨觴
아 녀 생 전 강 개 상

소녀가 살아생전에 복받치는 슬픔을 억누르고 술이라도 한잔 올릴게요.

慷慨(강개): 복받치고 원통한 슬픔. 觴(상): (뿔)술잔.

乾坤窄窄楚今夜
건 곤 착 착 초 금 야

세상천지 오늘 밤 초(楚)나라는 비좁은데

風雨殘粧何處寄
풍 우 잔 장 하 처 기

비바람 속에 홀로 남아 화장한 소첩은 어디에다 몸을 맡기리오?

雄圖月缺八年天
웅 도 월 결 팔 년 천

항우(項羽)의 웅대한 계획은 팔 년 세월에 물거품이 되었고

伯業雲空九郡誌
백 업 운 공 구 군 지

장수 항우(項羽)의 뜬구름 과업도 구군(九郡) 땅에 쓸쓸히 전해지네.

紅粧願戒一男子
홍 장 원 계 일 남 자

소첩 꽃단장 원했지만 한 남자로 변장하라는 명을 받고

紅粧(홍장): 연지 곤지 붉게 단장함.

倂隨今宵南出騎
병 수 금 소 남 출 기

오늘 밤 소첩 남자들 기마군 행렬을 따라 남쪽 문을 나가라 했지요.

倂(병): 아우르다, 나란히 하다.

輸贏天下不幸運
수 영 천 하 불 행 운

천하를 얻기 위한 싸움에 운이 없어 패배했거나

輸贏(수영): 승패, 승부(勝負)와 같은 의미.

居留人間無限意
거 류 인 간 무 한 의

승리해 잠시 살아남는 인간 모두 그 의지에는 끝이 없는 것

居留(거류): 어떤 지역에 머물러 잠시 사는 것.

羅衫九月妾無家
나 삼 구 월 첩 무 가

비단옷은 가을 단풍처럼 아름다운데 소첩은 집도 없네.

羅衫(나삼): 비단옷.

楚水吳山如夢翠
초 수 오 산 여 몽 취

초나라 강물과 오나라 산이 꿈속에서처럼 푸르네.

翠(취): 푸르다, 비취(색).

芳緣夜碎玉情神
방 연 야 쇄 옥 정 신

꽃다운 인연은 밤사이 옥 같은 정신으로 부서지고

別恨春長花意思
별 한 춘 장 화 의 사

이별의 恨은 봄날처럼 길어 꽃의 뜻대로구나.

香魂若踏劍頭節
향 혼 약 답 검 두 절

향기 품은 내 혼이 만약 칼끝에 잘려 짓밟힌다면

漢地靑山葬亦愧
한 지 청 산 장 역 괴

漢나라 땅 푸른 산에 묻히는 것 또한 부끄러우리라.

초(楚)나라 항우(項羽)가 한(漢) 나라 유방(劉邦)을 맞아 초한(楚漢) 국경 해하성(垓下城)에서 포위되어 한나라 병사들의 사면초가(四面楚歌) 노래를 들으며 자살한 애첩 우희(虞姬)와 애마(愛馬) 오추마(烏騅馬)를 죽이고 자신도 죽기 전에 읊었다는 「해하가(垓下歌)」라는 노래가 있는데 중국『史記』「項羽本紀(항우본기)」에 전하는 내용이다. 원래 중국 경극(京劇) 작품이었으나, 『패왕별희(覇王別姬, Farewell My Concubine)』라는 제목으로 영화화되었다. 故 장국영이 우희(虞姬, 虞美人)의 비극적 죽음을 열연한 이 영화는 1993년 칸 영화제에서 황금종려상을 수상했다. 이 영화 속에서도 항우(項羽)와 우희(虞姬)의 해하가(垓下歌) 구절이 나온다. 산을 뽑고 세상을 뒤엎을 정도로 강한 힘과 기개를 갖고 있으면서도 전쟁에 패배해 포위된다. 전쟁에 걸림돌이 된다며 애첩 우희는 자결하니 애마를 죽이고 자신도 죽어야 하는 그 심정이 얼마나 슬프고 한이 맺혔겠는가? 항우처럼 기개와 재능을 모두 겸비한 김립 또한 폐족 자손으로 어찌할 수 없는 울분과 한을 품고 인생을 한탄한 불세출(不世出)의 시인(詩人) 김삿갓이었기 때문에 읊을 수 있었지 않았나 하는 생각이 든다.

한패공(漢沛公) 유방劉邦)과 초패왕(楚覇王) 항우(項羽) 두 영웅호걸(英雄豪傑)이 중원(中原) 땅에서 치열한 싸움을 벌인지 팔 년째 되던 해 항우(項羽)는 운(運)이 다해 죽음에 이르게 된다. 해하성(垓下城) 최후의 전투에서 참패한 후 군사는 다 도망가고 식량도 다 떨어진 어느 날 밤 사방에서 사면초가(四面楚歌)가 구슬피 들려오니 항우(項羽)가 한탄해 이르기를, "한(漢)이여, 이제 초(楚)를 다 얻었느냐?"라 슬퍼하며, 우미인(虞美人)의 죽음을 애통해하며 「해하가(垓下歌)」를 읊었다고 전한다.

垓下歌 해하가 ─ 項羽 항우

力拔山兮氣蓋世
역 발 산 혜 기 개 세

힘은 산을 뽑고 기세는 세상을 덮었건만

時不利兮騅不逝
시 불 리 혜 추 불

때가 불리하니 오추마(烏騅馬)는 가래도 가지 않네.

주해

騅(추): 항우(項羽)의 애마(愛馬) 오추마(烏騅馬).

逝(서): 떠나다, 죽다.

騅不逝兮可奈何
추 불 서 혜 가 내 하

오추마도 떠나지 않으니 어찌하면 좋으란 말인가?

주해

奈何(내하): 어찌할꼬.

虞兮虞兮奈若何
우 혜 우 혜 내 약 하

우미인이여, 우미인이여! 이를 어찌하란 말인가?

항우(項羽)의 해하가(垓下歌)를 들은 우미인(虞美人)이 항우(項羽)에게 화답한다.

和項王楚歌화항왕초가 — 虞美人우미인

- 항우 왕의 해하가(垓下歌)에 화답하다

漢兵已略地
한 병 이 략 지

한(漢)나라 병사가 이미 땅을 빼앗았고

四方楚歌聲
사 방 초 가 성

사방에서 구슬픈 초(楚)나라 노랫소리가 들려오네요.

大王意氣盡
대 왕 의 기 진

대왕의 의로운 기세가 이제 운(運)을 다했으니

賤妾何聊生
천 첩 하 료 생

천첩 어찌 살기를 바라리오?

주해

聊(료): 의지하다, 힘을 얻다.

노래를 끝낸 우미인(虞美人)이 자결한다.

우미인(虞美人)의 노래를 들은 뒤 자결한 우미인을 끌어안고 항우(項羽)
도 자신의 목을 베어 자결했다는 얘기가 『楚漢春秋(초한춘추)』에 전하는
데, 글쎄올시다! 항우(項羽)도 군사도 우미인(虞美人)도 모두 죽어 아무도
살아남은 자가 없는데, 이런 노래들이 어떻게 전해졌을까? 오로지 전설
속 일화(逸話)로 보고 그냥 넘어가는 게 바람직한 듯하다.

14. 項羽穀城山下항우곡성산하
漢王爲之發喪한왕위지발상
- 항우를 곡성산 아래에 묻고 한왕이 발상하다

　이 시는『金笠詩集』付祿에「葬項羽於穀城山下爲臨一哭장항우어곡성산하위임일곡」이라는 제목으로 평역 없이 채록(採錄)되어 있어 평역했다.

　중원(中原)의 패권을 놓고 한고조(漢高祖) 유방(劉邦)이 초패왕(楚霸王) 항우(項羽)와 팔 년간 싸운 강적이었지만 적장 항우(項羽)가 자결한 후 눈물 흘리며 장례(葬禮)를 올려주었다는『史記』卷7의「項羽本紀(항우본기)」내용을 보완해주는 듯한 김삿갓의 글이다. 이천 년 세월이 흐른 후 김삿갓이 지은 불세출의 영웅 유방(劉邦)과 항우(項羽)를 위한 추모사인 듯하다. 한고조(漢高祖) 유방(劉邦)의 인간적 면모도 느낄 수 있는 7言 30句의 다소 긴 과체시(科體詩)이다.

작품해설

對局相爭破局笑
대 국 상 쟁 파 국 소

서로 맞대고 싸우다 격파하면 미소짓지만

飜覆風雲一天地
번 복 풍 운 일 천 지

싸우며 일으키는 바람과 구름, 우리는 모두 천지 아래 하나였네.

주해

飜覆風雲(번복풍운): 영웅호걸들이 천하를 얻기 위해 풍파를 일으키며 서로 다툼을 의미.

不幸然故烏江劒
불 행 연 고 오 강 검

운이 없었던 건 오강(烏江)에서의 칼이었으며

주해

烏江(오강): 항우(項羽)가 부하가 마련해 준 배를 타고 江東으로 피신하지 않고 목을 베어 자결한 곳.

已往之事鴻門醉
이 왕 지 사 홍 문 취

홍문연에서 한 잔 술은 이미 지나간 옛이야기이다.

주해

鴻門(홍문): 홍문연(鴻門宴)의 준말. 중국 진(秦)나라 말기에 항우와 유방이 함양 쟁탈을 위해 서로 만나 연회를 연 곳. 항우가 유방을 해치려 했으나 유방이 구사일생으로 살아났다는 곳.

劉郞竟作楚弔客
유 랑 경 작 초 조 객

유방이 결국 초나라 항우를 조상(弔喪)하게 되었고

주해

劉郞(유랑): 漢高祖 유방(劉邦)을 이름.

濟北靑山愁赤幟
제 북 청 산 수 적 치

오강(烏江) 건너 저 멀리 북쪽 푸른 산에 漢나라의 붉은 깃발이 쓸쓸하구나!

風塵不肯死生顧
풍 진 불 긍 사 생 고

전쟁은 죽고 사는 걸 배려하지 않고

取爭徒然天下爲
취 쟁 도 연 천 하 위

천하를 얻기 위해 헛되이 서로 다툰 것이네.

當初兄弟楚王庭
당 초 형 제 초 왕 정

애당초 楚왕 정원에서는 형제처럼 지냈는데

畢竟雌雄秦帝位
필 경 자 웅 진 제 위

결국 秦왕 자리를 놓고 자웅을 겨루었네.

伊來不善兩相鬼
이 래 불 선 양 상 귀

그 뒤로는 서로 귀신 대하듯 나쁘게 대했지만

주해

伊(이): 그, 저, 이. 伊來(이래): 以來(이래, 그 뒤로)와 같은 의미.

一半鴻溝猶好誼
일 반 홍 구 유 호 의

한때 홍구(鴻溝)에서 천하를 반반 나눌 적엔 그래도 사이가 좋았었네.

주해

鴻溝(홍구): 중국 하남성(河南城)에 있는 개울로 이 개울을 경계로 천하를 양분하여 서쪽은 유방(劉邦)의 漢나라 영토로 하고 동쪽은 楚나라 항우(項羽)의 영토로 삼는다는 조건의 협상을 제시했고 유방도 이를 약조했다. 項王乃與漢約항왕내여한약 中分天下중분천하 割鴻溝以西者爲漢할홍구이서자위한 鴻溝以東者爲楚홍구이동자위초

天亡天授各分數
천 망 천 수 각 분 수

하늘이 망하게 하고 주기도 하는 건 각자 분수대로이니

大漢元年穀城翠
대 한 원 년 곡 성 취

위대한 漢 제국의 시대가 열리니 곡성 땅이 쓸쓸하구나!

주해

穀城(곡성): 항우가 죽어 묻힌 곳. 유방은 초한전(楚漢戰) 마지막 전투인 해하성(垓下城) 전투에서 항우를 이긴 후 잔류 세력을 유혈 진압하려 했으나 마음을 돌려서 항우의 벤 머리를 보여주며 무혈 항복하게 한 뒤 항우를 곡성(穀城) 땅에 안장했다.

南宮偶然朕一統
남 궁 우 연 짐 일 통

남궁에서 어쩌다 짐이 천하를 하나로 통일하니

주해

南宮(남궁): 河南城 洛陽 성내에 있는 궁전.

北邙嗟乎渠萬事
북 망 차 호 거 만 사

아~ 슬프도다, 죽어 북망산에 묻히니 이제 영웅호걸 항우의 모든 꿈은 사라졌구나.

주해

北邙(북망): 죽어 묻히는 북망산(北邙山)을 이름.
嗟乎(차호): 아~ 슬프다. 슬픔을 탄식(歎息)할 때에 쓰는 말.
渠 (거): 개천, 우두머리. 여기서는 적장이었던 항우(項羽)를 지칭.

平生取惡一强賊
평 생 취 오 일 강 적

평생 강적 한 명을 미워했지만

莫如荒原好處置
막 여 황 원 호 처 치

거친 들판에 고이 장사지냄만 못하구나!

英王大度素寬仁
영 왕 대 도 소 관 인

훌륭한 왕은 도량이 넓어 너그럽고 인자하지만

大度(대도): 도량이 큼. 寬(관): 너그럽다, 넓다.

八年恩讎如夢寐
팔 년 은 수 여 몽 매

서로 다투며 보낸 팔 년 세월이 꿈처럼 헛되도다.

讎(수): 짝, 원수.

芒山陳涉祭以功
망 산 진 섭 제 이 공

충신 진섭은 공이 커 망산에 묻어 제사를 지내고

주해

芒山(망산): 한고조(漢高祖) 유방(劉邦)이 젊었을 때 백수건달로 저잣거리에서 패싸움이나 벌이며 시정잡배로 살다 은거한 산 이름.

陳涉(진섭): 秦나라 말기 폭정에 반기를 들고 거사한 유방(劉邦)을 도와 秦을 멸망하게 한 충신. 사마천은 秦나라를 멸망시킨 功을 유방(劉邦)에게 돌리지 않고, 『陳涉世家진섭세가』와 『項羽本紀항우본기』를 지어 그 공을 진섭(陳涉)과 항우(項羽)에게 돌렸다.

洛陽田橫哭之義
낙 양 전 횡 곡 지 의

낙양에 묻힌 전횡의 의로움을 못 잊어 곡하였노라.

주해

田橫(전횡): 한고조(漢高祖) 유방(劉邦)이 중원을 통일한 후 해도(海島)의 왕으로 있는 전횡을 낙양으로 부르자, 전횡은 가는 길에 "처음엔 한고조(漢高祖)를 도와 함께 싸웠지만, 지금에 와서 그를 섬기는 것은 옳지 않다"라며 자결했다.

人間誰是敵手羽
인 간 수 시 적 수 우

세상에 어느 누가 항우의 적수가 될 수 있으리요

發於中情自然淚
발 어 중 정 자 연 루

맺은 情이 솟구쳐 눈물이 절로 나네.

英雄竟是土歸恨
영 웅 경 시 토 귀 한

영웅호걸도 결국 흙으로 돌아감이 한스럽고

乃公元非木强意
내 공 원 비 목 강 의

그대는 처음부터 나무때기처럼 뻣뻣한 사람은 아니었네.

中原獨立白髮帝
중 원 독 립 백 발 제

중원에 홀로 남은 백발의 제왕이여

楚雁秋聲遠遠墜
초 안 추 성 원 원 추

초나라 땅에 가을 기러기 저 멀리 사라지네.

天時得失復何論
천 시 득 실 부 하 론

하늘이 주관하는 득실을 어찌 다시 논하겠느뇨?

人事存亡堪可喟
인 사 존 망 감 가 위

인간사 죽고 사는 일은 하늘의 뜻이니 감히 말해 무엇하리오.

주해

堪(감): 참다, 견디다, 하늘, 天道. 可喟(가위): 가히 어떠하다고 할만함, 이르자면.

이응수의『金笠詩集』부록에 해설 없이 채록만 되어있어 평역했다. 시두(詩頭) '對局相爭破局笑대국상쟁파국소, 서로 맞대고 싸우다 격파하면 미소짓지만'의 기구(起句)는 「以王禮葬田橫이왕예장전횡」 '왕이 예로서 전횡을 위해 장사 지내다'라는 시에도 쓰여있고 내용도 유사해 작품 이해에 혼동될 수 있다.

이 시는 한고조(漢高祖) 유방(劉邦)이 초한전(楚漢戰, 기원전 206~202) 마지막 해하성(垓下城) 전투에서 초패왕(楚沛王) 항우(項羽)를 이긴 후 '남궁에서 어쩌다 내(朕)가 천하통일을 했다(南宮偶然朕一統)'라는 詩句를 보면, 아무래도 김삿갓의 시가 아니고 유방(劉邦) 자신이 읊은 시가 아닌가 하는 의문이 있다.

사마천(司馬遷)의 『史記(사기)』 卷7의 「項羽本紀(항우본기)」는 아래와 같은 글로 끝을 맺는다.

진(秦)나라 멸망 후 항우(項羽)와 유방(劉邦)의 초한전(楚漢戰) 마지막 해하성(垓下城) 전투에서 항우(項羽)가 패배하자 25명의 남은 군사도 모두 죽고 항우만 남았다. 오강(烏江)을 건너 강동(江東)으로 피할 수 있게 항우를 위해 배를 마련한 오강(烏江) 지역의 마을 촌장인 정장(亭長)의 청을 거절하며, '내가 살아 江東에 돌아간들 내가 무슨 면목으로 그들의 왕이 되겠냐'며 항우가 부하에게 이르길, '漢나라에서 집집마다 내 목에 큰 현상금을 걸었다 들었다. 내가 네게 덕을 베풀겠다(項王乃曰, 吾聞漢購我頭千邑萬戶오문한구아두천읍만호　吾爲若德오위약덕)'이라고 말한 후 자기 목을 베었다. 항우(項羽)가 죽은 후 한고조(漢高祖) 유방(劉邦)에게 쫓기던 楚 지역이 모두 漢에 항복했으나 노현(魯縣)만 항복하지 않았다. 이에 한고조(漢高祖)

는 병사를 이끌고 노현(魯縣)을 도륙하고자 했다. 노현(魯縣) 사람들이 주군 항우(項羽)를 위해 목숨을 바쳐 절개를 지키려 하기에 한고조(漢高祖) 유방(劉邦)은 楚왕 항우(項羽)의 머리를 노현(魯縣) 사람들에게 보여주니 그들이 바로 항복했다. (중략) 漢왕 유방(劉邦)은 죽은 항우(項羽)를 위해 장례(葬禮)를 올리고 울면서 떠났다.

사마천은 秦나라를 멸망시킨 功을 한고조(漢高祖) 유방(劉邦)에게 돌리지 않고, 『項羽本紀항우본기』를 지어 그 공을 항우(項羽)에게 돌렸지만, 필자는 위 시를 읽은 후 대장부다운 품성을 갖춘 유방(劉邦) 또한 불세출의 영웅이었다고 판단하게 되었다.

천년 세월 흐른 뒤 당(唐)나라 시인 두목(杜牧, 803~852)이 오강(烏江)의 정자를 찾아 항우(項羽)의 자결을 추모하며 시(詩)를 남겼다.

題烏江亭제오강정 — 杜牧두목

- 오강 정자에 올라 지은 시

勝敗兵家不可期
승 패 병 가 불 가 기

승패는 병가에서 기약할 수 있는 게 아니니

包羞忍恥是男兒
포 수 인 치 시 남 아

대장부라면 수치심도 품고 참아내야 하는 것.

江東子弟多才俊
강 동 자 제 다 재 준

오강(烏江)의 동쪽 강동(江東)의 자제 중 뛰어난 인재도 많았으니

捲土重來未可知
권 토 중 래 미 가 지

한 번 전쟁에 패했어도 흙먼지를 일으키며 다시 돌아온다면 누가 승패 할지 알 수 없었을
터인데.

주해

捲土重來(권토중래): 흙먼지를 날리며 다시 오다. 여기서는 패한 자(者)가 세력(勢力)을 되찾아
다시 쳐들어옴.

항우(項羽)가 자결하지 않고 오강(烏江)을 건너 자기의 본거지인 강동(江
東)지역으로 일시적으로 후퇴를 한 후, 훗날을 도모하며 힘을 모아, 한고
조(漢高祖) 유방(劉邦)과 복수전을 폈더라면 승리할 수도 있었을 거라고 아
쉬워하며 읊은 시이다.

15. 項羽死高帝亦老항우사고제역노

- 항우가 죽자 한고조 역시 늙어 죽었다

그 옛날 한고조(漢高祖) 유방(劉邦)과 초패왕(楚沛王) 항우(項羽) 두 영웅호 걸(英雄豪傑)이 중원(中原) 땅에서 치열한 싸움을 벌였지만, 세월이 흐른 지금 그들 모두 한 줌의 흙으로 돌아갔고, 해가 바뀌면 다시 피는 길가의 잡초나 국화(菊花)꽃보다 못하다며 인생무상(人生無常)을 읊은 시이다.

작품해설

六國纔掃秦且亡
육 국 재 소 진 차 망

여섯 나라를 힘겹게 통일한 진(秦)나라도 결국 망했고

주해

六國(육국): 초(楚), 한(韓), 제(齊), 조(趙), 한(韓), 위(魏), 여섯 나라. 진시황(秦始皇)이 통일했다. 纔(재): 겨우, 가까스로.

逐鹿舊壚一劫浩
축 녹 구 노 일 겁 호

사슴 사냥하던 그 옛날 거친 땅이 오랜 세월 지나니 이제 아무것도 없는 허허벌판이 되었구나.

壚(노): 검은 땅. 劫(겁): 물방울이 떨어져 큰 바위를 사라지게 하는데 걸리는 시간. 찰나(刹那)의 반대말.

由來天地卽逆旅
유 래 천 지 즉 역 여

세상천지라는 게 원래 나그네 지나다 잠시 묵는 숙소일 뿐인데

주해

由來(유래): 사물의 내력 逆旅(역려): 객지의 숙소(객사客舍), 여관, '역(逆)'은 '영(迎)'으로 바꿔 '나그네를 맞는 여관'으로 해석하는 게 바람직.

所謂山河何大寶
소 위 산 하 하 대 보

그놈의 산하가 뭐 그리 대단한 보물단지라고.

中原過客聽落木
중 원 과 객 청 낙 목

그 옛날 한고조(漢高祖)와 초패왕(楚沛王)이 다투었던 중원(中原) 땅을 지나는 나그네에겐 낙엽 소리만 들리고

穀城秋聲長樂早
곡 성 추 성 장 낙 조

항우(項羽)의 무덤을 스쳐 지나는 가을바람이 유방(劉邦)의 장낙궁(長樂宮)에도 이르는구나!

주해

穀城(곡성): 초패왕(楚霸王) 항우(項羽)의 무덤이 있는 곳 이름.

長樂(장낙): 한고조(漢高祖) 유방(劉邦)의 궁(宮)이 있는 곳 이름.

雄如劉項亦无奈
웅 여 유 항 역 기 나

유방(劉邦)이나 항우(項羽) 둘 다 영웅이었지만 그들 역시 다 죽었으니 어찌할꼬.

주해

无(기): 목이 메다. 여기서는 '죽다', '사라지다'로 해석. 奈(나): 어찌할꼬.

千古人生死於老
천 고 인 생 사 어 노

인생이란 게 원래 늙으면 죽는 것이 만고불변(萬古不變)의 법칙인 것을.

英雄身後摠荒塵
영 웅 신 후 총 황 진

영웅은 한 번 가면 모두 거친 땅에 진토(塵土) 되고

주해

摠(총): 모두.

貴人頭邊自公道
귀 인 두 변 자 공 도

귀족이라도 죽으면 머리 주위에 자연스레 공공 도로가 생기네.

주해

貴人(귀인): 귀한 사람, 귀족(貴族).

三皇五帝不復返
삼 황 오 제 불 복 반

삼황오제(三皇五帝)도 한 번 죽은 후 다시 돌아오지 못했지만

三皇五帝(삼황오제): 중국의 건국신화 인물로 삼황(三皇)과 오제(五帝)의 합칭(合稱)이다. 삼황(三皇)은 원래 천황씨(天皇氏) 지황씨(地皇氏) 인황씨(人皇氏)를 지칭하고, 오제(五帝)는 다섯 신선인 백제(白帝), 청제(靑帝), 황제(黃帝), 염제(炎帝), 흑제(黑帝)를 칭했지만, 훗날 삼황(三皇)은 수인(燧人) 복희(伏羲) 신농(神農)으로 칭하기도 했다.

宇宙靑山多宿草
우 주 청 산 다 숙 초

세상천지 푸른 산엔 다년생(多年生) 풀이 죽지 않고 다시 피니, 영웅(英雄)은 풀만도 못하구나!

宿草(숙초): 여러해살이풀, 국화(菊花)처럼 한 번 심으면 여러 해 사는 풀.

嗚呼楚漢起此問
명 호 초 한 기 차 문

새들도 우는구나! 초한(楚漢)이 일어나 묻노니

八年干戈兩顚倒
팔 년 간 과 양 전 도

팔 년 세월 싸웠지만 둘 다 엎어져 쓰러졌도다.

干戈(간과): 방패와 창, 싸움, 전투.

嘉平日月末運乘
가 평 일 월 말 운 승

초(楚)나라는 세월 속 운수(運數) 끝자락에 올라탔고

주해

嘉平(가평): 항우(項羽)의 초(楚)나라 연호(年號).

廣武風霜片夢惱
광 무 풍 상 편 몽 뇌

광무 성에서의 격전(激戰)이 한 조각 꿈속의 고뇌로다.

주해

廣武(광무): 초한(楚漢)의 격전지(激戰地) 산 이름.
風霜(풍상): 바람과 서리, 여기서는 고난의 세월.

天亡大授畢竟事
천 망 대 수 필 경 사

아무리 죽도록 싸운들 모두 이기고 지는 것은 모두 하늘의 뜻이고

주해

天亡大授(천망대수): 하늘이 망하게 하거나 크게 복을 내리는 것, 불세출의 명장(名將) 한신(韓信)이 죽을 때 한 말.

一半鴻溝秋葉搗
일 반 홍 구 추 엽 도

절반씩 나눠 갖기로 한 홍구(鴻溝) 약조도 다 하늘의 뜻이요, 지금은 추풍낙엽(秋風落葉)만 떨어지누나!

鴻溝(홍구): 초(楚)와 한(漢)의 양 진영이 대치상태에 있을 때 양 진영의 중간을 가르는 운하 지역 이름. 지치고 군량마저 떨어진 상태였던 항우(項羽)는 더는 버틸 수 없어 홍구(鴻溝)를 경계로 천하를 양분하여 서쪽은 유방(劉邦)의 한(漢)나라 영토로 하고 동쪽은 초(楚)나라 영토로 삼는다는 조건의 협상을 한 곳. 搗(도): 두드리다, 다듬이질하다.

回看身外更無物
회 간 신 외 갱 무 물

돌이켜 생각해 보건대 몸보다 더 중요한 건 없고

回看(회간): 돌이켜 보다.

萬乘之尊非不好
만 승 지 존 비 불 호

세상에서 제일 존귀한 황제가 싫은 건 아니지만

萬乘之尊(만승지존): 세상에 그 누구보다 존귀한 분, 황제를 높이어 이르는 말,

浮生未免化翁憐
부 생 미 면 화 옹 련

뜬구름 같은 세상에 태어나 조물주의 가련함을 면치 못하고

化翁(화옹): 조물주, 하느님.

達觀終歸彭祖天
달 관 종 귀 팽 조 천

세상사 달관해도 끝내 죽는 것은 800년 살고 하늘의 부름을 받은 팽조(彭祖)도 마찬가지였
노라.

彭祖(팽조): 요순(堯舜)시대부터 주(周)나라 초기까지 834년을 살았다는 신화적 인물.

烏江水聲未央枕
오 강 수 성 미 앙 침

오강(烏江)의 물 흐르는 소리는 미앙궁(未央宮)의 항우(項羽) 침상에 쓸쓸히 들리고

未央(미앙): 초패왕(楚沛王) 항우(項羽)의 미앙궁(未央宮)을 의미.
枕(침): 베개.

白首龍顏臥骨槁
백 수 용 안 와 골 고

백발의 황제 유방(劉邦)도 피골(皮骨)이 상접(相接)해 누워있네.

槁(고): 여위다, 마르다.

荊王骸骨復一范
형 왕 해 골 복 일 범

초패왕(楚沛王) 항우(項羽)에게 범증(范增)은 '고향으로 돌아가 늙어 죽겠다'라 고하며 떠났고

荊王(형왕): 초패왕(楚沛王) 항우(項羽).

骸骨(해골): 살이 전부 썩은 사람의 머리뼈.

范(범): 범증(范增)을 지칭. 범증(范增)은 항우(項羽)의 최측근 참모로 한고조(漢高祖) 유방(劉邦)
이 수세에 몰려 화의(和議)를 청하자, 유방(劉邦)의 참모 진평(陣平)이 이간계(離間計)를 써 항우(項
羽)가 범증(范增)을 의심하게 된다. 범증(范增)은 실망한 나머지, "군왕께서 스스로 알아서 하십
시오. 저는 고향으로 돌아가 늙어 죽고자 합니다."라 하직 인사 올리고 팽성(彭城)으로 돌아가
던 중에 등창(疽病저별)이 나서 죽었다.

漢帝鬚眉同四皓
한 제 수 미 동 사 호

한고조(漢高祖) 유방(劉邦)도 이제 늙어 상산사호(商山四皓) 노인 같구나.

鬚(수): 수염. 眉(미): 눈썹, 노인.

四皓(사호): 진시황(秦始皇)의 가혹한 정치를 피해 상산(商山)으로 들어가 은둔한 네 현자(賢
者). 상산사호(商山四皓)라고도 칭함. 동원공(東園公), 기리계(綺里季), 하황공(夏黃公), 녹리선생(⊠里
先生)을 이른다. 호(皓)란 본래 '희다'는 뜻으로, 이들이 모두 눈썹과 수염이 흰 노인이었다는 데
서 유래함.

垓城夜月哭虞美
해 성 야 월 곡 우 미

초패왕(楚沛王) 항우(項羽)가 패배한 해하성(垓下城)의 밤에 뜨는 달은 애첩(愛妾) 우미인(虞美
人)의 자결을 통곡하고

戚姬殘粧新恨抱
척 희 잔 장 신 한 포

한고조(漢高祖)의 첩(妾) 척희(戚姬) 역시 유방(劉邦)의 첫째 부인 태후(太后)인 여후(呂后)에게
미움을 사 뒷간에서 한(恨)을 품고 죽었도다.

殘(잔): 해치다, 죽이다. 戚姬(척희): 한고조(漢高祖) 유방(劉邦) 말년에 총애를 받았던 첩(妾).

江山不過一空殼
강 산 불 과 일 공 각

강산은 하나의 빈 껍데기에 불과한데

殼(각): 껍질, 씨.

歲月虛抛兩大腦
세 월 허 포 양 대 뇌

헛된 세월에 두 영웅이 헛되이 머리를 던져 나뒹굴고 있구나.

抛(포): 버리다, 내던지다,

伊來中原壯觀無
이 래 중 원 장 관 무

저 중원(中原) 땅에 흐르는 강물에는 볼 것이 없는 건

伊(이): 저, 그, 어조사.

濉水滎陽冷如掃
수 수 형 양 냉 여 소

초(楚)나라 한(漢)나라 두 영웅이 싸울 때 濉水(수수) 滎陽(형양) 땅의 모든 것을 쓸어 버렸기 때문이네.

주해

濉水(수수): 수양(濉陽) 땅에 흐르는 강물.

滎陽(형양): 지금의 하남성 형탁현 (河南城 滎澤縣).

첨언

천하의 영웅이었던 항우(項羽)와 유방(劉邦) 모두 싸움의 승패와 관계없이 생노병사(生老病死)의 길을 거스르지 못하고 늙어 죽었으니 길가의 다년생 패랭이꽃보다 못하다. 어차피 인간은 죽어서 한 줌 흙으로 돌아가는 것이니, 살아생전 탐욕과 애증 모두 뜬구름 같은 것이다. 끊고 버리고 떠나면서(斷捨離단사리) 모든 것 내려놓고 안거낙업(安居樂業)하라는 교훈을 주는 시이다.

16. 而已夕陽이이석양

- 이미 해는 서산에 지고

이 시는 중국 당송팔대가(唐宋八大家)[94]의 한 사람인 송(宋)나라 때 시인 구양수(歐陽脩, 1007~1072)가 『醉翁亭記(취옹정기)』의 '已而夕陽在山이이석양재산, 이미 석양은 서산에 있고'라는 詩句를 인용하며 그의 정자 취옹정(醉翁亭)에서 읊은 시이다.

少焉復可迎素月
소 언 복 가 영 소 월

잠깐 새에 다시 뜨는 달을 맞으려고 하늘이 하얗게 되었고

素月(소월): 흰 달

洞天寥落川雲闢
동 천 요 락 천 운 벽

계곡 하늘은 쓸쓸히 개천물을 비추고 구름은 서서히 걷히며 세상이 밝아오네.

---

94) 당송팔대가(唐宋八大家): 중국 당(唐)나라와 송(宋)나라의 뛰어난 문장가 여덟 명을 가리킴.
　　당(唐)나라: 한유(韓愈), 유종원(柳宗元)
　　송(宋)나라: 구양수(歐陽脩), 소순(蘇洵), 소동파(蘇東坡), 소철(蘇轍), 증공(曾鞏), 왕안석(王安石)
　　소순(蘇洵), 소동파(蘇東坡), 소철(蘇轍) 부자 형제 사이이기 때문에 삼소(三蘇)라고 부르기도 함.

寥落(요락): 쓸쓸해졌다. 闢(벽): 열다, 열리다.

菱溪風散竹裡仙
능 계 풍 산 죽 리 선

수초(水草) 우거진 계곡에 뿔뿔이 흩어졌던 죽림칠현(竹林七賢)[95]이 대나무 숲속의 신선이 되었고

菱(능): 물풀, 수초(水草). 風散(풍산): 풍비박산(風飛雹散)의 준말.
竹裡仙(죽리선): 대나무 숲속의 신선(神仙), 죽림칠현(竹林七賢)을 의미.

峴岫春迷花下客
현 수 춘 미 화 하 객

이내 몸은 지는 해 산마루 봉우리 봄꽃 속에서 길 잃고 헤매는 나그네이네.

峴(현): 재, 고개. 岫(수): 산봉우리, 산굴.

落日欲沒峴山西
낙 일 욕 몰 현 산 서

석양이 현산(峴山) 서쪽에 지려 하는데

倒着接羅花下迷
도 착 접 리 화 하 미

---

95) 죽림칠현(竹林七賢): 중국 진(晉)나라 시대 때 노자(老子), 장자(莊子)의 무위(無爲) 사상을 숭상하며 죽림
(竹林)에 모여 정치 권력에 등을 돌리고 거문고와 술로 청담(淸談)을 나누었던 일곱 선비. 완적(阮籍), 혜
강(嵇康), 산도(山濤), 상수(向秀), 유령(劉伶), 완함(阮咸), 왕융(王戎)을 가리킴.

술 취해 두건 거꾸로 쓰고 꽃 아래에 혼미하네.

주해

倒着(도착): 옷 등을 거꾸로 입음. 接䍦(접리): 두건

이태백(李太白)의 작품 「양양가(襄陽歌)」의 詩句에서 인용. '倒著接䍦花下迷도착접리화하미, 술 취해 두건(頭巾) 거꾸로 쓰고 꽃 아래에서 혼미하네.'

頹然顔髮未了興
퇴 연 안 발 미 료 흥

술 취해 비틀거리며 청안백발(靑顔白髮) 나 구양수(歐陽修)의 흥은 아직 다 하지 않았는데

주해

頹然(퇴연): 무너지듯 쓰러지는 모습. 未了(미료): 아직 다 끝내지 못함.

暮景滄茫生咫尺
모 경 창 망 생 지 척

저녁 경치는 점점 쓸쓸하게 지척에 깔리누나!

주해

暮景(모경): 저녁 무렵 경치. 滄茫(창망): 시름없이 바라보다, 근심과 걱정으로 경황이 없다. 咫尺(지척): 아주 가까운 거리.

人生幾何欲流光
인 생 기 하 욕 유 광

도대체 인생살이 얼마나 오랜 세월을 바라는가?

주해

幾何(기하): 얼마, 얼마나. 流光(유광): 흐르는 물과 같이 빠른 세월.

百年歐陽而已夕
백 년 구 양 이 이 석

백 년 살기 바랐던 나 구양수(歐陽修)의 삶도 이미 저녁처럼 기우네.

登山春服竟日忘
등 산 춘 복 경 일 망

봄옷 입고 산에 올라 해질 때까지 잊으려고

주해

竟(경): 다하다, 끝나다, 극에 달하다.

讀書秋聲方夜惜
독 서 추 성 방 야 석

가을바람 소리에 책 읽으며 이 밤이 오는 것을 안타까워하네.

須臾天地歲月懷
수 유 천 지 세 월 회

세상천지 잠깐 지나가는 세월에 마음만 안타깝게

주해

須臾(수유): 잠시, 잠깐.

翰苑三霜頭已白
한 원 삼 상 두 이 백

한림학사 삼 년 동안 머리만 백발 됐네.

翰苑(한원): 국가 문서를 관리하며 유교 경전 연구를 담당했고, 황제의 자문에 응한 관청인 한림원(翰林院)을 지칭. 구양수(歐陽修)는 한림학사(翰林學士)[96]였음. 三霜(삼상): 삼 년.

滁亭偶得半月閑
저 정 우 득 반 월 한

내가 어쩌다 이곳에 지사(知事)로 와 저정(滁亭)에서 잠시 한유(閑裕)롭게 지냈는데

滁(저): 양자강(揚子江) 지류 강인 저수(滁水) 강변에 지은 정자 저정(滁亭)을 지칭. 구양수(歐陽修)가 이곳에서 도지사(道知事) 관직을 맡았을 때 저정(滁亭)이라는 정자(亭子)를 지어놓고 풍류를 즐겼음. 偶(우): 짝, 뜻하지 않게.

太守風流同射突
태 수 풍 류 동 사 돌

내가 지방 태수(太守)로 활 잘 쏘고 장기도 잘 두어 그런대로 풍류(風流)를 즐긴 셈이지.

太守(태수): 지방의 군(郡)을 다스리던 관직으로 군수(郡守)라고도 함, 군(郡)의 장관을 일컫는 칭호. 突(돌): 갑자기 부딪다, 장기 혹은 바둑을 의미.

蘭亭曲水次第觴
난 정 곡 수 차 제 상

왕희지(王羲之)가 난정(蘭亭)에서 흐르는 물에 술잔 돌리며 풍류를 즐겼듯이

---

96) 한림학사(翰林學士): 중국 당(唐)나라의 벼슬 이름으로 임금의 조서 검열을 맡은 관료. 고려(高麗) 시대에 한림학사(翰林學士)를 두었는데, 이는 당(唐)의 제도를 모방한 제도.

蘭亭曲水(난정곡수): 왕일소(王逸少)[97]가 난정(蘭亭)에서 곡수(曲水) 물로 풍류를 즐겼다 해서 붙인 말. 曲水(곡수): 굽이굽이 휘돌아 흐르는 강물.

次第(차제): 차례, 순서. 觴(상): 술잔.

竹樓香煙良久席
죽 루 향 연 양 구 석

대나무 누각에서 향 태우는 냄새를 못 잊어 밤새 자리를 떠나지 못한 것은 나도 마찬가지.

주해

竹樓香煙(죽루향연): 송(宋)나라 시인 왕우칭(王禹稱)[98]이 향 연기 냄새를 못 잊어 밤새 자리를 떠나지 못했다는 얘기가 전함.

香煙(향연): 향 연기.

滁山百里我爲政
저 산 백 리 아 위 정

내가 저주(滁州) 지방 넓은 땅에서 도지사로 나랏일을 보고 있지만

주해

滁山(저산): 저주(滁州) 지역의 산.

非不優遊餘日積
비 불 우 유 여 일 적

한가로이 시간을 보낼 날이 많이 남아 편히 쉬면 안 되는 것도 아니지.

---

97) 왕일소(王逸少): 중국 동진(東晉) 시대 정치가이며 서예가인 왕희지(王羲之, 303~361)의 자(字).

98) 왕우칭(王禹稱, 945~1001): 중국 송(宋) 시대 역사가이며 시인.

優遊(우유): 하는 일 없이 한가롭게 시간을 보냄.

淋漓酒興尙未了
임 리 주 흥 상 미 료

빗물에 흠뻑 젖어 술기운이 아직 가시지 않았는데

淋漓(임리): 물방울에 듬뿍 젖음.

尙(상): 오히려, 높이다, 숭상하다.

未了(미료): 아직 다 마치지 못했음, 미필(未畢)과 같은 의미.

卽景誰何看取適
즉 경 수 하 간 취 적

눈앞에 바로 보이는 이 아름다운 경관을 그 누가 제대로 알아보겠는가? 내가 아니라면.

卽景(즉경): 바로 눈 앞에 펼쳐지는 경치.

看取(간취): 보아서 내용을 알아채다.

支離午陰草難菌
지 리 오 음 초 난 균

지루하게 오후 그늘에 풀도 못 피게 자리 깔고 죽치고 앉아

支離(지리): '지루'의 잘못된 표현으로 같은 상태가 너무 오래 계속되어 넌더리가 나고 따분함. 菌(균): 버섯, 은폐하다.

荏苒年光花落陌
임 재 년 간 화 락 백

세월이 어느덧 흘러가니 꽃도 길가에 지누나.

於焉嘉客共指點
어 언 가 객 공 지 점

어느새 멋진 나그네들 한결같이 서쪽 한 곳을 가리키니

一髮西峯殘景迫
일 발 서 봉 잔 경 박

아득히 멀리 작은 서쪽 봉우리의 희미해져 가는 풍경이 눈에 들어오네.

俄然遠岫扡斜紅
아 연 원 수 타 사 홍

홀연히 먼 산의 봉우리에 저녁 붉은 노을은 비끼어 지나가고

岫(수): 산봉우리, 산굴.

扡(타): 끌다, 끌어당기다, 빼앗다.

斜(사): 비끼다, 기울다.

條爾千溪濃靄碧
조 이 천 계 농 애 벽

수많은 계곡에 나뭇가지처럼 짙게 깔린 너는 푸른 아지랑이 같구나.

주해

條(조): 나뭇가지

爾(이): 너, 어조사.

濃靄(농애): 짙은 아지랑이.

靄(애): 아지랑인, 자욱이 낀 안개, 구름.

碧(벽): 푸르다, 푸른 벽돌.

咸池一面近釀泉
함 지 일 면 근 양 천

저정(渚亭) 연못 한쪽은 양천(釀泉)에 가깝고

주해

咸池(함지): 해 저무는 서쪽의 큰 연못, 서쪽.

釀(양): 술, 술을 빚다.

永叔光陰流水汐
영 숙 광 음 유 수 석

저녁노을에 빠지는 썰물처럼 내 인생도 지나가는구나.

永叔(영숙): 구양수(歐陽修)의 자(字), 길다, 오래다.

光陰(광음): 해와 달, 낮과 밤, 세월, 시간.

汐(석): 조수(潮水), 아침에 밀려 왔다 저녁에 나가는 썰물.

時當燕客共泣市
시 당 연 객 공 읍 시

자객(刺客) 형가(荊軻)와 고점리(高漸離)가 술 취해 도시를 헤매며 함께 울던 그때가 생각나네.

燕客(연객): 연(燕)나라 자객(刺客) 형가(荊軻), 형가(荊軻)는 축(筑)이란 악기 연주를 잘하는 고점리(高漸離)와 진시황(秦始皇)을 죽이러 떠나기 전 술 취해 도시를 헤매며 큰소리로 자주 노래를 불렀음.

景納堯官寅錢宅
경 납 요 관 인 전 택

경관을 보건대 돈을 공경하면 지는 해이고 손님을 환영해주면 뜨는 해이네.

堯官(요관):『詩經』의 주해서에 해당하는『詩傳』에 '寅錢納日인전납일 寅賓出日인빈출일'이라는 요(堯)나라 천문역관(天文曆官)의 말이 있다. '寅'은 '공경하다'라는 의미이고 납일(納日)은 '지는 해'를 뜻하고, 빈(賓)은 '환영하다'라는 의미로 요(堯)나라 역관의 경천사상을 말함.

焚膏又欲繼殘晷
분 고 우 욕 계 잔 귀

이제 죽어가는 등화 불 계속 밝혀

膏(고): 기름, 살찌다, 기름진 땅. 焚膏(분고): '기름을 태우다', 즉 등화(燈火) 불을 켠다는 뜻 晷(귀): 그림자, 빛. 殘晷(잔귀): 남다, 죽어가다. 여기서는 꺼져 가는 등화 불빛을 의미, 잔광(殘光).

今我文章韓愈昔
금 아 문 장 한 유 석

글월 하면 옛날에는 한유(韓愈)를 들겠지만, 지금은 나이노라!

韓愈(한유): 중국 당송8대가(唐宋八大家)의 한 사람으로 당(唐)을 대표하는 문장가 · 정치가 · 사상가(768~824). 이 구에서 '아(我)'는 구양수(歐陽修)로 해석되지만, 이 시를 지은 사람은 김삿갓이니 '아(我)'를 김삿갓으로 해석해도 무방하다.

前山草暖下牛旣
전 산 초 난 하 우 기

주위를 돌아보니 앞산의 따스한 풀밭의 소 떼는 이미 다 돌아가니

下牛旣(하우기): 『詩傳』의 '日之夕而일지석이 牛羊旣下우양기하 해 저물어 저녁 되니 소와 양이 돌아가네'에서 인용. 暖(난): 따뜻하다.

古洞林明歸鳥亦
고 동 림 명 귀 조 역

옛 마을 숲 밝아오니 지저귀는 새들 역시 제 둥지 찾아 돌아가네.

시의 제목 「而已夕陽이이석양」은 구양수(歐陽修)의 「醉翁亭記취옹정기」라는 글에서 '而已夕陽在山이이석양재산' 이라는 문구에서 인용한 것이다. 이 시의 주인공은 구양수(歐陽修) 자신이고 노년에 낙향해 그의 누각 취옹정(醉翁亭)에서 속세를 떠나 유유자적(悠悠自適)하며 읊은 시이다. '술 취한 늙은이가 쉬는 곳'이라는 '취옹정(醉翁亭)'이라는 그의 정자 이름에 걸맞게 그의 자(字)는 '취옹(醉翁)'이었다.

17. 聲在樹間성재수간
- 숲속에서 들려오는 소리

　이 시는 구양수(歐陽修)의 작품『추성부(秋聲賦)』글에 묘사된 정경(情景)을 시화(詩化)한 것이다.『추성부(秋聲賦)』의 '日月皎潔일월교결 明河在天명하재천 四無人聲사무인성 聲在樹間성재수간, 낮과 밤은 밝고 맑고 강물은 하늘 아래 밝게 비치는데 사방에 사람 소리는 들리지 않고 나뭇잎 흔들리는 소리만 들리는구나!' 의 詩句에서 시제(詩題)를 가져왔다.

주해

皎潔(교결): 밝고 맑다.

작품해설

荻筆點罷鳴蟬賦
적 필 점 파 오 선 부

억새 붓으로 글 써 내려가며 오선부(鳴蟬賦) 시작(詩作)을 끝내고

주해

　荻(적): 물억새. 荻筆(적필): 구양수(歐陽修)가 어렸을 때 집안이 가난해 억새 풀로 글을 썼다 함. 罷(파): 끝내다, 마치다. 鳴蟬賦(오선부):『古文眞寶(고문진보)』에 실린 구양수(歐陽修)의 한시(漢詩) 작품.

黙乎淒我江南情
묵 호 처 아 강 남 정

말없이 앉아 있으니 강남(江南)땅 정경(情景)이 마음속에 떠오르며 쓸쓸해지네.

己而一嘆暗暗坐
기 이 일 탄 암 암 좌

남몰래 홀로 앉아 스스로 한탄의 숨소리만 나오고

塔然四虛蕭蕭生
탑 연 사 허 소 소 생

탑 주위 사방에 소슬(蕭瑟)바람만 쓸쓸하게 불어오네.

虛堂不覺我喪我
허 당 불 각 아 상 아

텅 빈 글방에 앉아 멍하니 앉아 있으니 나 자신의 존재조차 망각해 무아지경(無我之境)이네.

주해

我喪我(아상아): 내가 나를 잃어버리다.

古木寒天雙耳傾
고 목 한 천 쌍 이 경

싸늘한 하늘 아래 고목에 두 귀를 기울이니 무슨 소리가 들리고

文章白頭與樹悲
문 장 백 두 여 수 비

글재주로 말하자면 나도 한몫했는데 큰 벼슬을 못 했으니 슬프기는 나무나 나나 마찬가지로구나.

주해

白頭(백두): 아는 건 많으나 큰 벼슬 못한 사람, 흰 머리, 백수(白首).

四時之間秋一聲
사 시 지 간 추 일 성

사계절 세월 감에 가을 한숨 소리처럼 들리는데

四時(사시): 춘하추동(春夏秋冬) 사계절.

誰云壯士聽則感
수 운 장 사 청 측 감

그 누가 힘센 장사 가을바람 소리 (秋聲_{추성}) 듣고 감흥에 젖는다고 했나?

最令詞人心每驚
최 령 사 인 심 매 경

아마도 글 하는 사람 마음이 가을바람 소리 (秋聲_{추성})에 제일 놀랠 거다.

廬陵惜我落花春
여 능 석 아 낙 화 춘

내가 태어난 여능(廬陵) 땅에 봄꽃 짐은 나를 슬퍼하게 하고

廬陵(여능): 구양수(歐陽修)가 태어난 지역 이름. 지금의 강서성(江西省) 길안(吉安).

白髮今年霜萬莖
백 발 금 년 상 만 경

올해는 가을 서리 온통 내린 듯 내 하얀 머리에 백발이 성성하구나.

莖(경): 작은 가지, 근본.

寒燈坐閱古人書
한 등 좌 열 고 인 서

추운 밤 등화 옆에 앉아 옛 성현들의 서적을 뒤적이고 있는데

洞天虛明宵五更
동 천 허 명 소 오 경

아름다운 산골짜기 어두운 밤하늘에 어느새 오경(五更)이 되었네.

洞天(동천): 산천으로 둘러싸인 경치 좋은 곳.

五更(오경): 새벽 3시에서 5시 사이.

劉皇故辭等閑遍
유 황 고 사 등 한 편

무료하게 유황(劉皇)의 서적을 두루 뒤적여도 보고

劉皇(유황): 송(宋)나라 때 어린 태자를 대신해 섭정한 유황태후(劉皇太后). 等閑(등한): 아무 생각 없이, 대수롭지 않게

郭子遺篇次第并
곽 자 유 편 차 제 병

곽자의(郭子儀)가 남긴 서적 몇 편 책장도 한 장 한 장 차례로 넘겨보았노라.

郭子(곽자): 중국 당(唐) 왕조를 섬긴 충신 곽자의(郭子儀)를 지칭.

次第(차제): 차례로, 하나하나 순서대로.

幷(병): 함께하다.

居然虛席動萬籟
거 연 허 석 동 만 뢰

멍하니 자리 앉아 있으니 적막 속에 삼라만상(森羅萬象) 온갖 소리가 귓전을 때리고

居然(거연): 하는 일 없이 넋 놓고 앉아 있음,

籟(뢰): 퉁소 소리, 울림. 三籟(삼뢰): 세상의 모든 소리, 천뢰(天籟)·지뢰(地籟)·인뢰(人籟).

倏散書中沈黙精
숙 산 서 중 침 묵 정

말없이 글 읽기에 빠져있는데 내 마음의 영혼과 정신을 산란하게 하는 이 무슨 소리냐?

倏(숙): 갑자기, 빛.

招童子曰爾出現
초 동 자 왈 이 출 현

어린 사내아이를 불러 이르기를 '네가 밖에 나가봐라' 무슨 소리가 나는 듯하구나.

구양수(歐陽修)의 작품 『秋聲賦(추성부)』의 다음 글에서 인용.

汝謂童子여위동자 此何聲也차하성야 汝出視之여출시지

동자야, 네게 이르노니 '이게 무슨 소리냐? 네가 나가 무슨 소리인지 알아봐라.'

怪底無人天漢淸
괴 저 무 인 천 한 청

밖에 아무도 없지만 괴이한 건 밤하늘에 은하(銀河)만 밝게 빛나더이다.

怪(괴): 괴이하다, 기이하다.

天漢(천한): 은하(銀河, galaxy, milky way).

天漢淸(천한청): 구양수(歐陽修)의 작품 『추성부(秋聲賦)』에 다음 글에서 인용.

童子曰동자왈, 星月皎潔성월교결 明河在天명하재천 四無人聲사무인성 聲在樹間성재수간

동자가 이르되, 별과 달이 아름다워졌고 하늘에는 은하(銀河)가 밝게 빛나는데 어디에도 인기척은 없고 수풀 속에 바람 소리만 들리더이다.

霜砧已晚夜東樓
상 침 이 만 야 동 루

서리 내린 늦은 밤 동쪽 누각의 다듬잇방망이 소리도 그쳐 고요하고

砧(침): 다듬잇돌.

月析方遲曉北城
월 석 방 지 요 북 성

달밤에 북쪽 성에 야경꾼 딱따귀 소리 요란하니 새벽 오려면 아직 멀었구나.

析(석): 쪼개다, 가르다, 여기서는 야경(夜警)꾼이 소리 내는 딱따귀

遲(지): 늦다, 더디다.

曉(효): 새벽.

西南我屋有庭樹
서 남 아 옥 유 정 수

서남(西南)향 내 집 앞뜰엔 나무숲이 있는데

來者其問鳴不平
내 자 기 문 명 불 평

바람이 불어와 안부를 물으니 '우수수' 나뭇잎 소리 불평불만 있는 듯 울어대누나!

주해

鳴不平(명불평): 중국 당송 8대 가(唐宋八大家)의 한 사람인 한유(韓愈)의 「送孟東野序(송맹동야서)」라는 시에서 인용.

大凡物不得其平則鳴대범물부득기평즉명

大凡(대범): 무릇.

무릇 만물은 평정(平靜)을 얻지 못하면 불평 소리를 내게 되고

蘭臺恍惚坐宋玉
난 대 황 홀 좌 송 옥

「秋風辭(추풍사)」를 읊은 宋玉(송옥)이 난초를 황홀이 바라보며 누대(樓臺)에 앉아 있는 듯하다.

주해

宋玉(송옥): 중국 전국시대(BC 3·4세기) 때 초(楚) 나라 시인으로 「秋風辭(추풍사)」라는 그의 시에서 인용.

紙窓丁寧來慶卿
지 창 정 녕 내 경 경

창호지 덧문 통해 마치 형가(荊軻)의 역수가(易水歌) 쓸쓸히 들려오는 듯하고

丁寧(정녕): 정말로, 틀림없이. 慶卿(경경): 진시황을 죽이려다 실패해 죽은 제(齊)나라의 자객 형가(荊軻)를 말함, 형경(荊卿)이라고 불리기도 했음.

疎簾虛下洞庭葉
소 렴 허 하 동 정 엽

주렴 사이로 보니 동정호 나뭇잎이 쓸쓸히 지고 있네.

疎簾(소렴): 주렴 혹은 발을 통해.

洞庭葉(동정엽): 초(楚)나라의 시인 굴원(屈原)의 귀신에게 제사 드릴 때 읊은 「산귀(山鬼)」라는 시에서 인용.

洞庭波兮동정파혜 木葉下兮목엽하혜 思公子兮사공자혜 不堪言불감언

不堪(불감): 감히 하지 못함.

동정호(洞庭湖)에 파도 일고 나뭇잎 떨어지니 그대 생각에 감히 말도 못 꺼내네.

嶺月川雲乍滅明
영 월 천 운 사 멸 명

산봉우리에 걸친 달과 냇가에 비친 구름 모습이 잠깐 선명하다 사라지고

乍(사): 잠깐, 갑자기.

無形入者又無跡
무 형 입 자 우 무 적

가을바람 소리(秋聲추성) 들어 올 때는 형체도 없으며 흔적도 없네.

却恠聲聲寒葉爭
각 괴 성 성 한 엽 쟁

나갈 땐 싸늘한 가을 나뭇잎이 서로 다투며 기이한 소리를 내니

주해

却(각): 물러나다, 그치다. 恠(괴): 괴이하다, 기이하다.

精神天地肅殺方
정 신 천 지 숙 살 방

사방의 가을바람 숙살(肅殺) 기운이 바야흐로 천지에 가득하다.

주해

肅殺(숙살): 쌀쌀한 가을바람이 나무나 풀을 말려 죽임, 나쁜 기운.

消息梧桐搖落枰
소 식 오 동 요 낙 평

오동나무 잎사귀가 흔들리며 땅에 떨어지는 소식만 들려오고

주해

枰(평): 바둑판, 침상.

庭前落者惚是葉
정 전 낙 자 홀 시 엽

앞뜰에 떨어지는 것들은 낙엽인듯하네.

주해

惚(홀): 흐릿하다, 황홀하다.

觸處分明其像兵
촉 처 분 명 기 상 병

나뭇잎 떨어지며 여기저기 서로 부딪히는 모습이 마치 전장(戰場)에서 싸우는 군졸들 같구나.

觸(촉): 부딪히다, 닿다. 其像兵(기상병): 구양수(歐陽修)의 작품 『秋聲賦(추성부)』에서 인용한 말.
夫秋刑官부추형관 於時爲陰어시위음 又兵象也우병상야
형관(刑官): 형(刑)을 집행하는 관리.
대저 가을은 형관(刑官)이니 시절(時節)은 음(陰)이 되고 또한 병사(兵士)의 형상이고

구양수(歐陽修)가 서재에 조용히 앉아 「鳴蟬賦오선부」 시작(詩作)을 마친 후 점검하다 불현듯 강남땅 경치에 몰입되어 그 수려한 풍경을 읊은 시이다. 「聲在樹間성재수간, 나뭇잎 사이로 들려오는 소리」라는 시제(詩題)로 '낮처럼 밝은 달밤에 바람이 부니, 사방에 사람 소리는 들리지 않고 나뭇잎 흔들리는 소리만 들리는구나!'라며 읊은 시이다. 숲속에 바람에 나부끼며 부딪히는 나뭇잎 소리를 전쟁터의 군졸 싸우는 소리로 묘사한 게 백미다.

18. 歐陽子方夜讀書구양자방야독서
- 구양수가 한밤중 바야흐로 글 읽기에 들어갔다

이 시는 구양수(歐陽修)의 『추성부(秋聲賦)』에서 「성재수간(聲在樹間)」과 함께 詩句를 차용한 작품이다. 『추성부(秋聲賦)』는 깊어 가는 가을 달밤 바람결에 나부끼는 나뭇잎 소리를 듣고 그 감회를 동자(童子)와 나눈 대화를 글로 옮긴 작품이다.

작품해설

短檠坐我今韓愈
단 경 좌 아 금 한 유

등화 곁에 글 읽으며 앉아 있는 나 구양수(歐陽修)는 이제부터는 당송팔대가(唐宋八大家)의 한 사람인 대문장가(大文章家) 한유(韓愈)이노라.

주해

短檠(단경): 등받이가 있는 등화(燈火).

洞天新凉入郊墟
동 천 신 량 입 교 허

경치가 아름다운 골짜기에 성 밖 초가을 서늘한 바람이 불어오고

주해

洞天(동천): 산천에 둘러싸인 아름다운 골짜기. 新凉(신량): 초가을 서늘한 기운. 郊墟(교허):

성밖, 서울의 교외.

塔隱南郭先生几
탑 은 남 곽 선 생 궤

절 탑처럼 은밀히 앉아 있는 내 모습이 남곽선생이 궤에 기대어 묵상하는 그 모습이요.

주해

南郭几(남곽궤): 은둔자였던 남곽선생이 앉았던 안석(安席).

假鳴東野文章廬
가 명 동 야 문 장 려

내가 머무는 곳은 바로 세상 사람들을 울렸던 『送孟東野序文(송맹동야서문)』에서 언급한 오두막집이노라.

주해

廬(려): 오두막집. 東野(동야): 한유(韓愈)의 작품 『送孟東野序文(송맹동야서문)』에서 인용.
維天之於時也亦然 유천지어시야역연 擇其善鳴者 택기선명자 而假之鳴 이가지명
하늘이 계절에 대한 관계도 또한 같아서 그중 소리 잘 내는 것을 선택하여 그것을 빌려서 소리를 내게 한지라.

靑燈如水畵舫冷
청 등 여 수 화 방 냉

푸른 등화가 물처럼 차가워 내가 앉아 있는 화방제(畵舫齊)도 서늘하고

주해

畵舫(화방): 화방제(畵舫齊)라는 구양수(歐陽修)의 집 이름. 호수나 연못에 있는 정자를 '舫방, 방주, 돛단배'라 부르기도 함. '月舫(월방)'도 같은 의미.

大手拿雲開卷初
대 수 장 운 개 권 초

큰 손 벌려 구름 휘어잡듯 책 한 권을 펼쳐 첫 장을 여노라.

주해

拿(나): 휘어잡다, 붙잡다.

歐陽何夜不常讀
구 양 하 야 부 상 독

나 구양수(歐陽修)가 밤이라고 책을 어찌 읽지 않으리오?

每以秋懷多寓書
매 이 추 회 다 우 서

매양 깊어 가는 가을을 마음으로 느끼며 집에서 책을 자주 읽노라.

주해

寓(우): 집.

於焉白髮暮春潁
어 언 백 발 모 춘 영

영천(潁川)에서 저무는 봄을 맞으며 책을 보다 어느새 백발이 되었고

주해

潁(영): 영천(潁川)이라는 강 이름.

而已靑山夕陽滁
이 이 청 산 석 양 저

저수(滁水) 강가에서 책을 보다 보니 지는 해가 이미 청산에 묻히네.

주해

滁(저): 滁(저): 양자강(揚子江) 지류 강인 저수(滁水)를 지칭.
영천(潁川), 저수(滁水) 모두 구양수(歐陽修)가 즐겨 찾던 곳.

廬陵百年愧無聞
여 능 백 년 괴 무 문

여능(廬陵)이 백 년 세월 흘러도 소문나지 않음을 부끄럽게 생각하고

주해

廬(려, 여): 오두막집.

況惜書中居與諸
황 석 서 중 거 여 제

세월은 덧없이 흐르는데 책만 보니 어찌 슬프지 아니한가?

주해

諸(제): 모든, 여러.
居與諸(거여제): '居', '諸'는 단순히 말을 부드럽게 해주는 어조사(語助辭)이며 '영천(潁川)과 저수(滁水) 모두 세월 가도 그대로 있다'라는 의미로 '세월'이라 해석해도 무방.
『詩傳』의 詩句 '日居月諸일거월제出自東方출자동방, 해와 달은, 동녘에서 떠오른다)'에서 인용.

江山古宅坐白耳
강 산 고 택 좌 백 이
강과 산속에 파묻힌 옛집에서 머리털 하얀 노인이 앉아 책을 보는 이때

夜色方闌天四虛
야 색 방 란 천 사 허

밤기운이 스며들어 바야흐로 사방천지가 휑하구나!

주해

闌(란): 다하다(盡_진), 가로막다.

荒庭樹立露華重
황 정 수 립 로 화 중

황량해진 앞뜰에 서 있는 나뭇잎엔 반짝이는 이슬방울 주렁주렁 맺혀있고

短箔蕉眠星影疎
단 박 초 면 성 영 소

짧은 주렴 사이로 파초가 조는 듯 보이고 먼 하늘 별 그림자가 잠시 드문드문 비치네.

주해

箔(박): 발, 주렴. 蕉(초): 파초(芭蕉). 疎(소): 트이다, 멀다.

蒼蠅霽蟬共寂然
창 승 제 선 공 적 연

비 그쳐 개이니 쉬파리 매미 소리 모두 고요하니

주해

蒼蠅(창승): 임금 옆에서 파리 떼 같은 소인배들이 참소하여 정사에 해악을 끼친다는 구양수
(歐陽修)의 「증창승부(憎蒼蠅賦)」 시의 '蒼蠅蒼蠅창승창승 吾嗟而之爲生오차이지위생, 쉬파리야,
쉬파리야, 나는 네가 살아가는 모습이 한심하다'라는 시구(詩句)를 인용.
霽(제): 비나 눈이 그치다, 개다.
蟬(선): 매미.
寂然(적연): 아무 기척 없이 고요하고 쓸쓸함.
「증창승부(憎蒼蠅賦)」와 「명선부(鳴蟬賦)」 둘 다 구양수(歐陽修)의 작품이다.

主人無言凉整裾
주 인 무 언 량 정 거

나는 말 없이 싸늘한 자연 앞에 옷깃을 여민다.

주해

裾(거): 빳빳하다, 거만하다.

人間孰不此夜懷
인 간 숙 불 차 야 회

인간 그 누구인들 가을밤 회한(悔恨)이 없으리오만

주해

孰(숙): 누구, 어느, 익다.

最先平生蕭瑟余
최 선 평 생 소 슬 여

나는 평생 쓸쓸함에 이골이 나 가을밤 회한 느끼는데 아마도 제일 먼저 느낄 것이다.

주해

蕭瑟(소슬): 으스스하고 쓸쓸하다. 余(여): 나, 자신.

雲山暮鍾釋歸演
운 산 모 종 석 귀 연

운산에 울려 퍼지는 절간 저녁 종소리가 울리니 나의 친구 석연(釋演) 스님도 돌아갔고

暮鍾(모종): 저녁 종 (소리). 釋演(석연): 구양수(歐陽修)의 스님 친구 이름.

草木寒天人送徐
초 목 한 천 인 송 서

산천초목 추운 날 미워했던 서무당(徐舞黨)도 떠났네.

人送徐(인송서): 구양수(歐陽修)가 미워한 친구 서무당(徐舞黨)을 보내다.

구양수(歐陽修)의 작품 「送徐舞黨南歸序송서무당남귀서」 고향으로 돌아가는 서무당(徐舞黨)에게 주는 글에서 인용.

良宵如此我何爲
양 소 여 차 아 하 위

이 좋은 밤 내가 무얼 하겠는가? 책 읽는 것 외에

六一堂中披五車
육 일 당 중 피 오 거

육일당(六一堂) 내 글방에서 수많은 책장 넘기는 것 외에.

구양수(歐陽修)는 자신을 '육일거사(六一居士)'라 불렀다. '육일(六一)'은 고문집(古文集) 천 권이 하나요, 책 만 권이 둘, 거문고 하나가 셋, 장기 한판이 넷, 술 한 병이 다섯, 학(鶴) 한 쌍이 여섯, 모두 여섯 가지의 하나를 갖고 있음을 의미.

五車(오거): 장자(莊子)의 천하(天下)편에 나오는 '男兒須讀五車書남아수독오거서, 남자는 모름지기 다섯 수레에 실을 만큼의 많은 책을 읽어야 한다.'라는 글에서 인용.

披(피): 펴다, 쪼개다, 나누다.

荊卿古傳乍點檢
형 경 고 전 사 점 검

형가전(荊軻傳)을 잠시 점검하고

주해

荊卿古傳(형가고전): 『史記』의 「荊軻傳(형가전)」을 지칭.

乍(사): 잠시, 잠깐.

宋玉遺篇將卷舒
송 옥 유 편 장 권 서

이제 송옥(宋玉)이 남긴 책을 곧 펼치리라.

주해

宋玉(송옥): 중국 초(楚) 나라 때 문필가.

舒(서): 펴다, 열리다.

天空夜靜易爲響
천 공 야 정 이 위 향

하늘이 텅 비고 밤은 고요하니 아무리 작은 소리도 쉽게 들리고

嶺月天雲相對如
영 월 천 운 상 대 여

산봉우리 위 달도 하늘의 구름도 서로 마주 보며 소리를 듣는 듯하네.

汾陰落葉漢四葉
분 음 낙 엽 한 사 엽

분음(汾陰) 땅에서 신선(神仙)도 못되고 낙엽을 보며 「추풍사(秋風辭)」만 읊고 내려온 한무제(漢武帝)를 생각하고

주해

汾陰(분음): 한무제(漢武帝)가 신선(神仙)이 되려고 들어갔다 실망하고 나오며 「추풍사(秋風辭)」를 읊고 나온 지역 이름.

漢四葉(한사엽): 한무제(漢武帝)의 호(號).

洞庭寒波楚三閭
동 정 한 파 초 삼 려

동정한파(洞庭寒波)를 읊은 초(楚)나라 시인 굴원(屈原)을 생각하니 이 가을밤 감회가 더욱 깊어지는구나!

주해

洞庭寒波(동정한파); 초(楚)나라의 시인 굴원(屈原)의 '洞庭波兮동정파혜 木葉下兮목엽하혜, 동정호(洞庭湖)에 파도가 치네, 낙엽이 지네' 詩句에서 인용한 말.

閭(려): 마을의 문, 문.

삼려(三閭): 굴원(屈原)이 소씨(昭氏), 굴씨(屈氏), 경씨(景氏)의 세 가문을 관리하는 직책인 '삼려대부(三閭大夫)' 벼슬을 지냈음.

蒹葭水上送客後
염 가 수 상 송 객 후

갈대와 물억새 강가에서 책에서 본 나그네들 떠내 보낸 후

주해

蒹(염): 물억새.

葭(가): 갈대, 어린 갈대.

蟋蟀篇中成序餘
실 솔 편 중 성 서 여

이제 『詩傳』의 「蟋蟀篇(실솔편)」 중 남은 서문(序文)을 마저 마치노라.

주해

蟋蟀(실솔): 귀뚜라미.

蟋蟀篇(실솔편): 『詩傳』에 있는 편(篇) 이름.

無端今夜永叔冷
무 단 금 야 영 숙 냉

길고 긴 오늘 밤 나는 이렇게 냉연(冷然)한 마음으로

주해

永叔(영숙): 구양수(歐陽修)의 자(字).

獨向床頭懷一攄
독 향 상 두 회 일 터

책상머리에 홀로 앉아 회포를 풀고 있노라.

주해

攄(터): 펴다, 늘어놓다, 터득(攄得).

첨언

　구양수(歐陽修)의 작품 『추성부(秋聲賦)』에 묘사된 정경(情景)을 시화(詩化)한 작품이다. 『추성부(秋聲賦)』는 우리나라에도 널리 알려져 단원(檀圓) 김홍도(金弘道)가 추성부도(秋聲賦圖)를 그렸다. 추성부도(秋聲賦圖, 1805)는 김홍도가 그린 마지막 그림으로 전한다.

19. 自嘆자탄

- 스스로 한탄하며

김삿갓이 전남 화순 땅에서 37년간 오랜 방랑 생활을 끝내고 세상을 떠나기 전 살아온 삶을 뒤돌아보며 읊은 한탄 시이며, 김삿갓의 과시체 (科試體) 작품인 「蘭皐平生詩난고평생시」와 맥을 같이 하는 시이다.

작품해설

嗟乎天地間男兒
차 호 천 지 간 남 아

아~ 슬프구나! 천지간 남자들이여

주해

嗟乎(차호): 아~슬프다, 嗟呼(차호)와 같은 의미.

知我平生者有誰
지 아 평 생 자 유 수

나의 평생을 알아줄 자 그 누가 있으리오.

萍水三千里浪跡
평 수 삼 천 리 랑 적

부평초 물길 따라 삼천리 방랑 길 흔적조차 없고

萍(평): 부평초, 쑥.

琴書四十年虛詞
금 서 사 십 년 허 사

거문고와 책으로 보낸 사십 년 인생 모두가 허사로다.

靑雲難力致非願
청 운 난 력 치 비 원

높은 벼슬은 내 힘으로 이루기 어려워 바라지도 않았지만

靑雲(청운): 푸른 빛 구름, 높은 지위나 벼슬을 이르는 말.

白髮惟公道不悲
백 발 유 공 도 불 비

백발 되는 것 또한 당연한 이치이니 슬퍼하지 않으리라.

惟(유):생각하다, 마땅하다, 들어맞다.

驚罷還鄕夢起坐
경 파 환 향 몽 기 좌

고향에 돌아간 꿈 꾸다 놀라 벌떡 깨어 앉으니

罷(파): 그치다, 그만두다.

三更越鳥聲南枝
삼 경 월 조 성 남 지

깊은 밤 남쪽에서 날아온 새가 남쪽 가지에 앉아 울어대네.

三更(삼경): 하룻밤을 다섯으로 나눈 五更(오경) 중 야밤 시간대. 五更: 初更(저녁 7시에서 9시 사이), 二更(밤 9시부터 11시 사이), 三更(밤 11시에서 새벽 1시 사이), 四更(새벽 1시에서 3시 사이), 五更(새벽 3시에서 5시 사이).

첨언

　중국 한(漢)나라 때 시집 『漢詩外傳(한시외전)99)』에 '胡馬依北風호마의북풍 越鳥巢南枝월조소남지'라는 구절이 있다. '북쪽 흉노(匈奴)족 쪽에서 온 오랑 캐 말은 북쪽 바람을 향해 기대고, 남쪽에서 온 월 나라 새는 남쪽 가 지에 둥지를 튼다'라는 의미이다. 越鳥(월조)는 '월(越)나라, 즉 남쪽 나라에 서 온 새는 언제나 고향(故鄕)에 가까운 남쪽 가지에 둥지를 튼다, 越鳥巢 南枝월조소남지'라는 말에서 인용했다. 고향을 못 잊어 고향을 바라보는 나뭇가지에 올라 우는 새를 한밤중 고향 꿈꾸다 벌떡 일어나 홀로 슬퍼 하는 김삿갓 자신의 서글픈 신세에 빗대어 읊은 한탄시이다. 김삿갓은 그의 마지막 회고시 「蘭皐平生詩(난고평생시)」에서 '狐死歸首丘호사귀수구, 여우도 죽을 때 저 살던 언덕으로 머리를 향한다'라고 읊으며 '고향을 어 찌 잊을 수 있겠는가? (故鄕安可忘고향안가망)' 라고 한탄했다. 김삿갓이 고 향을 꿈에도 잊지 못해 그리워하는 애절한 심정이 안타깝다.

---

99)　漢詩外傳(한시외전): 중국 전한(前漢)의 학자 한영(韓嬰)이 쓴 『시경(詩經)』 해설서. 한영은 내전(內傳) 4권, 외전(外傳) 6권을 저술하였으나, 남송(南宋) 이후 외전만이 전한다.

20. 蘭皐平生詩난고평생시
- 나의 한평생 뒤돌아보며 시를 읊다

　이 시는 김삿갓의 일생을 이해할 수 있는 소중한 작품으로 본 도서 첫 머리 '김삿갓에 관하여'에서 일부 소개했지만, 필자의 첨언을 추가하기 위해 다시 옮긴다. 김삿갓이 자기의 일생을 자서전(自敍傳) 형식으로 읊은 시인데 지나온 한평생을 돌아보며 느끼는 정한(情恨)을 진술하게 표현한 훌륭한 작품이다. 2008년에 『여룡주(驪龍珠)』라는 19세기 후반의 시집이 발굴되었는데 이 시가 '회향자탄(懷鄕自歎)'이란 제목으로 실려있어, 이 시의 원제목이 「회향자탄(懷鄕自歎)」이라는 주장도 있다.

　이 시는 과거(科擧)시험 서체인 과시체(科試體) 형식의 詩가 아니라는 논란과 원본도 아닌 필사본(筆寫本)에 시작인(詩作人)의 이름도 적혀 있지 않아 이 작품의 원작자가 김삿갓이 아니라는 논란의 여지(餘地)가 많은 작품이지만, 김삿갓 가문(家門)의 몰락과 김삿갓이 왜 한평생 걸식 유랑하다 객사(客死)하게 되었는지 그 단초(端初)를 제공한다고 평가되는 작품이다.

작품해설

鳥巢獸穴皆有居
조　소　수　혈　개　유　거

새도 둥지가 있고 짐승도 굴이 있어 다 머물 데가 있는데

顧我平生獨自傷
고 아 평 생 독 자 상

내 평생을 뒤돌아보니 홀로 마음만 아프구나.

芒鞋竹杖路千里
망 혜 죽 장 로 천 리

짚신 신고 대지팡이 짚으며 머나먼 길 다니며

水性雲心家四方
수 성 운 심 가 사 방

물 흐르듯 구름 떠돌 듯 모든 곳을 내 집처럼 다녔노라.

尤人不可怨天難
우 인 불 가 원 천 난

딱히 누굴 탓할 수도 없고 하늘을 원망할 수도 없고

주해

尤(우): 더욱, 특히.

歲暮悲懷餘寸腸
세 모 비 회 여 촌 장

한 해가 또 저무니 서글픈 마음만 구석구석 사무치네.

주해

歲暮(세모): 섣달 그믐날. 寸腸(촌장) 창자의 마디마디, 여기서 腸(장)은 마음을 뜻함.

初年自謂得樂地
초 년 자 위 득 락 지

어렸을 땐 좋은 집안에서 태어났다고 좋아했고

漢北知吾生長鄕
한 북 지 오 생 장 향

한양이 내가 태어나 자란 고향인 줄 알았지.

주해

漢北(한북): 한강 북쪽, 강북, 여기서는 서울, 한양(漢陽).

簪纓先世富貴人
잠 영 선 세 부 귀 인

조상 대대로 부귀영화를 누렸었고

簪(잠): 비녀, 纓(영): 갓끈, 簪纓(잠영): 비녀와 갓끈. 여자 머리 장신구 또는 남자 의관의 장신구인 비녀와 갓끈을 의미하며 신분이 높은 양반(兩班)을 가리킴.

花柳長安名勝庄
화 류 장 안 명 승 장

꽃피고 수양버들 아름답다는 장안에서도 명성(名聲) 높은 집이었노라.

花柳(화류): 꽃과 버들, 유곽, 여기서는 아름다운 곳을 가리킴. 庄(장): 고관대작의 사유지, 영지.

隣人也賀弄璋慶
인 인 야 하 농 장 경

이웃 사람들이 옥동자 낳았다고 축하도 해주었고

弄(농): 가지고 놀다. 璋(장): 구슬. 弄璋(농장): 아들을 낳음. 璋慶(장경): 生男의 경사.

早晚前期冠蓋場
조 만 전 기 관 개 장

조만간 장원급제할 거라고 기대도 했지!

蓋(개): 덮다, 덮개. 冠蓋(관개): 높은 벼슬아치들이 타던, 말 네 마리가 끌던 덮개 있는 수레, 여기서는 '과거에 급제하여 출세하다'라는 의미.

鬚毛稍長命漸奇
수 모 초 장 명 점 기

턱수염 자라면서 팔자도 점점 기구해지더니

주해

鬚(수): 턱수염, 입가의 수염. 稍(초): 끝, 말단 나무 끝.

灰劫殘門飜海桑
회 겁 잔 문 번 해 상

가문은 멸문지화(滅門之禍) 폭삭 망해 세상이 뒤바뀌었네.

주해

灰(회): 재. 劫(겁): 천지가 한번 개벽한 후 다음 개벽할 때까지 (반대는 찰나). 灰劫(회겁): 불교 용어로 불탄 후 남은 재. 殘門(잔문): 망해 남은 가문. 飜(번): 엎어지다. 桑(상): 뽕나무. 海桑(해상): 상전벽해(桑田碧海), 뽕나무밭이 바다가 되어 세상이 뒤바뀌었다는 의미.

依無親戚世情薄
의 무 친 척 세 정 박

의지할 친척은 없고 세상인심 야박한데

哭盡爺孃家事荒
곡 진 야 양 가 사 황

부모마저 돌아가셔 곡(哭)을 하니 집안이 망했구나.

주해

爺孃(야양): 부모의 속칭. 荒(황): 거칠다, 허황하다, 멸망하다.

終南曉鐘一納履
종 남 효 종 일 납 리

남산 새벽 종소리 들으며 짚신 신고 다니며

주해

納(납): 받아들이다, 바치다, 헌납하다. 履(리): 신, 신다. 納履(납리): 신을 신음. 終南山(종남산): 도교(道敎, Taoism)의 발상지로 중국 산시성(陝西省, 섬서성) 시안시(西安市)에 위치한 산. 신선들이 노닐고 은자들이 머무는 곳으로 알려져 (神仙遊신선유 隱者居은자거) 선비들이 세상 명리나 벼슬을 피해 은거하던 산이었으며 노자(老子)가 생전에 도덕경(道德經)을 제자들에게 설파했다는 설경대(設經臺)가 있는 곳. 여기서는 물 흐르는 대로 자연의 순리대로 떠도는 자신의 도가적(道家的) 심정을 終南山(종남산) 새벽 종소리라고 은유적으로 표현했다. 여기서 終南山(종남산)은 한양의 남산(南山)을 의미한다.

風土東邦心細量
풍 토 동 방 심 세 량

동쪽 땅을 골고루 다닐 생각이었네.

心猶異域首丘狐
심 유 이 역 수 구 호

이역만리 타향에서 고향을 어찌 잊을 수 있으리오?

주해

猶(유): 오히려, 다만, 마땅히. 心猶(심유): 마음이~와 같다. 首丘狐(수구호): 狐死歸首丘(호사귀수구)에서 유래한 말로 여우도 죽을 때 저 살던 언덕으로 머리를 향한다는 뜻, 여기서는'고향을 어찌 잊을 수 있겠는가? (故鄉安可忘 고향안가망)'의 의미.

勢亦窮途觸藩羊
세 역 궁 도 촉 번 양

이 몸의 신세가 울타리에 뿔이 걸려 꼼짝달싹 못 하는 숫양 같구나.

窮途(궁도): 곤궁하고 난처한 처지. 觸藩羊(촉번양): 저양촉번(羝羊觸藩)의 의미, 숫양이 울타리를 받다가 뿔이 걸려 옴짝달싹 못 하게 되다, 사람의 진퇴(進退)가 자유롭지 못함을 뜻함.

南州從古過客多
남 주 종 고 과 객 다

남쪽 고을은 자고로 과객이 많이 지나는 곳

轉蓬浮萍經幾霜
전 봉 부 평 경 기 상

마른 쑥대 바람에 구르듯 부평초처럼 떠돈 지 몇 해였던가?

轉蓬(전봉): 가을에 뿌리째 뽑혀 바람에 여기저기 굴러다니는 쑥, 고향을 떠나 떠돌아다니는 모습. 萍(평): 부평초. 經(경): 지나다. 霜(상): 서리, 여기서는 해, 세월.

搖頭行勢豈本習
요 두 행 세 기 본 습

머리 굽실대는 모습이 어찌 내 본래 모습이겠는가?

揳口圖生惟所長
설 구 도 생 유 소 장

입 주절대며 살아가는 솜씨만 늘었도다.

揳(설): 바르지 아니하다, 재다. 圖生(도생): 살기 위해 궁리하다. 經(경): 지날 경. 搖(요): 흔들 요. 惟(유): ~ 때문에, 오로지, 생각하다.

光陰漸向此中失
광 음 점 향 차 중 실

세월은 흐르다가 어느덧 사라져 버렸고

光陰(광음) 해와 달, 낮과 밤, 세월.

三角靑山何渺茫
삼 각 청 산 하 묘 망

삼각산 푸른 모습 어찌 이다지도 멀고 먼가?

三角靑山(삼각청산): 삼각산. 渺茫(묘망): 아득하다.

江山乞號慣千門
강 산 걸 호 관 천 문

밥 구걸하며 내는 소리 팔도강산 어딜 가나 익숙하고

慣(관): 익숙하게 되다, 버릇.

風月行裝空一囊
풍 월 행 장 공 일 낭

음풍농월로 지내다 보니 봇짐 주머니는 텅 비었구나.

風月(풍월): 음풍농월(吟風弄月)을 줄인 말.

千金之子萬石君
천 금 지 자 만 석 군

돈 많은 집 아들이건 만석꾼 집 부자이건 모두 찾아다니며

厚薄家風均施嘗
후 박 가 풍 균 시 상

후하고 박한 가풍 골고루 알아보았노라.

주해

嘗(상): 맛보다. 均施嘗(균시상): 골고루 맛보다.

身窮每遇俗眼白
신 궁 매 우 속 안 백

행색이 초라하니 만나는 사람마다 눈 흘기고

주해

眼白(안백): 눈이 희게 되다, 눈을 흘기다.

歲去偏上鬢髮蒼
세 거 편 상 빈 발 창

흐르는 세월 속에 백발노인 되었구나.

주해

偏(편): 치우치다. 鬢髮(빈발): 귀밑털과 머리털, 蒼:(창) 푸르다, 늙다, 늙은 모양.

歸兮亦難佇亦難
귀 혜 역 난 저 역 난

집으로 돌아가지도 못하고 머무르지도 못하면서

佇(저): 우두커니, 기다리다.

幾日彷徨中路傍
기 일 방 황 중 로 방

얼마나 기나긴 날을 길가에서 헤맸던가?

路傍(노방): 길옆, 길가.

하늘을 나는 새도 둥지가 있고 길짐승도 굴속 집 같은 제 머물 곳이다 있는데 애통하구나! 나만 홀로 머물 곳도 없이 정처 없이 수만 리 길 헤매었네. 물과 구름이 흐르듯 떠돌다 보니 세상천지가 다 내 집인데내 팔자 기구하다. 탓할 사람도 없고 하늘도 원망할 수 없구나! 또 한해가 저무는데 서러운 마음만 가슴 속에 구석구석 쌓인다. 내 신세가지금은 이래도 어렸을 땐 스스로 좋은 집안 태생이라 여겼으며 가문 또한 조상 대대로 부귀영화 누렸던 우리 집은 장안에서도 명성이 높았노라. 내가 태어났을 때 이웃들은 농장경(弄璋慶, 生男 축하) 해주었고 조만간 내가 관개출세(冠蓋出世) 하리라고 기대도 했었다. 그러다 턱수염이 나는 나이가 되니 팔자도 기구해 상전(桑田)이 벽해(碧海) 되고 명성 높았던가문(家門)은 잿더미로 변하였다. 의지할 친척도 없고 세상 사람들은 폐족가문(廢族家門)이라 야박하게 천대(賤待)하고 부모상(喪) 치르며 곡(哭)을마치니 살림살이 망막하다. 서울 남산의 새벽종 소리를 들으며 짚신 신고 고향을 떠난 뒤 동쪽 땅을 헤매는 내 마음에 근심 걱정 가득하네. 여우는 낯선 곳에서 죽어도 머리는 제 살던 언덕을 향해 두고 죽고, 숫양이 쫓기다, 막다른 골목에 다다르면 울타리에 뿔을 받다 끼어 옴짝달싹 못 하는 것처럼 내 신세가 망막(茫漠)하다. 남쪽 고을은 옛날부터 지나간 길손이 많다는데 나 역시 이곳에 머물고 있으니 부평초(浮萍草)같이 떠돈 지 몇 해가 되었던가? 이 몸이 집집마다 문간에서 머리를 굽실거리며 "밥 좀 주소!", "하룻밤만 묵고 가게 해주소!" 하는 나의 행세가 어찌 나의 본래 행색이겠나? 살기 위해 침이 마르도록 구걸하며 입 주절거리는 솜씨만 늘었구나. 그러는 사이 세월은 흘러 사라지고 고향의 삼각산(三角山) 모습만 눈에 어른거린다. 삼천리강산 구걸 다닌 집들 헤아릴 수 없이 많았고, 음풍농월하며 살다 보니 내 봇짐 주머니는 텅 비어 버렸네. 돈 많은 집 자식도 땅 부잣집 자손도 모두 만나 보았고 그들의 후하고 야박한 가풍(家風)도 잘 알게 되었지. 행색이 구차하니 세상 사람들은 나한테 눈 흘기고 섣달 그믐날 또 한 해가 저무니 백발노인 되었구나. 고향에 돌아가지도 못하고 머물지도 못하면서 이렇게 얼마나 오랜 세월 길가에서 헤매야 하나?

주해

三角山(삼각산): 백운대, 인수봉, 만경대의 세 봉우리, 북한산의 별칭.

이상은 이응수(李應洙)가 해방 후 월북하기 전 그의 『金笠詩集』초판 (1939)에 올린 그의 해설이지만, 추가 설명이 필요해 덧붙였다. 난고(蘭皐)는 김립(金笠)의 아호(雅號)였으며 일설(一說)에 의하면 이 시는 김립이 자신의 지나온 한평생을 회고하며 전라남도 화순에서 임종 직전에 쓴 마지막 시라는 얘기도 있다. 조선 시대에 안동 김씨(安東 金氏) 세도가문(勢道家門)의 후손으로 태어나 그의 나이 다섯 살 때 선천방어사(宣川防禦使)로 높은 관직에 있었던 조부(祖父) 김익순(金益淳)이 홍경래(洪景來) 반군(叛軍)

에 항복하여 역적으로 몰려 폐족(廢族) 처분당한 이래 57세의 나이로 세상을 떠날 때까지 그는 역적(逆賊)의 자손으로 세상의 이목을 피해 자신의 김병연(金炳淵)이라는 이름도 밝히길 꺼리며 평생을 걸식 유랑하였다. 방랑 초기에는 벼슬 높은 관인(官人)들이나 자기처럼 출세를 위해 한양에 머물며 인맥을 쌓고 있는 사대부(士大夫) 선비들과 교류하며 나름대로 선비로서 품위를 어느 정도 유지했지만, 그 후에는 조선 팔도 지방 방방곡곡 떠돌며 봉건적 유교 사회의 치부를 신랄한 조롱과 풍자로 비난하고 힘없고 가난한 서민들의 애환을 해학적으로 읊으며 여생(餘生)을 보냈다. 김립이 유랑하다 심신이 힘들고 병이 들면 전남 화순에 있는 지인(知人) 안 참봉 집에 가끔 들러 머물렀다 한다. 1863년 자목련(紫木蓮) 활짝 피고 두견새 지저귀는 봄날 3월 29일에 김립은 57세 나이에 유언도 남기지 않은 채, 그를 죽마고우(竹馬故友)처럼 대해줬던 안 참봉의 사랑채에서 감사의 표시로 그의 마지막 작품인 이 시를 써 주고 세상을 떠났다. 그가 세상을 떠날 때 남긴 물건은 얼굴을 가리고 다녔던 대나무 삿갓, 대지팡이 그리고 괴나리봇짐 하나가 전부였을 것이다. 그의 아들 익균(翼均)이 유해를 옮겨 강원도(江原道) 영월군(寧越郡) 와석리(臥石里) 깊은 계곡에 반장(返葬)하였으며 그의 묘 앞에는 '시선난고김병연지묘(詩仙蘭皐金炳淵之墓)'라고 묘비(墓碑) 이름이 쓰여 있다. 김립의 작품 거의 다 구전이나 필사본으로 전해오는데 이 작품에서도 작자의 이름이 없다는 점은 참으로 안타까운 일이다.

3장

김립시집(金笠詩集)
前篇 추가시

1. 看鏡간경

- 거울을 보다

쉰 살 지천명(知天命)[100] 나이를 넘긴 김삿갓이 어느 날 거울을 보니 한물간 웬 노인의 모습이 보인다. 패기 넘치고 아름다웠던 젊었을 때 자신의 모습을 회상하며 늙어 백발이 된 자신의 모습을 보며 읊은 칠언절구(七言絶句) 자탄시(自嘆詩)이다.

작품해설

白髮汝非金進士
백 발 여 비 김 진 사

어이, 백발! 자네 김 진사 양반 아닌가?

주해

髮(발): 머리털, 터럭. 汝(여): 너, 또래나 손아랫사람을 부르는 말

我亦靑春如玉人
아 역 청 춘 여 옥 인

---

100) 지천명(知天命): 하늘의 뜻을 알 수 있는 나이로 50세를 의미. 지명(知命)이라고도 함. 공자는 『論語(논어)』「爲政(위정)」편에서 나이를 다음과 같이 말했다.
　　"나는 열다섯에 학문에 뜻을 두었고 (志學지학), 서른 살에 뜻을 세웠으며 (而立이립), 마흔 살에 세상사 유혹에 흔들리지 않았고 (不惑불혹), 쉰 살에 하늘의 뜻을 알았으며 (知天命지천명), 예순 살에 남의 말에 귀를 기울일 줄 알았고 (耳順이순), 일흔 살에 마음이 하고자 하는 바를 따랐지만, 법과 도리를 넘지 않았다 (從心종심)."

나 역시 젊었을 때는 옥처럼 고왔는데

酒量漸大黃金盡
주 량 점 대 황 금 진

주량이 점점 늘더니 가진 돈은 모두 탕진했지.

주해

漸大(점대): 점점 커짐, 점점 늘어남.

世事纔知白髮新
세 사 재 지 백 발 신

세상사 겨우 알만하니 이제 백발만 무성하네.

주해

纔(재): 겨우, 매우.

첨언

　'재수 없으면 100살까지 산다.'라는 말을 가끔 듣는데, 자조(自嘲) 섞인 농담(弄談)인지 100살까지 살고 싶어 반어적(反語的)으로 내뱉는 진담(眞談) 인지 알 수가 없다. 병고(病苦)나 생활고(生活苦) 무위고(無爲苦) 등 여러 가지 고통으로 '빨리 죽고 싶다'라며 호소하는 사람도 있겠지만, 하루라도 더 살고 싶은 게 보통 사람들의 인지상정(人之常情)이 아닐까? 김삿갓은 그의 시 「노음(老吟)」에서 '장수하라'라는 말이 축복이 아니라 차라리 저주로 들린다 했다. 장자(莊子)가 요(堯) 임금의 말을 인용했듯이 오래 살면 욕된 일이 많아지는 법인가? 독자들은 어떻게 생각하는가?

老吟노음

五福誰云一日壽
오 복 수 운 일 왈 수

그 누가 오복 중 으뜸이 오래 사는 것이라 했는가?

堯言多辱知如神
요 언 다 욕 지 여 신

오래 사는 것도 큰 욕이라던 요임금 정말 귀신같네.

김삿갓이 늙음을 한탄하며 읊은 자조시(自嘲詩) 한 수를 덧붙인다.

老人自嘲노인자조

- 늙은이가 늙음을 스스로 한탄하다

주해

嘲(조): 비웃다, 조롱하다. 自嘲(자조): 스스로 자신을 비웃음.

八十年加又四年
팔 십 년 가 우 사 년

나이 팔십하고도 네 해를 더 보태 여든네 살 된 이내 신세

非人非鬼亦非仙
비 인 비 귀 역 비 선

사람도 아니고 귀신도 아니며 신선(神仙) 또한 아니로다.

脚無筋力行常蹶
각 무 근 력 행 상 궐

다리 힘은 다 빠져 걸핏하면 넘어지고

주해

蹶(궐): 넘어지다, 좌절하다.

眼乏精神坐輒眠
안 핍 정 신 좌 첩 면

눈에는 얼빠지고 앉았다 하면 늘 졸기만 하네.

주해

乏(핍): 모자라다, 궁핍하다, 가난하다. 輒(첩): 늘, 문득.

思慮語言皆妄靈
사 려 어 언 개 망 령

생각하고 말하는 게 모두 망령 들었는데

猶將一縷線線氣
유 장 일 루 선 선 기

한 줄기 가냘픈 숨소리만이 간신히 목숨을 이어 가누나.

주해

猶(유): 마치, 오히려, 아직, 아직도. 將(장): 오래지 않아, 막, 곧. 一縷(일루): 한 가닥, 한 오리의 실.

悲哀歡樂總茫然
비 애 환 락 총 망 연

슬픔과 설움, 기쁨과 즐거움 모두 가물가물 옛이야기

時閱黃庭內景篇
시 열 황 정 내 경 편

그래도 때때로 황정경과 내경편 양생 수련법은 읽고 있네.

주해

閱(열): 검열하다, 읽다. 黃庭內經(황정내경): 중국 도교(道敎)의 양생(養生)과 선도(仙道)를 수련하기 위한 경전(經典). 內景篇과 外景篇이 있음.

어떤 정치인이 선거 투표권은 여명(餘命, 남은 삶)에 비례해 부여하는 게 합리적인 생각이라 언급해 노인들로부터 뭇매를 맞은 적이 있다. 20대 청년들의 투표권이 한 표인데, 살 날짜도 얼마 안 남은 노인들에게 어째서 똑같이 한 표를 주냐는 말이다. 나라가 어려울 때 국가 발전을 위해 고생하며 젊음을 바친 지금의 노인세대들의 가슴에 대못 박는 발언이었다. 젊은 사람들의 표를 모으기 위한 선거전략인지는 몰라도, 1인 1표의 평등·보통·직접·비밀의 자유 선거를 원칙으로 하는 대한민국 헌법 제 24조 법적 조항은 고사하고, 6.25전후 70여 년간 전쟁의 폐허 속에서 수출시장 점유율 세계 6위의 경제 대국으로 만든 노인세대들의 경험과 지혜가 이제는 중요하지 않고 필요도 없다는 얘기이다. 청년세대에 경륜가(經綸家)나 현자(賢者)가 있었다는 말은 들어보지 못했다. 청년세대의 도전의식, 그리고 기성세대 열정, 노인세대의 경험과 지혜가 함께하지 못하면 밝은 국가의 미래를 기대하기는 어렵다.

도가(道家)의 양생수련법을 설명한 『황정경(黃庭經)』을 읽으며 자신이 인간도 귀신도 아니라는 생각을 하는 노인은 오히려 신선의 경지에 가깝지 않을까? 이 노인은 주자(朱子)의 존양성찰(存養省察)[101] 경지에 이르러 자성(自性)을 지키며 자신을 돌아볼 수 있는 수준에 오른 사람이라 생각된다. 늙더라도 마음이 바르면 모든 일이 따라서 바르게 되고 마음이 바르지 못하면 온갖 욕심이 이를 공격하게 된다. 늙음이란 자유를 의미한다. 일하고 싶으면 일하고 놀고 싶으면 놀고, 웃고 싶으면 웃고, 울고 싶으면 울고…. 늙음이 아니면 누릴 수 없는 자유다. 노인은 청춘을 되돌릴 수 없다는 사실을 심신으로 체득하지만, 젊은이는 자기가 노인이 된다는 사실을 잊고 산다. 인간은 태어나는 순간부터 노화되어 가며, 늙어서는 늙음이란 자유가 있기에 늙어 감을 서러워할 일만은 아니다. 거울에 비친 늙고 초라한 자신의 모습이 싫다면 차라리 거울을 보지 마라. 외적 모습에 신경 쓸 필요 없고 내적 자성(自性)의 아름다움을 보도록 하면 된다. 세월이 흘러 필자 나이도 망팔(望八)을 넘기니, 거울 보기도 싫어진다. 아니 두렵다. 거울 앞에 서면 뜨거웠던 청춘의 패기나 열정은 온데간데없고, 도살장에 끌려가는 늙은 소처럼 축 처진 어깨와 흐릿한 눈을 보면 무기력과 포기의 모습이 보인다. 목적 있는 사람의 당찬 모습이 아니다. 젊었을 때는 그래도 하고 싶은 일 다 하고 살았는데, 이제 그런 도전이나 열정이 몸과 마음속에서 사라진 듯싶다. 그래서 가끔 거울 쳐다보며 한마디 한다. "너, 왜 이렇게 늙었냐? 네가 나를 모르는데 난들 너를 알겠느냐? 거울 속의 너는 내가 아니고, 앞에 서 있는 나도 내가 아니다. 내가 바라보는 내 마음속의 내가 나다. 내 마음속의 나는 이팔청춘이고 너처럼 한물간 노틀[102]일 수 없다." 큰소리쳐보지만 거울 속 내 모습이 왠지 불쌍하고 처량해 보인다며 한마디 한다. "이 양반아!, 인생이란 건

---

101) 존양성찰(存養省察): 양심을 보존하고 본성을 함양하면서 나쁜 마음이 들 때는 이를 잘 살펴서 단호하게 물리쳐야 한다는 뜻.

102) 노틀(老틀): 사라진 과거의 속어로 쓸모없는 늙은이를 지칭하는 평안도 사투리로 '노털'을 의미.

일장춘몽(一場春夢), 한바탕 봄날의 꿈처럼 헛된 것이네. 아는 자는 말이 없는 법이니(知者無言) 조용히 입이나 다물고 하루하루 재미있게 살다 때가 되면 그냥 거(去)하게나!" 늙은 김삿갓이 어쩌다 거울을 들여다보았나 보다. 거울 속에 웬 백발 노틀이 하나 서 있네. 저게 나란 말인가? 젊었을 때 아름다웠던 그 모습은 어디 가고 술에 찌든 빈털터리 노틀이 거울 속에서 나를 보고 있다. 천재 시인 김삿갓이 거울 속 자신의 모습을 보며 쓴웃음 지으며 한마디 한다. "어이 이보게, 흰머리! 그대가 정녕 김삿갓이란 말인가? 주괴(酒傀, 술귀신)처럼 술만 처먹다 있는 돈 다 날렸지만, 그래도 나는 왕년에 옥처럼 아름다웠느니라. 백발노인이면 어떠냐? 세상사 뭔지 이제 좀 알게 되었으니 그럼 됐지 않았나?" 이 시를 읽다 보니 20여 년 전에 유행했던 대중가요 한 곡이 떠오른다.

타타타 ─ 노래 김국환

네가 나를 모르는데 난들 너를 알겠느냐?
한 치 앞도 모두 몰라 다 안다면 재미없지!
바람이 부는 날엔 바람으로
비 오면 비에 젖어 사는 거지 그런 거지

산다는 건 좋은 거지 수지맞는 장사잖소
알몸으로 태어나서 옷 한 벌은 건졌잖소
우리네 헛짚는 인생살이
한세상 걱정조차 없이 살면 무슨 재미
그런 게 덤이잖소

2. 賞景상경

- 경치를 감상하다

김삿갓이 금강산에 오르다 "푸른 숲속 예쁜 꽃들은 화폭에 담을 수 있지만, 저 아름다운 숲속의 새소리는 화폭에 어찌 담을 수 있을까?"라고 걱정하며 읊은 시이다.

작품해설

一步二步三步立
일 보 이 보 삼 보 립

한 걸음 한 걸음 또 한 걸음 걷다 보니

山靑石白間間花
산 청 석 백 간 간 화

푸른 산 흰 바위 사이사이 꽃이로다.

若使畵工摸此景
약 사 화 공 모 차 경

화공 불러 이 경치는 그린다 해도

주해

摸(모): 더듬다, 모색하다.

其於林下鳥聲何
기 어 림 하 조 성 하

숲속의 저 새소리는 어이 할거나

첨언

금강산 푸르른 산속을 오르다 보니 여기저기 바위틈에 핀 꽃이 너무 예뻐 발길을 멈출 수밖에 없다. 문득 "화가가 이 경치를 화폭에 옮기면 얼마나 좋을까?" 상상해 보는데, 숲속에서 아름다운 새소리가 들려오니, "그런데 새소리는 그림에 어떻게 넣지?"라는 생각이 든다. 물론 정지된 화폭에 음향을 넣을 수는 없다. 지금처럼 그림도 동영상 처리되어 BGM(Background music, 배경음향)을 추가하는 기술이 있었던 것도 아니고, 김삿갓의 안타까운 심정을 이해할 것 같다. 금강산의 아름다운 파노라마 경관을 새소리, 물소리와 함께 화폭에 옮기는 생각을 하며 이 시를 읊었으리라. 음성 녹음 기술이 없던 160여 년 전에 김삿갓은 이미 영상과 음향을 혼합한 예술에 관해 고민하며 시를 읊었으니, 그는 우리나라 최초의 융합과학 예술의 선구자였던 것 같다.

3. 辱孔氏家욕공씨가

- 공씨 집을 욕하다

황혼이 지는 어느 날 저녁 공(孔) 씨 성을 가진 집 문 앞에서 밥 동냥
구걸하는데 아무런 대꾸도 없고 삽살개 한 마리가 으르렁 짖어대니 화
가 나 내뱉은 시이다.

작품해설

臨門老尨吠孔孔
임 문 노 방 폐 공 공

문에 이르니 늙은 삽살개 깽깽 짖어대고

주해

尨(방): 삽살개. 吠(폐): (개가) 짖다.

知是主人姓曰孔
지 시 주 인 성 왈 공

주인 성이 뭔가 알아보니 공 씨로구나.

黃昏逐客緣何事
황 혼 축 객 연 하 사

저물녘 나그네를 쫓아내는 이유가 뭔가?

逐(축): (내) 쫓다.

恐失夫人脚下孔
공 실 부 인 각 하 공

마누라 아랫구멍 뺏길까 겁나나 보네.

恐失(공실): 잃을까 두려워하다. 脚下孔(각하공): 다리 밑의 구멍.

'孔(공)'자를 '孔孔(공공, 깽깽, 개 짖는 소리의 의성어擬聲語)', 孔(공) 씨라는 姓(성), 구멍이라는 의미의 '孔(공)' 세 가지 뜻으로 읊은 재치와 해학이 넘치는 시이다. 걸식 유랑하던 어느 날 김삿갓이 밥 한 끼 때우려고 어떤 집 대문 두드리며 서성대며 기다려 봐도, 늙어빠진 개새끼 한 마리만 깽깽 댄다. 움칠 뒤로 물러서며 문패를 보니 집주인 성이 孔(공) 씨네. 굳게 닫힌 대문과 개새끼 깽깽대는 소리를 뒤로하며 발길을 돌릴 수밖에. 그러나 김삿갓이 어디 그냥 돌아갈 사람인가? 삽살개 짖는 소리와 집주인 孔(공)씨의 마누라 음부를 '孔(구멍)'으로 모두 싸잡아 욕하며 시를 읊은 후 침을 퉤 뱉고 떠나네요.

4. 放氣방기

- 방귀를 뀌다

 김삿갓이 인적이 없는 남산 꼭대기까지 올라가 똥 싸고 방귀까지 뀌며 혼자 낄낄대고 중얼대며 웃으니, 어찌 보면 머리가 살짝 돈 반사회적 유형의 인간이라 볼 수도 있겠지만, 자신의 똥 냄새가 향기롭다고 낄낄대고 웃으니 그야말로 편안히 똥 싸며 족함을 아는 '안분지족(安糞知足, 똥 싸며 만족함을 알다)'형 시인임을 엿볼 수 있는 재미있는 작품이다.

작품해설

放糞南山第一聲
방 분 남 산 제 일 성

남산 위에서 똥을 싸니 방귀 소리 한번 크고

주해

糞(분): 똥.

香震長安億萬家
향 진 장 안 억 만 가

향기로운 냄새가 장안의 모든 집에 퍼지는구나!

인간은 자연적이고 생리적인 현상으로 방귀를 항문으로 배출할 수밖에 없다. 문제는 배출의 시간적 예측이 불가능하다는 점이다. 냄새와 소리가 창피해 혼자만의 장소로 옮겨 몰래 방귀를 뀌는 반사회적 은둔형 사람이나 남을 의식해 참고 참다가 재수 없게 방귀와 똥을 함께 싸는 운이 지지리도 없는 인간도 있다. 언젠가 의사가 많이 걸으라는 조언을 하며 방귀 방출에 너무 수줍어하지 말라며 귀띔해준 게 기억난다. "산책로를 따라 걷는 사람들이 꼭 건강만을 위해서 걷는 건 아니라오. 걸으면서 마음 놓고 방귀를 뀌어대도 넓은 공간에 눈치채는 사람이 없기 때문이요. 그러니 산책하며 마음 놓고 실컷 방귀를 뀌시오. 알고 보면 산책하는 사람 대부분 방귀 뀌러 나온 거요!"

5. 諺文風月언문풍월詩(1)
- 사면 기둥 붉게 타

언문풍월은 주로 궁녀들이 한시의 구성에 나름대로 규칙을 세워 지으며 시작됐다는 얘기도 있지만, 확실한 건 알 수 없다. 처음에는 한문과 한글을 섞어 시를 짓다가, 나중에는 아예 한글로만 지은 언문풍월이 유행하기 시작하며 김삿갓 시대 전후 시조 문학에도 지대한 영향을 미쳤다고 볼 수 있다.

작품해설

사면기둥 붉게**타**
석양행객 시장**타**
네절인심 고약**타**
지옥가기 꼭좋**타**

김삿갓이 금강산 어느 절에 도착하여 하룻밤 묵기를 청하는데 주지 스님이 말하기를, "내가 김삿갓이라는 시객이니 하룻밤 묵게 해달라는 놈이 어디 한 둘이오?" 김삿갓이 대답하여 이르되, "금강산 경치는 기가 막히게 아름다운데 불가의 사람대접이 형편없구먼! 그렇다면 내가 언문시 하나 지어 나를 스스로 검증해보면 될 것 아니오?" 그러자 주지 스님은 "'타'자 같은 희귀한 운(韻)으로 어떻게 시를 지을 수 있겠냐?"라고 생각하며 언문으로 '타'자 운을 소리친다. 계속 '타'자 운(韻)을 띄우니, 김삿갓이 저무는 황혼 속의 절간을 둘러보며 속 시원한 언문시를 내뱉으며 주지 스님을 호되게 꾸짖는다.

첨언

한시의 칠언절구처럼 이 언문시도 칠언으로 구성되어있다. '타' 자로 희귀한 운(韻)을 계속 띄우는데도 김삿갓은 속사포처럼 거침없이 언문풍월을 읊어댄 후 발길을 돌린다. 주지 스님이 가만히 들어보니 기분은 더럽게 나쁘지만, 기승전결 완벽하게 자신을 비판하고 떠나려 하는 김삿갓을 막으며, 주지 스님은 "당신이 진짜 김삿갓이라면 언문풍얼(諺文風月) 말고, 이번에는 품위 있는 한문풍월(漢文風月)로 시구를 나눠보자"라고 청한다.

주지 스님

水作銀杆春絶壁
수 작 은 간 춘 절 벽

봄날 폭포수는 은으로 만든 몽둥이처럼 절벽 아래로 퍼붓고

주해

杆(간): 몽둥이.

김삿갓

雲爲玉尺度靑山
운 위 옥 척 도 청 산

구름이 옥으로 만든 자처럼 청산을 재면서 가는구나.

금강산의 절경을 이렇게 멋있게 표현한 시객(詩客)은 일찍이 없었다. 김삿갓의 실력에 감탄한 스님이 용서를 구한다. "당신이야말로 진짜 시객(詩客) 김삿갓이 맞는 것 같소. 무례함을 용서해 주시오. 공양간에 연잎밥 사찰음식 냉큼 올릴 터이니 어서 오르시어 자시고 잠자리에 드시길 바랍니다." 이렇게 김삿갓의 오늘 밤 문전걸식은 해결되지 않았나 싶다. 이 주지 스님은 아마도 김삿갓과 발치지희(拔齒之戲, 이빨 뽑기 놀이)로 시 짓기 내기를 한 금강산의 그 스님인 것 같아 두 僧儒(승유, 스님과 선비)의 멋진 시담(詩談)을 덧붙인다.

김삿갓: "居士(거사)의 명성은 들은 지 오래였는데 오늘에야 뵙게 되어 숙원을 이루었으니 欣喜雀躍不己[103](흔희작약불기)이옵나이다. 청컨대 많은 가르침 있으시길 바라나이다."

스님: "과분한 말씀이옵니다."

김삿갓: "居士(거사)께서는 시를 잘 짓고 다루실 줄 안다고 들었으니 소인에게 居士와 시 짓기 경쟁을 한 번 할 기회를 주시면 제게는 큰 영광이 되겠습니다."

스님: "소인의 명성을 언제 어디서 들었는지 모르나 다 헛소문일 테고 여하튼 소인에게는 괴상한 습관이 하나 있는데 별것이 아니오라 시 짓기 내기에서 지면 이빨을 뽑아야 하는 겁니다. 그런 약조를 하고도 시 짓기 내기를 할 의향이 있소이까?"

---

103) 欣喜雀躍不己 (흔희작약불기) 참새가 너무 좋아 신나게 날아오르는 것처럼 몸 둘 바를 모르겠다는 의미.

김삿갓: "하하~ 잘 알았습니다. 어차피 거사님에 관해 익히 듣고 먼 길 왔으니까요."

스님: "李白(이백)의 글 중 이런 게 있소. '値千金치천금의 春宵一刻춘소 일각을 뜻있게 보내려고 春江桃李之園춘강도리지원에서 詩會를 열었을 때 詩不成시불성이면 酒三杯주삼배'라고 正刻에 詩作에 성공치 못한 자에게 罰酒 三拜를 권하기로 하였다는 것이 아니 오니까? 저도 李白을 흉내 내어 보았는데 저의 장난질에는 고통 이 늘 뒤따르게 되는 이상한 습관이 되어 醜夫之嘆(추부지탄)을 면치 못하는가 봅니다만 君子之戲(군자지희)는 一口二言이 아니겠 지요?"(봄날 밤 천금같이 귀중한 시간을 뜻있게 보내기 위해 강가 복숭아꽃 만발한 정원에서 이백이 시 짓기 연회를 열었을 때, 시를 정한 시각에 못 지으 면 벌주로 술 석 잔을 마시게 했지 않았겠소? 나도 이백처럼 흉내 내어 보았는 데 저의 장난질에는 고통이 늘 뒤따르게 되는 괴상한 습관이 되어 못된 놈이 라는 욕설을 면치 못하는가 봅니다만 여하튼 군자들의 이빨 뽑기 시 짓기 놀 이에 한 입으로 두말하지는 않겠지요?)

김삿갓: "君子之口는 食飯 하되 食言이야 하오리이까?" (해석: "군자의 입으 로 밥은 먹어도 약속을 지키지 않을 수 있겠소이까?")

이상의 대화에서 보듯이 당시 금강산에는 시 짓기에 아주 능한 승려 가 있었다. 그는 拔齒之戲(발치지희, 이빨 뽑기 놀이)라 하여 시 짓기 경쟁에 지면 이빨을 하나씩 뽑기로 하였다. 그런데 그 승려는 여태껏 이빨을 하 나도 뽑혀본 적이 없었고 상대방이 항상 이빨을 뽑히고 갔다는 것이었 다. 김립이 이 소문을 듣고 즉시 그 승려를 찾아오긴 왔지만 내심 불안 하면서도 자신의 능력을 믿고 주저 없이 험악하기 이를 데 없는 시 짓기 경쟁 한 판 붙게 된 것이었다.

庵子(암자)의 禪堂(선당)에 오르는 섬돌 아래에 落葉(낙엽) 두세 개가 바람에 대굴대굴 굴러오더니 그곳에 벗어놓은 김립의 삿갓 안으로 쏙 들어간다. 우뚝 솟은 금강산 기암절벽에 가을바람은 서늘하게 불어대는데 암자 앞 샘터에 떨어지는 물소리가 고요 속 靜寂(정적)을 깨뜨리며 지나간다. 계속 불어오는 가을바람 속에서 헤아릴 수 없이 많은 샘터 가에 온갖 가을의 소리가 들려오며 靜寂(정적)이 깃든다. 그 정적 속에서 빚어내는 두 시인의 珠玉(주옥) 같은 글을 한 번 들여다보자.

스님

朝登立石雲生足
조 등 입 석 운 생 족

아침에 일찍 입석봉(立石峯) 산봉우리에 오르니 구름이 발밑에서 일어나니

김삿갓(和答)

暮飲黃泉月掛唇
모 음 황 천 월 괘 순

해는 져서 어두운데 황천담(黃泉潭) 물 한 모금 마시니 달그림자가 입술에 걸리네.

주해

掛(괘): 걸다, 마음에 걸리다. 唇(순, 진): 입술, 놀라다.

스님

澗松南臥知北風
간 송 남 와 지 북 풍

골짜기 시냇물은 흐르고 소나무 솔가지가 남쪽으로 향하고 북풍이 부니

주해

澗(간): 계곡의 시냇물

김삿갓(和答)

軒竹東傾覺日西
헌 죽 동 경 각 일 서

처마 밑 대나무 그림자가 동쪽으로 기우니 해가 지누나.

스님

絶壁雖危花笑立
절 벽 수 위 화 소 립

깎아지른 절벽은 위태로워도 절벽에 핀 꽃들은 미소 짓듯 피어 있고

김삿갓(和答)

陽春最好鳥啼歸
양 춘 최 호 조 제 귀

따뜻한 봄날은 더없이 좋은데 새들은 지저귀며 떠나가네.

주해

'雖危花笑立'과'最好鳥啼歸'句에서 글자 간 각각 서로 시의 긴장감의 상승을 이룬다. (雖와最, 危와 好, 花와 鳥, 笑와啼, 立과 歸)

스님

天上白雲明日雨
천 상 백 운 명 일 우

하늘 위에 흰 구름 떠 있으니 내일은 비가 오겠고

김삿갓(和答)

岩間落葉去年秋
암 간 낙 엽 거 년 추

바위틈 낙엽을 보니 올해 가을도 가고 있구나!

주해

天上白雲(천상백운)과 岩間落葉(암간낙엽), 明日雨(명일우)와 去年秋(거년추)이 서로 대조를 이루며 詩興(시흥)의 상승 효과가 점점 고조된다.

스님

兩姓作配己酉日最吉
양 성 작 배 기 유 일 최 길

남녀가 짝을 지으려면 기유일이 제일 좋고

주해

作配(작배): 남녀가 짝을 이룸. 己酉 두 글자를 합치면 配가 된다.

김삿갓(和答)

半夜生孩玄子時難分
반 야 생 해 현 자 시 난 분

야밤에 애를 낳을 때는 玄子時(현자시)가 제일 힘들 때네.

玄子 두 글자를 합치면 孩이 된다. 分(분) 여기서는 아이를 낳다, 분만의 의미.

스님

影浸綠水衣無濕
영 침 록 수 의 무 습

그림자가 녹색 물에 젖어도 옷은 젖지 아니하고

김삿갓(和答)

夢踏靑山脚不苦
몽 답 청 산 각 불 고

꿈길 따라 청산에 올라도 다리가 아프지 않네.

스님

群鵜影裡千家夕
군 제 영 리 천 가 석

떼 지어 날아가는 까마귀의 그림자는 아래 모든 집 어둡게 가리고

鵜(제): 접동새, 까마귀.

김삿갓(和答)

雁聲中四海秋
일 안 성 중 사 해 추

외기러기 우는 소리에 온 세상이 가을이구나.

주해

雁(안): 기러기. 四海(사해): 온 세상.

스님

假僧木折月影軒
가 승 목 절 월 영 헌

가죽나무 꺾어지니 달그림자 마루에 어른거리고

주해

假僧木(가승목): 가중나무, 가죽나무를 의미, 참죽나무 잎은 절 음식으로 쓰이지만, 가중나무 잎은 못 먹어 가짜라 이름 붙였다.

김삿갓(和答)

眞婦菜美山姙春
진 부 채 미 산 임 춘

참 미나리 아름다워 산이 봄을 품었구나.

주해

眞婦菜(진부채): 진짜 며느리 나물, 미나리나물을 지칭함. 婦(부): 며느리, 아내. 菜(채): 나물. 스님이 假僧木(가승목)이라며 가죽나무를 가짜 중 나무라 빗대어 읊으니 김립이 眞婦菜(진부채)

라며 진짜 며느리 나물에 빗대어 화답한다.

스님

石轉千年方倒地
석 전 천 년 방 도 지

산 위의 돌들은 천년은 굴러야 땅에 닿을듯하고

김삿갓(和答)

峰高一尺敢摩天
봉 고 일 척 감 마 천

산봉우리 한자만 더 높았더라면 하늘에 닿았을 것 같네.

주해

摩天(마천): 하늘을 만질 만큼 높다.

스님

靑山買得雲空得
청 산 매 득 운 공 득

靑山을 돈 주고 사니 구름을 공짜로 얻었고

김삿갓(和答)

白水臨來魚自來
백 수 임 래 어 자 래

맑은 물가에 오니 물고기는 스스로 따라오네.

스님

秋雲萬里魚鱗白
추 운 만 리 어 린 백

수만 리 펼쳐있는 가을하늘 구름은 마치 물고기의 흰 비늘같이 번쩍이고

김삿갓(和答)

枯木千年鹿角高
고 목 천 년 록 각 고

천년 묵은 고목은 사슴의 뿔처럼 높구나.

주해

鱗(린): 비늘, 물고기.

스님

雲從樵兒頭上起
운 종 초 아 두 상 기

구름은 나무하는 아이를 따라가며 하늘에 일고

주해

樵(초): 땔나무, 나무꾼.

김삿갓(和答)

山入漂娥手裡鳴
산 입 표 아 수 리 명

청산은 아낙네 빨랫방망이 쥔 손으로 들어가 우는구나!

주해

漂(표): 떠돌다. 娥(아): 예쁘다, 미녀. 裡(리): 속, 안, 내부.

 이렇게 해서 스님과 김삿갓의 이빨 뽑기 내기 시 경쟁은 대단원을 내린다. 독자 여러분은 누가 져서 이빨을 뽑았으리라 생각되는가? 속설에 의하면 스님이 패배해 이빨을 다 뽑았다는 얘기도 있지만, 운치 있고 격조(格調) 높은 시담(詩談)을 덕담(德談) 나누듯 거침없이 주고받는다. 그야말로 한쪽에서 '칙칙'하니 상대방이 곧바로 '폭폭'하는 모양새로 환상의 콤비처럼 마음마저 주고받으며 서로 통(通)했으니 여기서 우열(優劣)을 가린다는 것은 아무런 의미가 없다. 해 저물며 붉게 물든 금강산의 암벽이 바라보이는 소나무 아래에서 世俗(세속)을 초탈(超脫)한 스님과 선비 간의 치열했던 '이빨 뽑기' 시 짓기 경쟁은 말이 경쟁이지, 시선(詩仙) 간의 편안하고 즐겁게 나눈 덕담으로 보는 것이 바람직하다. 승부는 무승부다.

6. 諺文風月언문풍월詩 (2)

언문풍월(諺文風月)이란 한시(漢詩)처럼 글자 수와 운(韻)을 맞춰 우리말로 지은 시를 말한다. 조선 말기 김삿갓이 창작한 기상천외한 이 시의 형식을 당시 그저 말장난이나 희작시(戲作詩) 정도로 치부했을지는 모르겠지만, 20세기 초에 이르며 독자적인 시의 형식으로 인식되었다.

작품해설

靑松듬성담성立이요
청 송 듬 성 담 성 립 이 요

푸른 소나무가 듬성듬성 섰고

人間여기저기有라.
인 간 여 기 저 기 유 라

인간은 여기저기 있네.

所謂엇뚝삣뚝客이
소 위 엇 뚝 삣 뚝 객 이

엇득빗득 다니는 나그네가

주해

엇뚝삣뚝客: 이곳에서 번쩍 저곳에서 번쩍 떠도는 나그네라는 의미.

平生쓰나다나酒라
평 생 쓰 나 다 나 주 라

평생 쓰나 다나 술만 마시네.

좀 더 쉽게 풀어보면 다음과 같다.

푸른 솔은 듬성듬성 서 있는데
인간은 여기저기 있구나
소위 방랑객 주제의 이 나그네
평생 쓰나 다나 술로 세월을 보낸다.

첨언

김삿갓이 어느 서당에 들렀더니 '유(有)' 字 '주(酒)' 字로 한시를 짓는 걸 보고 '나는 무식해서 언문풍월(諺文風月)이나 한 수 읊으련다!'라며 내숭을 떨며 지은 시이다.

자기 집안 문벌을 꼴사납게 자랑하는 어떤 선비를 조롱한 백호 임제(白湖 林悌)[104]의 언문 한자 섞인 조롱 시 한 수를 덧붙인다.

可憐門閥 개가족

가련하도다 문벌은 모두 개가죽이요

---

104) 백호(白湖) 임제(林悌, 1549~1587): 조선 선조(宣祖) 때 문신이며 시인.

虛老風塵 도가비

헛되이 늙으며 세월 보낸 도깨비로다.

五老峯下 노루坐

오로봉 아래에 노루가 앉아 있는데

世人皆稱 도야지

세상 사람들 모두 그를 돼지라 일컫네

첨언

　오로봉(五老峯) 아래에 좋은 문벌의 자손을 가르치는 이제는 한물간 늙은 선생의 허세를 조롱한 시이다.

　개가죽을 '개가족(皆佳族, 모두 훌륭한 족벌)', 도깨비를 '독가비(獨可悲, 홀로 슬퍼하다)', 노루坐를 '논리좌(論理坐, 앉아서 이치를 논하다)', 도야지를 '도야지(道也知, 도를 안다)'의 한자로 치환해 보면 의미가 전혀 다른 시가 된다.

可憐門閥 皆佳族
가 련 문 벌 개 가 족

가련하구나 문벌은 모두 훌륭한 집안인데

虛老風塵 獨可悲
허 로 풍 진 독 가 비

헛되이 늙어가며 세월만 보내니 홀로 슬프도다.

五老峯下 論理坐
오 로 봉 하 논 리 좌

오로봉 아래에서 세상 이치를 논하며 앉아 있으니

世人皆稱 道也知
세 인 개 칭 도 야 지

사람들은 그를 보고 모두 도를 깨우쳤다 하네.

7. 開春詩會作개춘시회작

- 봄맞이 시모임에서 읊음

한글의 의성어(擬聲語)와 의태어(擬態語) 그리고 훈차(訓借)한 한자를 섞어 지은 언문풍월 시이다.

작품해설

데각데각 登高山하니

데걱데걱 높은 산에 오르니

시근뻘뜩 息氣散이라.

씨근벌떡 숨이 차 씩씩거리네

醉眼朦朧 굶어觀하니

게슴츠레 취한 눈으로 굶주린 채 바라보니

주해

醉眼朦朧(취안몽롱): 술 취해 눈앞이 흐리다.

울긋붉웃 花爛漫이라.

울긋불긋 꽃이 만발했구나

주해

爛漫(난만): 꽃이 만발하여 한창 볼 만함.

첨언

어느 봄날 김삿갓이 술 한잔 걸치고 산을 오르다 젊은이들이 모여 시회(詩會)를 즐기고 있는 것을 보고 슬며시 다가가서 술 한잔 구걸한다. 멋진 시를 한 수 읊으면 술을 주겠다 하니 마지못해 이 시를 지었다. 사람들이 언문풍월 시는 시로 안 치니 술은 못 주겠단다. 김삿갓이 씁쓸한 미소를 지으며 언문과 한문을 섞어 다음과 같이 읊었다.

諺文眞書석거作하니

언문과 한문을 섞어 지었으니

주해

諺文(언문): 漢文과 비교해 한글로 된 글을 낮추어 이르던 말.
眞書(진서): 진귀하고 보배로운 글, 여기서는 한문(漢文)을 의미.

是耶非耶皆吾子라.

이게 풍월이냐 아니냐 따지는 놈들은 죄다 내 새끼들이군.

젊은것들이 어려서부터 "공자왈, 맹자왈" 목에 힘주고 한시로 문자 쓰는 걸 좋아하는구나. 나도 옛날에 그랬으니 전부 내 새끼 같구나. 언문 한문 섞어 욕까지 섞어 읊은 김삿갓의 시를 듣고 젊은이들이 술 한 잔 주었을 리 만무하다.

8. 過安樂見과안락견

- 안락성을 지나다 보니

관서지방의 안락성을 지나다 각박한 인심과 양반들의 허세를 비판하며 배고픈 상태로 잠을 청하는 자신의 처지를 신선 같다며 스스로 위안하며 읊은 칠언율시(七言律詩)이다.

작품해설

安樂城中欲暮天
안 락 성 중 욕 모 천

안락성 안은 날이 저무는데

關西孺子聳詩肩
관 서 유 자 용 시 견

관서지방 젖비린내나는 어린것들은 시 짓는다고 우쭐대네.

주해

關西(관서): 평안 남북도 지방. 孺子(유자): 나이 어린 사내아이.
聳(용): 높이 솟다, 공경하다.

村風厭客遲炊飯
촌 풍 염 객 지 취 반

마을 인심은 나그네를 싫어해 밥 짓기는 미루면서

주해

炊飯(취반): 밥을 지음.

店俗慣人但索錢
점 속 관 인 단 색 전

주막 풍속도 야박해 늘 돈부터 달라네.

주해

慣(관): 버릇(이 되다).

虛腹曳雷頻有響
허 복 예 뢰 빈 유 향

텅 빈 배속에선 꼬르륵 소리 천둥소리처럼 계속 들리는데

주해

曳(예): 고달프다, 힘겹다.

破窓透冷更無穿
파 창 투 냉 경 무 천

더 뚫을 데도 없이2 훤히 뚫린 창문으로 찬 기운만 스며드는구나.

주해

更無穿(갱무천): 구멍을 더 뚫을 데가 없다.

朝來一吸江山氣
조 래 일 흡 강 산 기

아침이 되어 강산의 신선한 기운을 실컷 들이켰으니

試向人間辟穀仙
시 향 인 간 벽 곡 선

인간 세상에서 솔잎만 먹고사는 신선이 되는걸 시험하는구나!

주해

辟穀(벽곡): 곡식은 안 먹고 솔잎, 대추 등만 먹고 삶, 신선의 식생활을 의미하기도 함.

첨언

　굶어 배가 꼬르륵거리는 채 창문도 없는 추운 방에서 덜덜 떨며 밤을 지새우고 아침에 일어났다. 신선한 아침 공기를 크게 들여 마시다 보니 신선이 되어가고 있다고 중얼댄다. 배고픈 나그네 선비의 딸깍발이 절개와 지조가 엿보인다. 필자도 어쩌다 저녁 식사 거르고 밤잠을 잔 적이 있다. 아침에 배 속은 비었는데 이상하게 머리는 맑고 심신이 가뿐하다. 맹수도 배부르면 먹이가 앞에 왔다 갔다 해도 쳐다보지도 않는다는 얘기를 들은 적 있는데 사람은 굶으면 정신이 맑아지고 신선도 될 수 있나 보다. 앞으로 자주 굶어야겠다.

　관서(關西)지방은 평안도 선천부사 (平安道 宣川府使)였던 김병연(金炳淵)의 조부(祖父) 김익순(金益淳)은 홍경래(洪景來) 반란군에게 항복(降伏)한 후 1812년에 모반대역죄(謀叛大逆罪)로 참수(斬首)되었고 김삿갓의 가문이 폐족(廢族)으로 멸문지화에 이르게 한 곳이니 김삿갓이 관서지방에 좋은 감정을 갖고 가지는 않았으리라. 야사집(野史集) 대동기문(大東奇聞) 헌종(憲宗) 편에 기록되어 있듯이 필명(筆名) 높은 김립을 시기해 조부 김익순(金益淳)을 꾸짖는 노진(魯禛)의 탄핵시(彈劾詩)를 보고 관서(關西)지방에 발길을 끊었다는 얘기도 전한다. 이런 관점을 종합해 볼 때 김삿갓이 관서지방을 떠돌며 남긴 작품들에 관서지방의 각박한 인심과 그곳 양반들을 향한 부정적 표현은 당연하다고 볼 수 있다. 관북 지역 함경도 조기영(趙岐泳) 관찰사의 폭정을 비판한 김삿갓의 시 「낙민루(落民淚)」가 떠올라 덧붙인다.

9. 落民淚낙민루

- 백성이 눈물을 흘리다

작품해설

宣化堂上宣火黨
선 화 당 상 선 화 당

주해

宣化堂(선화당): 관찰사가 근무하는 관사. 宣火黨(선화당): 화적 같은 도적 무리가 정치를 폄.

선화당 관사 위엔 화적 떼가 정치를 펴니

樂民樓下落民淚
낙 민 루 하 낙 민 루

읍성 낙민루 아래엔 백성들만 눈물짓는구나!

주해

樂民樓(낙민루): '백성과 함께 즐긴다'는 의미의 함흥 읍성의 문루. '여민동락(與民同樂)'이라는 맹자의 글에서 유래.

咸鏡道民咸驚逃
함 경 도 민 함 경 도

함경도 백성들은 모두 놀라 달아나고

주해

咸(함): 모두, 다. 逃(도): 도망가다, 달아나다.

趙岐泳家兆豈永
조 기 영 가 조 기 영

폭정 관찰사 조기영이 하는 꼬락서니를 보니 그 집안 어찌 오래 가기나 하겠는가?

주해

兆(조): 조짐, 억의 만 배가 되는 수. 豈(기): 어찌.

　　칠언절구(七言絕句) 구절마다 동음이의어를 써서 함경도 관찰사 조기영의 학정을 풍자한 시인데, 읽다 보니 마치 4분의 3박자 민요를 부르는 것 같이 재미있다.

10. 酒色주색

- 술과 여색(女色)

　인생이 덧없고 뜻대로 안 될 때 한잔 술은 모든 시름을 잊게 해준다며 계속 마시며 취하게 되면 애당초 안 마시는 만 못하고, 여색(女色)이 날 유혹하는 게 아니라 나 스스로 그 유혹으로 들어가는 것이라며, 술과 여색을 경계하라는 칠언절구(七言絶句) 시이다. 술과 여자만 보면 아름다운 꽃 본 미친 나비(狂蝶광접)처럼 날아든 김삿갓의 작품이라 보긴 어렵지만, 풍류(風流)를 즐기는 데도 절제와 자기반성이 있어야 한다는 선비정신을 엿볼 수 있다.

작품해설

渴時一滴如甘露
갈 시 일 적 여 감 로

목마를 때 한 잔 술은 단 이슬 같지만

주해

滴(적): 물방울, 물방울이 떨어지다. 여기서는 술을 의미.

醉後添盃不如無
취 후 첨 배 불 여 무

취한 뒤에 또 한잔은 없느니만 못하니라.

不如(불여): ~만 못하다.

酒不醉人人自醉
주 불 취 인 인 자 취

술이 사람을 취하게 하는 것이 아니라 사람이 스스로 취하고

色不迷人人自迷
색 불 미 인 인 자 미

여색이 남자를 빠지게 하는 것이 아니라 남자 스스로가 빠지는 거다.

주해

迷(미): 미혹하다. ~에 빠지다.

첨언

술을 경계하라는 내용 때문인지 혹자는 이 시의 제목을 「과음경계(過飮警戒)」라는 제목으로 옮기기도 한다. 술은 인간의 온갖 근심 걱정을 모두 잊게 해준다 해서 중국 시인 도연명(陶淵明)[105]은 술을 '망우물(忘憂物, 시름을 잊게 해주는 물건)'이라고 예찬했다. 그러나 술을 계속 마시는 사람을 보면 선비, 무당, 미친개의 모습을 차례로 보게 된다. 처음에는 선비처럼 점잖고 품위 있게 마시지만 한잔 두잔 더 마시면 무당처럼 춤을 덩실덩실 추며 떠들어댄다. 더 마시면 고주망태가 되어 미친개처럼 물어뜯고

---

105) 도연명(陶淵明, 365~427): 중국 동진(東晉) 말 전원시인(田園詩人)으로 그의 시 「歸去來辭(귀거래사)」로 유명하다. 이백(李白)은 술의 신선(神仙), 소동파 소식(蘇軾)은 술의 역사, 양조 방법의 전문가, 죽림칠현(竹林七賢)의 유령(劉伶)은 술의 귀신 주귀(酒鬼)로 불리며, 도연명은 술을 너무 좋아해 그가 남긴 시 중 절반 정도에는 술에 관한 구절이 포함되어 있다.

언성을 높이며 싸운다. 그래서 탈무드에도 법구경(法句經)에도 술을 경계하라는 말이 있다.

탈무드

악마는 사람을 찾아다니는데, 너무 바쁠 때는 그의 대리로 술을 보낸다.

법구경

처음에는 사람이 술을 마시지만, 그다음엔 술이 술을 마시고, 마지막엔 술이 사람을 마신다.

필자도 젊었을 때 애주가(愛酒家)인지 주괴(酒傀, 술 귀신)인지 도대체 구분이 안 될 정도로 술을 가까이했다. 술집에 갈 필요 없이 아예 집안에 술 바와 진열 방까지 따로 만들어 놓고 술을 마셔댔으니 몸과 마음이 병들고 혼탁해져 대인관계에 큰 손실을 볼 수밖에 없었다. 그래서 돌아가신 어머님께서도 한숨 섞인 꾸중을 자주 하셨다. "너는 아들로서 훌륭한데 그놈의 술 때문에 백 점은 줄 수 없다." 돌이켜 생각해 보면 후회막심하다. 건강도 나빠지고 대인관계 때 이미지 관리에도 손해 보는 게 당연한데 왜 그리 술 취하는 걸 즐겼던지? 술에 대해서도 '스스로 경계하지 않으면 작은 문제도 크게 된다'는 「명심보감(明心寶鑑)」 계성편(戒性篇)의 한 경구(警句)가 되뇌어진다.

得忍且忍
득 인 차 인

참고 또 참아라

得戒且戒
득 계 차 계

경계하고 또 경계하라

不忍不戒
불 인 불 계

참고 경계하지 못하면

小事成大
소 사 성 대

작은 일이 크게 되느니라

　인(忍)과 계(戒) 모두 참고 견뎌낸다는 의미이지만, 인(忍)은 마음속으로부터 일어나는 화나 증오심을 인내하는 것이고, 계(戒)는 외적 요소로부터 오는 장애를 경계하라는 의미이다. 여색(女色)에 홀리는 것도 자신의 마음과 외적 장애로부터의 홀림에 스스로 굴복한 결과이니 인(忍)과 계(戒) 모두 실패한 결과로 볼 수 있다. 망팔(望八) 나이 넘긴 필자에게 신체적으로나 정신적으로 관심을 잃은 여색(女色) 얘기 꺼내는 건 어울리지도 않고, 술이야 끊을 수가 없으니, 어차피 마셔야 한다면 우리 조상들이 과음을 피하고자 썼다는 계영배(戒盈杯)[106]로 술잔이라도 한 번 바꿔볼 생각이다.

---

106)　계영배(戒盈杯): 과음하지 않으려고 잔의 일정한 수위를 넘으면 술이 새어 나가게 만든 잔. 절주배(節酒杯)라고도 함.

11. 乘轆車携一壺酒使人荷鋤隨之
승록거휴일호주사인하서수지

- 수레바퀴 마차에 술병 하나 들고 오를 때 하인에게 호미 하나
  들고 따르라 하네

주해

轆(록): 도르래, 수레바퀴의 요란한 소리. 녹거(鹿車)와 같은 의미. 携(휴): 손에 지니다, 이끌다. 壺(호): 병, 단지. 荷(하): 메다, 짊어지다, 담당하다. 鋤(서): 호미.

사람이 죽고 사는 건 술 취했다 술 깨는 것과 같이 허망하고 덧없는 것이니, 걱정하지 말고 맘껏 마시라는 술 예찬 시이다. 술을 너무 좋아해 주괴(酒傀, 술 귀신)라 불렸던 죽림칠현(竹林七賢) 중 한 사람인 호주가(好酒家) 유령(劉怜)을 생각하며 읊은 애주가(愛酒歌)인 듯하다.

작품해설

不妨葬我於酒泉
불 방 장 아 어 주 천

나 죽으면 술이 솟는 샘터에 묻는 거 절대로 방해하지 마시오.

魂去魂來長濡首
혼 거 혼 래 장 유 수

내 영혼은 왔다 갔다 하며 온종일 머리는 술에 젖어있고

濡(유): 젖다, 적시다, 은혜를 입다.

醉來荏苒西日落
취 래 임 염 서 일 락

술 취해 돌아오는데 어느덧 서쪽에 해 떨어지네.

荏苒(임염): 세월이 덧없이 흐르거나 일이 점차 진행되어 가는 것. (예) 光陰荏苒광음임염, 轉眼又過了十年전안우과료십년, 세월이 덧없이 흘러, 눈 깜짝하는 사이에 또 10년이 지났네.

行處尋常北邙有
행 처 심 상 북 망 유

내가 심심하면 찾는 곳이 있는데 그게 바로 북망산이노라.

尋(심): 찾다. 尋常(심상): 대수롭지 않고 예사로움.
北邙(북망): 사람이 죽어 묻히는 곳, 北邙山을 지칭.

嗟呼車下杖錘者
차 호 차 하 장 추 자

아~, 슬프도다! 수레에서 내려 지팡이 지팡이를 세운 자라면

嗟呼(차호): 아~슬프다, 嗟乎(차호)와 같은 의미.
錘(추): 철퇴, 망치, 저울추, 아래로 내려지다.

伯倫形骸信渠手
백 륜 형 루 신 거 수

주선(酒仙) 유령의 해골 형상에 손을 들어 내 몸을 맡기리라.

주해

伯倫(백륜): 진(晉)나라 사람으로 죽림칠현(竹林七賢) 중 한 사람인 유령(劉怜)의 자(字)이다. 술 한 병 품에 안고, 녹거(鹿車)를 타고 하인에게 삽(揷)을 메고 뒤따르라며 이르기를, "내가 죽으면 바로 그 자리에 묻어라!"라고 했다. 아내가 울며불며 만류하며 이르기를, "술이 과하면 섭생(攝生)하는 道가 아니오니 제발 끊으세요!"라고 했다고 전한다. '渠(거, 개천, 도랑)'은 '擧(거, 들다)'의 식자(識字) 오류로 판단됨.

人間生死等醉醒
인 간 생 사 등 취 성

사람이 살고 죽는다는 건 마치 술 취했다 깨는 거나 매한가지

주해

醉醒(취성): 술 취하고 깸. 等(등): 등급, 무리, 여기서는 '같다'라는 의미.

死則理之生則酒
사 칙 리 지 생 칙 주

누구나 죽는다는 건 뻔한 이치이니 살아서 마음껏 술이라도 마시게나!

첨언

김삿갓이 우연히 가을밤에 읊었다는 그의 시 「秋夜偶吟(춘야우음)」에서 유령(劉怜)은 죽어서도 술이 깨지 않을 정도로 애주가였으니 주선(酒仙)인

유령과 같은 김삿갓 자신도 호주가(好酒家)이니 금주(禁酒)니 절주(節酒)니 쓸데없는 소리 아예 하지 말라며 읊은 듯하다. 인간이 죽고 사는 건 마치 술 취했다 깨는 거나 매한가지라는 말이 그럴듯하다. 그러면 취성(醉醒)을 여러 번 하면 하루에도 여러 번 죽었다 살았다 하는 건가?

秋夜偶吟춘야우음

- 봄날 밤 우연히 읊다

死且劉怜酒不醒
사 차 유 영 주 불 성

유령(劉怜)은 죽어서도 술이 깨지 않았도다.

勿論淸濁謂刎頸
물 론 청 탁 위 문 경

술의 청탁(淸濁)이나 문경지우(刎頸之友) 들먹이지 말고 마셔야 하네.

주해

刎頸(문경): 刎頸之友(문경지우)를 줄인 말로 친구를 위해 목숨을 버려도 아깝지 않은 친밀한 벗 관계를 이름.

유령(劉怜, 221~300)은 중국 남북조시대 사람으로 노장(老莊)사상에 심취해 두주불사(斗酒不辭)의 주량의 호주가(好酒家)로 더럽고 때 묻은 속세(俗世)를 피한 죽림칠현(竹林七賢)의 한 사람이다. 주선(酒仙)인지 주괴(酒魁)인지는 몰라도 주량(酒量)이 대단하여 늘 술을 마셨다 한다. 그러니 죽은 후에도 술 취한 상태라 했다. 그는 집 나갈 때 술 단지를 항상 갖고 나갔는데 뒤따르는 몸종에게 삽을 갖고 따르라 일렀다. 술 마시다 죽으면 마시다 죽은 자리에 그대로 묻어 달라 했다 한다. 시 제목의 '호(壺)'자는 박으로 만든 병을 의미하며 주로 술이나 약을 담는 데 쓰는 병을 의미한다. 날씬한 여자의 몸매가 젖가슴과 엉덩이는 볼륨이 있고 허리는 '호리호리하다', '콜라병 몸매다', '개미허리다' 할 때 호리는 젖가슴과 엉덩이 사이의 허리가 가늘고 잘록해 아름답기도 하고 잡기도 편하다는 의미이다. 또 호리병을 옆으로 누이면 재수나 운이 좋다는 '팔(8)'자가 누운'∞'형상이 된다. 그런 이유로 봄이 오면 대문에 붙이는 입춘방(立春榜)도 모두'팔(八)'자 형상으로 문 양쪽에 붙인다. 호리병의 '호리'라는 말은 중국어 발음이 부귀와 장수를 의미하는'복록(福祿, 후루)'과 발음이 비슷하여 생긴 말이고, 호리병이 생긴 모습을 중국, 한국, 일본에서 모두 길(吉)한 형상이라 여겼다. 우리나라에서도 안동 민속주를 호리병에 담아 판매하고 있다.

공자(孔子)는 술은 얼마든지 마시되 인품과 자세가 흐트러지지 않았다고 했다.

唯酒無量不及亂
유 주 무 량 불 급 난

술은 얼마든지 마시되 몸과 마음이 흐트러질 정도로 마시면 안 되느니라.

(論語 鄕黨篇, 孔子)

지덕(知德)을 갖춘 노인이라면 나이에 걸맞는 음주 예절이 있어야 한다. 주중(酒中) 언행이 도리에 어긋남이 없도록 예의를 갖추고 술잔을 들어야 한다. 필자도 늦었지만, 이제부터라도 공자님 말씀 새겨듣고 술을 제대로 마셔야겠다.

12. 情談정담

- 정을 주고받으며 얘기를 나누다

   김삿갓이 어느 고을 서당에서 하룻밤 유숙하다 잠이 안 와 밖에 나와 보니 달이 휘영청 밝아 시심(詩心)이 솟구친다. 누각에 서서 달을 바라보는 서당 집 딸인 홍련(紅蓮)의 어여쁜 의 자태(姿態)가 너무 아름다워 서로 말 한마디 주고받다 마음이 통해 밤을 함께하며 지은 칠언절구(七言絶句) 시이다. 강원도 영월군 하동면 와석리 노루목에 있는 김삿갓문학관 입구 김삿갓과 홍련(紅蓮)의 조각 동상에 이 시가 적혀있다.

작품해설

김삿갓

樓上相逢視見明
누 상 상 봉 시 견 명

누각 위에서 만나 보니 그대의 아름다움이 더 잘 보이고

有情無語似無情
유 정 무 언 사 무 정

정은 있어도 말이 없어 정이 없는 것만 같구나!

홍련(紅蓮)의 화답시

花無一語多情蜜
화 무 일 언 다 정 밀

꽃은 말 한마디 없어도 정(情)이 많아 달콤한 꿀은 가득하고

주해

蜜(밀): 꿀, 벌꿀.

月不踰墻問深房
월 불 유 장 간 침 방

달은 담장을 뛰어넘지 않고도 깊은 방을 찾아들 수 있다오.

주해

踰(유): 뛰어넘다, 더욱, 한층 더. 墻(장): 담, 경계, 牆(장)과 같은 글자.

첨언

김삿갓은 여복(女福)도 많다. 조선 팔도 걸식 유랑해도 금강산 골짜기 서당 집 딸 홍련(紅蓮), 공허(空虛) 스님의 딸이라 알려진 기녀(妓女) 가련(可憐), 가는 곳마다 아름다운 여인과 마주친다. 아마도 김삿갓 설화를 이어온 호사가(好事家)들의 의도적 설정(設定)인 듯하지만, 여인들의 화답시 내용을 보면 꼭 그렇지도 않은 것 같다. 아름다운 홍련(紅蓮)이라는 처녀는 서당 집 딸이니 문장도 뛰어나, 김삿갓의 유혹에 고상한 시구(詩句)로 화답했다. 그런데 그녀 화답 시를 곰곰이 생각해 보면, 홍련(紅蓮)이라는 처녀도 보통이 아니다. "소녀 말은 없어도 달콤한 꿀 같은 정(情)은 많지요. 우리 집 담장이 아무리 높아도 달빛은 내 방 깊은 곳까지 말없이 들어오

지요!" 밤에 조용히 자기 침실로 와 달라는 얘기이다. 김삿갓은 설레는 가슴으로 밤늦게 홍련(紅蓮)의 침실 문밖에 서서 추파를 먼저 던진 홍련(紅蓮)에 마음이 있다고 시를 읊으며 본격적 수작에 들어간다.

김삿갓

探花狂蝶半夜行
탐 화 광 접 반 야 행

미친 나비 꽃이 탐나 한밤에 찾아 드니

주해

蝶(접): 나비.

百花深處摠無情
백 화 심 처 총 무 정

깊은 곳에 숨은 꽃들은 다 무정하구나.

주해

摠(총): 모두, 지배하다.

慾探紅蓮南浦去
욕 탐 홍 련 남 포 거

붉은 연꽃을 찾아 남포에 갔더니

주해

紅蓮(홍련): 붉은 연꽃, 여기서는 서당 집 딸 홍련(紅蓮)을 지칭.

洞庭秋波小舟驚
동 정 추 파 소 주 경

동정호 가을 물결에 조각배가 놀라네.

주해

洞庭(동정): 중국 양자강(揚子江) 남쪽에 있는 호수. 秋波(추파): 이성의 관심을 끌기 위해 보내
는 눈길, 윙크. 小舟(소주): 작은 배, 여기서는 '추파'라는 기녀의 작은 발.

홍련(紅蓮)

今宵狂蝶花裏宿
금 소 광 접 화 리 숙

오늘 밤은 미친 나비가 꽃 속에서 잠들고

明日忽飛向誰怨
명 일 홀 비 향 수 원

내일은 홀연히 날아간들 누구를 원망하리오.

홍련(紅蓮)의 추파에 놀랐다는 김삿갓의 수준 높고 운치 있는 시를 듣
고 홍련(紅蓮)이 방문을 열며 나직이 화답한다. "미친 나비가 날아들어
내 품에서 잠들다 내일이면 훌쩍 떠날 걸 난들 어찌하겠소?" 김삿갓과
홍련(紅蓮)은 새벽닭 울 때까지 운우(雲雨)의 정(情)을 나눈 후 홍련(紅蓮)이
잠들어 있는 새벽닭 울 무렵, 그녀의 치마폭에 둘이 나눈 시를 적어놓고
홀연히 떠났다.

13. 嬌態교태

- 애교를 부리며 유혹하네

이 작품은 함경도 안변(安邊) 어느 고을 사또의 술잔치에서 기녀 가련 (可憐)이 김삿갓에게 추파를 던지며 청해 읊은 시라 전하지만, 시의 내용을 보면 이미 하룻밤 운우(雲雨)의 정(情)을 통한 후에 읊은 시라 보는 게 옳을 듯하다. 여인의 아름다움이 잘 드러나지 않는 순수함과 수줍음에서 보고 읊었으니, 선정적인 의미의 '嬌態(교태)'라는 시의 제목은 부적합한 것 같다. 제목을 차라리 아름다운 여인 '佳人(가인)'으로 바꾸는 게 옳을 듯하다.

작품해설

抱向東窓弄未休
포 향 동 창 농 미 휴

동틀 때까지 밤새 쉬지 않고 그대를 품었네.

주해

弄(롱, 농): 희롱, 가지고 놀다.

半含嬌態半含羞
반 함 교 태 반 함 수

그대 모습 교태롭기도 하고 수줍어 보이기도 하고

羞(수): 부끄러워하다, 수줍어하다.

低聲暗問相思否
저 성 암 문 상 사 부

내가 좋으냐고 살짝 물어보니

手整金釵小點頭
수 정 금 채 소 점 두

금비녀 매만지며 살며시 고개만 끄덕이네.

釵(채): 비녀

　김삿갓의 여인 가련(可憐)이 기생치고는 너무 청순하다. "내가 좋으냐?"
라는 김삿갓의 물음에 금비녀만 만지작거리며 말없이 고개만 살짝 끄떡
이는 그녀의 모습이 아름답다. 가련(可憐)에 관한 시를 하나 더 옮긴다.
김삿갓이 함경도 단천(端川)에 서당 훈장 노릇 하며 잠시 머문 적이 있는
데 그곳을 들른 이유는 금강산 불영암 암자의 공허(空虛)스님과 안변의
주막 주모(酒母)인 노파로부터 가련(可憐)이라는 여인에 관한 얘기를 전해
듣고 흠모의 정이 있었기 때문이다. 김삿갓이 가련(可憐)을 만나기 위해
시를 읊었다. 가련(可憐)이라는 기생 이름에 빗대기 위하여 연마다 '가련
(可憐)'을 넣어 지은 「가련기시(可憐妓詩)」를 옮긴다.

可憐妓詩가련기시

- 기생 가련에게 바치는 노래

可憐行色可憐身
가 련 행 색 가 련 신

가련한 행색의 가련한 몸이

可憐門前訪可憐
가 련 문 전 방 가 련

가련의 집 문 앞에 가련을 찾아왔네.

可憐此意傳可憐
가 련 차 의 전 가 련

가련한 이 내 뜻을 가련에게 전하면

可憐能知可憐心
가 련 능 지 가 련 심

가련도 능히 가련한 이 마음 알아주겠지.

'가련(可憐)'이라는 기생의 딸과 하룻밤 운우(雲雨)의 정(情)을 나눴지만, 김삿갓의 방랑벽은 막을 수 없었나 보다. 3년 후 삿갓을 쓰고 정처 없는 나그넷길을 떠났다. '가련(可憐)'이라는 여인의 부모가 금강산 불영암 암자의 공허(空虛)스님과 안변의 주모(酒母) 사이에서 태어났다는 얘기도 전하지만, 진실은 알 수가 없는 일이다.

14. 愛樂애락

- 사랑하며 즐기다

남녀 간의 성희(性戱)를 회화적으로 읊은 이 시가 김삿갓의 작품인지는 불확실하다. 남녀 간의 육체적 교접(交接)을 대놓고 묘사하는 김삿갓의 시풍(詩風)에 걸맞아 옮긴다.

작품해설

足舞三更月
족 무 삼 경 월

다리는 야심한 삼경 달빛 아래 춤추고

주해

三更(삼경): 한밤중, 하룻밤을 다섯으로 나눈 셋째의 시각. 밤 11시부터 새벽 1시까지.

衾飜一陣風
금 번 일 진 풍

이불을 뒤척이며 한바탕 큰 바람이 일도다.

주해

衾(금): 이불. 飜(번): 뒤집다, 날다.

此時無限味
차 시 무 한 미

이때의 무한한 깊은 맛은

惟在兩人同
유 재 양 인 동

오직 두 사람만이 함께 알리라.

주해

惟(유): 생각하다, 들어맞다, 오직, 오로지(唯유와 같은 의미).

첨언

처녀, 과부, 기생, 찬밥 더운밥 가리지 않고 여인이라면 무조건 잠자리를 같이했던 김삿갓이 남긴 글이라고 주장해도 이견이 없을 정도로 그의 시풍(詩風)에 어울린다. 걸식 유랑하며 건강도 안 좋았을 텐데, 아마도 변강쇠처럼 강한 정력(精力)을 타고났나 보다. 『記聞叢話(기문총화)』[107]에 문장은 짧지만, 양물(陽物)이 너무 커 수레바퀴도 끌 수 있다고 조선의 여류 시인이자 허균(許筠)의 연인이었던 기녀(妓女) 매창(梅窓)에게 떠벌리는 유(柳)씨라는 선비의 글이 재미있어 한 수 덧붙인다.

秋宵易曙莫言長
추 소 역 서 막 언 장

---

107) 기문총화(記聞叢話): 조선 후기에 많이 읽혔던 삼국시대부터 조선 영조 때까지의 야담 모음집. 구비문학 문헌으로 간주하며, 주로 명사들의 일화가 수록된 편자 미상의 설화집.

가을밤 새벽이 빨리 온다고 불평 말라며

주해

秋宵(추소): 가을밤(秋夜추야). 曙(서): 새벽.

促向燈前解繡裳
촉 향 등 전 해 수 상

등불 앞에서 치마끈 빨리 풀라 재촉한다.

주해

促(촉): 재촉하다. 繡裳(수상): 수놓은 치마.

獨眼未開晴吐氣
독 안 미 개 청 토 기

한쪽 눈도 아직 뜨지 않았으나 눈동자는 맑은 기운으로 빛나고

兩胸自合汗生香
양 흉 자 합 한 생 기

두 가슴은 맞붙어 함께 흘리는 땀으로 향기를 풍기네.

脚如螻蟈波翻急
각 여 누 괵 파 번 급

두 다리는 청개구리 물에서 급하게 튀어 오르는 듯 보이고

주해

脚(각): 다리, 정강이. 螻蟈(누괵): 청개구리. 翻(번): 번뜩이다, 날다.

腰似蜻蜓點水忙
요 사 청 정 점 수 망

허리는 잠자리가 물에 점을 찍듯이 급하게 오르락내리락.

주해

蜻蜓(청정): 잠자리. 忙(망): 바쁘다, 겨를이 없다.

强健向來心自負
강 건 향 래 심 자 부

내 강건한 그것이 힘세게 들이댐에 자부심을 갖고

愛根深淺問娘娘
애 근 심 천 문 낭 낭

낭자의 가운데 그것이 깊고 얕음을 알아볼 수밖에.

주해

娘娘(낭낭): 여인에 대한 높임말.

15. 女陰詩여음시

- 여인의 은밀한 곳을 읊다

이 구전(口傳) 시는 『金笠詩集』 초판과 증보판에 실려 있지 않지만, 김삿갓의 시라 보는 호사가(好事家)들이 많아 옮겼다. 여자의 중요한 부분을 한자(漢字)로 고상하고 재미있게 묘사했지만, 소리 내 읽기가 민망할 정도다.

작품해설

元來有口更無言
원 래 유 구 갱 무 언

원래 입은 있지만, 한마디 말도 아니하고

百億毛頭應丸痕
백 억 모 두 응 환 흔

수많은 털 속에 안겨있는 둥근 상처 구멍

一切衆生迷途所
일 절 중 생 미 도 소

모든 중생이 미혹되어 빠져드는 곳

十方諸佛出身門
십 방 제 불 출 신 문

모든 부처가 나온 곳이 바로 그 문이라네

첨언

중생, 부처까지 들먹이며 여자의 'Y zone'을 참 고상하게도 묘사한 칠언절구(七言絶句) 시이다. 아무리 봐도 틀린 말이 없는 것 같지만, 음담패설이 우스갯소리로 받아들여지던 칠팔십 년 대와 달리 성희롱, 미투(METOO)[108] 법적 처벌이 엄격한 요새 세상에 소리 내 읊을 시는 아닌듯하다.

---

108) 미투(METOO): '나도 당했다'라는 의미로 성폭행이나 성희롱을 여론의 힘을 통해 사회적으로 고발하는 운동으로, 2017년경 미국에서 시작되었다.

16. 嚥乳三章 연유삼장
- 젖 빠는 노래 세 곡

이 시는 『金笠詩集』 초판에는 실리지 않았지만, 증보판에 실려있어 옮겼다. 당시 유교 보수적 사회 정서에서 윤리적으로 감히 표현할 수 없는 시아버지와 며느리의 불륜적 성행위를 대놓고 읊은 김삿갓의 시이다. 중국 고전 『詩傳』 「三章(삼장)」이란 제목을 차용(借用)한 시제(詩題)를 참 이상한 데 갖다 붙인 재미있는 작품이다. 시아버지와 며느리의 불륜 장면을 몰래 훔쳐보고 지은 시라는데 내용이 무척 사실적이다. 유교의 도덕적 윤리 지침이 지배했던 당시 사회적 정서를 고려할 때 무척 성도발적으로 묘사된 시이다.

주해

三章(삼장): 『詩經』을 쉽게 풀어 해석한 『詩傳』의 세 번째 장.

작품해설

一章

父嚥其上 婦嚥其下
부 연 기 상 부 연 기 하

시아비가 그거 위에서 삼키고, 며느리가 그거 아래에서 삼키니

嚥(연): 삼키다, 마시다.

上下不同 其味則同
상 하 부 동　기 미 즉 동

위와 아래는 같지 않으나 그 맛은 같더라.

二章

父嚥其二 婦嚥其一
부 연 기 이　부 연 기 일

시아비가 그거 둘을 삼키고, 며느리가 그거 하나를 삼키니

一二不同 其味則同
일 이 부 동　기 미 즉 동

하나와 둘은 같지 않으나 그 맛은 같더라.

三章

父嚥其甘 婦嚥其酸
부 연 기 감　부 연 기 산

시아비가 그거 단것을 삼키고, 며느리가 그거 신것을 삼키니

甘酸不同 其味則同
감 산 부 동　기 미 즉 동

단것과 신것은 같지 않으나 그 맛은 같더라.

甘酸(감산): 맛이 달고 시다.

첨언

김삿갓이 어떤 마을을 지나다 하룻밤 신세를 어느 집에 유숙(留宿)하게 되었다. 야밤에 홀로 있는 며느리 방에서 시아버지가 주위를 살피며 몰래 들어간다. 호기심이 발동한 김삿갓 몰래 다가가 며느리 방 창호지 덧문에 침을 발라 살짝 뚫고 들여다본 후 지은 시라 전한다.

첫 구에서 '父(부)'와 '婦(부)'는 남편과 부인의 '夫婦(부부)'가 아니니, 시아버지와 며느리로 해석하는 게 옳다.

섹스는 동서고금(東西古今) 시대를 불문하고 남녀 간 사랑을 나누며 즐기는 상열지사(相悅之事)였다.

'서울의 밝은 달밤 아래 밤늦게 노닐다가 들어와 자리를 보니 다리가 넷이로구나~'라 노래한 신라 시대 때 노래 「처용가(處容歌)」나 '술 파는 집에 술을 사러 갔더니만 그 집 아비 내 손목을 쥐더이다~'라는 고려 충렬왕 때 유행한 「쌍화점(雙花店)」[109] 노래 가사를 보더라도 섹스는 시대를 불문하고 남녀의 최대 관심사였다. 영화 〈쌍화점(雙花店)〉에서 남녀 간 구강 섹스 장면이 있어 기이하게 생각했는데, 김삿갓의 이 시를 보니 '오럴섹스(oral sex)'는 예로부터 누가 가르쳐 주지 않아도 자연스레 생겼던 남녀 간 애정 표현이었나 보다.

---

109) 쌍화점(雙花店): 고려 시대 때 만두 모양의 과자 쌍화(雙花)를 파는 가게를 가리키는 말. 고려가요 중 한 곡. 배우 조인성과 송지효 주연으로 2008년 상영된 〈쌍화점(雙花店)〉 영화가 있다.

시아버지와 며느리가 상대방의 은밀한 부분을 빨아대며 느낀 맛을 평가한 김삿갓은 음담패설(淫談悖說)의 대가(大家)인가 아니면 변태성욕(變態性慾)장애인인가?

살을 비벼대며 벌이는 남녀의 애정 표현을 사실적으로 표현한 게 죄라면 죄일 수 있겠지만, 본인 얘기가 아니니 일단 용서는 된다. 그러나 시아버지와 며느리의 '구강 섹스'는 분명히 외설적이고 패륜적이니, 지금이라면 음란외설물 유포죄로 법적 조치를 당하지 않았을까?

이 시를 읽다 보면 궁금한 점이 하나둘이 아니다. 상황이 이 지경인데 아들은 도대체 어디 갔나? 죽었나? 혹시 젊은 효부(孝婦) 며느리가 연로(年老)해 작동하지 않는 시아버지의 연장을 살리기 위해 인공 호흡해주고 있는 건 아닌지?

해가 떴다 지듯이 남녀의 성욕(性慾)이라는 것도 잠시 한때다. 젊었을 때는 물불 안 가리고 만나기만 하면 교접(交接)을 원하고, 어느 정도 나이가 들면 취사 선택해 택접(擇接)하고, 늙으면 상상이나 꿈속에서나 몽접(夢接)하고, 풍류 시인 김삿갓의 이 시는 며느리에게는 교접(交接)이나 택접(擇接)일지언정, 늙은 시아버지와 김삿갓의 처지에서 보면 몽접(夢接)이라 해석하고 넘어가는 게 좋겠다. 호사가(好事家)들이 지은 시 같기도 하고 19금(禁) 야동 같기도 하다. 중국 고전 『詩傳』의 「三章(삼장)」이란 말까지 가져와 제목에 붙여 놓았으니 김삿갓 참 얼굴도 두껍다. 내친김에 차훈(借訓)해 읽으면 그럴듯한데 차음(借音)해 그대로 읽으면 상스럽고, 본대로 느낀 대로 거침없이 토해내는 김삿갓의 희롱 시 한 수를 추가한다.

爾年十九齡
이 년 십 구 령

네 나이 열아홉에

乃早知瑟琴
내 조 지 슬 금

일찍이도 거문고를 탈 줄 알고

速速拍高低
속 속 박 고 저

박자와 고저장단을 빨리도 알아서

勿難譜知音
물 난 보 지 음

어려운 악보와 음을 깨우쳤구나.

주해

勿(물): 아니다, 없다, 말다.

　한자 의미대로 차훈(借訓)해 읽으면 아름다운 여성 거문고 연주자를 고
상하게 칭찬하는 시가 되지만, 소리 나는 대로 그대로 차음(借音)해 읽으
면 풍기문란죄로 잡혀갈 수도 있는 음란한 시가 된다. '이년 십 구멍에
내 좆이 슬금 쑥쑥 박고 저으니 물난 보지 음지처럼 푹 파였네.' 독자들
은 큰소리로 독음(讀音)하지 않는 게 이미지 관리상 이로울 거다.

17. 無骨將軍行次時 무골장군행차시

- 무골장군 행차할 때

　남자의 생식기를 뼈나 줏대 없는 장군, 無骨將軍무골장군으로 빗대어 지은 해학시이다. 성적 도발이나 음란성은 전혀 느낄 수 없고 웃음만 자아내는 재미있는 시이다. 보수적 유교 이념과 사상이 세상살이의 지배적 가치와 질서였던 시대에 이런 글을 대놓고 썼다니 놀라울 따름이다.

작품해설

一物從來六寸長
일 물 종 래 육 촌 장

물건 하나 원래 길이는 여섯 치인데

주해

　寸(촌): 우리 말 '치'에 해당, 촌의 길이는 한 자(1尺, 33cm)의 10분의 1이니 1촌(치)은 3.03cm에 해당.

無事柔軟有事剛
무 사 유 연 유 사 강

일 없을 때는 나긋나긋하다가도 일 있으면 빳빳해진다.

軟如醉漢東西倒
연 여 취 한 동 서 도

나긋나긋할 때는 술 취한 놈처럼 이리저리 자빠지지만

硬似風僧上下狂
경 사 풍 승 상 하 광

일단 빳빳해지면 바람난 중대가리 미친놈처럼 위아래로 꺼떡댄다.

出牝入陰爲本事
출 빈 입 음 위 본 사

사타구니에서 나와 음문에 들어가는 게 본래 하는 일이며

주해

牝(빈): 골짜기, 계곡, 암컷.

腰州臍下作家鄕
요 주 제 하 작 가 향

허리 부근 배꼽 아래를 제집 마당인양 노는 놈이로다.

주해

臍(제): 배꼽.

天生二子隨身便
천 생 이 자 수 신 편

애초 고환 쌍방울 두 개 달린 몸으로 태어나

주해

二子(이자): 남자의 생식 기관으로 정자를 생성하는 타원형 모양의 고환(睾丸, testicle)을 가리 킴. 불알, 정소(精巢)라고도 부름.

曾與佳人鬪機場
증 여 가 인 투 기 장

지금까지 예쁜 여인과 더불어 얼마나 많이 육체적 몸부림을 쳤을까?

曾(증): 일찍이, 이전에.

첨언

시의 초구(初句)에서 남성의 양물(陽物) 길이가 육촌(六寸)이라 했다. 촌(寸)은 한 자(尺척)의 1/10이니 대략 3.03cm 정도 되는데, 6촌이면 길이가 18cm가 넘는다. 방망이도 아니고 과장이 좀 심한 것 같다. 마지막 구(句)의 '輿여' 자 표기는 식자 오류인 듯하여 '與' 자로 바꿨다.

남자의 생식기에 관해 생체 해부학자처럼 자세히도 비유하면서 해학적으로 묘사했다. 전혀 성 도발적이거나 음란하게 해석되지 않는다. 당연한 얘기를 자연스럽게 표현했지만, 망팔(望八) 나이 넘긴 필자와 같은 늙은이들에겐 적용이 안 될 수도 있는 글이다.

18. 女色詩여색시

- 여인의 色색을 읊다

　　남근(男根)의 형상과 본성, 여근(女根)과의 격렬한 성관계를 해학적으로
읊은 시로 남성의 생식기 역할을 위주로 쓴 글이니 시제(詩題)를 남색시
(男色詩)로 바꾸는 게 옳다.

작품해설

無骨將軍奮起撑天
무 골 장 군 분 기 탱 천

무골장군이 분기탱천하여

주해

奮起撑天(분기탱천): 분한 기운이 하늘을 떠받치다, 눈이 뒤집힐 정도로 화가 머리끝까지 났
음을 의미.

毛根三千樹腹下山城
모 근 삼 천 수 복 하 산 성

털 밑 울창한 숲속 배 아래 산성인

半月城入城時
반 월 성 입 성 시

반월처럼 가운데가 갈라진 반월성에 쳐들어가

주해

半月城(반월성): 반월(半月)처럼 생긴 성, 여기서는 여성의 음부를 지칭.

進退進退 白血落下
진 퇴 진 퇴 백 혈 낙 하

진격과 후퇴를 거듭하다 하얀 피를 흘리며 쓰러지네.

주해

白血(백혈): 하얀 피, 여기서는 성관계 절정에 남자가 분출하는 정액을 의미.

快哉快哉 赤血狼藉
쾌 재 쾌 재 적 혈 낭 자

쾌재로다! 쾌재로다! 반월성은 붉은 피범벅으로 무너졌네.

주해

快哉(쾌재): 마음먹은 대로 일이 잘 풀림, 또는 그럴 때 내는 소리.
狼藉(낭자): 여기저기 흩어져 어지러움.

첨언

서라벌 밝은 달에 밤 들어 노니다가
들어와 잠자리 보니 다리가 넷이어라!
둘은 내 것인데 둘은 누구의 것인고
본디 내 것이다마는 앗아간 것을 어찌하리오!

신라의 향가인 처용가(處容歌)이다. 원래 아내와 동침하고 있는 역신(疫神)을 두고 부른 노래라지만 가사가 무척 성적 감정과 욕망을 자극할 수 있는 내용을 포함하고 있다. 고려 시대 때에도 남녀가 서로 사랑하면서 즐거워하는 육체적 성관계를 예찬하는 「남녀상열지사(男女相悅之詞)」 노래가 있었으니, 남녀 간 육체적 교접(交接)은 예나 지금이나 변한 게 없나 보다. 혹자는 아래와 같이 재미를 한술 더 떠 개작하기도 한다.

無骨將軍이
무 골 장 군

寶地穴을 보고
보 지 혈

탐을 내어서 즉각

征服하려고 하나
정 복

싫어하는지라 성을 내어

毛兵參萬을 이끌고
모 병 삼 만

寶地穴攻略을 함에
보 지 혈 공 략

前進後退 前進後退 하다가
전 진 후 퇴   전 진 후 퇴

力不足하야 白血을 吐하고
역 부 족　　백 혈　　토

수많은 精子軍이 死傷 돼
　　　　정 자 군　　사 상

부득이 後退 하느니라.
　　　　후 퇴

寶地穴軍士들은 水戰으로
보 지 혈 군 사　　　수 전

無骨將軍의 大軍을 막아내니라.
무 골 장 군　　대 군

그러나 無骨將軍은 기사회생해
　　　　무 골 장 군

익일 다시 寶地穴을 재공격하노니
　　　　보 지 혈

빈 구멍 싸움은 끝이 없는 孔穴戰이라 항상 무승부로다!
　　　　　　　　　　　　　공 혈 전

(참고: 新山 金笠詩 333, 154쪽, 宋新山)

19. 桃花詩도화시

- 복숭아 꽃을 읊은 시

   이 작품은 구전(口傳) 민담으로 전하는 김삿갓의 칠언절구(七言絶句)로, 김삿갓이 어떤 유부녀와 간통하다 여인의 힘센 남편에게 들킨 후 살해 되기 직전 시 한 수 잘 써 목숨을 구했다는 재미있는 시이다.

작품해설

桃花已時爛漫開
도 화 이 시 난 만 개

복숭아 꽃 이미 흐드러지게 활짝 피었으니

주해

桃花(도화): 복숭아 나무 꽃.

探花狂蝶紛粉來
탐 화 광 접 분 분 래

꽃을 찾는 미친 나비들이 여기저기 모여드네.

주해

狂蝶(광접): 미친 나비. 紛粉(분분): 가루를 뿌린 듯 무성하다.

此花誰裁繁華地
차 화 수 재 번 화 지

이렇게 예쁜 꽃을 많은 사람 다니는 번화한 곳에 누가 심었느뇨?

折者不非種者非
절 자 불 비 종 자 비

꺾은 놈 잘못이 아니라 심은 놈 잘못이다!

첨언

탑골공원 이야기꾼 노재의가 구연(口演)한 민담을 이해하기 쉽게 수정해 놓아 옮긴다.[110]

그러는디 한 번은 이 사람이 어디를 갔냐면, 첩첩산중으로 가다 보니깐 집도 없고, 민가도 없고, 이런 덴데 얼마 가다 보니깐 수심이 가득해서 가다 보니깐 어떤 민가가 있더래. 거기 가서 하루 저녁 유숙하려고 주인을 불러내니깐 아무도 없고 젊은 여자가 나오더래. 젊은 여자가 들어오라 해서 들어갔더니 저녁도 해주고 이것저것 줘서 요기도 잘 얻어먹었는디. "아 이렇게 큰 집이 왜 젊은 여자만 있냐?"라고 물어보니, "우리 남편은 사냥을 가면 일주일 있다가도 들어오고, 열흘 있다가도 들어오고 그런다"라고 그러더래. 그래서 "그러면 나하고 자자"라고 해서 그 여자하고 그날 밤에 정을 좀 나누자고 해설나무니 놀게 됐다면서. 근데 한밤중쯤 되니깐 서울역에 기차 들어오는 소리같이 시끄러운 소리가 들리

110) 출처: 1998.9.24. 신동흔, 구상모 구연 민담 조사 채록

더래. 그래서 저게 무슨 소리냐니깐 "우리 남편이 지금 50리 바깥에 들어오는 소리"라고 그러더래. 그런데 그 본부인이 본남편이 온다고 허드레도 여자를 껴안고 있어서 여자를 놓으면 남자답지 못하고 그래서 계속 껴안고 있었대. 그랬더니 얼매 있더니 벼락 치는 소리가 들려서 "어디까지 왔냐?"니깐, "저기 문간께까지 왔다"라고 그러더래. 문간께 왔다고 그래서 여자를 계속 꼭 껴안고 있었대. 그랬더니 그 본남편이 와서 문을 확 여는데 보니깐 눈이 자동차 헤드라이트같이 생겼고 팔뚝 하나가 전봇대 같더라고. 이런 사람이 문을 열자마자 여자는 집어 던져버리고 김삿갓을 한 손으로 잡아 설라 무니 이렇게 결박을 짓더래. 결박을 짓더니 이 남자는 칼로 찔러서 죽여도 아깝다구 하면서 단도를 빼더니 숫돌을 갖다 놓고 칼을 갈더래. 갈면서 "이런 자는 말이야 살점을 점점 떠 죽여야 한다."라고. 김삿갓이 생각하니깐, 여기서 참 기구한 운명에 파란만장한 생애를 모조리 끝낼 것 같아 그 남자한테 "내가 여기서 죽어가는디 최후로 내가 말이나 한마디 남겨놓고 가야겠다"니깐, "이놈아 뒈질 놈이 무슨 말이냐"라고 그러더래, 조금 있다가 "내가 글이나 한 줄 써 놓고 죽어야겠다" 라구 그러니깐 말이지. 처음에는 거절하더니 그 험상궂게 생긴 사람이 글을 조금 들은 적이 있었던지 지필묵을 갖다 주고 쓸 수 있는 분위기를 주더래. "네가 하고 싶은 얘기 있다니깐 쓰구 죽으라" 라구 하더래. 처음에는 거절하더니 이제는 갖다 주며 쓰라고 허는디. 김삿갓이 뭐라고 말했냐면 "그래도 글이라고 하는 것은 주인네가 운자(韻字)는 불러야 헐 거 아니냐?" 라구 그러니깐, "네놈이 네 맘대로 쓰라"고 그러니깐 말이야. "그래도 글이라는 것은 운(韻)자가 있는 것이니깐 운자는 주인네가 불러야 헐 거 아니냐?" 라구 우기니깐 "네 맘대로 쓰라구" 하면서 뭐라구 말하냐면 "네 놈이 내 집에 왔으니깐 '올래(來)' 자로 허라"라구 그러더라나? 김삿갓이 뭐라고 말하냐면 "桃花已時爛漫開(도화이시난만개)하니 探花狂蝶紛紛來(탐화광접분분래) 라구 이렇게 쓰더래. 그러면서 "此花誰栽繁華地(차화수재번화지) 折者不非種者非(절자불비종자비)" 이렇게 말을 하더라나? 그게 무슨 소리냐면 이 소리라 누만. "복숭아꽃이 만발하면 벌 나비가 오는 것은 하늘의 이치다" 이 말이야. 그리구 "여기 이 이쁜 꽃을 사람 손 닿는 번잡한 길에다 심은 놈이 어떤 놈이냐?" 이 말이야. "이걸 꺾은 자의 죄가 아니구 심은 놈에게 죄가 있다"라고 말여. 주인에게 자기의 간통죄를 뒤집어씌우는디 주인네가 그걸 가만히 보더니 "야 글 멋지다"라며, "우리 술이나 한잔하자"라구 허드레. 그래서 김삿갓이 죽지 않고 거기서 살아나왔대요.

탑골공원 얘기꾼의 구성진 얘기가 재미있다. 구전으로 전해오며 『金笠詩集』에도 실리지 않은 이 글이 김삿갓의 시인지, 아니면 글깨나 공부한 어떤 호사가(好事家)의 글인지는 알 수가 없다.

20. 情事정사

- 정을 통하다

    김삿갓이 어느 마을을 지나다 초상난 집을 들러 무슨 연유로 초상이 났느냐 물으니 사또의 아들이 공부는 안 하고 허구한 날 기생집만 들락거리며 주색(酒色)잡기만 빠져있어 아비가 아들에게 '어떻게 하면 기생방 출입을 안 하고, 공부만 할 수 있었겠냐?'라고 물으니, 기방(妓房)에 자기가 마음에 드는 아주 이쁜 기녀가 있는데 집에 데려와 같이 생활하면 기방에 가지도 않고 방에서도 안 나오고 공부를 열심히 하겠다고 했다. 사또는 아들의 말을 믿고 그 기녀와 같이 생활하게 했는데 하라는 공부는 안 하고, 허구한 날 그 짓만 하다가 기력이 쇠하여 초상이 났다는 말을 듣고 김삿갓이 지었다는 시이다.

작품해설

爲爲不厭更爲爲
위 위 불 염 갱 위 위

해도 해도 싫지 않아 또 하고 또 하고

주해

厭(염): 싫다, 족하다.

不爲不爲更爲爲
불 위 불 위 갱 위 위

안 한다고 안 한다고 하면서도 다시 하고 또 하네.

足舞三更月
족 무 삼 경 월

야심한 밤 달빛 아래 다리는 춤을 추고

衾翻一陣風
금 번 일 진 풍

이불이 들썩들썩 한바탕 큰 바람이 일도다.

주해

衾(금): 이불. 翻(번): 뒤집다, 날다.

此時無限味
차 시 무 한 미

이때의 무한한 깊은 맛은

惟在兩人同
유 재 양 인 동

오로지 두 사람만 함께 알리라.

주해

惟(유): 생각하다, 오로지, 오직(唯有와 동일한 의미)

첨언

이 시의 일부를 「愛樂(애락)」 이라는 제목으로 옮기는 사람도 있다. '부모가 죽으면 뒷산에 묻고 자식이 죽으면 가슴에 묻는다'라는 말이 있다. 육접(肉接)에 환장해 죽은 아들을 가슴에 묻을 정도로 사또는 슬퍼했을까? 죽은 사또 아들이 아마도 성도착증(性倒錯症)이나 변태성욕 장애로 치료를 받아야 할 환자였던 것 같다. 그때 그런 치료가 가능하지도 않았을 테니 무척 안 됐다. 한자의 음(音)을 우리말로 옮겨 죽은 아들의 병사(病死)를 위로는 하지 않고, 남녀 간의 육접(肉接)만 회화적으로 묘사한 김삿갓이 야속하다. 공자가 이르기를 '즐기되 음란하지 말고, 슬퍼하되 마음에 상처로 두지 마라(樂而不淫낙이불음 哀而不傷애이불상)'라고 했다. 쾌락도 슬픔도 모두 한때이고, 젊음도 순간이니, 젊은이들은 모름지기 즐겁고 건전한 남녀 간의 육체적 관계를 맺었으면 한다. 여하튼 이 시는 우리말로 큰소리 내어 읽기가 쑥스러운 시이다.

21. 玉門옥문

- 여인의 음부

김삿갓이 유랑 중 들른 어느 포구의 선술집 주모가 들려준 이야기로 전한다. 김삿갓의 시 「白蛤笑백합소」처럼 성적 농도가 짙은 내용의 Y담 이야기이다.

작품해설

遠看似馬眼
원 간 사 마 안

멀리서 보면 마치 말 눈깔 같고

近視如膿瘡
근 시 여 농 창

가까이서 보면 마치 곪아 찢어진 상처 같네.

주해

膿瘡(농창): 피부가 곪아 종기나 부스럼이 생기는 병, 헌 곳.

兩頰無一齒
양 협 무 일 치

양쪽 뺨에 이빨이 하나도 없어도

頰(협): 뺨.

能食一船薑
능 식 일 선 강

한 척 배에 가득한 생강을 몽땅 먹어치웠구나!

薑(강): 생강.

김삿갓이 어느 포구 선술집에서 옹진에서 왔다는 어떤 소금장수가 소금을 배에 가득 싣고 팔러 왔다가 기생에게 홀딱 반해 소금 판 돈을 몽땅 다 털렸다. 그 기생이 소금 한배 몽땅 다 처먹고도 짜다는 말 한마디 안 하더라고 투덜대니, 옆에 있던 주모가 "생강을 한배 몽땅 기생에게 털린 생강 장수도 있소!"라며, "남자들은 코 아래 입으로만 먹는 줄 알지만, 기생들은 논밭, 소금, 생강 가리지 않고 돈이 되면 뭐든 가리지 않고 먹어 치우는 입이 가랑이 사이에 따로 있다는 귀띔을 주었다. 그날 밤 생강 장수가 기생의 또 다른 입 玉門옥문을 자세히 보고 주모의 말을 판단하겠다는 얘기를 듣고 김삿갓이 지었다는 시이다. 조선 시대 때 음담패설(淫談悖說)을 육담(肉談)이라고도 불렀다. 육담(肉談)이란 말은 허물없는 사람끼리 사석에서 부담 없이 서로 주고받는, 성(性)에 관련된 저속한 이야기나 말을 이르며 성(性)의 감각적 자극적 측면인 에로티시즘(erotism)에 가깝다. 성에 대한 감각적 행위와 표현이 금기시되었던 조선 유교 사회에서 이러한 노골적인 육담(肉談) 시를 지었다는 사실이 놀랍다. 비공식적이고 사적인 자리에서 육담(肉談)을 즐기며 성에 관한 금기를 파기하며 사회적 지배로부터 심리적 해방감을 느끼며 자아(自我)를 확인할 수 있다는 측면에서 육담(肉談)을 굳이 부정적으로 받아들일 필요는 없을 듯하다. 말장난이나 우스갯소리래도 함께 웃으며 즐길 수 있는 이야기면 되지 않나? 남에게 피해를 주지 않고 웃을 수 있다면.

암수 두 마리 말이 있었는데, 어느 날 암말이 죽었다. 상심한 수말은 슬픈 표정으로 길을 걷고 있었는데 저 앞에서 걸어오는 수말이 왜 그렇게 슬픈 표정을 짓고 있냐고 물으니까 수말이, "할 말이 없어." 그러면서 지나갔다. 계속 가다 보니까 저 앞에 말이 무리 지어 있었다. 그래서 그 수말은, "할 말이 많군."이라고 했다. 또 길을 가는데 이번에는 정말 예쁜 암말 한 마리가 있었다. 그러자 그 수말은, "아까 한 말은 말도 아니다."

22. 白蛤笑백합소

- 백합이 웃다

이 시는 유안진 시인의 민속시집 『알고』에 「첫날밤의 Ye담」이라는 시제로 실린 이야기이다. 제목을 「陽物詩양물시」로 옮기는 시인도 있다. 남녀의 성행위를 해학적으로 묘사한 칠언절구(七言絶句) 시이니 재미 삼아 읽기 바란다.

靑袍帶下紫腎怒
청 포 대 하 자 신 노

푸른 관복 허리띠 아래 자줏빛 양물(陽物)이 잔뜩 화가 났소.

주해

靑袍(청포): 조선 시대 때 4~6품 관원의 푸른색 공복(公服).
紫(자): 자줏빛. 腎(신): 콩팥, 고환, 불알, 자지.

紅裳袴中白蛤笑
홍 상 고 중 백 합 소

다홍치마 고쟁이 속의 하얀 조가비가 미소 짓네요.

주해

袴(고): 사타구니 가리는 팬티, 고쟁이.

無骨將軍命進擎
무 골 장 군 명 진 경

뼈 없는 장군이 꼿꼿이 솟아 진격하노라.

擎(경): 높이 솟다, 들어 올리다.

玉谷蛤下役白旗
옥 곡 합 하 역 백 기

맑은 계곡의 백합 조개가 백기를 듭니다.

蛤(합): 대합조개. 下役(하역): 하인을 부리다, 하급관리.

첫날밤의 'Y담[111]'을 시로 읊은 시이며 혹자는 시의 제목을 「양물시(陽物詩)」로 옮기기도 한다. 가난하지만 글은 좀 읽어 자존심인 있는 총각이 부잣집 딸과 혼인하게 되었는데, 신랑이 신부에게 점잖게 한마디 건넨다 "내 푸른 예복 허리띠 밑에 붉은 내 그것이 잔뜩 화났소." 부잣집 딸 신부도 질세라 고상한 글로 화답한다. "내 다홍치마 고쟁이 속의 하얀 조가비가 방긋 웃으며 기다리고 있지 않소?" 수준 높은 문자 써가며 고상하게 육갑들 떨고 있다. 남정네들 술안주로, 여인네들 골방 수다거리 민속 이야기였던 것같다.

---

111) Y담: 음탕하고 상스러운 농담. 일본어 猥談(わいだん, 와이단, 외설적인 농담)에서 유래한 성인 유머.

김삿갓보다 50년쯤 앞서 남녀 간의 성적 유희를 노골적으로 그린 조선 후기 화가가 있다. '모나리자'의 조선 버전인 '미인도(美人圖)'를 그린 혜원 신윤복(蕙苑 申潤福)이다. 그는 상중(喪中)이라 소복(素服)을 입고 있는 과부가 짝짓기하고 있는 개 두 마리가 엉덩이를 맞대고 있는 모습을 보고 배시시 미소짓는 모습을 보고 그린 「嫠婦耽春이부탐춘, 과부가 봄을 즐기다」, 어린 기녀(妓女, 기생)의 초야(初夜, 첫날밤)를 즐기기 위해 웃통을 벗은 양반의 모습을 그린 「三秋佳緣삼추가연, 세 사람이 맺은 가을날 인연」 등 많은 세속화를 그렸다. 그런데 그런 그림을 아무리 봐도 야하다거나 저속하다는 생각이 든 적이 없다. 자유연애는 허락되지 않고, 풍기 문란한 양반들과 부패하고 부조리한 사회를 비판한 신윤복의 그림에 등을 돌릴 수는 없다. 그의 그림이 외설적이고 성도발적(性挑發的, sex provocative)이라 할지라도. 사회적 약자이며 밑바닥 소외계층인 기녀(妓女)와 하녀(下女)를 화폭의 주인공으로 삼으며, 그는 여인을 며느리, 부인, 어머니에서 양반과 대등한 인격을 갖춘 자유로운 여성으로 신분 상승시킨 우리나라 최초의 여성 운동 인권 화가였다.

23. 知未時八지미시팔 安逝眠안서면

- 아침 여덟 시인데도 모르고 죽은 듯 잠을 자면

한자의 소리만 차음(借音)하여 읊은 칠언절구(七言絕句)이다. 『金笠詩集』
에는 실리지 않았지만, 구전 야사로 전해 와 옮긴다.

주해

知未時八 安逝眠
지 미 시 팔 안 서 면

아침 여덟 시인데도 편히 죽은 듯 잠만 자면

自知主人 何利吾
자 지 주 인 하 리 오

주인 노릇 못한다는 걸 스스로 알아야 하느니라.

女人思郎 一切到
여 인 사 랑 일 체 도

여인이 사내를 사랑한다면 모든 정성을 쏟아야지

絶頂滿喫 慾中慾
절 정 만 끽 욕 중 욕

절정의 순간을 만끽하는 것이야말로 욕망 중의 욕망이로다.

男子道理 無言歌
남 자 도 리 무 언 가

남자의 도리란 무언가?

於理下與 八字歌
어 이 하 여 팔 자 가

어째서 팔자 타령인가?

岸西面逝 世又旅
안 서 면 서 세 우 려

안 서면 죽으니 또 세워

飛我巨裸 王中王
비 아 거 라 왕 중 왕

내가 홀딱 벗고 가면 왕 중의 왕이다.

첨언

　내용이 너무 외설적이라 시의 제목을 「辱說陰弄詩욕설음농시」로 옮기는 사람도 있다. 읽는 소리를 남이 들을까 남사스러워 함부로 소리 내 읽고 싶은 글은 아니지만, 가만히 생각해 보면 틀린 말 하나도 없다. 차음(借音) 시이니, 글자의 의미를 따라 하나하나 축자(逐字) 해석은 의미가 없다. 소리 나는 대로 이해해야 한다. 굳이 훈독(訓讀)한다면 다음과 같다.

아침 8시 전에 평안히 죽은 듯 잠만 자고 있으면
스스로 주인 노릇 할 수 없음을 알아야 하느니라.
여인이 낭군을 생각하면 모든 생각에 다 이르고
절정의 순간을 만끽하는 것이 욕망 중에 으뜸이라.
남자의 도리란 말이 필요 없는데
어찌 순리대로 하지 않고 팔자타령뿐인가?
해 저무는 서쪽 바다 떠나야 갈 때 이 속세 여정 다시 거닐고 싶고
나의 모든 것 버리고 날아가 왕중왕이 되리라.

마지막 구의 '飛我巨裸비아거리'가 발기부전 치료제 'Viagra비아그라'처럼
읽혀 흥미롭다. 옛날에 하루를 24시간으로 구분했을 리 없으니, '辰時진
시'에 해당하는 '여덟 시(時八시팔)'라는 표현이 그 옛날에 있을 수 있었겠
나? 어느 호사가(好事家)가 재미 삼아 지어낸 글이 아닌가 하는 의심이
든다.

24. 難避花난피화

- 예쁜 꽃 지나치기 어렵구나

김삿갓이 「주색(酒色)」이란 시에서 남자는 여자의 유혹에 빠지는 게 아니라, 남자 스스로 그 유혹으로 들어가는 것이니 조심하라 했는데, 이 시에서는 정반대로 예쁜 여자 그냥 지나칠 수 없다며 남자의 본심을 드러낸 시이다.

작품해설

靑春抱妓千金芥
청 춘 포 기 천 금 개

젊은 기생을 품다 보니 많던 재산 다 날리고

주해

芥(개): 겨자, 먼지, 티끌. 혹자는 '開(개)' 자로도 옮겼다.

今夜當樽萬事空
백 일 당 준 만 사 공

오늘 밤 술잔을 마주하니 세상만사 허탈하구나.

주해

樽(준): 술통, 술 단지.

鴻飛遠天易隨水
홍 비 원 천 이 수 수

먼 하늘 날아가는 기러기는 물 따라 나는 법이고

주해

鴻(홍): 기러기. 隨(수): 따라가다, 좇다.

蝶過靑山難避花
접 과 청 산 난 피 화

푸른 산 날아가는 나비는 예쁜 꽃을 지나치기 어려운 법이니라.

주해

蝶(접): 나비.

첨언

　김삿갓이 어느 마을 지나다 보니 젊은이들이 기생과 음주가무(飮酒歌舞)를 즐기고 있다. 젊고 예쁜 기생들도 있겠다 슬쩍 꼽사리 끼어 술 한 잔 얻어먹기 위해 시 한 수 읊었다. "나도 왕년에 젊은 기생 좀 데리고 놀다 가산 탕진했다오. 오늘 밤 이렇게 술잔을 바라보니 만감이 교차하는구려. 젊은이들이 아름다운 여인들이 어울리는 건 '청춘지상사(靑春之常事)'이니 어쩔 수 없겠으나, 나같이 떠도는 나이 든 '미친 나비(狂蝶)'라고 어찌 예쁜 여인을 지나칠 수 있겠소?" 한 마디로 나도 오늘 밤 주색(酒色)을 허락해 달란 얘기이다. 어찌 되었을까? 김삿갓은 그날 밤 아름다운 여인을 품고 회포를 풀었을까?

김삿갓은 술과 여자는 함께 가며 위험하니 경계하라며 '주색(酒色)'이라는 시도 읊었는데, 실제는 달랐나 보다. 술꾼이 술 마시는데 여자가 어찌 없을쏜가? 술꾼 이태백(李太白, 이백李白)도 젊었을 때 술 취해 품에 안긴 예쁜 여인을 어찌할 바 몰라 읊은 시도 있으니, 김삿갓이나 이태백이나 주색(酒色)을 가까이했던 사실을 피해갈 수는 없었던 듯하다. 기생, 처녀, 과부, 심지어는 청상과부까지 희롱하며 애정행각을 벌인 김삿갓이 전통적인 가부장적 남존여비 체제하에서 대놓고 겁 없이 '나 이런 놈이요' 하듯 애정행각을 벌인 시를 남겼지만, 남녀관계라는 게 원래 서로 상호적이니 무어라 비판할 수는 없고, 음악천재 모차르트의 변태가 용서되듯이 김삿갓의 주색(酒色) 성향도 어느 정도 눈감아 줘야 하지 않을까? 김삿갓의 청상과부 희롱과 이태백의 어린 가희(佳姬) 품으며 읊은 시를 옮긴다.

贈某女증모녀 ― 김삿갓

- 어느 여인에게 드림

客枕蕭條夢不仁
객 침 소 조 몽 불 인

나그네 잠자리 쓸쓸하니 꿈자리도 편하지 못하고

주해

蕭條(소조): 고요하고 쓸쓸함.

滿天霜月照吾隣
만 천 상 월 조 오 린

서리는 하늘에 가득하고 달빛만 내 곁의 그대를 비추는데

주해

吾隣(오린): 내 곁의 미녀.

綠竹靑松千古節
녹 죽 청 송 천 고 절

푸른 대와 푸른 솔은 천고의 절개라지만

紅桃白梨片時春
홍 도 백 이 편 시 춘

붉은 복사꽃 하얀 배꽃도 봄날 한 때라오.

昭君玉骨胡地土
소 군 옥 골 호 지 토

왕소군의 옥체도 오랑캐 땅에 묻혔고

주해

昭君(소군): 王昭君(왕소군) 漢나라 원제(元帝)의 궁녀. 정략 결혼하였으나 흉노 땅에서 자결.
胡地(호지): 되놈 땅.

貴妃花容馬嵬塵
귀 비 화 용 마 외 진

양귀비의 꽃다운 얼굴도 마외 땅의 흙이 되었소.

주해

貴妃(귀비): 楊貴妃(양귀비, 唐현종의 후궁), 안녹산의 난 때 馬嵬(마외) 땅에서 자결. 馬嵬(마외):

양귀비의 **墓**가 있는 땅 이름.

人性本非無情物
인 선 본 비 무 정 물

인간의 본성이 본래부터 무정한 것이 아니니

莫惜今宵解汝裙
막 석 금 소 해 여 군

오늘 밤 그대의 치마끈을 푼다고 서러워하지 마오.

주해

裙(군): 치마.

이응수의 『金笠詩集』 증보판 대의를 참고하면 김립이 전라도 어느 마을을 지나가다 날이 저물어 인가 드문 마을에 커다란 기와집이 있어 하룻밤 머물고자 들어가 주인을 불렀는데 남자는 없고 계집종이 나와 사랑채로 인도한다. 깨끗하게 청소한 사랑채에서 저녁상까지 받았다. 밥을 먹고 난 후 호기심이 발동해 안방 문을 열어보니 소복 입은 미인이 있었는데, 직감적으로 어린 청상과부가 독수공방한다는 것을 알 수 있었다. 밤이 깊었을 때 김립이 몰래 안방으로 들어가자 어린 과부가 놀라 은장도(銀粧刀)를 품에서 꺼내 김립에 겨누었다. 김립은 잠시 어찌할 바 몰라 하다가, "내가 십 년 공부하여 과거 보러 가는 길에 죽을죄를 되었으니 용서하여 주시오"라고 거짓말을 하니, 어린 과부가 이르되, "그러면 글을 잘할 터인즉 내가 운(韻)을 부를테니 낙운성시(落韻成詩)하시오!"라고 하며 운(韻)을 불렀다. 밤중에 남의 집에 들어가 밥 얻어먹고 중국 4대 미인[112]인 왕소군(王昭君)과 양귀비(楊貴妃)까지 들먹이며 생면부지 예쁘고 어린 청상과부에게 작업까지 거는 김립 참 낯짝 두껍고 응큼하기 짝이 없다. 김립은 임기응변 거짓말로 위기를 모면하고 뜻을 이루었을까? 마지막 律에서 '莫惜今宵解汝裙막석금소해여군, 오늘 밤에 그대의 치마끈 푼다고 서러워하지 마오'라 읊은 것을 보면 이미 김립 뜻대로 모두 이루어진 듯하다. 요새 세상에 이랬다면 여자한테 귀싸대기 얻어맞거나 성폭행 '미투 (METOO)'로 고발되어 철창신세 면치 못할 게 분명하지만, 여심(女心)을 훔치는 김립의 글솜씨에 내심 부러운 마음이 드는 건 왜일까? 중국 전한(前漢) 시대의 학자 한영(韓嬰)이 『韓詩外傳(한시외전)』이라는 그의 저서에서 '君子는 세 가지 끝을 피해야 한다 (君子避三端, 군자피삼단)'라는 경구(警句)가 있는데, 군자는 항상 붓끝, 혀끝, 칼끝의 세 가지 끝을 조심해야 한다는 의미이다. 김립의 경우 칼끝 대신 '남자의 가장 중요한 것의 끝'으로 바꾸고 싶지만, 어쩌겠나? 삼단(三端)을 마음대로 놀리면서도 여심(女心)을 휘어잡는 선수인 것을. 애주가로 유명해 '酒太白'이라 불렸던 이백(李白)도 여심(女心) 훔치는 실력은 김삿갓 못지않았던 듯싶다.

對酌대작 — 李白이백
- 술을 나누며

葡萄酒金叵羅
청 포 도 금 파 라

---

112) 중국 4대 미인: 서시(西施) - 춘추전국시대 미녀, 왕소군(王昭君) - 漢나라 元帝의 후궁, 초선(貂蟬) - 漢나라 미인, 양귀비(楊貴妃) - 唐 玄宗의 후궁. '沈魚落雁 閉月羞花'로 비유되는 중국 역사상 제일 아름답다고 평가되는 네 명의 미녀들.
침어(沈魚) 물고기가 서시(西施)의 미모에 빠져 바라보다 바닥으로 가라앉다.
낙안(落雁) 날아가던 기러기가 왕소군(王昭君)의 아름다움에 취해 날갯짓을 잊고 땅에 떨어지다.
폐월(閉月) 달이 초선(貂蟬)의 미모를 못 이겨 구름 뒤에 숨다.
수화(羞花) 꽃도 양귀비(楊貴妃) 미모에 자기 모습이 부끄러워 고개를 숙이다.

금 술잔에 포도주를 마시며

金叵羅(금파라): 금으로 만든 술잔.

吳姬十五細馬馱
오 희 십 오 세 마 태

오나라 남쪽 지방에서 예쁜 말 타고 온 열다섯 살 아름다운 여인과 나누네.

細馬(세마): 멋있는 말, 좋은 말. 馱(타): 타다, 싣다.

青黛畫眉紅錦靴
청 대 화 안 홍 금 화

눈 화장 검푸르게 짙게 하고 붉은 비단 신발 신고

黛(대): 눈썹을 검게 화장하는 번지지 않는 먹물, 마스카라. 畫眉(화안): 눈화장.

道字不正嬌唱歌
도 자 부 정 교 창 가

무슨 얘기인지 잘못 알아들어도 노랫소리 교태롭구나.

道字(도자): 말소리, 글자를 의미하는 옛말.

玳瑁筵中懷裏醉
대 모 연 중 회 리 취

이 소중한 술자리에서 술 취해 내게 안겼으니

주해

玳瑁(대모): 바다거북, 소중하다, 귀하다. 筵(연): 대자리, 연회.

芙蓉帳裏奈君何
부 용 장 리 나 군 하

연꽃무늬 수놓은 휘장 안에서 내 그대를 어찌할꼬.

주해

芙蓉(부용): 연꽃. 奈(나): 어찌, 어찌할꼬.

    돈푼이나 있는 시골 청년 이태백이 입신양명의 꿈을 안고 도시로 올라 왔다가 아름다운 노랫소리에 이끌려 술집의 15세 예쁜 여인과 술을 나누었다. 남방지역 사투리 말투는 거칠어도 무척 성(性) 도발적이다. 오가는 술잔 속에 밤은 이슥하고 가희(佳姬)는 술에 취해 드디어 이태백의 무릎에 쓰러졌다. 이태백은 어찌했을까? "처자, 여기서 이러시면 안 됩니다"라며 급하게 주인을 부르며 상황 수습을 했을까? 아니면 "내 그대를 어찌할꼬" 두리번거리며, 연꽃무늬 휘장을 가리고 운우(雲雨)의 정(情)을 나누었을까? 독자의 상상에 맡기겠다.

25. 老客何노객하

- 어르신 어떠신지요?

이 작품은 김삿갓이 노년에 늙고 병들어 바깥출입 어려워 집안에만
있는 자신의 신세를 한탄하며 읊은 시라 전한다.

작품해설

春去無如老客何
춘 거 무 여 노 객 하

봄도 거의 다 갔는데 어르신 안부 묻기도 뭐하고

出門時少閉門多
출 문 시 소 폐 문 다

바깥나들이도 안 하시고 집에만 계시는구나.

杜鵑空有繁華戀
두 견 공 유 번 화 연

두견새야, 그렇게 하염없이 울기만 하면

주해

繁華戀(번화연): 쉬지 않고 계속 울며 그리워하다.

啼在靑山未落花
제 재 청 산 미 낙 화

네 울음소리에 푸른 산의 못다 핀 꽃 다 떨어지겠다.

주해

啼(제): 울다, (새가) 지저귀다.

첨언

이 시는 조선 중기 시인 백광훈(白光勳)[113]의 『玉峯詩集(옥봉시집)』에 「춘후(春後, 봄이 지나간 뒤)」라는 제목으로 실려 있으니, 김삿갓의 시가 아닌 것이 분명하다. 어차피 구전설화나 민담의 진위를 가리려거나 詩作人이 누구인지 알아내려 하는 시도가 무의미할 정도로 세월은 이미 흘렀다. 시의 아름다운 내용에 관심을 갖고 이해하는 게 더 의미 있을 듯싶다. 나이 들어 홀로 있게 됨(獨居독거)은 외로움을 의미하지 않는다. 외로움의 즐거움을 터득해야 노인이라 할 수 있다. 독거(獨居)의 시간적 공간적 여백은 세상사에 오염되며 살아온 우리의 몸과 마음을 씻어 주기 위해 신이 우리에게 선사하는 귀중한 선물이며 은혜이다. 노인은 모름지기 독거(獨居)라는 선물에 감사할 일이다. 다산 정약용(茶山 丁若鏞)[114]의 시 한 수 옮긴다.

---

113) 백광훈(白光勳, 1537~1582): 조선 중기 때 시인으로 자는 창경(彰卿), 호는 옥봉(玉峰), 본관은 해미(海美).

114) 정약용(丁若鏞, 1762~1836): 조선 후기의 문신이자 실학자·저술가·시인·철학자. 세례명 요한으로 천주교 세례를 받았으며, 경상도와 전라도 강진 등에서 신유사옥(辛酉邪獄) 천주교 박해사건 (1801) 때부터 18년간 유배 기간에 『牧民心書(목민심서)』, 『經世遺表(경세유표)』 등 올바른 치민(治民)을 위한 공직자윤리 지침서를 저술했음.

나이가 들면서 눈이 침침한 것은

필요 없는 작은 것은 보지 말고 필요한 큰 것만 보라는 것이며

귀가 잘 안 들리는 것은 필요 없는 작은 말은 듣지 말고

필요한 큰 말만 들으라는 것이고

이가 시린 것은 연한 음식만 먹고 소화불량 없게 하려 함이다.

걸음걸이가 부자연스러운 것은 매사 조심하고 멀리 가지 말라는 것이며

머리가 하얗게 되는 것은 멀리 있어도

노인임인 것을 알게 하기 위한 조물주의 배려이다.

정신이 깜박거리는 것은 살아온 세월을 다 기억하지 말라는 것이니

지나온 세월을 다 기억하면 아마도 머리가 핑할 터이니

좋은 기억과 아름다운 추억만 기억할 터이고

바람처럼 다가오는 시간을 선물처럼 받아들여

가끔 힘들면 한숨 한 번 쉬고 하늘을 볼 것이라

멈추면 보이는 것이 참 많으니라.

26. 冶匠之訴題야장지소제
- 대장간 주인 소송에 대한 제목

　도둑이 밤에 사람을 죽인 후 시신을 어떤 대장간에 놔두고 도망갔다.
관아에서 자신을 살인 피의자로 지목한다며 하소연하는 대장간 주인을
위해 김삿갓이 써 주어 억울한 옥살이를 피하게 해주었다는 글이다.

작품해설

項羽弑義帝 投地江中
　항 우 시 의 제　투 지 강 중

항우가 의제를 죽여 강물 속으로 던졌으니

주해

義帝(의제): 신하인 항우(項羽)에게 죽임을 당한 초(楚)나라 황제.
弑(시): 죽이다.

罪在項羽 罪不在江中
　죄 재 항 우　죄 불 재 강 중

죄는 항우에 있지 죄가 강물에 있지 않다.

夜盜殺人 投之冶幕
　야 도 살 인　투 지 야 막

밤도둑이 사람을 죽여 대장간에 던졌으니

冶(야): 대장장이, 풀무, 대장간. 꾸미다. 幕(막): 장막. 冶幕(야막): 대장간.

罪在夜盜 罪不在冶幕
죄 재 야 도   죄 부 재 야 막

죄는 밤도둑에게 있지 죄가 대장간에 있지 않다.

況及於冶幕之主乎
황 급 어 야 막 지 주 호

하물며 죄가 대장간 주인에게 미친다고 할 수 있을까?

況(황): 하물며, 더욱이. 及(급): 미치다, 이르다.

수사기관에서 흔히 완전 범죄는 없다고 하지만, 범죄 방지를 위한 의례적인 표현인 측면도 있다. 수사기관의 무관심, 부주의로 인해 초동 수사 대처에 소홀하고 증거를 놓쳐 영원히 미제사건으로 남는 때도 있다. 이 글에서 살인자는 이미 사라졌고, 시체가 있었던 대장간의 주인이 범인으로 수사받고 있었던 모양이다. 세상에는 법적으로 도덕적으로 설명이 힘든 경우가 많다. 선천성 장애를 갖고 태어난 장애인의 경우 부모를 탓해야 하나? 아니면 불행한 자신의 운명 탓으로 돌려야 하나? 친일파 후손은 조상을 탓해야 하나? 아니면 불운한 자신의 팔자 탓으로 돌려야 하나? 누구의 죄인가? 해답은 없다. 과거에 있었던 불편한 진실에 얽매이지 않고, 긍정적인 생각으로 오늘을 열심히 사는 수밖에. 김삿갓은 항우(項羽)와 의제(義帝)의 고사를 통해 삼단논법 논리적 비유로 설명했지만, 대장간 주인이 범인이 아니라는 증거는 제시하지 못하지 않았나? 여하튼 대장간 주인이 김삿갓의 글로 억울한 옥살이는 면했다 하니 다행이다.

27. 風俗薄풍속박

- 마을 인심 야박하네

해 질 무렵 김삿갓이 하룻밤 유숙을 위해 어느 마을을 찾았는데, 이집 저 집 문을 두드려도 모두 문전박대하며 거절한다. 밤도 깊고 갈 곳도 없는 자신의 처량한 신세를 한탄하니 어디선가 뻐꾸기가 '뻐꾹 뻐꾹' 울며 위로해준다며 읊은 시이다.

작품해설

斜陽叩立兩柴扉
사 양 고 립 양 시 비

해 질 무렵 남의 집 문을 두드리니

주해

叩(고): 두드리다, 묻다. 柴扉(시비): 사립문.

三被主人手却揮
삼 피 주 인 수 각 휘

주인이 손을 휘저으며 꺼지라는 푸대접을 세 번이나 당했네.

杜宇亦知風俗薄
두 우 역 지 풍 속 박

두견새도 야박한 이곳 인심을 알았는지

주해

杜宇(두우): 뻐꾸기, 두견(杜鵑)새. 자규(子規), 불여귀(不如歸)라고도 불림.

薄(박): 깔보다, 얇다, 천하다.

隔林啼送不如歸
격 림 제 송 불 여 귀

차라리 돌아가라고 숲에서 뻐꾹 뻐꾹 우네.

주해

啼(제): 울다. 不如歸(불여귀): '돌아감만 못하다'라는 의미이면서, '뿌루꾸이'라는 중국어 발음과 유사한 '뻐꾸기'로도 해석된다.

첨언

이 시의 제목을 「문전박대(門前薄待)」로 옮기는 작가도 있다. 하룻밤 유숙을 매몰차게 거절당하고 쫓겨나는 김삿갓 신세가 보기에 너무 처량해, 뻐꾸기가 "차라리 집으로 돌아가는 게 낫겠다"라며 '뻐꾹 뻐꾹' 울어댄다. 김삿갓을 위로해주는 듯한 뻐꾸기가 사랑스럽다. 뻐꾸기(cuckoo)는 농사철에 많이 울어 중국에서는 '포곡조(布穀鳥, 곡식을 퍼뜨리는 새)'라 부르는데, '포곡조'의 중국어 발음인 '뿌꾸냐오(Bùgǔ niǎo)'와 유사하게 '뻐꾸기'라는 이름이 지어진 듯하다. 한국과 중국의 고전 문학을 보려면 반드시 알아야 할 새 이름이 있다.

• 두견(杜鵑)새: 왕위에서 쫓겨나 한 맺힌 삶을 살다 간 중국 촉(蜀)나라 망제(望帝)가 죽어 다시 태어났다고 전하는 새의 이름. 망제(望帝),

자규(子規), 불여귀(不如歸)라고도 불림.
- 접동새: 경상남도 설화 속 새로 두견새의 별칭.
- 소쩍새: 두견새(접동새)와는 다른 올빼미과 새.

두견새, 접동새는 중국과 한국에서 달리 부르는 이름으로 같은 새이며, 소쩍새와 함께 주로 슬프고 恨 맺힌 사연을 표현하기 위해 묘사됨.

- 뻐꾸기: 두견과의 새로 '布谷鳥/布穀鳥(포곡조)'라고도 불림.
- 꾀꼬리: 까마귀과의 새로 황조(黃鳥)라고도 불림.

뻐꾸기의 '뻐꾹 뻐꾹', 꾀꼬리의 '꾀꼴꾀꼴' 우는 소리가 맑고 아름다워 두견새(접동새), 소쩍새와 달리 주로 즐겁고 아름다움을 표현하기 위해 묘사됨. 알람 시계에도 흔히 사용되고 동요에도 등장한다.

오빠 생각

뜸북 뜸북 뜸북새 논에서 울고
뻐꾹 뻐꾹 뻐꾹새 숲에서 울 제
우리 오빠 말타고 서울 가시면
비단 구두 사가지고 오신다더니

시냇물은 졸졸졸졸 고기들은 왔다갔다
버들가지 한들한들 꾀꼬리는 꾀꼴꾀꼴

안타까운 점은 동양에서 인간에게 사랑을 받고 친화적으로 인식되는 뻐꾸기를 미국에서는 어째서 정신병자나 미친 사람을 지칭하는 단어로 쓰일까? 1975년 상영된 '뻐꾸기 둥지 위로 날아간 새'[115]라는 제목의 영화에서 뻐꾸기 둥지(cuckoo's nest)는 정신병원임을 암시했다. 왜 그럴까? 자기 둥지를 만들지 않고 다른 새의 둥지에 탁란(托卵)[116]하는 얌체 같은 새라 그런가? 다른 새의 둥지에서 먼저 부화 된 뻐꾸기 새끼는 둥지 주인인 숙주의 새끼와 알을 모두 제거한다고 하니, 뻐꾸기 참 못됐다. 그래도 떠나는 김삿갓의 마음을 달래주는 건 뻐꾸기뿐이니 미워할 수가 없다. 강원도 영월에 뻐꾸기 이름을 딴 '자규루(子規樓)' 혹은 '매죽루(梅竹樓)'라고 부르는 누각이 있다. 1456년에 거열(車裂)형으로 비참하게 생을 마감한 '매죽헌(梅竹軒)' 성삼문의 호(號)와 누각 '매죽루(梅竹樓)'의 이름이 같다. 단종이 교살(絞殺)당하기 전 불사이군(不事二君) 충신(忠臣) 성삼문의 호 매죽헌(梅竹軒)과 이름이 같은 이 매죽루(梅竹樓) 누각에 올라 눈물 흘리며 자규시(子規詩)를 읊었다 하니, 단종의 승하 28년 전에 이미 미래에 있을 일을 예견하듯 세종 때 매죽루(梅竹樓)라는 이름을 짓지 않았을까 하는 생각마저 든다. 단종의 자규시(子規詩) 편액은 누각 북쪽 처마 아래에 걸려있다. 단종 승하 후 매죽루(梅竹樓) 편액은 누각 북쪽에, 자규루(子規樓) 편액은 남쪽에 걸려있으며, 누각은 이제 자규루(子規樓)라 부른다.

子規詩 자규시 ─ 端宗 단종

一自冤禽出帝宮
일 자 원 금 출 제 궁

---

115) 뻐꾸기 둥지 위로 날아간 새(One Flew Over the Cuckoo's Nest): 성격파 배우 잭 니콜슨(Jack Nicholson)이 주연한 영화로 남우주연상, 여우주연상 등 1976년 48회 아카데미 상 5개 부문을 석권함.

116) 탁란(托卵): 새가 다른 새의 둥지에 자기 알을 낳아 키우게 하는 일을 말함.

한 맺힌 새 한 마리 궁궐에서 쫓겨나와

주해

寃(원): 원통하다. 禽(금): 날짐승, 새. 帝宮(제궁): 임금의 궁궐.

孤身隻影碧山中
고 신 척 영 벽 산 중

짝 그림자도 없는 새 한 마리 푸른 산속 홀로 헤매네.

假眠夜夜眠無假
가 면 야 야 면 무 가

밤이 오고 가도 잠을 이루지 못하고

窮恨年年恨不窮
궁 한 연 년 한 불 궁

해가 오고 가도 이 맺힌 한은 끝이 없네.

聲斷曉岑殘月白
성 단 효 잠 잔 월 백

새의 울음마저 끊긴 새벽달 빛은 아직 흰데

주해

岑(잠): 봉우리, 높다.

血流春谷落花紅
혈 류 춘 곡 낙 화 홍

봄 골짜기 흐르는 피맺힌 물에 지는 꽃잎 핏빛이네.

天聾尚未聞哀訴
천 롱 상 미 문 애 소

하늘은 귀가 먹었는가, 슬픈 사연은 듣지도 못하고

주해

聾(롱, 농): 청각장애인. 귀머거리.

何乃愁人耳獨聽
하 내 수 인 이 독 청

어찌 깊은 수심은 내 귀에만 들려오는가?

주해

乃(내): 너, 이에.

子規는 두견새의 별칭으로 우리나라에서는 흔히 접동새나 소쩍새, 뻐꾸기와 같은 의미로 쓰인다. 반역으로 축출되어 억울하게 죽은 중국 촉나라 어린 왕 망제(望帝)가 두견새(子規)가 되어 피를 토하고 울었다고 하는 야사에서 유래한다.

28. 老總角陳情表노총각진정표

- 노총각이 하소연하며 올린 글

    김삿갓이 충남 연산(燕山) 모처에서 하룻밤을 지낼 때 그 마을의 36세 된 한 가난한 노총각이 노성(魯城) 인근 마을에 부모 없이 친척 집에 얹혀사는 한 처녀와 혼약을 맺었는데 혼례 치를 돈이 없어 걱정하던 중, 김삿갓이 글을 잘 쓴다는 소문을 듣고 찾아와 그곳 관찰사에게 보내는 글을 써달라고 부탁해 김삿갓이 그 청년을 위해 써 준 '걸표(乞表, 호소문, 청원서)'이다.

작품해설

童則卯而長則冠古今之常禮
동 칙 관 이 장 칙 관 고 금 지 상 례

소년 자라 상투해 관쓰는 건 예로부터 흔히 있는 일로

주해

卯(관): 상투, 총각.

女有家而男有室天地之大倫
여 유 가 이 남 유 실 천 지 지 대 륜

여자가 시집가고 남자가 아내 맞음은 천륜이라

續莫大焉
속 막 대 언

혈통 잇는 것보다 더 큰 일 없으며

주해

續(속): 잇다, 여기서는 대 혹은 혈통을 잇는다는 의미.

何可廢也
하 가 폐 야

어찌 천륜을 폐할 수 있으리오?

兹葩經究三百章之志太半男女依思之歌
자 파 경 구 삼 백 장 지 지 태 반 남 녀 의 사 지 가

그래서 아름다운 『詩經』 3백 편 모두 남녀애정을 노래했고

주해

兹(자): 이에, 이래서. 葩經(파경):『詩經』의 별칭. 葩(파): 꽃, 아름답다.

故大易著六十卦之辭無非陰陽感應之理
고 대 역 저 륙 십 괘 지 사 무 비 음 양 감 응 지 리

그래서 위대한 주역 60괘 모두 음과 양이 서로 감응하는 이치일 뿐이다.

주해

易著(역저): 주역(周易). 무비(無非): 그렇지 않음이 없이 모두. 感應(감응); 어떤 느낌을 받아 마음이 따라 움직임.

肆文王惠鰥寡之日必使於婚姻之而時
사 문 왕 혜 환 과 지 일 필 사 어 혼 인 지 이 시

주나라 문왕은 홀아비 과부들 제때 맺게 은혜를 베풀었고

주해

肆(사): 마음대로 하다. 鰥(환): 홀아비.

亦成湯慈困窮之辰所貴乎夫婦之相得
역 성 탕 자 곤 궁 지 진 소 귀 호 부 부 지 상 득

은나라 탕왕도 곤궁한 사람 제때 서로 부부 되게 자비를 베푸셨소.

伏念生
복 염 생

생각이 늘 마음속에 있는데

早失慈母自七歲而零丁
조 실 자 모 자 칠 세 이 영 정

일찍이 일곱 살 때 사랑하는 어머니 여의고 외롭게 살았소.

주해

零丁(영정): 외롭고 의지할 곳 없음.

只奉嚴親已六旬之回甲
지 봉 엄 친 이 육 순 지 회 갑

지금 모시고 있는 아버지 나이 이미 육십으로 회갑이 되었고

相如之家壁徒立更無王孫女知音
상 여 지 가 벽 도 립 갱 무 왕 손 녀 지 음

사마상여 집같이 홀아비로 살면서 탁왕손 같은 부자의 딸도 없고

주해

相如(상여): 사마상여(司馬相如)를 지칭. 사마상여는 중국 전한 시대 가난한 문인으로 부잣집
탁왕손(卓王孫)의 딸과 결혼해 부유하게 살았다.
　知音(지음): 속마음까지 알아주는 사람.

衰駄之容貌駭然孰有夫子妾爲願
곤 태 지 용 모 해 연 숙 유 부 자 첩 위 원

똥개 같은 용모가 확연해 어찌 순순히 따라올 여자 있으리요?

주해

衰駄(곤태): 못생긴 동물로 추정됨. 駭然(해연): 깜짝 놀랄 정도로. 孰(숙): 어느, 누가.

傷哉貧也實難聘幣之爲資
상 재 빈 야 실 난 빙 폐 지 위 자

슬프도다! 이리 가난하니 혼례 비용 대기가 곤란키에

주해

哉(재): 어조사. 聘幣(빙폐): 혼인 예물.

人皆賤之咸曰室家之不足
인 개 천 지 함 왈 실 가 지 부 족

사람들은 천히 여겨 모두 내가 남편 되기엔 부족하다 하네.

咸(함): 모두.

卅六年光陰落流自慚衰境之總角
삽 륙 년 광 음 낙 류 자 참 쇠 경 지 총 각

36년 세월 어느덧 흘러 창피한 노총각 신세 되었구나

卅(삽): 서른, 삼십 광음(光陰): 해와 달, 낮과 밤, 긴 세월을 이름.

慚(참): 부끄럽다, 창피하다.

衰境(쇠경): ~에 접어들다, 쇠약해지다.

三四代墓祠壯絶每切至痛之在心
삼 사 대 묘 사 장 절 매 절 지 통 지 재 심

3, 4대 조상 묘 제사 올릴 후계 자식 없어 가슴 아프구나!

壯絶(장절): 장대하고 뛰어남, 여기서는 믿음직스러운 후손.

閑散鄕員之輩不願之窮之賤班
한 산 향 원 지 배 불 원 지 궁 지 천 반

한산한 향원들도 가난한 무리 되길 원치 않고

鄕員(향원): 좌수나 별감 같은 향청(鄕廳) 관리.

約丁風憲流亦求同類之富漢
약 정 풍 헌 류 역 구 동 류 지 부 한

약정이나 풍헌들 역시 자기들 같은 부자를 구하네.

주해

約丁(약정): 지방 관아에서 약초를 캐는 장정인 '藥丁(약정)'의 오기인 듯함.
風憲(풍헌): 조선 때 마을에서 풍속을 바로잡는 일을 맡은 벼슬아치.

頭邊加外上之冠知者惟號曰道令
두 변 가 외 상 지 관 지 자 유 호 왈 도 령

머리 위 빌려 쓴 관 써도 아는 자는 도령이라 부르고

주해

道令(총각): 총각의 높임말.

鬢底生多方之髮過客必稱以生員
빈 저 생 다 방 지 발 과 객 필 칭 이 생 원

귀밑털 무성하니 과객들 나를 언제나 생원이라 부르지요.

주해

鬢(빈): 귀밑털

東鄰之衰翁抱孫會不過老兄之列
동 린 지 쇠 옹 포 손 회 불 과 노 형 지 렬

동쪽 마을 이웃 노인 손자 안고 다녀도 불과 노형 정도고

西舍之小年娶婦亦皆是侍生之行
서 사 지 소 년 취 부 역 개 시 시 생 지 행

서쪽 마을 집 소년이 아내 맞아도 나의 시생에 불과하네.

주해

娶(취): 아내를 맞다, 장가들다. 侍生(시생): 어른을 모시는 젊은 사람.

彼丈夫我丈夫是何賦命之偏塞
피 장 부 아 장 부 시 하 부 명 지 편 새

그들이 장부면 나도 장부인데 내 운명은 왜 이 모양인가?

주해

賦命(부명): 타고난 운명. 偏塞(편새): 융통성이 없고 꽉 막힘.

東亦客西亦客靡切靡室之有嘆
동 역 객 서 역 객 미 절 미 실 지 유 탄

이리 봐도 저리 봐도 나만 살만한 집이 없어 한숨만 나오는구나!

주해

靡切靡室(미절미실): 靡室靡家(미실미가)와 無室無家(무실무가)와 같은 의미, 아내도 없고 궁핍
해 살만한 집이 없음.

躬自執樵難供堂上之菽水
궁 자 집 초 난 공 당 상 지 숙 수

몸소 나무라도 하러 가면 아버지에게 변변한 진지 공양도 못 하고

주해

躬(궁): 몸소, 樵(초): 땔나무.
供堂(공당): 위패를 안치했거나 어른이 계신 방.
菽水(숙수): 콩과 물, 변변치 못한 음식을 일컬음.

家無主饋孰作廚下之羹湯
가 무 주 궤 숙 작 주 하 지 갱 탕

집에 주부가 없으니 그 누구도 국 사발 한 그릇 못 드리네.

饋(궤): 먹이다, 대접하다. 孰(숙): 누구, 어느 무엇. 廚(주): 부엌. 羹湯(갱탕): 국

事父無以爲養嗟乎人道之蔑如
사 무 부 이 위 양 차 호 인 도 지 멸 여

아버지 잘 모시지 못하니 사람 도리 다 못하는 것을 탄식하네

嗟(차): 탄식하다, 蔑(멸): 버리다, 없다.

爲子將至廢倫莫慰親心之慽苦
위 자 장 지 폐 륜 막 위 친 심 지 척 고

자식으로서 폐륜에 이르니 아버지 근심·걱정 못 달래네

慽苦(척고): 근심과 고통

入室則忽忽不樂
입 실 칙 홀 홀 불 락

집에만 들어오면 이유 없이 그냥 즐겁지 못하고

忽忽(홀홀): 갑자기, 돌연

出門則蹴蹴含羞
출 문 칙 축 축 함 수

밖에만 나가면 늘 조심하며 부끄러워하네

蹴蹴(축축): 언행을 조심하다. 含羞(함수): 수줍어하다, 부끄러워하다.

何幸近日魯城地有
하 행 근 일 노 성 지 유

어쩌다 운이 좋아 얼마 전 노성 땅에

一婚處此亦而無父母
일 혼 처 차 역 이 무 부 모

부모 없는 처녀와 혼약을 한 번 했지요.

處女倚養於族屬家
처 녀 의 양 어 족 속 가

그 처녀는 친척 집에 얹혀 산다는군요.

兩窮相逢先請數十婚禮納
양 궁 상 봉 선 청 수 십 혼 례 납

가난한 두 집이 만났으니 그쪽에서 먼저 수십 냥 혼례 비를 청해도

雙拳皆赤乃無一二錢辨通
쌍 권 개 적 내 무 일 이 전 변 통

두 주먹 텅 빈 나로선 한두 푼 돈도 변통 못하지만

婚處則忍以不能捨也
혼 처 칙 인 이 불 능 사 야

이 혼처는 차마 버리기 어렵소.

形勢則實爲莫勘當焉
형 세 칙 실 위 막 감 당 언

내 형편 정말 견디지 못하여

주해

焉(언): 어찌, 이에

小生則徒勞奔走昨日處行今日虛行
소 생 칙 도 노 분 주 작 일 처 행 금 일 허 행

소생 분주히 돌아다녀 봤지만, 어제도 오늘도 헛수고네.

老父則空費心事昨夜不寢今夜不寢
노 부 칙 공 비 심 사 작 야 불 침 금 야 불 침

늙은 아비 또한 마음고생 하며 어젯밤도 오늘 밤도 잠 못 이루시네

주해

費心(비심): 애를 씀, 마음을 씀.

求四面乞四面怪底每事之戲魅
구 사 면 걸 사 면 괴 저 매 사 지 희 매

사면으로 밑바닥까지 돌아다녀 봐도 모든 게 도깨비 장난이구나

魅(매): 도깨비.

喜一邊憂一邊果有何處之活佛
희 일 변 우 일 변 과 유 하 처 지 활 불

한번 웃고 한번 울고 해도 결국 생부처는 어디에도 없더라.

一邊(일변): 한편

窃伏念
절 복 염

몰래 마음속 생각을 헤아려보니

窃(절): 몰래, 훔치다.

幸際聖世敦秉彛倫之化
행 제 성 세 돈 병 이 륜 지 화

다행히 세상에 좋아 도덕과 인륜 문화가 두텁고

聖世(성세): 훌륭한 왕이 다스리는 시대, 태평성대. 敦(돈): 두텁다, 진을 치다. 敦秉(돈병): 두텁게 장악하다, 彛倫(이륜): 인간으로 지켜야 할 떳떳한 도리.

又逢巡相亦休明之治
우 봉 순 상 역 휴 명 지 치

또 훌륭한 재상이 두루 돌며 정치를 투명하게 잘하는 시대라

주해

休明(휴명): 뛰어나게 분명하다.

十行之恩綸宜極盡匹夫之失所
십 행 지 은 륜 의 극 진 필 부 지 실 소

십행지은으로 정성을 다하는 백성들의 모자란 바를 해결해서

주해

十行(십행): 보살이 깨달음에 이르는 열 개의 단계. 極盡(극진): 힘과 마음을 다함.

一域之惠化方暢先恤窮民之無依
일 역 지 혜 화 방 창 선 휼 궁 민 지 무 의

한 편으로는 은혜를 베풀어 솔선해서 가난한 국민을 구해내 주는구나!

주해

一域(일역): 오로지, 한 편. 方暢(방창): 통쾌하다, 바야흐로 화창하다.
恤(휼): 동정하다, 근심하다. 窮民(궁민): 궁핍하고 가난한 백성.

時有仲春詩人復詠夭桃之什
시 유 중 춘 시 인 복 영 요 도 지 십

때는 바야흐로 한창 봄철이라 시인은 시집장가갈 나이의 사람들을 위해 노래하고

주해

仲春(중춘): 봄이 한창일 때, 음력 이월경.
夭桃(요도): 아름답게 꽃핀 복사나무, 젊고 아름다운 여인, 시집갈 나이.
什(십): 열, 여기서는 노래, 시가(詩歌)

巡察四邑矣氓爭誦甘棠之風
순 찰 사 읍 의 맹 쟁 송 감 당 지 풍

고을을 순찰하는 관리를 백성들이 다투어 칭송해 맞는구나.

주해

甘棠(감당): 맛이 달콤한 팥배나무. 甘棠之風(감당지풍): 여기서는 고을을 잘 지키는 관리들을
칭송한다는 의미.

苟捐稟供之數石足備聘姿之千金
구 연 품 공 지 수 석 족 비 빙 자 지 천 금

다만 관리들보고 혼례비로 너그러이 돌멩이를 마련하라 부탁하면 천만금은 되리라.

주해

苟(구): 다만, 진실로. 捐(연) 없애다, 버리다. 稟(품): 여쭈다, 아뢰다.

若然則
약 연 칙

만약 그렇다면

上馬揚揚橫馳春風之長道
상 마 양 양 횡 치 춘 풍 지 장 도

말 타고 봄바람 불어대는 긴 도로를 신나게 달리며

주해

橫馳(횡치): 가로질러 질주하다, 橫走(횡주)와 같은 의미.

捕雁熙熙好友旭日之始照
포 안 희 희 호 우 욱 일 지 시 조

기러기 품에 안은 내 좋은 벗 솟아오르는 아침 햇살 받아 밝게 빛나리.

주해

熙熙(희희): 밝게 빛나는 모습, 旭日(욱일): 아침에 돋는 해.

樵筳之花容嬋妍見何晚也
초 정 지 화 용 선 연 견 하 만 야

나무꾼 신랑이 곱고 예쁜 신부 보자마자 왜 이리 늦었냐고 묻는구나!

주해

樵筳(초정): 나무꾼. 嬋妍(선연): 곱고 예쁜.

洞房之華燭照耀喜可之焉 .
동 방 지 화 촉 조 요 희 가 지 언

동방화촉 불 밝혀 비치는 침실에서 어찌 즐겁지 않으리오!

주해

洞房(동방): 침실, 동방화촉(洞房華燭)의 준말. 照耀(조요):밝게 비춤

乃者歟
내 자 여

그렇다면야 우선

주해

乃者(내자): 이전에, 먼저, 우선. 歟(여): 어조사.

共輓鹿車而歸
공 만 녹 거 이 귀

작은 수레를 타고 집에 돌아와

輓(만): 수레. 鹿車(녹거): 여기서는 작은 수레.

同入蝸室而處
동 입 와 실 이 처

달팽이같이 작은 집으로 함께 들어와

주해

蝸(와): 달팽이.

有是夫有是婦且喜家道之稍盛
유 시 부 유 시 부 차 희 가 도 지 초 성

남편 아내 서로 즐겁게 살며 집안 살림 보살펴 풍성하게 하고

주해

有是夫有是歸는 문맥상 식자 오류로 판단되어 '歸'자는 '婦'자로 수정했음. 稍(초): 벼 줄기.

乃生男乃生女皆稱晚年之有福
내 생 남 내 생 녀 개 칭 만 년 지 유 복

그때그때 아들딸 자식 낳고 사는 게 다 느즈막 행복이 아니겠소?

於是乎
어 시 호

이렇다면

於是乎(어시호): 이리하여, 그렇다면, 於是于(어시우)와 동의어.

召父之恩不獨專美於古
소 부 지 은 부 독 전 미 어 고

부모가 부른 은덕이 비단 옛날에만 전해오는 것이 아니고

召父之恩(소부지은): 漢나라 관리 '소신신(召信臣)'이 정사를 너무 잘 돌보아 백성들이 아버지같이 은혜로운 사람, 소부(召父)라 불렀다.

賈子之號將以復稱於今
가 자 지 호 장 이 복 칭 어 금

가자(賈子) 같은 훌륭한 지방관이 지금도 있다고 칭송하려는 거요.

賈子之號(가자지호): 唐나라 때 '가도(賈道)'라는 지방관이 있었는데 백성을 보살피며 정사를 잘 돌보아 백성들이 아들을 나면 '賈(가)'자를 넣어 이름을 지었다.

是誰之德
시 수 지 덕

이게 다 누구 덕이겠소?

受賜多也
수 사 다 야

모두 그대로부터 받은 거라오!

주해

賜(사): 하사하다, 은덕.

첨언

표(表)는 부(賦), 책문(策問)과 함께 과거(科擧) 시험과목[117]의 하나였으며, 신하가 임금에게 올리는 상소문이었지만, 김삿갓은 노총각의 호소문이 제갈량(諸葛亮)의 출사표(出師表)만큼 엄중하고 시급하게 받들어 처리해야 할 일이라며 이 걸표(乞表)를 써주었다. 이응수의『金笠詩集』해석이 고어체로 되어있고 중국 고사가 많이 포함되어 있고, 독자들의 이해를 돕기 위해 쉽게 풀어 번역하려고 노력했지만, 중국 고사에 관한 지식이 깊지 못해 다소 미흡한 부분이 있을 수 있다.

어린아이는 자라서 상투 틀고 갓 쓰고, 남자가 여자를 만나 가정을 이루고 살며 가계(家系)를 이어 가는 것보다 이 세상에 더 중요한 게 없는데, 어찌 천륜(天倫)을 저버리겠냐고 항변한다.『詩經』300편의 시와『周易』60괘의 언사에 남녀음양감응(男女陰陽感應)의 이치를 벗어난 게 없다. 그래서 주나라 문왕(文王)은 혼기에 찬 노총각 노처녀 혼인하게 해주지 않았는가? 조실부모(早失父母)하고 집안 살림살이가 어려워 일곱 살 때부터 홀로 모신 아버지 연세도 환갑이 되었습니다. 가난하고 얼굴도 못난 제가 거문고 좀 뜯는다고 탁왕손(卓王孫) 같은 부잣집 딸이 쫓아와 아내가 되길 원하겠습니까? 가난하고 빈털터리이니 사람들은 저를 천대(賤待)하며 남편감으로 치지도 않습니다. 그러다 36년이란 긴 세월이 흘

---

117) 과거(科擧) 시험과목: 부(賦) - 주로 古詩 형식으로 문학적 글쓰기 능력을 평가, 표(表) - 임금에게 자기 생각을 건의하는 글, 책문(策問) - 국가 운영이나 정치사회 현안에 대한 식견에 관한 질문.

러 몸까지 쇠약해진 노총각이 되었으니, 이제 34대까지 지켜온 조상 제사(祭事) 올릴 자손까지 끊어질까 봐 두렵습니다. 약초나 캐는 약정(約丁)이나 풍헌(風憲) 같이 빌빌대는 말단 벼슬아치들도 끼리끼리 사돈 맺지 우리 같은 천반(賤班, 천박한 무리)은 거들떠보지도 않습니다. 제가 나이 드니 사람들은 저를 도령이니 생원이니 부릅니다. 동쪽 마을 이웃 노인이 손자 안고 다녀도 알고 보면 내 형뻘밖에 안 되는 정도고, 장가가 우쭐대는 서쪽 마을 집 소년도 알고 보면 제 시생 정도밖에 안 됩니다. 그들이 장부면 나도 장부인데 내 운명은 왜 이 모양 이 꼴입니까? 아무리 봐도 뾰족한 대책도 없고 한숨만 나옵니다. 산에 나무하러 가야 해서 아버지에게 변변한 진지 공양도 못 하겠고, 마누라도 없으니 국 사발 올릴 사람도 없지요. 아비를 섬기되 봉양을 못 하니 참으로 마음이 아픕니다. 제가 자식 된 도리를 못 하니 아비 근심이 큽니다. 집에만 돌아오면 이유 없이 기분 나쁘고, 밖에 나가면 창피해 못 살겠습니다. 어쩌다 운이 좋아 얼마 전 노성(魯城) 땅에 부모 없는 처녀와 혼약을 한 번 했지요. 그 처녀는 친척 집에 얹혀산다는군요. 그쪽에서 먼저 수십 냥 혼례비를 청해도, 땡전 한 푼 없는 그 돈을 어떻게 변통하겠습니까? 이 처녀를 놓치기는 싫고 혼례비는 마련해야겠고 이리 뛰고 저리 뛰며 난리 쳤지만, 허탕만 쳤지요. 늙은 아비 또한 마음고생 하시며 매일 밤잠 못 이루십니다. 세상 밑바닥까지 돌아다녀 봐도 모든 게 되는 일이 없습니다. 웃고 울며 찾아 헤매도 살아 있는 부처는 그 어디에도 없더이다. 가만히 생각해 보니, 다행히 세상이 좋아 도덕과 인륜 문화가 두텁고, 재상 또한 정치를 투명하게 잘하는 시대라 정성을 다하는 백성들의 모자란 바를 헤아려 은혜를 베푸니 솔선해서 가난한 백성을 구해내 줍니다. 때는 바야흐로 한창 봄철이라 시인은 시집장가갈 나이의 사람들을 위해 노래하고 고을을 순찰하는 관리를 백성들이 다투어 칭송합니다. 관리들 보고 혼례비 대신 돌맹이로 대신하게 해달라 부탁하면 혼례비 장만은 문제가 없겠지요. 만약 그리한다면, 신랑이 말 타고 봄바람 불어대는 긴 도로를 신나게 달리며 신부한테 선물할 품속의 기러기 인형이 솟아 오르는 아침 햇살 받아 밝게 빛날 것입니다. 곱고 예쁜 신부는 나무꾼 신랑을 보자마자 왜 이리 늦었냐고 보채고 동방화촉(洞房華燭)[118] 불 밝히는 침실에서 어찌 즐겁지 않겠습니까? 첫날밤을 보낸 후 신부를 사슴 수레에 태우고 초라한 저의 작은 집으로 함께 돌아와, '여보 당신' 하며 서로 즐겁게 살며 집안 살림 보살펴 풍성하게 하고 아들딸 낳고 사는 게 다 느즈막 행복이 아니겠소? 노총각 신세를 잘 돌봐줬던 한(漢) 나라 '소신신(召信臣)'의 은덕을 우리 충청도 관리라고 못 베풀겠소? '가도(賈道)' 같은 훌륭한 지방관이 지금 있어 아들을 나면 그의 성 '賈(가)' 자를 이름에 넣어 추모했습니다. 그런 일이 지금도 있을 수 있다고 표(表)를 올리는 바입니다. 이게 다 누구 덕이겠습니까? 모두 그대 같은 훌륭한 관리로부터 받은 거 아니겠습니까?

---

118) 동방화촉(洞房華燭): 혼례를 치르고 신랑 신부가 첫날밤을 보내는 의식.

29. 錢전

- 돈

예나 지금이나 돈 있으면 안 되는 게 없나 보다. 돈 있으면 어디 가나 무시 안 당하고, 죽을 사람도 살리고, 산 사람도 죽일 수 있는 세상이다. 무전걸식(無錢乞食) 하는 나그네 김삿갓도 돈의 위력은 어쩔 수 없다며 읊은 칠언절구(七言絶句) 시이다.

작품해설

周遊天下皆歡迎
주 유 천 하 개 환 영

천하를 두루 돌아다녀 봐도 어디서나 환영받고

주해

周(주): 두루, 골고루.

興國興家勢不輕
흥 국 흥 가 세 불 경

나라와 집안을 흥하게 하니 그 힘이 결코 가볍지 않네.

去復還來來復去
거 복 환 래 래 복 거

갔다가 다시 오고 왔다가 다시 가니

生能死捨死能生
생 능 사 사 사 능 생

사람 살리고 죽여버리는 것도 제 마음대로네.

첨언

'迎(영)', '輕(경)', '生(생)' 자를 각운(脚韻)으로 단 칠언절구 시이다. 3행의 '去(거)' 자가 운(韻)을 깨뜨리는 감이 있지만, 3행의 初聲과 終聲을 '去(거)' 자로 맞추기 위해 어쩔 수 없었을 것 같다.

컴퓨터에 무지한 사람을 '컴맹(盲)'이라 부르듯 돈의 가치와 흐름을 몰라 항상 가난을 벗어나지 못하는 사람을 가리켜 '돈맹(盲)'이라고 부를 수 있다. '돈'은 우리의 삶을 풍요롭게 할 수 있지만, 지나친 '돈욕(慾)'은 인간을 고통과 불행(不幸)의 늪으로 빠뜨릴 수 있다. 조폭이 이유 없이 많은 돈을 내게 주겠다 할 때 쉽게 받을 수 있을까? 돈에는 무서운 속성이 있기 때문이다. 술과 여색(女色)을 경계하라는 김삿갓의 칠언절구(七言絕句) 「酒色(주색)」이란 시가 있다. 돈 많다고 술과 여색(女色)을 가까이하는 사람들은 돈의 어원에 담긴 경고를 한 번쯤 생각해 볼 만하다. 그리스 신화에서 화폐 사용을 주관하던 주노(Juno) 여신은 이방인의 공격에 주의하라는 경고의 의미로 '모네타(Moneta)'라는 신전을 지었다. 'Moneta'는 'monetary(돈에 관한)', 'money(화폐)', 'mint(화폐 주조)' 등의 어원이 되었다. 그래서인지 스페인의 'moneda', 독일의 'mark'등 모두 여성명사로 쓰인다. 여인이 저절로 가까이 오게 해야지, 끌려가기만 하면 돈뿐 아니라 명예까지 모두 잃을 수 있다. 이런 돈의 경고에도 불구하고, 필자는 돈 싫다는 사람 못 봤고, 돈은 세상 어디를 가도 환영받는다. '삶을 의미 있게 만드는 것'에 관한 어떤 설문 조사에서 돈이 1위였고, 신앙이 꼴찌였다는 우스갯소리가 있다. 외국에서도 오죽하면, 'Money talks(돈이면 안 되는 게 없다)'라는 속담이 다 있을까? 'Money kills(돈이 사람을 죽인다)'라는 속담은 왜 없을까? 흡연에 관한 담뱃갑 경고문처럼 돈에 관한 경고문을 지폐에 넣으면 어떨까?

'Money is highly addictive and can kill you!'

돈은 중독성이 심하며 당신을 죽일 수도 있다!

김삿갓이 이 시를 읊은 160여 년 전이나 지금이나 돈에 관한 인식은 변함없지만, 그래도 우리는 기억하자. 사람이 먼저다.

'사람 나고 돈 났지 돈 나고 사람 났나?'

30. 弔死蠅조사승

- 파리의 죽음을 슬퍼하다

　수명이 기껏해야 2~4주밖에 안 되는 파리 같은 하찮은 미물(微物)의 죽음을 보고도 함부로 지나치지 않는 김삿갓의 시심(詩心) 소재 선택이 기발하다. 시작인(詩作人)이 김삿갓인지는 확실치 않지만, 어차피 구전설화의 시작인(詩作人) 논란은 정답이 없어 옮겼다.

작품해설

爾生恨無螽斯福
이 생 한 무 종 사 복

너는 살아 있을 때 한없이 베짱이처럼 복을 타고났으며

첨언

螽(종): 베짱이, 메뚜기.

子羽孫翼誰蠅蠅
자 우 손 익 수 승 승

파리 자손들은 너나 할 거 없이 떼거리로 날갯짓하며 나는구나.

첨언

　羽(우), 翼(익) 모두 '날개'라는 뜻으로 子孫(자손, 자식 손자) 사이에 넣어 수많은 파리 떼를 강조했음. 蠅(승): 파리

光陰已矣螇蛄歎
광 음 이 의 혜 고 탄

오랜 세월 이미 흘렀는데 여치와 매미들도 탄식하는구나!

첨언

光陰(광음): 해와 달, 낮과 밤, 오랜 세월.

螇蛄(혜고): 여치와 매미.

夢魂磋乎胡蝶憑
몽 혼 차 호 호 접 빙

꿈속에 혼이 부서져 탄식하는 것이 호랑나비로 빙의 된 것 같네.

첨언

磋(차): 갈다. 胡蝶(호접): 나비. 憑(빙): 의지하다, 귀신이 들다.

磋乎(차호)는 嗟乎(차호)의 식자 오류. 嗟乎(차호): 아~ 슬프도다.

人生一支易地然
인 생 일 지 역 지 연

세상살이 한번 서 버티기에는 땅이 가장 쉬운 것이요

達觀蘭亭詩感增
달 관 난 정 시 감 증

세속을 벗어나 난정에 오르니 시적 감흥이 절로 오르네.

天於微物賦命均
천 어 미 물 부 명 균

하늘은 파리 같은 미물에게도 생명을 공평하게 주었는데

賦命(부명): 타고난 운명.

若罪其蠅何狀蠅
약 죄 기 승 하 상 승

만약 파리 네게 죄가 있다면 하필 파리 모양으로 태어났다는 것이다.

이솝 우화에 '개미와 베짱이' 얘기가 있다. 개미가 여름 한 철 열심히 먹이를 모으며 고생할 때 베짱이는 여름 내내 그늘에서 잠만 자고 놀기만 했다. 베짱이는 추운 겨울에 배가 고파 개미한테 먹을 것을 구걸하지만 매몰차게 거절당해 굶어 죽는다. 미래를 대비하지 못하고 즐기는 행복은 불행으로 끝난다는 경제학적 적자생존(適者生存)[119]의 경고이다. 먹고 살려고 부지런히 일만 한 개미는 무위도식했다며 나눔이나 기부의 배려 없이, '놀고먹는 놈팡이는 죽어도 싸다'라며 베짱이를 죽음으로 몰았다. 파리도 베짱이처럼 무위도식하며 남의 것을 탐내고 훔쳐 먹는 건 마찬가지다. 그런 파리가 죽어 땅에 떨어져 죽어있는 걸 김삿갓이 보고 파리의 죽음을 슬퍼하며 읊은 애도문이다.

김삿갓이 살았던 조선 시대 후기에 파리의 죽음을 조문(弔文)한 글을 남긴 시인이자 실학자인 사람이 또 있다. 19세기 말 조선 시대 때 삼정

---

119) 적자생존(適者生存, survival of the fittest): 환경에 적응하는 종(species)만 살아남고, 그렇지 못한 종은 도태되어 사라짐.

(三政)[120]의 문란과 지배층의 횡포, 가렴주구(苛斂誅求)[121], 부역(賦役)[122]에 가뭄과 역병(疫病)까지 겹쳐 백성은 굶어 죽고, 병사(病死)해 길거리에 썩은 채로 내버려 져 있는 시신(屍身) 위를 '윙윙' 거리며 벌 떼처럼 날아드는 초파리 떼를 보고, 나라의 부패한 사회상을 신랄하게 비판한 다산(茶山) 정약용(丁若鏞, 1762~1836)의 글 「弔繩文(조승문)」에서 일부를 덧붙인다.

弔繩文조승문 ― 茶山다산 丁若鏞정약용

時不可殺 時惟餓莩之轉身
시 불 가 살 시 유 아 표 지 전 신

아! 이는 죽여서는 안 된다! 아! 이는 굶주려 죽은 자의 전신(轉身)이다.

첨언

餓(아): 굶주리다, 기아. 莩(표, 부): 굶어 죽다. 餓莩(아표): 굶어 죽다.

(中略)

蠅兮飛來 又北飛只
승 혜 비 래 우 북 비 지

파리야, 날아가려거든 북쪽으로 날아가라.

---

120) 삼정(三政): 조선 시대 국가의 재정을 다스리는 세 분야. (田政, 軍政, 還政: 국가 보유 米穀의 대여제도)
121) 가렴주구(苛斂誅求): 가혹하게 세금을 거두거나 백성의 재물을 억지로 빼앗음.
122) 부역(賦役): 나라가 국민에게 부여하는 의무적인 노동.

只(지): 어조사, 다만, ~뿐.

北飛千里 入金扉只
북 비 천 리   입 금 비 지

북쪽으로 천 리를 날아가 임금님 계신 구중궁궐에 가서

愬君之衷 情宣深悲只
소 군 지 충   정 선 심 비 지

그대의 충정(衷情)을 아뢰고 온정 베풀기를 깊은 슬픔으로 전하라.

愬(소): 하소연하다.

(下略)

<참고: 『다산시문집(茶山詩文集)1』 권22, 조승문(弔蠅文)>

31. 移徙難이사난

- 이사 다니기 어렵구나

양반 집 기웃거리며 인맥이라도 쌓아 벼슬이라도 해보려고 이곳저곳
이사 다니는 무능한 선비를 꾸짖는 글이다.

작품해설

問君尙識移居法
문 군 상 식 이 거 법

그대 이사해 사는 방법을 아시는가?

주해

尙(상): 바라건대, 오히려. 移居(이거): 주거를 옮김, 이사(移徙).

非但三黨有五黨
비 단 삼 당 유 오 당

세 가지만 있는 게 아니라 다섯 가지나 된다네.

一以錢財交世交
일 이 전 재 교 세 교

첫째는 부자와 교분을 맺기 좋은 데로 이사하거나

錢財(전재): 돈 많은, 재산이 많은, 부자. 世交(세교): 교분.

二將文筆得人情
이 장 문 필 득 인 정

둘째는 글 잘 써 남으로부터 인정받을 수 있는 곳으로 가든지.

將(장): 장차, ~하려 한다.

不然或有班根脈
불 연 혹 유 반 근 맥

그렇지도 않다면 혹여 뿌리 있는 양반이든지

出下能知製藥方
출 하 능 지 제 약 방

약방문대로 약이라도 조제할 능력이라도 있든지.

無四且兼盲地術
무 사 차 겸 맹 지 술

네 가지 다 없고 소경의 풍수지리 능력마저 없으면

待何敢入士夫鄉
대 하 감 입 사 부 향

뭘 바라고 감히 사대부들 사는 곳에 이사 오는가?

조선 시대 중후기 거주 이전의 자유를 통제해 백성들은 기근, 가난, 전란 등을 피해 삶의 터전을 옮기지도 못하고, 과도한 군역 징발, 부역 등 백성들의 불만만 초래한 호패법(號牌法) 제도가 있었지만 실제로는 유명무실한 제도였다. 실제로 김삿갓도 몰락한 양반집 자제로 가문 있는 양반 집 주위로 이사 가거나 한양 대가(大家) 집 식객으로 머물며 입신양명 출세의 기회를 엿본 때도 있었으니, 이 시는 아마도 양반 집 대문 앞에서 굽신거렸던 자기 자신에게 던지는 자책시(自責詩)로 봐도 될 것 같다.

32. 長丞장승

- 이정표

장승은 오랜 세월 우리나라의 지역 수호신 역할을 하며 경계표시나 이정표 역할을 했던 민속문화 조형물이다. 김삿갓이 팔도강산 유랑하며 장소를 이동할 때 제일 도움을 많이 받았을 장승을 의인화해 읊은 칠언절구 시이다.

작품해설

長丞問爾有何緣
장 승 문 이 유 하 연

장승 너에게 묻노니 무슨 사연이 있어 거기 서 있느냐?

落日平原立愴然
낙 일 평 원 입 창 연

해 저무는 들판에 쓸쓸히 홀로 서서

주해

愴(창): 슬퍼하다. 愴然(창연): 몹시 슬퍼하다.

雨洗風磨紅面垢
우 세 풍 마 홍 면 구

비바람에 씻기고 깎여 붉게 변한 얼굴에 때가 잔뜩이고

垢(구): 때, 때 묻다, 수치.

烏搔鳥啄黑頭徑
오 소 조 탁 흑 두 경

까마귀가 긁어대고 새가 쪼아대어 거먼 머리 색이 희미해졌구나.

搔(소): (손톱 등으로) 긁다. 啄(탁): (새가 부리로) 쪼다.

聸望流水歎形外
담 망 유 수 탄 형 외

흐르는 물만 멍하니 바라보니 이제 사람 모습도 아니고

聸(담): 귀가 축 늘어지다.

生長高山老道邊
생 장 고 산 노 도 변

높은 산에서 태어나 자라다 보니 길가에서 늙어버렸네.

空指行人程遠近
공 지 행 인 정 원 근

길 가는 사람에게 길이 멀고 가까움을 공짜로 알려줘 고맙지만

暑寒不避最哀憐
서 한 불 피 최 애 련

더위와 추위를 못 피해 그게 제일 불쌍하구나!

哀憐(애련): 가엽고 애처롭게 여김.

　장승(長丞)은 마을 또는 절 입구 등에 세운 사람 얼굴 모양을 새긴 기둥이다. 우리나라에서 오랜 세월 마을 간의 경계를 이정표 또는 귀신을 쫓는 마을의 수호신 구실을 했다. 요새는 고속도로나 지방도로 어디를 가도 야광(夜光) 교통표지판이 있어 쉽게 위치파악을 할 수 있다. 우리나라의 오랜 민속문화 조형물이 사라져가 무척 아쉽다. 김삿갓 무덤이 있는 영월 노루목이나 그의 종명지(終命地)인 전남 화순에나 가야 장승을 볼 수 있다. 생활의 편리함을 위해 교통표지판으로 바꾸는 것과 문화적 유산을 계승하는 것은 별개의 문제이다. 광화문과 종로 거리에 천하대장군(天下大將軍)과 지하여장군(地下女將軍) 한 쌍을 이루는 장승을 볼 수 있다면 얼마나 좋을까?

　'과거 역사와 문화를 계승하지 못하는 민족에게 무슨 미래가 있을까?' 걱정하는 게 지나친 우려일까?

33. 宿農家숙농가

- 어떤 농촌집에 머물며

　　문전걸식(門前乞食) 나그네 김삿갓이 어느 날 가난한 농가(農家)를 찾아 어렵사리 하룻밤 숙식을 허락받고, 저녁 끼니는 케케묵은 붉은 보리밥 한 끼로 때우고 먼지 수북이 쌓인 누추한 방에서 잠을 청하는데 잠은 안 오고, 다음 날 아침 주인장에게 고맙다는 인사를 하려 해도 어젯밤 먹은 꽁보리밥과 추운 골방을 생각하니 인사조차 드리기 어렵다며 읊은 시이다.

작품해설

終日緣溪不見人
　종 일 연 계 불 견 인

계곡 따라 종일 가도 사람 구경 못하다가

幸尋斗屋半江濱
　행 심 두 옥 반 강 빈

다행히 오두막을 강가에서 찾았다오.

주해

尋(심): 찾다. 斗屋(두옥): 작은 집, 오두막집.
濱(빈): 물가.

門塗女媧元年紙
문 도 여 와 원 년 지

복희씨 시대 시작할 때 종이인지 케케묵은 종이로 문을 바르고

주해

塗(도): 칠하다, 바르다, 진흙. 女媧(여와): 복희씨의 아내(혹 누이), 삼황(三皇)의 하나. 媧(여, 와): 여신.

房掃天皇甲子塵
방 소 천 황 갑 자 진

방을 쓸어내니 천황씨 갑자년 태고적부터 쌓인 먼지로구나!

光黑器皿虞陶出
광 흑 기 명 우 도 출

검은빛 그릇은 순임금 때 케케묵은 질그릇에서 나온 듯하고

주해

皿(명): 그릇. 虞(우) : 근심 우, 순임금의 성. 陶(도): 질그릇.

色紅麥飯漢倉陳
색 홍 맥 반 한 창 진

색이 붉은 보리밥은 옛날 한(漢)나라 때 창고에 있었던 것이네.

주해

陳(진): 늘어놓다.

平明謝主登前途
평 명 사 주 등 전 도

날이 밝아 주인께 인사하고 길을 나섰으나

若思經宵口味辛
약 사 경 소 구 미 신

혹 지난 밤을 생각하니 입맛이 씁쓸하구나.

辛(신)을 幸(행)으로 표기하는 사람도 있으나 문맥상 '매울 辛(신)'이 옳을 듯함.

　언어먹는 주제에 찬밥 더운밥 가릴 처지도 아닐 텐데, 남의 집 환갑잔치에 가서 시 한 수 지어주고 술밥 얻어먹는 것도 아니고, 농사도 못 짓는 깊은 산골짜기 농가(農家)에서 꽁보리밥이면 진수성찬이지 어찌 볼멘소리를 늘어놓는가? 김삿갓도 어느 땐 마음에 안 드는 때도 있다. 아마도 이 작품은 김삿갓이 읊은 시가 아닌듯하다.

34. 大同江上대동강상

- 대동강에서

    김삿갓이 저녁노을 아름다운 대동강 강변을 지나다 보니, 신선들이 돛단배 띄워놓고 부는 피리 소리가 바람결에 불어오는 듯하지만, 마음이 즐겁지 않고 울적해 잠시 걸음을 멈추고 멀리 창오산(蒼梧山)을 바라보며 읊은 시이다. 유유자적(悠悠自適)하며 속세를 떠나 한유(閑遊)로운 시간을 보내는 신선(神仙)들의 돛단배와 저녁노을에 물드는 대동강의 풍경(風景)을 한 폭의 그림처럼 읊은 시이다.

작품해설

大同江上仙舟泛
대 동 강 상 선 주 범

대동강 위에는 신선 놀이 배들이 가득하고

주해

泛(범): (물이) 가득하다, 띄우다.

吹笛歌聲泳遠風
취 적 가 성 영 원 풍

피리 소리 노랫소리 먼 바람 타고 들려오네.

吹笛(취적): 피리를 불다.

客子停驂聞不樂
객 자 정 참 문 불 락

나그네 잠시 멈춰 말을 매어두고 그 소리 들어도 즐겁지 않고

驂(참): 말을 매어두다. 客子(객자): 나그네

蒼梧山色暮雲中
창 오 산 색 모 운 중

창오산 푸른 빛은 구름 속으로 저물어가는구나!

蒼梧山(창오산): 대동강 강가에 있는 산.

첨언

　김삿갓이 대동강 강변을 유랑하다 말을 잠시 멈추고 신선 놀이 피리 소리 노랫소리를 들어도 마음만 착잡하다. 멀리 지는 해 구름 속에 저물어가는 창오산을 수심에 차 바라본다. 대동강 위에 노니는 놀잇배에서 피리 소리 노랫소리 들려와도 전혀 즐겁지가 없다. 부모 형제 처자식 속세와 인연을 끊고 떠도는 나그네를 그 누가 반겨주겠나? 대동강 강가를 수심에 차 홀로 서성이는 김삿갓의 모습이 처량하다. '驂(참)' 자는 원래 임금의 삼두(三頭)마차를 의미하지만, 여기서는 과장된 표현이다. 다른 사람 수레에 잠시 함께 탄 수레로 해석하거나, 단순히 '발을 멈추고' 정도로 해석하면 되겠다.

35. 過安樂見迁 과안락견오

- 안락성(安樂城)을 지나다 못 볼 것을 보다

평안도 지방 안락성(安樂城)을 지나다 배는 고파 죽겠는데 꼴 같지 않은 젊은 놈들이 선비랍시고 우쭐대며 수준 낮은 졸시(拙詩)를 읊어대는 모습을 보고 읊은 조롱 시다.

迁(오): 만나다, 상봉하다.

安樂城中欲暮天
안 락 성 중 욕 모 천

안락성 하늘은 해 저물려 하고

關西儒子聳詩肩
관 서 유 자 용 시 견

관서지방의 유치한 놈들 선비랍시고 형편없는 졸시(拙詩)를 읊으며 서로 우쭐대네.

儒子(유자): 선비, 유생. 聳(용): 솟을 용, 肩(견): 어깨, 견주다.

村風厭客遲炊飯
촌 풍 염 객 지 취 반

마을 인심은 나그네 대접이 싫어 밥 짓기를 미루고

주해

炊(취): 불 땔 취. 炊飯(취반): 밥 짓기.

店俗慣人但索錢
점 속 관 인 단 색 전

주인이 오직 돈만 찾는 게 주막 풍속이구나!

주해

慣(관): 버릇.

虛腹曳雷頻有響
허 복 예 뢰 빈 유 향

배 속은 텅 비어 우레같은 소리 빈번하고

주해

曳(예): 끌어당기다.

破窓透冷更無穿
파 창 투 냉 갱 무 천

냉기 스며드는 덧문은 다 찢어져 더 뚫을 데도 없구나!

朝來一吸江山氣
조 래 일 흡 강 산 기

아침이 되어서야 강산의 기운을 한번 들이마시며

試向人間辟穀仙
시 향 인 간 벽 곡 선

인간 세상에서 곡기를 끊은 신선이 되려고 시험하네.

주해

辟穀(벽곡): 도가(道家)에서는 모든 곡물을 먹지 않고 솔잎이나 대추 밤으로 식사를 대용하는 것을 의미. '辟(벽)'은 임금을 의미하며 군왕, 천자, 장관 등을 의미하기도 함. 여기서는 문맥상 '피할 避(피)'자로 해석해도 무방하다.

첨언

이 시는 「過安樂見과안락견」이라는 제목으로 본서에서 이미 언급되었지만, 「過安樂見迕과안락견오」라는 제목으로 소개하는 작가도 있어 추가 해설했다. 김삿갓이 평안도 안락성(安樂城)을 유랑하다 지은 글이다. 김삿갓이 대역죄인(大逆罪人)의 후손으로 입신양명을 포기하고 걸식 유랑의 삶을 선택할 수밖에 없었던 그 원초를 제공한 홍경래의 난, 반란군에 투항한 선천부사 조부 김익순(金益淳)을 생각하면 발을 딛기조차 싫은 지역이었으리라. 그래서인지 시의 내용 처음부터 그곳 사대부들의 허위 허식, 치졸함, 야박한 인심을 비판할 정도로 평안도에 대한 반감이 큰 듯하다. 김삿갓은 이 시를 읊은 후 다시는 평안도 땅을 밟지 않았다고 전한다.

36. 過長湍과장단

- 장단 고을을 지나며

김삿갓이 개성 동남 쪽 장단군(長湍郡) 지역에서 남하하며 임진강 나루터를 지나며 지은 시이다. 장단(長湍)은 송도삼절(松都三絶)[123] 중 한 명으로 알려진 기생 황진이(黃眞伊)의 무덤이 있는 곳으로 전한다.

작품해설

對酒欲歌無故人
대 주 욕 가 무 고 인

마주 보고 술 마시며 노래도 부르고 싶지만, 황진이(黃眞伊)는 이미 죽어 없고

주해

故人(고인): 죽은 사람. 여기서는 황진이(黃眞伊)를 의미.

一聲黃鳥獨傷神
일 성 황 조 독 상 신

적막한 숲속 꾀꼬리의 울음소리에 내 마음만 애달프구나!

---

123) 송도삼절(松都三絶): 송도(松都), 즉 개성에서 유명한 세 가지를 이르는 말. 황진이, 서경덕, 박연폭포를 이름.

주해

黃鳥(황조): 꾀꼬리.

過江柳絮晴獨電
과 강 유 서 청 독 전

강 건너 버들강아지만 맑은 하늘 아래 홀로 눈에 뜨이고

주해

柳絮(유서): 버들강아지.

入峽梅花香如春
입 협 매 화 향 여 춘

골짜기에 들어서니 매화꽃 향기가 봄을 알리네.

주해

峽(협): 골짜기, 계곡.

地接關河來往路
지 접 관 하 내 왕 로

나루터는 원래 나그네가 오가는 길목이라

주해

關河(관하): 나루터.

日添車馬迎送塵
일 첨 거 마 영 송 진

날마다 오가는 말수레에 먼지만 날리네.

臨津關外萋萋草
임 진 관 외 처 처 초

임진강 나루터 밖 우거진 잡풀처럼

주해

萋萋(처처): 풀이 무성한 모습.

管得覊愁百種新
관 득 기 수 백 종 신

나그네의 걱정거리는 수없이 늘어갈 수밖에 없는 걸 알겠네!

주해

管得(관득): 분명히 보고 이해함. 覊(기): 나그네.

첨언

강원도 영월군 김삿갓면 와석리 노루목에 있는 김삿갓 무덤가에 '향수(鄕愁)'라는 제목의 이 시가 돌에 새겨져 있다. 30여 년 방랑하다 임진강(臨津江) 변 장단(長湍) 고을에 이르러 황진이(黃眞伊)에게 술이라도 한잔 따르며 넋을 위로하려고 그녀의 무덤을 찾았지만, 아무리 찾으려 해도 찾을 수가 없다. "그러면 그렇지! 송도의 삼절(三絶) 중 한 명으로 알려진 기생 황진이(黃眞伊)에게 내가 감히 인연(因緣)을 구걸한다는 게 애당초 말이 안 되지!"라고 중얼거리며 발길을 남쪽으로 돌리며 김삿갓이 지었다는 시이다.

37. 八竹詩팔죽시

- 대(竹죽)에 관한 시 八行팔행

한자의 음(音)을 한글의 의미(訓)로 차훈(借訓)하여 재미있게 표현하며 읊은 이 시의 밑바닥에는 불교(佛教)의 달관(達觀)과 노자(老子)의 무위관 (無爲觀) 철학이 짙게 깔린 시이다.

작품해설

此竹彼竹化去竹
차 죽 피 죽 화 거 죽

이대로 저대로 되어가는 대로

주해

此(차): 이, 이것, 此竹(차죽)=이대로, 彼(피):저, 저것, 彼竹(피죽)=저대로.
竹의 한자음 '죽'을 한글음 '대'로 바꿨다.
化(화): 되다, 되어가다. 去(거): 가다. 化去竹(화거죽)= 되어가는 대로.

風吹之竹浪打竹
풍 취 지 죽 낭 타 죽

바람 부는 대로 파도치는 대로

주해

風吹竹(풍취죽): 바람 부는 대로. 浪打竹(낭타죽): 파도치는 대로.

飯飯粥粥生此竹
반 반 죽 죽 생 차 죽

밥이면 밥, 죽이면 죽 생기는 이대로

是是非非付彼竹
시 시 비 비 부 피 죽

옳은 건 옳다하고 그른 건 그르다 하는 건 주어진 그대로

주해

付(부): 주다, 맡기다.

賓客接待家勢竹
빈 객 접 대 가 세 죽

손님 접대는 집안 형편 대로

市井賣買時勢竹
시 정 매 매 시 세 죽

저잣거리 사고파는 건 시세대로

萬事不如吾心竹
만 사 불 여 오 심 죽

세상일 모두 내 마음대로 되지 않으니

然然然世過然竹
연 연 연 세 과 연 죽

그렇고 그런 세상 지나가는 대로 그렇게 살리라.

過然竹(과죽연): 지나가는 대로 그렇게.

　단순한 풍자·해학 시로 보고 넘기기엔 아까운 시이다. 행간(行間)에 표현되지 않은 김삿갓의 깊은 마음을 알 듯하다. 칠언절구(七言絶句) 행(行)마다 '이대로 저대로(此竹彼竹, 차죽피죽)', '마음대로(心竹, 심죽)', '그런대로(然竹, 연죽)' 등 한자(漢字)를 우리말로 적재적소에 옮기며, 세상만사 너무 고민하지 말고 편한 마음으로 살라며 읊은 이 시는 시의 내용과 형태를 아무리 봐도 김삿갓 스타일의 작품임을 부정하기 힘들다. 세상만사 달관하고 해탈한 도인(道人)의 가르침 같은 이 한시(漢詩)는 전통적 형식과 격을 무시한 파격시(破格詩)이다. 불가(佛家)에서는 이 시를 신라 시대 부설거사(浮雪居士)의 작품으로 전해져 오고 있지만, 김삿갓에 관한 여러 시집에 자주 등장해 추가했다. 부설거사는 신라 시대 때 불국사에서 출가한 스님이었지만 속세의 묘화(妙花)라는 여인에 연정을 품고 아내로 맞아 살다 타계한 유마힐(維摩詰)[124] 거사와 유사한 삶을 살다 죽은 재가불자(在家佛者)로 전한다. 한자(漢字)의 의미를 무시하고 우리말로 풀어 읊은 이 파격시 형태가 신라 시대에도 존재했는지는 알 수 없으나, 언문풍월이나 한자와 언문을 섞는 시의 형태가 김삿갓의 전유물로 이해되어 필자는 이 시의 시작인(詩作人)은 부설거사가 아닌 김삿갓으로 이해하고 싶다. 한자의 음(音)을 한글의 의미(訓)로 차훈(借訓)하여 부른 전라도 민요 육자배기에 이런 구절이 있다.

---

124)　유마힐(維摩詰): 속세에 살면서도 불교의 대승(大乘)적 청정(淸淨)함을 이룬 불교의 재가신자(在家信者). 출가(出家)에 의한 전통적 불교관을 비판한 대승불교 재가(在家) 승려.

백초를 다 심어도 대는 아니 심으리라.

살대 가고 젓대 우니 그리나니 붓대로구나.

아마도 가고 울고

그리는 그대를 심이 무상헐거나.

주해

백초(百草): 온갖 풀과 나무.

대: 대나무 '죽(竹)'을 한글 뜻으로 차훈(借訓).

살대: 화살 만드는 대, '箭(전)'을 한글 뜻으로 차훈(借訓).

젓대: 피리를 만드는 대, '笛(적)'을 한글 뜻으로 차훈(借訓).

붓대: 붓을 만드는 대.

그리나니: 사람을 그리워함이니라 붓으로 그린다는 의미.

그대: '그 대나무'를 뜻함.

김삿갓의 팔죽시(八竹詩)를 음미하다 보니, 선비 윤선도(尹善道)의 『산중신곡(山中新曲)』의 「오우가(五友歌)」 중 '대나무(竹)'라는 시가 생각난다.

나무도 아닌 것이 풀도 아닌 것이

곧기는 뉘 시키며 속은 어이 비었는다?

저렇고 사시(四時)에 푸르니 그를 좋아하노라.

38. 國無城月入門국무성월입문

- 혹시 한가하면

김삿갓과 어느 아름다운 여인이 만나 서로 점잖게 작업을 걸며 건넨 파자시(破字詩)이다.

작품해설

김삿갓

貴女(귀녀)여, 王上(왕상)에 点(점)이 없으면

天上(천상)에 棒(봉)을 이루리라.

귀하신 여인이여, 남편이 없으면 내가 남편이 되어주리라.

주해

'王'자 위에 点이 없으면 '主(주인)'이 없다는 뜻이니, 주인이 없으면 '天'자 위에 봉을 붙여 '夫 (남편)'이 되어준다는 의미.

여인의 화답글

國無城月入門
국 무 성 월 입 문

혹시 한가하면

二日二時籍
이 일 이 시 적

이틀 두 시간 지나 21일 대나무 밭으로 오세요.

첨언

팔도강산 유랑하다 아름다운 꽃만 보면 미친 나비처럼 훨훨 날아가
(狂蝶忽飛광접홀비) 풍류를 즐기는 김삿갓이 어찌 찬밥 더운밥 가리리오?

18세기 말 동양에 김삿갓이라는 음풍농월(吟風弄月) 시인이 있었다면
유럽에는 '나는 많은 여인을 사랑했으며 진정 사랑하는 건 내 자유다.'라
며 122명이나 되는 뭇 여인들의 귓속에 속삭이며 유혹했던 바람둥이가
있었다. 여성 편력가로 유명한 난봉꾼 '카사노바'[125]이다. 뭇 여성의 마
음을 사로잡았지만, 불법 매춘과 난교파티까지 열었던 저질 난봉꾼 카사
노바와는 달리 김삿갓은 여성에게 품위 있고 고상한 한시(漢詩)를 낚싯밥
으로 던졌으니 차원이 다르다. 카사노바는 여성을 유혹하는 그럴듯한
연애편지를 많이 썼지만, 글에 관한 한 김삿갓보다는 한 수 아래인 것
같다. 이 시에서 김삿갓이 어떤 여인에게 과부라도 상관없다며 수준 높
은 파자시(破字詩)로 작업을 걸었는데, 글쎄, 작업이 성공했더라도, 김삿갓
이 한 여인의 지아비로 여생을 보낼 것 같지는 않다. 그런데 김삿갓의 프
러포즈를 받은 과부의 파자시(破字詩) 답변이 기가 막힐 정도로 수준이
높다. 나라 '國국' 자에서 사방 성이 없으면 '或혹' 자가 되어 '혹시'라는

---

125) 카사노바(Casanova, 1725~1798): 이탈리아 베네치아 출신으로 시인을 자칭한 인물. 화려한 언변과 재능
으로 여인들을 유혹하며 바람둥이, 사기꾼, 난봉꾼으로 문란한 인생을 즐겼지만, 40대 중반에 매독
과 성기능 장애로 고생하다 73세에 쓸쓸히 세상을 떠났다.

의미가 되고, '月월' 자가 '門문' 자 안에 들어가면, '閒한'자가 되어 '한가하다'라는 의미가 된다. '二日이일'은 48시간이고 '二時이시'를 더하면 50시간이다. '籍적'를 파자(破字)하면, 갓머리 '竹죽' 자는 '대나무'가 되고, '來래'는 '오다'가 되고, '昔석'은 21일 되니 (廿입= 이십, 一일, 日일), '혹시 한가하면 이틀 두 시간 지나 21일 대나무밭으로 오세요.'라는 의미가 되니, 그때 만나 질펀하게 사랑을 한번 나눠보자는 답변이다. 이 여인, 고상하게 내숭 떨며 김삿갓의 작업에 화답했지만, 한자 파자(破字) 실력만큼은 박사학위 논문감이다.

39. 難之事난지사
- 세상사 참 어렵구나

　조부 김익순(金益淳)이 대역죄인(大逆罪人)으로 집안이 폐족가문(廢族家門)으로 풍비박산(風飛雹散)되자 입신양명(立身揚名)의 꿈을 포기한 김병연(金炳淵)이 스무 살 젊은 나이에 모든 것을 체념하고 집과 어머니 곁을 떠나 걸식 유랑을 위해 출가(出家)하기 전 그의 심정을 그려낸 작품이다. 중국 당(唐)나라 때 시인 이백(李白)의 「촉도난(蜀道難)」이라는 시에서 다음 句를 인용했다. 難之難之蜀道難난지난지촉도난, 어렵다 어렵다 해도 촉나라 가는 길보다 더 어려우랴!

주해

　蜀道(촉도): 중국 촉(蜀)나라가 지금의 쓰촨성(四川省사천성)에 있었으며 그 지역은 사방에 높은 산이 둘러싸인 험난한 분지여서 오르기가 무척 어려운 곳이었다.

작품해설

蜀道之難難於上青天
촉 도 지 난 난 어 상 청 천

촉나라로 가는 길 험난함이 푸른 하늘 오름보다 더 어렵구나!

世上難之大同難
세 상 난 지 대 동 난

세상살이 어렵다 해도 함께하는 일보다 더 어려우랴!

我年七勢失父難
아 년 칠 세 실 부 난

내 나이 일곱 살에 아버님 잃는 어려움이 있었고

吾母青春寡婦難
오 모 청 춘 과 부 난

내 어머님 새파란 이팔청춘에 과부 되었으니 이 또한 어려움이네!

첨언

이 시의 첫째 句 '蜀道之難難於上青天(촉도지난난어상청천)'은 김삿갓이 그의 험난한 인생살이를 이백(李白)이 31세 때 지은 「蜀道難(촉도난)」이라는 시를 인용해 읊은 것이다.

蜀道難촉도난 ─ 李白이백

噫吁嚱危乎高哉
희 우 희 위 호 고 재

우와~, 무척 험난하고 높구나!

주해

噫吁嚱(희우희): 경탄하는 소리. '아~'.

蜀道之難難於上靑天
촉 도 지 난 난 어 상 청 천

촉으로 가는 험난한 길 푸른 하늘로 오르기보다 더 어렵구나!

(中略)

飛湍瀑流爭喧豗
비 단 폭 류 쟁 훤 회

솟구쳐 날아오르는 폭포 물줄기는 시끄러운 소리 내며 다투듯 퍼붓고

주해

飛湍(비단): 솟구쳐 날아오르다 떨어지는 물줄기. 喧豗(훤회): 서로 맞부딪치며 시끄러운 소리를 냄.

砯崖轉石萬壑雷
빙 애 전 석 만 학 뢰

절벽에 부딪히는 물소리, 구르는 바위, 온 계곡에 우레같은 소리

주해

砯崖(빙애): 물이 계곡 벼랑에 부딪힘. '砯(빙)'은 물이 바윗돌에 부딪치는 소리. 壑(학): 산골짜기, 계곡.

其險也若此
기 험 야 약 차

그 험하기가 이 같으니

嗟爾遠道之人
차 이 원 도 지 인

아~, 먼 길 떠나는 그대

胡爲乎來哉
호 위 호 래 재

어이해 예까지 왔단 말인가!

주해

胡爲乎(호위호): 어찌해서. 哉(재): 어조사.

(中略)

錦城雖云樂
금 성 수 운 락

금성(錦城)이 즐거운 곳이기는 하지만

주해

錦城(금성): 지금의 쓰촨성(四川省사천성) 남쪽에 있는 금관성(錦官城)을 말하는데, 훗날 청두(成都성도)라는 별칭으로 불렸음.

不如早還家
부 여 조 환 가

일찍 집에 돌아가느니만 못하네.

蜀道之難難於上青天
촉 도 지 란 난 어 상 청 천

촉도의 험난함이 푸른 하늘로 오르기보다 더 어려워

側身西望長咨嗟
측 신 서 망 상 자 차

몸 기울여 서쪽 바라보며 길게 탄식하누나!

주해

咨(자), 嗟(차) : 탄식하다.

    김병연(金炳淵)이 삿갓으로 얼굴을 가리고 출가(出家)를 결심하지 않을 수 없었던 처절한 심정을 엿볼 수 있는 시이다. 세도 가문 안동장씨(安東張氏) 출신이자 선천부사(宣川府使)였던 친조부 김익순(金益淳)이 홍경래(洪景來) 반란군에 투항한 죄로 처형되어 가문이 몰락하자, 아버지 김안근(金安根)은 화병으로 그의 나이 일곱 살 때 돌아가시고, 과부 된 어머니 함평 이씨(咸平李氏)도 그가 걸식 유랑하며 집을 멀리하니, 김삿갓 나이 스무 세 살 때 세상을 떠났다. 세상사 힘들다 힘들다 하지만 나처럼 기구한 팔자(八字)로 힘들게 살아가는 자가 또 있을까? 30여 년 긴 세월을 유랑하며 조부, 부친, 모친에 대한 효(孝)마저 외면하며 살다가 객사(客死)할 수밖에 없었던 김삿갓의 심정을 조금은 이해할 수 있을 것 같다. '난(難)' 자(字) 운(韻)으로 읊은 칠언절구(七言絶句) 한탄 시다. 흔히 한시(漢詩) 운(韻)은 같은 자를 중복해 사용하지 않는 규칙을 따르지만, 김삿갓은 '난(難)' 자(字) 운(韻)을 네 번 계속해서 사용하며, 문체(文體)의 규칙 따위는 무시하며, 시의 내용에 맞춰 운율(韻律)을 자유롭게 표현했다.

40. 惰婦타부
- 게으름뱅이 여편네

김삿갓이 어느 고을 지나다 우물가에서 물 한 바가지 청했는데 남루한 행색에 며칠 굶어 볼품없는 김삿갓을 흰 눈으로 흘겨보며 푸대접하니 자존심이 무척 상했나 보다. 김삿갓이 보아하니 우물가의 못된 부녀자들 입은 치마저고리는 평생 빨지도 않았는지, 때가 잔뜩 끼어있었고, 목욕도 안 하고 거울도 안 보는지 봉두난발(蓬頭亂髮)[126] 헝클어진 머리에 더러운 얼굴은 귀신같아 더럽기 그지없어 화풀이 삼아 읊은 조롱시이다.

주해

惰(타): 게으르다, 소홀히 하다.

작품해설

事積如山意自寬
사 적 여 산 의 자 관

할 일은 태산같이 쌓였는데 마음은 느긋하고

주해

寬(관): 너그럽다, 느긋하다.

---

126) 봉두난발(蓬頭亂髮): 마구 흐트러진 머리카락. 蓬頭(봉두): 쑥대머리. 亂髮(난발): 흐트러진 머리카락.

閨中日月過無關
규 중 일 월 과 무 관

방구석에서 관심 끊고 세월만 보내네.

주해

閨中(규중): 부녀자가 거처하는 방.

曉困常云冬夜短
효 곤 상 운 동 야 단

겨울밤이 짧다고 늘 투덜대며 아침에도 못 일어나고

주해

曉(효): 새벽.

衣薄還道夏風寒
의 박 환 도 하 풍 한

옷이 얇아 여름 바람이 춥다 하네

주해

薄(박): 엷다, 가볍다.

織將至暮難盈尺
직 장 지 모 난 영 척

베 짠다고 하면서 저녁때가 되도록 한 자도 못 짜면서

주해

織(직): 베를 짜다. 盈(영): 차다, 넘치다.

食每過朝始洗盤
식 매 과 조 시 세 반

매일 아침 식사 때 지나서야 비로소 아침상을 씻는구나!

盤(반): 소반, 음식 그릇을 올려놓는 작은 상.

時時逢被家君怒
시 시 봉 피 가 군 노

때때로 남편이 화를 내면

謾打啼兒語萬端
만 타 제 아 어 만 단

이말 저말 화풀이 늘어놓으며 애꿎은 아이만 두들겨 패 울리네.

謾(만): 헐뜯다, 게으름을 피우다. 啼(제): 울다. 萬端(만단): 여러 가지

여성 비판이 이 정도 되면 자신이 여성 혐오주의자라고 노골적으로 선언한 거나 진배없다. 김삿갓은 게으른 아낙네를 주제로 한 시가 유독 많았다. 그의 작품 「懶婦나부, 게으른 아낙네」에서 '강보의 아기에게 젖 물린 채로 낮잠만 잔다'라거나, '치마 걷어 올리고 햇볕 드는 처마로 와 앉아 이를 잡는다'라고 조롱하질 않나, 집에 있는 사람들 몰래 부엌에서 혼자 죽을 후루룩후루룩 잽싸게 먹는다고 비아냥거렸다. 삼종지도(三從之

道)127), 칠거지악(七去之惡)128) 등 남존여비(男尊女卑) 굴레에 갇혀 살던 조선 시대 여성들의 생활은 사실 고달팠을 것이다. 출산과 육아, 농사와 밭일, 바느질과 지아비, 시부모 봉양 등, 한마디로 만능 노동자였다. 여인들을 평생 부려먹고 내쫓을 구실만 찾았으니, 여인들의 시집살이 고통과 한(恨)은 이루 다 헤아릴 수도 없었으며 지금까지도 그 시집살이 DNA 일부가 끈질기게 살아남아 이어져 내려왔다. 인도의 불가촉천민(不可觸賤民, The Untouchables) 이나 수드라(Sudra) 노예들에게는 최소한 이름이라도 있었다. 호(號)는커녕 이름조차 가질 수 없었던 조선의 여인은 수드라 천민계급보다 나을 게 없지 않은가? 하지만 청상과부는 물론 가련(可憐)과 홍련(紅蓮)과 같은 기녀(妓女)를 포함해 수많은 여인과 애정행각도 벌였으니 김삿갓은 여성 혐오자라 볼 수도 없다. 우물가에서 마을 아낙에게서 물 한 모금 못 얻어 마신 김삿갓이 화가 난 나머지 잠시 뚜껑이 열려 자기도 모르게 내뱉은 푸념 정도로 이해하고 넘어가자.

---

127) 삼종지도(三從之道): 조선 시대 남성 위주의 전근대적인 가부장적 문화 관습으로 여자는 시집가기 전에는 부모, 혼례 치른 후에는 지아비, 지아비 죽으면 자식을 위하여 살다 죽으라는 남존여비 성리학 윤리.

재가종부(在家從父) - 시집가기 전에는 아버지를 따른다.
적인종부(適人從夫) - 시집가서는 남편을 따른다.
부사종자(夫死從子) - 남편이 죽으면 따른다.

128) 칠거지악(七去之惡): 조선 시대 유교의 남존여비 관습으로 행실을 문제 삼아 아내를 내쫓을 수 있다는 '일곱 가지 잘못'이라는 의미.

무자(無子) - 자식(아들)을 생산하지 못하는 것
불순구고(不順舅姑) - 시아버지(舅)와 시어머니(姑)에게 순종하지 않는 것
질투(嫉妬) - 남을 시기하는 것
음행(淫行) - 행실이 음탕한 것
악질(惡疾) - 극심한 병이 있는 것
구설(口舌) - 말이 많은 것
도절(盜竊) - 도둑질을 하는 것

칠거지악에 해당한다고 하더라도 부모의 삼년상을 치른 경우, 가난한 시절을 함께한 조강지처 등의 경우엔 남편이 아내를 내쫓을 수 없었다.

41. 問杜鵑花消息문두견화소식

■ 두견화에게 소식을 묻다

   김삿갓이 어느 날 잠자리에서 일어나 보니 창가에 이름 모를 작은 새가 날아와 앉아 '짹짹' 거리며 명랑하게 지저귀고 있었다. '산새가 창가에서 지저귀는 것을 보니 이제 봄이 오긴 온 모양이로구나'라고 생각한 김삿갓은 그 자리에서 즉흥시 한 수를 읊었다. 수명이 삼사 년밖에 되지 않는 미물(微物)이지만 김삿갓은 작은 새에게 인간처럼 다정하게 안부 인사 전하며 산속 소식(消息) 묻는다.

작품해설

問爾窓前鳥
문 이 창 전 조

창가에 지저귀는 새야 너에게 묻노니

주해

爾(이): 너, 汝여와 같은 의미.

何山宿早來
하 산 숙 조 래

어느 산에서 자고 이리 일찍 왔느냐?

應知山中事
응 지 산 중 사

산속에 무슨 일이 있었는지 너는 알고 있겠지!

주해

應(응): 응당, 대답하다.

杜鵑花開否
두 겨 화 개 부

진달래꽃이 피었더냐? 아니더냐?

첨언

법정(法頂) 스님이 '봄이 와서 꽃이 피는 것이 아니라, 꽃이 피어나기 때문에 봄이 온거다.'라고 했다. 김삿갓은 아마도 '봄이 와서 새가 지저귀는 게 아니라, 새가 지저귀니 봄이 온 것을 알겠노라'라고 읊은 듯하다. 세상의 하찮은 미물(微物)인 새조차 덕(德)과 정(情)이 많은 김삿갓에게 가까이 가는 듯하다. 필자의 집 앞마당에 조그만 우체통이 하나 있다. 해마다 4월 초가 되면 작고 예쁜 딱새 한 쌍이 주인인 필자의 허락도 안 받고 우체통 안에 새 둥지를 만들고 알을 낳는다. 수컷은 먹이를 물어 오거나 우체통 위에서 망을 보고, 암컷은 우체통 안에서 알을 품고 부화시킨다. 알이 부화해 새끼들이 날 수 있게 되면 임차료도 내지 않고 어디론가 함께 떠난다. 필자의 봄소식은 매년 그렇게 찾아온다.

42. 吟浮碧樓음부벽루

- 부벽루에서 읊다

이 시는 김삿갓이 대동강 부벽루(大同江 浮碧樓)에서 지었다는 얘기도 있고 금강산에서 지었다는 얘기도 있지만, 대동강 변 지역 '백로주(白鷺洲)'가 언급되어 있어 대동강 부벽루(大同江 浮碧樓)에서 지었다고 보는 게 옳다.

작품해설

山半落靑天外
삼 산 반 락 청 천 외

산은 푸른 하늘 밖에 반쯤 떨어져 있고

二水中分白鷺洲
이 수 중 분 백 로 주

강은 백로주(白鷺洲)를 중심으로 둘로 나누어졌네.

주해

鷺(로): 해오라기, 백로

或云千古謫仙我乎
혹 운 천 고 적 선 아 호

혹자는 먼 옛날 이태백이 이미 지은 시를 내가 읊으며

주해

謫(적): 귀양 가다, 유배되다. 謫仙(적선): 하늘에서 쫓겨난 신선, 이백의 시는 사람이 지은 것이 아니라, 하늘나라에서 귀양 온 신선의 작품이라는 의미로 붙여진 이백의 별명.

古代文章奪吾句
고 대 문 장 탈 오 구

내가 쓰려는 문구를 옛날 문장에서 이미 뺏어 버렸으니

夕陽投筆下楊州
석 양 투 필 하 양 주

해지는 지금 홧김에 붓대 던져버리고 양주로 내려갈까 보다.

첨언

'山半落青天外삼산반락청천외 二水中分白鷺洲이수중분백로주' 두 구(句)는 당(唐)나라 시인 이백(李白)의 시 「登金陵鳳凰臺(등금릉봉황대)」에서 인용했다. 김삿갓이 대동강 을밀대에 올라 주위 경관을 둘러보니 수려한 금수강산(錦繡江山) 경치에 감탄해 시가 절로 나온다. 그런데 어째서 내 시가 아닌 이태백의 시를 읊고 있는 건가? 김삿갓은 '붓대 대동강에 던져버리고 양주(楊州)로 내려가겠다!'라며 투덜댄다. 천재 시인 김삿갓의 자존심이 엿보인다.

登金陵鳳凰臺등금릉봉황대 ― 李白이백

鳳凰臺上鳳凰遊
봉 황 대 상 봉 황 유

봉황대(鳳凰臺) 위에 봉황새 노닐었다더니

鳳去臺空江自流
봉 거 대 공 강 자 류

봉황새는 떠나 누대는 비었는데 강물만 스스로 흘러가는구나!

주해

江(강): 揚子江(양자강, 일명 長江장강)을 지칭함.

(中略)

三山半落靑天外
삼 산 반 락 청 천 외

삼산(三山)은 청천(靑天) 밖으로 반쯤 걸려있고

주해

금릉(金陵)의 서남쪽에 솟아 있는 세 개의 산봉우리가 양자강(揚子江)을 굽어보며 푸른 하늘에 반쯤 걸쳐 있다는 의미.

二水中分白鷺洲
이 수 중 분 백 로 주

물줄기는 백로주(白鷺洲) 주위로 둘로 나뉘었네.

總爲浮雲能蔽日
총 위 부 운 능 폐 일

사악한 무리가 모두 임금님의 총애를 가리고 있고

주해

總(총): 모두, 어쨌든. 浮雲(부운): 뜬구름, 여기서는 임금(日)의 총명함을 흐리게 하는 사악한
무리를 가리킴. 蔽(폐): 덮다, 가리다.

長安不見使人愁
장 안 불 견 사 인 수

이제 장안(長安)을 볼 수 없어, 이네 마음 수심에 차게 하네!

    당현종(唐玄宗)의 총애를 받던 이백(李白)이 양귀비(楊貴妃)의 방해로 관직
에 등용되지 못하고 물러나 양자강(揚子江) 강변 금릉(金陵)의 봉황대(鳳凰
臺)에 올라 축신(逐臣)의 신세를 한탄하며 읊은 시이다.

43. 登百祥樓등백상루

- 백상루에 올라

평안도 청천강 유역 안주(安州)에 있는 관서팔경(關西八景) 중 하나인 명승지 백상루(百祥樓)에 김삿갓이 올라 읊은 시이다. 시의 첫 두 구(句)가 고려 충숙왕(忠肅王)이 안주(安州)의 백상루(百祥樓)에 당도하여 지은 시라는 얘기도 전한다.

작품해설

淸川江上百祥樓
청 천 강 상 백 상 루

청천강 백상루에 올라서니

萬景森羅未易收
만 경 삼 라 미 이 수

아름다운 나무가 빽빽이 들어서 쉽게 거두지 못하네.

주해

森羅(삼라): 나무가 빽빽하다, 무성하다.

錦屏影裏飛孤鶩
금 병 영 리 비 고 목

비단 병풍 같은 산 그림자 속으로 오리가 외로이 날고

주해

鶩(목): 집오리. 청둥오리

玉鏡光中點小舟
옥 경 광 중 점 소 주

옥처럼 빛나는 거울 같은 물 위에 돛단배 한 척 외로이 떠 있네.

첨언

　김삿갓이 평안도 (安州)의 청천강(淸川江) 언덕의 백상루(百祥樓) 누각에 올라가 내려다보니 산을 굽이굽이 휘돌아 멀어지는 청천강의 물줄기가 아름답다. 혹자는 아래의 시를 덧붙여 「등벽상루(登碧祥樓)」라는 제목으로 아래와 같은 시를 옮기기도 했다.

草偃長堤靑一面
초 언 장 제 청 일 면

긴 강둑 한쪽에는 푸른 물풀이 무성하고

주해

偃(언): 쓰러지다, 넘어지다. 堤(제): 제방, 둑.

天低列峀碧千頭
천 저 열 수 벽 천 두

푸른 절벽에 산봉우리 줄줄이 치솟아 하늘이 낮아졌네.

岫(수): 산봉우리, 산굴

不信人間仙境在
불 신 인 간 선 경 재

인간 세상에 선경(仙境)이 있다는 말 믿지 않았더니

密城今日見瀛州
밀 성 금 일 견 리 주

오늘 안주성 깊이 들어와 신선 노닐던 곳을 보았노라.

密城(밀성): 성안 깊숙한 곳.

瀛州(리주): 신선들이 모여 사는 곳.

44. 淮陽過次 회양과차

- 회양을 지나는 길에

회양(淮陽)을 지나다 보니 어느 산골 집 처녀가 눈에 띄었다. 그 처녀는 김삿갓이 있는 줄도 모르고 꽃을 감상하고 있다가 인기척을 느끼고는 짧은 치마 아래 드러난 다리가 보일까 부끄러워 감추며 재빨리 울타리 뒤에 숨는 모습을 보고 지은 시이다.

주해

淮(회): 물이 빙 돌아 흐르다. 여기서는 금강산 주변의 회양(淮陽)을 이름.

작품해설

山中處子大如孃
산 중 처 자 대 여 양

산속 시골 처녀 시집갈 때 된 듯 다 컸는데

주해

處子(처자): 처녀, 孃(양): 계집, 시집 안 간 여자.

緩著粉紅短布裳
완 착 분 홍 단 포 상

분홍색 짧은 치마 느슨하게 드러내네.

緩(완): 느슨하다, 늘어지다. 著(착, 저): 입다, 나타나다.

赤脚踉蹌羞過客
적 각 랑 창 수 과 객

지나가는 나그네에게 불그스레한 다리 보이기 부끄러워 허둥대며

踉(랑, 량): 뛰다, 허둥대다. 蹌(창): 종종걸음. 踉蹌(랑창): 허둥거리며 뛰어가다. 羞(수): 부끄러워하다, 수줍어하다.

松籬深院弄花香
송 리 심 원 롱 화 향

솔숲 울타리 깊숙한 정원에 후다닥 숨어 꽃향기를 맡는 척 어찌할 바 모르네!

籬(리): 울타리.

이 시골 처녀 너무 순수하고 아름답다. 여성 편력이 심했던 김삿갓도 때 묻지 않고 청순한 이 시골 처녀의 수줍음에는 어쩔 수 없었나 보다. 남녀 간의 진정한 아름다운 감정이란 이렇게 말없이 오가는가 보다. 붉은 다리 보일까 봐 치마로 후다닥 감추며 울타리 안 정원에서 꽃향기에 취한 척 딴청부리는 처녀를 못 본 척, '에~헴' 헛기침하고 김삿갓이 지나간다. 백치미(白痴美)와 수줍음이 여인의 진정한 아름다움이 아닐까?

45. 過廣灘과광탄

- 광탄을 지나며

입신양명(立身揚名)을 위해 여러 번 과거시험에 응시했지만 급제하지 못했거나 벼슬을 못 한 채 쓸쓸하게 세상을 떠난 고대 중국 문장가인 왕찬(王粲)과 가의(賈誼)를 청운(靑雲)의 꿈을 접은 김삿갓 자신의 처지에 빗대어 읊은 한탄시이다.

주해

廣灘(광탄): 황해도 서쪽 대동만으로 유입되는 큰 하천. 옛날 소금을 굽던 곳이므로 '소금내'라고도 불렀다.

王粲(왕찬): 중국 후한 말기의 관료이자 문장가.

賈誼(가의): 중국 전한 초기의 도가(道家) 사상가.

작품해설

幾年短杖謾徘徊
기 년 단 장 만 배 회

얼마나 오랜 세월 짤막한 지팡이 하나에 의지하고 빈둥빈둥 떠돌았던가?

주해

幾年(기년): 몇 해. 謾(만): 느리다, 게으름을 피우다, 속이다.

愁外鄕山夢裏回
수 외 향 산 몽 리 회

수심에 차 바라보니 먼 고향 산천 꿈속에 어른거리네.

憂國空題王粲賦
우 국 공 제 왕 찬 부

우국충정(憂國衷情) 나라 걱정하던 왕찬(王粲)도 쓸데없이 부(賦)[129]만 썼고

주해

王粲(왕찬): 중국 후한(後漢) 말 시인.

逢時虛老賈誼才
봉 시 허 로 가 의 재

때를 만났어도 재능을 펴지 못한 가의(賈誼)도 덧없이 늙어갔네.

주해

賈誼(가의): 중국 전한(前漢) 시대의 문인.

風吹落葉三更急
풍 취 낙 엽 삼 경 급

바람이 부니 낙엽은 지고 밤은 더욱 깊어만 가고

月搗寒衣萬戶催
월 도 한 의 만 호 최

---

129) 부(賦): 과거(科擧) 시험에서 고시체(古詩體) 형식으로 문학적 글쓰기 능력을 평가하는 논술 과목, 임금에게 자기 생각을 건의하는 표(表), 국가 운영이나 정치사회 현안에 대한 식견에 관한 질문에 관한 논술 과목 책문(策問)도 있었음.

달밤에 겨울옷 두드리는 다듬이 소리 집집마다 요란하네.

주해

搗(도): 찧다, 다듬이질하다. 催(최): 재촉하다, 더하다.

齷齪生涯何足歎
악 착 생 애 하 족 탄

모질었던 이내 신세 한탄한들 무엇하리

주해

齷齪(악착): 악착, 도량이 좁음. 何足歎(하족탄): 어떻게 실컷 한탄하리?

携盃更上鳳凰臺
휴 배 갱 상 봉 황 대

술잔 들고 봉황대로 다시 오르네.

주해

携(휴): 손에 들다, 가지다. 鳳凰臺(봉황대): 광탄천(廣灘川)에 있는 누각 이름.

첨언

김삿갓이 괴나리봇짐에 대지팡이 하나에 의지하며 삼십여 년 조선팔도 떠돌다 보니 문뜩 고향 생각이 나며 수심(愁心)에 찬다. 가을밤은 깊어 가는데 김삿갓은 어디로 가고 있는가? 노자(老子), 공자(孔子), 맹자(孟子), 순자(荀子)와 같이 위대한 사상가를 이은 시인인 왕찬(王粲)이나 가의(賈誼)도 훌륭한 글을 남겼지만 모두 부질없는 일장춘몽(一場春夢)의 생을 살다 쓸쓸히 세상을 떠나지 않았나? '악착같이 매달릴 것도 없고, 한탄하며 슬퍼할 필요도 없다.'라고 중얼대며 김삿갓은 술 한 잔 들고 봉황대(鳳凰臺) 누각에 오른다.

김삿갓의 시혼(詩魂)이 필자의 마음에 빙의(憑依)[130]되었나? 시 한 수가 떠올라 적어 본다.

秋風蕭蕭 我向何處
추 풍 소 소 아 향 하 처

가을바람 쓸쓸한데 나는 어디로 가는 건가?

不問何處 無心從道
불 문 하 처 무 심 종 도

어디로 가는지 묻지는 마라! 그냥 길 따라갈 뿐이다.

無言一步 下心二步
무 언 일 보 하 심 이 보

입 다물고 한 발짝 마음 내려놓고 두 발짝

不問幾步 風知我心
불 문 기 보 풍 지 아 심

몇 발짝 갔는지 묻지도 마라. 바람은 내 마음 알고 있겠지!

---

130) 빙의(憑依, spirit possession): 타인의 영혼이 몸에 들어온 것을 의미.

46. 過寶林寺과보림사

- 보림사를 지나며

보림사(寶林寺)는 전라남도 장흥군 유치면 가지산(迦智山)에 있는 사찰로 무소유 법정(法頂) 스님이 수도했던 불일암(佛日庵)이 소재한 조계종 본사 순천 송광사(松廣寺)의 말사(末寺)이다.

작품해설

窮達在天豈易求
궁 달 재 천 개 이 구

곤궁함과 부귀영화가 하늘 뜻에 달려있으니 어찌 쉽게 구할 수 있으리오?

주해

窮達(궁달): 빈궁과 통달, 가난과 부귀영화. 豈(개): 어찌, 반어조사(反語助詞).

從吾所好任悠悠
종 오 소 호 임 유 유

나는 내 마음 가는 대로 유유자적(悠悠自適)하며 지내 왔노라.

주해

悠悠(유유): 한가한 모양, 한가로이 여유롭다.

家鄉北望雲千里
가 향 북 망 운 천 리

고향 집 있는 북녘땅을 바라보니 구름 길은 머나멀고

주해

家鄕(가향): 집이 있는 고향.

身勢南遊海一漚
신 세 남 유 해 일 구

남녘을 떠도는 이내 신세 바닷가의 물거품이로다.

주해

漚(구): (물)거품, 담그다.

掃去愁城盃作箒
소 거 수 성 배 작 추

술잔을 빗자루 삼아 쌓인 온갖 시름 쓸어버리고

주해

愁城(수성): 근심의 장벽, 근심이 너무 커 성벽처럼 무너지지 않는다는 의미. 箒(추): 쓰는 비.
빗자루.

釣來詩句月爲鉤
조 래 시 구 월 위 구

달을 낚시찌 삼아 시구(詩句)를 걷어 올리네.

주해

釣(조): 낚시, 낚시질하다. 鉤(구): 갈고리, 낚시찌.

寶林看盡龍泉又
보 림 간 진 용 천 우

보림사를 다 봤고 용(龍)이 승천한 연못 또한 보았으니

주해

龍泉(용천): 전라남도 함평군 모악산(母岳山)에 있는 조계종 백양사(白羊寺)의 말사(末寺)인 용천사(龍泉寺)를 이름.

物外閑跡共比丘
물 외 한 적 공 비 구

속세를 벗어나 한유(閑裕)롭게 지내는 스님과 매한가지로다.

주해

物外(물외): 속세(俗世)의 바깥, 신선(神仙) 세계. 比丘(비구): 출가(出家)하여 불문(佛門)에 들어간 남자 승려. 여자 승려는 비구니(比丘尼)라 함.

첨언

법정(法頂) 스님이 출가(出家)를 각오하고 속세(俗世)를 떠나 묵언수행(默言修行)하며 수많은 작품을 집필한 불임암(佛日庵)이 소재한 전남 순천의 조계산 기슭 송광사(松廣寺)의 말사(末寺)인 보림사(寶林寺)를 지나며 읊은 김삿갓의 시이다. 2010년 3월 11일 세수(世壽) 79세의 나이로 입적(入寂)하시

기 전 법정(法頂) 스님께서 회주(會主)스님[131]으로 계셨던 성북의 길상사(吉祥寺)에서 단기출가(短期出家) 수련 과정을 마친 필자에게 계첩(戒牒)[132]과 '一華(일화)'라는 법명(法名)을 손수 써 주신 적이 있다. 20여 년이 흐른 지금도 법정(法頂) 스님이 써주신 계율(戒律)대로 살지 못하고 있는 필자의 삶이 부끄럽다. 마음은 가난하고 공덕(功德)도 쌓지도 못했다. '부귀영달(富貴榮達)함은 모두 하늘에 달렸고 떠돌이 나그네 이내 신세 바닷가의 물거품처럼 왔다가 사라지나니, 술 한 잔에 시 한 수로 한유롭게 살다 가라'라는 詩句가 그렇게 살지 못한 필자에게 던지는 꾸지람으로 해석되어 죄책감이 든다. 탈속(脫俗)해 보림사(寶林寺)에서 목탁 두드리며 중노릇하는 스님이나 나나 한유롭기는 매한가지라며 김삿갓이 읊은 시이다.

---

131) 회주(會主)스님: 절의 창건주 혹은 법회를 주관하는 스님이란 의미로 절의 최고 어른을 지칭.

132) 계첩(戒牒): 불교에서 재가(在家) 신도이든 출가(出家) 수행승이든 계율(戒律)을 지키겠다고 승려 앞에서 서약하는 예식인 수계식(受戒式) 때 받는 신표.

47. 泛舟醉吟범주취음

- 돛단배 띄워 술 취해 읊다

　　김삿갓이 전라남도 화순(和順)지역을 유랑하다 화순적벽(和順赤壁)의 수려한 모습에 넋을 잃고 중국 양자강(揚子江)의 적벽대전(赤壁大戰)으로 유명한 적벽(赤壁)에 빗대어 읊은 시이다. '요즘 세상에 영웅호걸이 어디 있고 능변가(能辯家)가 무슨 소용이 있나? 돈과 술만 있으면 그게 바로 영웅이고 능변가지!'라며 애써 자신의 처지를 위로하며 읊은 시이다.

주해

泛(범): (물에) 뜨다, 띄우다.

작품해설

江非赤壁泛舟客
강 비 적 벽 범 주 객

강은 적벽강이 아니지만, 나그네는 배를 띄우고

地近新豊沽酒人
지 근 신 풍 고 주 인

신풍 지역이 가까워 술 파는 사람도 있네.

주해

新豊(신풍): 좋은 술을 잘 만들었던 한(漢)나라의 지역 이름으로 '신풍미주(新豊美酒)'라는 말이 있다. 沽(고): 술장수, 술을 사고팔다.

今世英雄錢項羽
금 세 영 웅 전 항 우

요즘 세상에 돈만 있으면 항우(項羽) 같은 영웅도 될 수 있고

주해

項羽(항우): 초(楚)나라의 군주로서, 한(漢)의 유방(劉邦)과 함께 천하를 놓고 자웅을 겨뤘던 초한(楚漢) 전쟁의 주요 인물.

當時辯士酒蘇秦
당 시 변 사 주 소 진

변사가 따로 있나? 술 취하면 그 당시 소진(蘇秦)이지.

주해

蘇秦(소진): 사마천(司馬遷)의 『史記列傳(사기열전)』「蘇秦列傳(소진열전)」에 등장하는 능변가로 중국 전국시대 변사 제1인자로 불렸던 진나라 책사(策士).

첨언

　지금은 돈만 있으면 항우(項羽) 같은 천하장사나 말을 술술 잘하는 소진(蘇秦) 같은 책사도 될 수 있다며, 글재주는 많았지만, 빈털터리라 아무도 알아주지 않아 소외된 자신의 처량한 신세를 스스로 위로하며 읊었다. 아마도 김삿갓이 죽기 전 마지막으로 화순적벽(和順赤壁)을 수려한 풍경을 한눈에 바라볼 수 있는 망향정(望鄕亭)에 올라 지은 시인 듯싶다. 김삿갓은 화순 땅에서 방랑을 멈추고 생을 마쳤다고 전한다. 적벽(赤壁)

언덕 위에는 물염(勿染) 송정순(宋庭筍)이 세운 물염정(勿染亭)이라는 정자가 있다. '물염(勿染)'은 '세상 때에 물들지 마라'라는 의미이다. 이 물염정(勿染亭)에서 김삿갓이 화순(和順)에서 죽기 전, 이 정자에 자주 올라 시를 읊었다고 전하며, 지금도 물염정에 가면 김삿갓의 동상과 주변에 조성된 7개의 시비가 있다. 조선 시대 을사사화(乙巳士禍)[133] 때 관직에서 물러나 화순지역에 은거한 문신(文臣)인 물염(勿染) 송정순(宋庭筍, 1521~1584)이 이곳에 '물염정(勿染亭)'이라는 정자를 짓고 여생을 보냈다 한다. 같은 지역 출신인 매천 황현(梅泉 黃玹)도 훗날 물염정(勿染亭)에 들렀을 때 다음과 같은 시를 남겼다.

敬次勿染亭韻경차몰염정운 ─ 梅泉매천 黃玹황현

- 삼가 물염정 시를 읊다

已爲玉燭與夔皐
이 위 옥 촉 여 기 고

기고(夔皐)와 더불어 태평성대 이루긴 이미 틀렸고

주해

已爲(이위): 이미 틀렸다.

玉燭(옥촉): 임금의 덕이 옥처럼 아름다워 일월이 훤히 비침, 태평성대를 비유적으로 표현.

夔皐(기고): 중국 요순(堯舜)시대의 악관(樂官) 기(夔)와 현명한 신하였던 법관(法官) 고도(皐陶)를 지칭.

---

133) 을사사화(乙巳士禍): 조선 명종 즉위년인 1545년에 왕실의 외척인 대윤(大尹) 윤임과 소윤(小尹) 윤원형의 반목으로 일어난 사림(士林)의 화옥(禍獄)으로 소윤이 대윤을 몰아낸 사건. 연산군 이래의 큰 옥사는 이 사화가 마지막이 되었으나, 을사사화로 인해 외척이 정권을 전횡하는 길을 열어 놓았으며, 사화에서 일어난 당파의 분파는 후기 당쟁의 원인이 되었다. 또 훈구파가 정권을 장악하고 사림의 정치적 기반은 더욱 축소되었다. 연산군 때 무오사화(戊午士禍, 1498), 갑자사화(甲子士禍, 1504), 중종 때 기묘사화(己卯士禍, 1519)와 함께 '조선 4대 사화'의 마지막 사화이다.

又晚金丹訪葛陶
우 만 금 단 방 갈 도

아편 먹고 갈홍과 도홍경 같은 신선 되기에도 때는 이미 늦었네.

주해

　金丹(금단): 옛날 도사가 금을 녹여 붉은 모래와 섞어 만든 명약으로 이것을 먹으면 신선이
된다 했음. 매천 황현이 망국의 슬픔을 못 이겨 먹고 죽은 아편을 뜻하기도 한다.
　葛陶(갈도): 중국 신선같이 살았던 중국 진(晉)나라 때 갈홍(葛洪)과 양(梁)나라 때 도홍경(陶弘
景)을 지칭.

落日江汀忘路遠
낙 일 강 정 망 노 원

지는 해 강변 따라 한없이 가노라니

주해

汀(정): 물가, 모래섬.

滄洲亭子拂雲高
창 주 정 자 불 운 고

푸른 강가의 정자가 구름 위에 우뚝 솟았네

주해

拂(불): 치켜세우다.

白蘋波冷月中笛
백 빈 파 냉 월 중 적

하얀 수초 뜬 물결은 차갑고 달밤 젓대 소리 처량하다.

주해

蘋(빈): 물풀의 일종, 수초(水草).
笛(저): 피리, 젓대.

黃葉村深秋後醪
황 엽 촌 심 추 후 료

가을 황금빛 단풍 물든 깊은 산속에서는 탁주가 그만이네.

주해

醪(료): 술, 막걸리.

怊悵雪鴻難記跡
초 창 설 홍 난 기 적

애달파라 눈 위에 기러기 발자국 찾기도 힘들고

주해

怊悵(초창): 애달프고 서럽다.
鴻(홍): 큰 기러기, 흔히 기러기는 '안(鴈)'이라 부름. 跡(적): 자취, 흔적.

鬚根撚倒百回勞
수 근 연 도 백 회 노

쓸데없이 수염뿌리만 하릴없이 비비 꼬고 있네.

주해

鬚(수): 수염.

撚(연): (손가락으로) 비틀다, 꼬다.

　2022년 늦가을 조선의 마지막 선비 매천 황현(梅泉 黃玹) 선생의 무덤 앞 상석(床石)에 술 한 잔 올리려고 전라남도 광양시 봉강면 석사리에 있는 선생의 묘를 찾은 적이 있다. 무덤 상석 앞에 무릎 꿇고 선생에게 여쭤봤다.

　"나라가 망하는 절체절명의 위급한 상황에 망국의 슬픔이 아무리 컸기로서니 독약을 마시고 홀로 눈을 감으시면 나라 잃은 민초(民草)들은 어떡합니까?"

　황현 선생의 답변이 역사의 시공을 건너뛰어 내 마음속으로 전해진다.

　"조국을 잃은 선비의 죽음은 필연적(必然的)이어야 하오. 사라진 조선의 마지막 선비로서 '참을 수 없는 존재의 가벼움(Unbearable Lightness)'을 피할 길이 없었소. 노블레스 오블리주! 나라가 망하는데 지식인이라는 작자가 사회적 도의적 책임을 지고 죽는 놈 하나도 없으니, 나라도 죽어야 하지 않겠소?"

　선생의 무덤가에서 발길을 돌리며 읊조린다. "맞는 말씀이오. 나라가 곤경에 처하면 누군가 정치적 도의적 책임을 져야지요. 선생께서 떠나신 지 100여 년 세월이 흘렀지만 지금도 우리는 되풀이되는 역사 속에서 교훈을 찾을 줄도 모르고 목숨은커녕 책임지는 사람을 찾기도 힘듭니다."

　그렇다! 나이 들어 생존 각축장에서 밀려나 서재에 틀어박혀 난해한 한시(漢詩)나 역사책이나 쳐다보고 있으면 종이가 돈이 되고, 명문(名文)을 조금 해득할 수 있다고 세상에 보탬이 되거나 하나? 조선이 명문(名文) 읽고 쓰는 선비가 없어서 망했는가? 1910년 8월 29일 경술국치 날 나라가 망해 없어졌음에도 불구하고 조선 왕조 500년 넘게 키워온 선비, 그 어느 하나 비분을 참지 못해 순국 자결하는 자가 없음을 한탄하며, 조선의 마지막 선비 황현(黃玹, 1855~1910)은 구례 매천사 대월헌(待月軒)에서 목숨을 끊었다.

48. 霽後回頭詩제후회두시
- 비 갠 뒤 돌아보며 시를 읊다

김삿갓이 비 갠 뒤 아름다운 어떤 시골길을 걷다 하룻밤 유숙(留宿)하며 읊은 시이다. 비 갠 뒤 맑고 조용한 시골 마을의 아름다운 자연경관을 보고 시를 읊지 않고는 못 배기는 김삿갓의 탐미(耽美)주의 예술관을 엿볼 수 있는 작품이다.

주해

霽(제): 비나 눈이 그치다. 개다.

작품해설

班苔碧草亂鳴蛙
반 태 벽 초 난 명 와

드문드문 이끼 낀 푸른 숲속엔 개구리 울음소리 시끄럽고

주해

班苔(반태): 드문드문 이끼 낀. 苔(태): 이끼.

客斷門前村路斜
객 단 문 전 촌 로 사

나그네 발길 끊긴 문 앞에는 시골길만 가파르네.

山雨驟來風動竹
산 우 취 래 풍 동 죽

산속에 비 몰아치니 바람은 대나무를 흔들어대고

주해

驟(취): 말이 빨리 달리다, 몰아치다.

魚澤跳濺水翻荷
어 택 도 천 수 번 하

연못의 물고기가 튀어 올라 물 튀기니 연꽃잎은 번쩍이네.

주해

澤(택): 늪, 뻘, 못. 跳(도): 뛰다, 도약하다. 濺(천): 흩뿌리다. 翻(번): 날다, 번득이다. 荷(하): 연꽃.

閑吟朗月松窓滿
한 음 랑 월 송 창 만

한가로이 시를 읊으니 창문에 비친 달과 소나무 그림자만 어른거리고

淡抹靑烟柳巷遮
담 말 청 연 류 항 차

버들에 가려진 마을은 옅은 안개로 자욱하네.

주해

淡(담): 맑다, 엷다. 抹(말): 바르다, 지워 없애다. 烟(연): 연기, 煙(연)과 동일. 巷(항): 마을, 동네.
遮(차): 덮다, 가리다.

鰥老一宵淸景飽
환 로 일 소 청 경 포

늙은 홀아비 홀로 밤에 좋은 경치 마음에 담다 보니

주해

鰥(환): 홀아비. 宵(소): 밤, 야간. 飽(포): 가득차다.

顔朱換却髮皤皤
안 주 환 각 발 파 파

불그스레하던 내 얼굴 어디 갔나? 백발만 성성하네.

주해

却(각): 그치다, 멎다. 髮(발): 머리털. 皤皤(파파): 머리가 하얗게 센 모양, 백발.

첨언

비바람 몰아칠 땐 산속 대나무가 춤추고 연못의 물고기가 펄쩍 튀어 오르며 야단법석이더니, 비가 그치니 요란한 개구리 울음소리만 정적을 깬다. 한가로이 음풍명월(吟風明月) 시 한 수 읊다 보니 창문에 소나무 달빛 그림자만 어른거린다. 늙은 홀아비 홀로 다니며 아름다운 경치 즐기는 건 좋지만 백발노인 되어감을 서러워하는 듯하다. 필자도 비 갠 후 개구리와 매매 소리를 좋아한다. 비 갠 뒤 맑고 아름다운 시골 풍경을 바라보는 김삿갓의 심미안(審美眼)과 자신의 늙음에 대한 도가적(道家的) 인생관(人生觀)을 함께 엿볼 수 있는 시이다.

49. 與李氏之三女吟여이씨지삼녀

- 李씨 셋째딸을 유혹하며

    김삿갓이 과거시험 보기 전 서당 출입하며 공부할 때 이웃 李씨 집 셋째 딸과 연애를 하며 주고받은 시이다.

작품해설

(李女) 折枝李枝三枝
　　　　절　지　이　지　삼　지

오얏나무 셋째 가지를 꺾었소.

(金笠) 其知李之三女
　　　　기　지　이　지　삼　녀

그녀가 바로 이씨 집 셋째 딸이네.

(李女) 鏡半開而半復
　　　　경　반　개　이　반　복

거울을 폈다 접었다 자꾸 얼굴을 보네요.

(金笠) 十五夜之逢期
　　　　십　오　야　지　봉　기

보름날 밤 빨리 와 다시 만날 그날을 기약하네.

　김삿갓이 꺾은 나뭇가지는 오얏나무(李) 셋째 딸이니 책임지라는 얘기
인가? 김립이 무슨 말인지 잘 알아들었노라 대답한다. 예로부터 셋째 딸
은 보지도 않고 배필로 데려간다는 얘기도 있지만, 이 처자 보통이 아니
다. 나를 꺾어 자빠뜨렸으니 이제 책임을 지란다. 김삿갓은 책임지겠다
는 말도 없이 보름 후 다시 보자며 보챈다. 이씨 셋째 딸도 싫지는 않은
지 말없이 손거울만 만지작거리다 살며시 고개를 끄떡인다. '여자는 자기
를 기쁘게 해주는 남자를 받아들인다, (女爲悅己者容여위열기자용)' 라 했듯
이 아마도 김삿갓의 밤 기술이 대단했나 보다.

50. 扶餘妓生부여기생

- 부여의 기생과 함께

백마강(白馬江), 노인산(老人山), 자오산(紫午山) 등 산수(山水) 경관이 수려한 곳에서 부여의 기생과 하룻밤을 보내며 서로 주고받은 화답시(和答詩)이다.

작품해설

(金笠) 白馬江頭黃犢鳴
　　　　백 마 강 두 황 독 명

백마강 강가에 누렁 송아지가 '음매~' 울어대고

주해

犢(독): 송아지.

(妓生) 老人山下少年行
　　　　노 인 산 하 소 년 행

노인산 아래에는 소년이 지나가네.

(金笠) 離家正初今三月
　　　　이 가 정 초 금 삼 월

정초에 집을 떠나 어느새 삼월인데

(妓生) 對客初更復三更
　　　대 경 초 경 복 삼 경

초저녁에 손님을 만났는데 벌써 한밤중이라오.

(金笠) 澤裡芙蓉深不見
　　　택 리 부 용 심 불 견

연못 속 연꽃은 물이 깊어 볼 수 없는데

주해

澤(택): 연못, 못. 芙蓉(부용): 연꽃.

(妓生) 園中桃花笑無聲
　　　원 중 도 화 소 무 성

뜰 안에 핀 복사꽃은 웃어도 소리가 없네요.

주해

桃花(도화): 복숭아 꽃.

(金笠) 良宵可興比誰於
　　　양 소 가 흥 비 수 어

오늘같이 좋은 밤의 흥겨움 무엇에 비기리오?

주해

宵(소): 밤, 야간.

(妓生) 紫午山頭月正明
　　　자 오 산 두 월 정 명

지오산 산마루에 달이 휘영청 밝네요.

주해

正明(정명): 아주 밝다, 공명정대함.

첨언

김삿갓이 부여 백마강 강가를 거닐다 누런 송아지가 '음매~' 우는 모습을 바라보고 있는데, 한 부여기생이 이르되, "노인들이 즐겨 찾는 산하(山河)에 웬 어린애가 왔다 갔다 하느냐?" 하며 작업을 건넨다. 서로 뜻이 맞아 백마강이 굽어 보이는 기생집 누각에서 서로 시로 화답하며 시흥을 돋구다 밤이 깊어지자, 이번엔 김삿갓이 작업을 건다. "정초에 집떠나 떠돌다 보니 벌써 춘삼월이구나. 어여쁜 부여기생 만나 초저녁부터 밤늦게까지 함께 즐기니 좋긴 하다만, "오늘같이 좋은 밤을 누구하고 보낼 수 있을까?" 하며 슬쩍 떠보았는데, 웬걸! 부여기생 화답하여 이르길, "그거야 달이 중천에 휘영청 비칠 때 자오산 산마루로 와보면 알게 되겠지요." 부여기생이 김삿갓보다 한 수 위다.

어여쁜 부여기생이 밤늦게 백마강 강변을 홀로 거닐 리도 만무하고, 땡전 한 푼 없지만 글 좀 한다는 빈털터리 김삿갓의 하룻밤 청을 기생이 그리 쉽게 받아줄 리도 만무하다. 혹시 여성과의 하룻밤을 애타게 바라지만, 현실 속에서는 불가능하니 가상현실 상상 속에서라도 성적 애욕을 풀기 위해 읊은 인공지능(AI) 기능을 갖춘 김삿갓의 나 홀로 작품이 아닌가 생각된다.

51. 平壤妓生何所能평양기생하소능
- 평양기생이 할 줄 아는 게 뭐요?

   평양감사(平壤監司)가 여러 기생과 함께 술잔치를 벌이던 중, "누가 '能(능)'자 운(韻)으로 詩 한 수 지을 수 있겠느냐?"라고 물었다. 때마침 끼니와 술 한잔 얻어먹으려고 그곳을 기웃거리던 남루한 차림의 김삿갓이 "내가 기생과 함께 해보면 어떻겠소?" 하며 청하고, 허락받은 후 읊은 기생과의 합작시(合作詩)다.

작품해설

(金笠) 平壤妓生何所能
　　　 평 양 기 생 하 소 능

평양기생은 할 줄 아는 게 뭐요?

(妓生) 能歌能舞又能詩
　　　 능 가 능 무 우 능 시

노래도 잘 부르고 춤도 잘 추며 시 또한 잘 짓지요.

(金笠) 能能其中別無能
　　　 능 능 기 중 별 무 능

죄다 잘한다고 하지만 내 보기엔 그중 별로 잘하는 게 없는 듯하오.

(妓生) 月夜三更呼夫能
월 야 삼 경 호 부 능

달 밝은 깊은 밤 사내 불러내는 재주도 있지요.

첨언

　기생은 조선 시대 관청에 소속되어 가무(歌舞)와 악기 연주를 담당하며 등급에 따라 유녀(遊女, 창녀)와 같은 성적 접대도 했던 천인 노비(賤人奴婢)계급에 속했지만, 조선 시대 선비 문화에서 빼놓을 수 없는 것이 기생들의 시 문화이다. 황진이(黃眞伊), 논개(論介), 이매창(李梅窓) 등 훌륭한 여류 시인들도 즐비하니, 선비가 글 좀 한다고 목에 힘주다 망신당하기 쉽다며 기생을 조심하라는 말까지 전해온다.

　기생이 한 약속 절대로 믿지 말 것.
　문자 써가며 아는 척하지 말 것.
　가문의 효부 열녀 자랑하지 말 것.
　꽃을 선물하지 말 것.

　돈이 필요해 손님 접대하는 처지의 기생이 하는 언약은 돈 떨어지면 잊히고, 공부 좀 했다고 글 자랑하다 개망신당하기 일쑤다. 자기 집 마누라 자랑하면서 왜 기생 자빠뜨리지 못해 안달인가? 시문(詩文)과 예술(藝術)에 밝은 기생은 무슨 말을 해도 알아듣는 꽃이니(解語花, 해어화), '자랑하거나 설득할 대상이 아니다'라는 말이다.

52. 沃溝金進士옥구김진사

- 옥구에 사는 김진사

　김삿갓이 군산시 옥구(沃溝)에 사는 지방관 김 진사 집을 찾아가 하룻밤 묵기를 청하자 그는 남루한 김삿갓을 거지인 줄 잘못 알고 그에게도 거지에게 주던 버릇대로 엽전 두 닢을 던져 주었다. 김삿갓이 화가 나 이 시를 지어 대문에 붙이니, 김 진사가 이 시를 보고 "아이고, 이분이 바로 말로만 듣던 김삿갓 그 양반이로구나!" 후회하며, 달려가 김삿갓을 붙잡고 돌아가 자기 집에 묵으며 서로 사귀자고 달랬다는 얘기다.

작품해설

沃溝金進士
옥 구 김 진 사

옥구에 사는 김진사가

與我二分錢
여 아 이 푼 전

내게 엽전 두 푼을 던져 주네.

주해

與我(여아): 나에게 주다. 分(분, 푼): 조선 시대 화폐의 단위. 1냥(兩)＝10전(錢)＝100푼(分)

一死都無事
일 사 도 무 사

한 번 죽으면 이런 수모 없으련만

주해

都無事(도무사): 일이 전혀 없다. 都(도): 모두.

平生恨有身
평 생 한 유 신

평생 이 한 몸 살아있다는 게 한스럽구나!

주해

有身(유신): 몸이 살아있다는 것.

첨언

  모름지기 친구란 예전부터(舊) 가깝다고(親) 해서 무조건 다 친구(親舊)
가 되는 것은 아니다. 어제 만난 사람이 50년간 친교를 나누었던 사람보
다 더 소중한 친구일 수 있다. 세월이 흘러 신분, 명예, 빈부가 다르게 되
었어도 변하지 말아야 친구라 할 수 있다. 돈 좀 벌었다고 명예나 높은
지위를 얻었다고 목에 힘주면 친구가 될 수 없다. 엽전 두 푼을 던져 주
며 거지 취급하는데 누군들 참을 수 있겠는가? 그래도 진사(進士) 되기
전 서로 알고 지내던 글 벗 아니었나? 거지 취급당하고 쫓겨난 김삿갓은
오히려 자신의 신세를 자책한다. "이런 꼴까지 당하며 꼭 살아야 하나?"
김삿갓이 언젠가 함경남도 안변(安邊) 군수(郡守)였던 옛 친구 조운경(趙雲
卿)을 찾았을 때 벼슬 못한 자신의 처지가 처량해 문전박대받을까 걱정

했는데, 조운경은 김진사와 달랐다.

"이보게, 쓸데없는 소리 집어치우시게. 나는 자네와 술 한 잔 못 나누면 병이 나는 체질이라네. 그러니 신분 따지지 말고 냉큼 달려와 내 술잔이나 받으시게!"라고 화답하는 조운경(趙雲卿)과 같은 소중한 친구와 평생 시담(詩談)을 나누었던 김삿갓의 친구 福이 부럽다.

조운경(趙雲卿)과 김삿갓이 죽은 후 세월이 흘러 그들의 손자인 조태원(趙泰源)과 김영진(金榮鎭)이 가까운 친구로 대(代)를 이어 교분을 계속 나누며 살아갔다는 얘기가 전한다. 이게 바로 조운경(趙雲卿)과 김삿갓의 인연은 끊으려 해도 끊을 수 없는 진정한 친구 관계가 어떤 것인지 잘 설명해주는 것이다. 옥구 김진사(沃溝 金進士)도 조운경처럼 김삿갓을 달래 집으로 모셨다고 전해지니, 김삿갓 친구 복 하나는 대단하네.

53. 與訪客詰拒여방객힐거

- 찾아온 나그네와 함께 힐난하며

김삿갓이 금강산에 오르다 비를 만났다. 근처에 보이는 정자에 뛰어들었더니 마침 시객(詩客)들이 모여 글을 짓고 있었다. 김삿갓은 자기도 한 수 짓자고 청하였다. 시객(詩客) 한 사람이 김삿갓을 잡새로, 자신들을 봉황에 비유하며, '봉황 노니는데 주제넘게 끼어들지 말라'고 무시하며 시를 읊으니, 김삿갓이 자존심도 상하고 시객들을 놀려주려고, '봉황보다 더 높은 곳에 사는 천상(天上)의 새가 비바람이 하도 거세 잠시 하늘에서 내려왔더니, 재수 없게 들판의 잡새들이 노니는 곳이로구나!'라며 조롱한 시다.

주해

詰拒(힐거): 서로 헐뜯으며 맞서서 겨룸.

작품해설

시객(詩客)

石上難生草
석 상 난 생 초

돌 위에는 풀 나기 어렵고

房中不起雲
방 중 불 기 운

방 안에는 구름이 일기 어렵거늘.

山間是何鳥
산 간 시 하 조

너는 도대체 어느 산속 잡새이기에

飛入鳳凰群
비 입 봉 황 군

봉황들이 노니는 곳에 끼어드느뇨?

김삿갓

我本天上鳥
아 본 천 상 조

나는 본래 하늘 위에 사는 새로

常留五綵雲
상 류 오 채 운

항상 오색구름 속에서만 머무는 몸인데

주해

彩雲(채운): 여러 가지 빛깔로 얼룩진 아름다운 구름.

今宵風雨惡
금 소 풍 우 악

오늘 밤 비바람이 심하기에 피했더니

誤落野鳥群
오 락 야 조 군

들판 잡새 떼 가운데로 잘못 떨어졌노라!

첨언

증보판에 실린 이 오언절구(五言絶句) 문답시가 김삿갓의 작품이 아니라
는 얘기도 있다.

충청남도 보령시에 있는 개화예술공원에 김삿갓의 이 시와 동일한 시
가 사명대사(四溟大師, 1544~1610)와 도쿠가와 이에야스(德川家康) 간에 나눈
화답시(和答詩)로 쓰인 시비(詩碑)가 세워져 있어 시작인(詩作人)에 관한 논
란이 있다. 하지만, 임진왜란 종전 후 1605년 사명대사가 선조의 명을
받들어 전후(戰後)처리와 포로송환을 위한 강화사(講和使)로 일본을 방문
해 교토 후시미성(京都 伏見城)에서 도쿠가와 이에야스(德川家康 1542~1610)
를 만나 나눈 문답시(問答詩)로 보기엔 어렵다. 사명대사(四溟大師) 자신을
봉황으로 여기며 도쿠가와 이에야스(德川家康)를 잡새로 무시하며 임진왜
란 종전 후 서로 화의(和義)를 도모했는고 보기는 힘들다. 그랬다면 아마
목이 잘렸을 것이다. 김삿갓이 금강산 시객들을 놀려주기 위해 읊은 시
라 보고 넘어가는 게 좋겠다.

54. 弄詩농시

- 조롱시

조좌수(趙坐首), 승진사(承進士), 문첨지(文僉知), 오향수(吳鄕首) 등 네 명이 모여앉아 거드름 피우는 꼴이 못마땅해 김삿갓이 그들의 성(姓)과 벼슬 이름을 소리는 같지만, 의미가 다른 동음이의어(同音異義語, homonym)를 섞어 빗대어 조롱한 칠언절구(七言絶句) 시이다.

작품해설

六月炎天鳥坐睡
육 월 염 천 조 좌 수

유월 무더운 날씨에 새는 앉아서 졸고 있고

주해

坐首(좌수)를 坐睡(좌수, 앉아 졸다)라는 동음이의어(同音異義語)로 바꿈.
炎天(염천): 몹시 무더운 날씨. 坐首(좌수): 향소(鄕所)의 우두머리.

九月凉風蠅盡死
구 월 량 풍 승 진 사

구월의 싸늘한 바람에 파리 떼가 모두 죽는구나.

進士(진사)를 盡死(진사, 결국 죽다)라는 동음이의어(同音異義語)로 바꿈.

蠅(승): 파리. 進士(진사): 과거 시험 소과 초시에 합격한 사람.

月出東嶺蚊簷至
월 출 동 령 문 첨 지

동쪽 고개에 달 오르니 모기는 처마에 이르고

주해

蚊(문): 모기. 僉知(첨지)를 簷至(처마, 처마 아래)라는 동음이의어(同音異義語)로 바꿈. 僉知(첨지):
나이 많은 사람을 낮잡아 일컫는 말.

日落西山烏向巢
일 락 서 산 오 향 소

서산에 해 떨어지니 까마귀 제집 찾아가네.

주해

鄕所(향소)를 向巢(향소, 둥지를 향하다)라는 동음이의어(同音異義語)로 빗대어 시골 선비들을 조
롱함. 鄕所(향소): 조선 초기에 지방의 향풍(鄕風)을 바로잡기 위해 만든 지방자치기구.

첨언

무더운 여름 날씨에 새가 졸고 있다며(鳥坐睡조수사) 조수사 (趙坐首)를
놀려댔고, 가을날 싸늘한 바람에 파리가 죽으니(蠅盡死승진사), 그게 바로
승진사(承進士)이고, 동쪽 고개에 달 오르니 모기가 왱왱거리며 처마 밑
을 나니(蚊簷至문첨지), 이는 문첨지(文僉知)요, 서산에 해 떨어지니 까마귀
가 제 둥지 찾아 날아간다며(鳥向巢오향소) 오향수(吳鄕首)를 놀려댔다. 시

골 유지(有志)[134]라고 거드름 피우는 조좌수(趙坐首), 승진사(承進士), 문첨지(文僉知), 오향수(吳鄕首)를 놀린 조롱시이다.

---

55. 濁酒來期탁주내기
- 탁주 내기 시 짓기

   김삿갓이 길을 가다 술이 댕겨 어느 주막에 들어가 집주인과 탁주 내기 시 짓기를 해 공짜로 술 한잔 얻어 마시며 지은 시이다. 한자(漢字)와 한글의 동음이의어(同音異義語)로 빗대어 시를 지었다.

주해

來期(내기): '래기'를 우리말 '내기'로 표현했다.

작품해설

主人呼韻太環銅
주 인 호 음 태 환 동

주인이 운자를 너무 고리고 구리게 부르니

주해

太(태): 크다, 심히. 環(환): 고리, 돌다. 環(환, 고리)과 銅(동, 구리)을 우리글로 차훈(借訓)했다.

我不以音以鳥熊
아 불 이 음 이 조 웅

나는 음으로 짓지 않고 새김(새곰.鳥熊)으로 짓겠네.

鳥熊(조웅): '새곰'을 우리말 '새김'으로 표현했다.

濁酒一盆速速來
탁 주 일 분 속 속 래

탁주 한 동이 얼른 빨리 가져오게.

今番來期尺四蚣
금 번 내 기 척 사 공

이번 내기는 자네가 지네.

尺四(지사): 우리말 새김으로 척사를 '자넷' 즉 '자네'로 표현했다. 蚣(공): 지네.

집주인이 '동(銅), 웅(熊), 공(蚣)!'하며 시의 운(韻)을 띄우고(呼韻, 호운), 김 삿갓이 운에 따라 시를 지어(落韻成詩), 지는 사람이 탁주 한 사발 내기로 했나 보다. 주인이 부르는 운(韻)이 너무 '고리'고 '구리'다며 '環(환)'과 '銅 (동)'을 자음(子音, 글자 음)으로 글을 짓지 않고 우리말 뜻으로 새겨 지은 시이다. '구리, 지네'라는 우리말로 표현하며 능수능란하게 시를 읊었다.

'尺四蚣(척사공)'의 '尺(척)'은 '자'를 의미하고, '四(사)'는 '넷'을 의미하고, '蚣 (공)'은 '지네'를 의미하니, 우리말로 '자네가 지네'라는 뜻이 된다. 한자(漢 字)를 이렇게 자유자재(自由自在)로 갖고 노는 김삿갓의 시를 듣고 집주인 이 탁주 한 사발 대접 안 했을 리 없다. 상통하달 사통팔달(上通下達 四通 八達) 김삿갓의 시적 재능은 당할 수가 없었나 보다.

56. 元堂里원당리

- 원당리 고을에서

김삿갓이 경남 진주(晋州) 고을 원당리(元堂里)에서 밥 구걸하다 문전박대(門前薄待) 당한 후 홧김에 침을 퉤 뱉고 발길을 돌리며 지은 시이다.

晋州元堂里
진 주 원 당 리

진주 원당리에서

過客夕飯乞
과 객 석 반 걸

지나가는 나그네가 저녁밥 한 끼 구걸하는데

奴出無人云
노 출 무 인 운

종놈이 나와 '주인 없다' 하고

兒來有故曰
아 래 유 고 왈

아이가 와서 '집안 사정 있다' 하네.

有故(유고): 특별한 사정이나 이유가 있음.

朝鮮國中初
조 선 국 중 초

조선팔도에 이런 일 처음 있는 일

慶尙道內一
경 상 도 내 일

경상도 땅에도 이런 곳이 있었네.

禮儀我東方
예 의 아 동 방

그래도 우리나라는 동방예의지국인데

世上人心不
세 상 인 심 불

세상인심 참 더럽네.

첨언

　어느 날 저녁 경남 진주(晉州) 고을 원당리(元堂里) 길을 지나다 배도 고파 저녁밥 한 끼를 빌었더니, 종놈이 나와 '주인 없다!'라고 소리치고, 애새끼 하나 나와 '집안에 사정이 생겼다.' 한다. 조선 땅에 이런 못된 집 처음 봤고, 선행을 숭상(尙, 상)하며 치하하는(慶, 경) 데 제일인 경상도(慶尙道) 땅에서 이렇게 지나가는 나그네를 박대하니, '경상도(慶尙道) 인심 참 더럽구나!'라며 김삿갓은 '에이, 퉤!' 하며 침을 뱉고 지는 해를 등지고 떠나갔다.

57. 葬魚腹장어복

- 고기밥을 장사지내고

인본(人本)주의자 김삿갓이 지리산 깊은 산속 계곡물 바위틈에 죽어 끼어있는 모습을 보고 시신(屍身)을 묻고 저승에서 복 받으라며 명복(冥福)을 빌며 읊은 시이다.

작품해설

靑龍在左白虎右
청 용 재 좌 백 호 우

좌청룡 우백호로 명당(明堂)자리 분명하네

天地東南流坐向
천 지 동 남 유 좌 향

물의 흐름 동남이니 무덤이 바라보는 방향도 좋고

龜頭碧波入短碣
구 두 벽 파 입 단 갈

파란 계곡물가에는 조그만 거북 머리 비석도 들어서 있어서

주해

龜(구): 거북이. 碧(벽): 푸르다. 碣(갈): 비석(碑石), 솟은 돌.

雁足靑天來弔喪
안 족 청 천 내 조 상

푸른 하늘 나는 기러기 문상에 오기에 딱 족하구나!

주해

雁(안): 기러기, 거위.

첨언

김삿갓이 지리산 골짜기를 지나가다 산속 계곡에 빠져 죽은 사람이 계곡 돌 틈에 끼어있는 시신을 발견했는데, 죽을 때 입은 승복을 보니 스님이 분명하다. 측은지심에 물에서 건져 묻어 주는 것이 인간의 도리라 생각하고 김삿갓이 시신을 끌어 바위 위에 올려놓고 묻을 자리가 있나 둘러 보니 좌청룡 우백호(左靑龍 右白虎) 그곳이 바로 못자리로 최고임을 알아차리고 무릎을 친다. 주위에는 크고 작은 바위들이 솟아 있어, 마치 무덤 앞에 석물(石物)처럼 보였다. 시신을 묻어 주고 합장 배례(合掌拜禮)하며 명복(冥福)을 빌었다.

"스님이 당신이 뉘신지 저는 모릅니다. 유택(幽宅)을 최고의 길지로 골라 장사 지내고 떠나오니, 부디 극락왕생하소서!"

휴머니스트 김삿갓이 하루하루 걸식 유랑하며 얻어먹고 잠자리 구하기도 힘든 자기 코가 석 자인데 지나가다 비렁뱅이 하나 죽어있는 시신을 보고 측은지심이 생겨 추모 시 한 수 올리고 장사(葬事)까지 치러주며 지은 시가 떠올라 덧붙인다.

見乞人屍견걸인시

- 걸인의 시신을 보고

.

不知汝姓不識名
부 지 여 성 불 식 명

너의 이름도 모르고 성도 모르는데

주해

汝(여): 너, 자네.

何處靑山子故鄕
하 처 청 산 자 고 향

그대 고향이 어디메뇨?

蠅侵腐肉暄朝日
승 침 부 육 훤 조 일

따스한 아침 햇볕 아래 썩은 몸뚱어리에 파리 떼가 득실거리고

주해

蠅(승): 파리. 暄(훤): 떠들썩하다, 시끄럽다.

烏喚孤魂弔夕陽
오 환 고 혼 조 석 양

저녁이 되니 까마귀가 외로운 혼을 위해 울어주네.

주해

喚(환): 부르다, 외치다.

一尺短笻身後物
일 척 단 공 신 후 물

짤막한 대나무 지팡이는 그대의 유물이고

笻(공): 대나무 지팡이.

數升殘米乞時糧
수 승 잔 미 걸 시 량

몇 됫박 남은 곡식은 구걸하며 얻은 식량인가?

寄語前村諸子輩
기 어 전 촌 제 자 배

앞마을 청년들 부탁 한 번 하세

携來一簣掩風霜
휴 래 일 궤 엄 풍 상

한 삼태기쯤 흙을 가져다 시신이나 묻어주시게나!

簣(궤): 삼태기[135]. 掩風霜(엄풍상): 바람과 서리를 막아주다, 즉 묻어주다.

---

135) **簣**(궤): 삼태기, 재나 두엄을 나르기 위해 대나무나 짚을 엮어 만든 도구. 아이들이 오줌을 싸면 삼태기를 머리에 이고 이웃집에 소금을 빌려오라고 했다는 민간 풍속이 전해 옴. 오줌싸개 아이들을 창피하게 해 오줌 싸는 것을 막으려 했다 함.

58. 火爐화로

- 숯불 굽는 화덕에 대하여

그 옛날 질그릇 옹기 화로(火爐) 속 숯이 어두운 밤이 되면 새빨갛게 타올라 살아나고 새벽이 되어 날이 밝아오면 숯은 하얀 재가 되어 죽게 되며 그 삶과 죽음 사이에 온 가족들 오순도순 둘러앉아 얘기 나누며 술잔도 데우고 책도 보니 난방용, 취사용으로 이 얼마나 진귀한 보물인 가? '화덕'하면 피자 굽는 피자 화덕이나 아날로그 디지털 벽난로 혹은 러시안 페치카 정도를 연상하게 되는데 우리 선조들은 화로를 덕(德)을 베푸는 불(火), '화덕(火德)'이라 높여 불렀다. 춥고 외로운 겨울밤 김삿갓 이 화롯불 지피며 읊은 시이다. 이 시의 과장된 표현은 한시에서 흔히 쓰는 필법이니 애교로 봐주고 넘어가길 바란다.

작품해설

頭似虎豹口似鯨
두 사 호 표 구 사 경

머리는 호랑이와 표범 같고 입은 고래를 닮았는데

주해

虎豹(호표): 호랑이와 표범. *鯨*(경): 고래

詳看非虎亦非鯨
상 간 비 호 역 비 경

자세히 보면 호랑이도 아니고 고래도 아니네.

若使雇人能盛火
약 사 고 인 능 성 화

머슴에게 시켜 불만 잘 지펴 놓으면

주해

雇(고): 고용하다,

可煮虎頭可煮鯨
가 자 호 두 가 자 경

호랑이 대가리도 고래도 구워 먹을 수 있겠네.

주해

煮(자): 굽다, 삶다, 익히다.

첨언

우리나라 해안에서 고래 보기는 흔치 않다. 누군가 김삿갓에게 골탕 먹이려고 그 흔치도 않은 고래 '경(鯨)' 字 운(韻)을 부른 듯하다. 김삿갓이 '경(鯨)' 자 운을 세 번 반복하며 운율(韻律, rhyme)을 맞춘 칠언절구 시이다.

놋쇠로 만든 화로의 머리는 얼핏 보면 호랑이 같기도 하고, 고래 같기도 하지만, 자세히 보면 호랑이도 아니고 고래도 아니다. 불만 잘 지피면 화로에 호랑이나 고래도 구워 먹을 수 있단다. 김삿갓이 과장을 좀 심하게 떤 것 같다.

김삿갓은 '남이야 전봇대로 이빨을 쑤시든 말든, 부삽으로 귀지를 파 견 말건' 자기 갈 길을 간다.

59. 咸關嶺함관령

- 함관령을 넘으며

김삿갓이 북청 군수(郡守)와 함께 함경남도 홍원(洪原)과 북청(北靑) 경계에 있는 함관령(咸關嶺)을 넘어가다 지은 오언절구(五言絶句) 시이다.

작품해설

四月咸關嶺
사 월 함 관 령

사월의 함관령을 오르다 보니

北靑郡守寒
북 청 군 수 한

북청 군수는 추위에 덜덜 떨고 있네.

杜鵑今始發
두 견 금 시 발

진달래꽃 이제 겨우 피기 시작하는데

주해

杜鵑(두견): 두견새, 진달래

春亦上山難
춘 역 상 산 난

봄도 힘이 드는지, 산을 오르지 못하네.

첨언

　남쪽의 동해(東海) 바닷바람 탓인지 북쪽 만주 벌판 바람 탓인지 계절은 이미 4월이 되었지만, 함관령(咸關嶺) 산골짜기에는 아직도 한기(寒氣)가 돌고 으스스하다. 옆에 함께 가는 북청 군수(郡守)는 덜덜 떨고 있고 여기 진달래꽃은 계절을 잊었는지 이제 겨우 꽃망울이 핀다. 아마도 골짜기 아래 평지에서 만개한 진달래꽃들이 함관령(咸關嶺) 산마루 오르는데 시간이 걸려 아직 피지 못하나 보다.

60. 僧風惡승풍악

- 절간 인심 참 못 됐네

김삿갓이 날이 어두워져 금강산 절간에 들어가 하룻밤 유숙(留宿)을 청했다가 주지 스님에게 퇴짜 맞고 돌아서며 퍼부은 악담(惡談) 시다.

작품해설

榻上彼金佛
탑 상 피 금 불

단위에 앉아 있는 저 금부처님

주해

榻(탑): 긴 걸상(평상)

何事坎中連
하 사 감 중 련

무슨 일로 무덤 속에 있는 듯 우울한가요?

주해

坎(감): 구덩이, 험하다.

次寺僧風惡
차 사 승 풍 악

이 절의 중 행세가 고약해서

擇日欲西歸
택 일 욕 서 귀

날 받아 부처님이 서쪽으로 돌아가시려 하네요.

첨언

　밤도 깊어 어느 절에 들어가 김삿갓이 하룻밤 쉬어가기를 청했지만, 절의 스님이 싸늘하게 거절했다. 절간 스님 마음보 고약한 게 못마땅해 '부처님도 조만간 날 받아 서쪽으로 떠나버릴 거'라고 악담을 퍼부으며 읊은 오언절구(五言絶句) 시이다.

61. 虛言詩허언시

- 말도 안 되는 시

김삿갓이 부패하고 거꾸로 돌아가는 세상을 말도 안 되는 말장난으로 반어적(反語的) 필법으로 비판 조롱한 시이다.

작품해설

靑山影裡鹿抱卵
청 산 영 리 녹 포 란

푸른 산 그림자 안에서는 사슴이 알을 품었고

白雲江邊蟹打尾
백 운 강 변 해 타 미

흰 구름 지나가는 강변에서 게가 꼬리를 치는구나.

주해

蟹(해): 게.

夕陽歸僧紒三尺
석 양 귀 승 계 삼 척

석양에 돌아가는 중의 상투가 석 자나 되고

紒(계): 상투 틀다.

樓上織女囊一斗
누 상 직 녀 낭 일 두

베틀에서 베를 짜는 계집의 불알이 한 말이네.

주해

織(직): 베틀, 베 짜기. **囊**(낭): 불알, 주머니.

첨언

사슴이 알을 품고 게가 꼬리를 치며, 중이 긴 상투를 틀고 계집에게 불알이 있을 수 있겠는가? 허망하고 거짓된 인간의 모습을 헛된 말장난으로 묘사함으로써 당시 사회의 모순을 해학적으로 표현했다.

62. 窓창

- 창문에 대하여

김삿갓이 눈 오는 어느 날 평소 가까이하던 산골짜기 친구의 집을 어렵게 찾아가자 장난기 많은 그 친구가 일부러 문을 열어주지 않고 약을 올리니, 파촉(巴蜀) '파(巴)'와 긁을 '파(爬)'를 운(韻)으로 읊은 칠언절구(七言絶句) 시이다.

작품해설

十字相連口字橫
십 자 상 연 구 자 횡

십(十) 자가 서로 이어지고 구(口) 자가 빗겼는데

間間棧道峽如巴
간 간 잔 도 협 여 파

사이사이 험난한 길이 있어 파촉(巴蜀) 가는 골짜기 같구나.

주해

棧道(잔도): 험한 벼랑 혹은 절벽에 놓은 길.

巴(파): 땅이름, 여기서는 위험한 절벽 잔도(棧道)를 거쳐야 갈 수 있는 파촉(巴蜀) 지역을 의미.

巴蜀(파촉): 지금의 중국 쓰촨성(四川省)의 파(巴)지역과 촉(蜀) 지역을 합쳐 부르는 명칭으로 파촉(巴蜀) 지역으로 넘어가는 길은 험준한 산악지역 절벽 길이 무척 위험해서 잔도(棧道)라 불렀다.

隣翁順熟低首入
인 옹 순 숙 저 수 입

이웃집 늙은이는 순하게 고개를 숙이고 들어오지만

熟(숙): 익다, 익숙하다.

稚子難開擧手爬
치 자 난 개 거 수 파

아이는 열기 곤란하다고 손가락으로 머리만 긁적이네.

稚子(치자): 나이 어린아이. 爬(파): 긁다, 기다.

　제목 창(窓)은 아마도 대나무 창살 격자가 있는 창호(窓戶)지 덧문인 듯하다. 상하좌우 십자(十字) 모양의 격자를 파촉(巴蜀) 잔도(棧道) 가는 협곡의 형상을 빗대었다. 이 키 작은 창호지 덧문을 들어설 때는 고개를 제대로 숙이면 문제가 없지만, 나갈 때는 덧문 위쪽에 부딪히지 않게 손을 들어 머리를 보호해야 한다는 의미이다.

김삿갓

　"장난 그만치고 이제 문 좀 열어주게! 바깥 날씨 매우 춥고 옷은 다 젖었네."

친구

"이 문을 걸어 잠근 이유가 있단 말일세."

김삿갓

"이유는 허구한 날 무슨 놈에 사연? 뭔 사연인지 알아나 보세."

친구

"그럼 시 한 수 지으면 열어주지."

김삿갓

"추워 죽겠으니 운(韻)이나 빨리 부르게!"

친구

"파촉(巴蜀) '巴(파)'!"

김삿갓

"十字相連口字橫 間間棧道峽如巴!"
십 자 상 연 구 자 횡　간 간 잔 도 협 여 파

친구

"어쭈, 그럼 이번엔 긁을 '파(爬)'! 낙운(落韻)했으니 냉큼 성시(成詩)
해보시게. 칠보시(七步詩)란 말일세."

김삿갓

"헐! 또 '파' 字 운이냐?

隣翁順熟低首入 稚子難開擧手爬!
인 옹 순 숙 저 수 입　치 자 난 개 거 수 파

자, 이제 낙운성시(落韻成詩)했으니 문 좀 열게나."

친구

"사연은 무슨 사연? 내가 졌네! 어서 들어오시게!"

63. 嘲山老조산노

- 산골 노인을 조롱하다

김삿갓이 오랜 세월 방랑하다 육 년 만에 고향 가는 길을 가다 보니 여관들은 그대로 있는데 집주인은 거의 바뀌어 아는 사람이 없고 나그네 대접도 옛날 같지 않아 푸대접이라 주인장에게 '당신 참 못됐소!'라며 투덜대며 읊은 시이다.

작품해설

萬里路長在
만 리 노 장 재

멀고 먼 방랑길 다니다

주해

路長(노장): 먼 여행길.

六年今始歸
육 년 금 시 귀

육 년 만에 이제야 비로소 돌아와 보니

주해

始(시): 비로소, 바야흐로, 처음.

所經多舊館
소 경 다 구 관

지나는 길마다 옛집 그대로인데

太半主人非
태 반 주 인 비

주인은 거의 옛 주인이 아니네.

주해

太半(태반): 반 이상, 거의.

巒里老長在
만 리 노 장 재

노인네가 산속에 오래 살며

주해

巒(만): 둥근 봉우리, 산. 巒里(만리): 산속 골짜기.
老長(노장): 늙은이, 나이 많은 사람.

粥年今始貴
육 년 금 시 귀

나이 팔아 늙더니 이제 비로소 귀하게 되었네.

주해

粥(죽, 육): 죽, 팔다. 粥年(육년): 나이를 팔다.

所經多舊冠
소 경 다 구 관

지나는 곳마다 갓 쓴 옛 양반도 많은데

所經(소경): 지나가는 곳.

太飯主人非
태 반 주 인 비

콩밥 대접하는 주인장 못됐소

太飯(태반): 콩밥.
主人非(주인비): 주인이 옳지 않다.

시의 처음 두 행(行)은 당(唐)나라 때 시인 백낙천(白樂天)의 「商山路有感 상산로유감」에서 인용했다. 산속의 어떤 여관에 하룻밤 묵게 되었는데 콩밥 주며 푸대접한 노인 주인장이 하도 아니꼬워 내뱉은 시이다.

콩에는 단백질, 탄수화물, 지방 외에도 각종 비타민을 함유하고 있어 성인병 예방과 노화 방지에 큰 도움을 주는 곡물이다. 콩나물, 두부, 된장, 청국장, 콩국수, 콩자반 등 콩의 유용성은 이루 헤아릴 수 없을 정도이다. 콩(太)은 중국의 『史略(사략)』136)에 처음 나오는 글자로 그 이름의 의미도 평범하지 않으며, 시루에서 물에 불려 콩나물을 만들면 밥상 나물 반찬으로도 좋다. 그런 이유로 콩은 양질의 단백질 영양식으로 현대인들이 선호하는 식물인데, 옛날에는 가난한 사람들이 먹어야 하는 음식의 대명사였던 것 같다. 심지어는 감옥에서 석방되어 출소하는 죄수들에게 '다시 감옥에 오지 말라'는 의미로 콩으로 만든 두부를 먹인 적도 있으니 콩에 입장에서 무척 억울할 것 같다. 김삿갓이 요새 사람이었다면 콩밥 대접하는 주인장을 고맙게 여겼을 텐데.

산속에 오래 살며 콩밥이나 팔며 돈 좀 만지더니 자신이 무척 귀(貴)한 사람이 되었는지 안다. 옛날 꽁보리밥 함께 먹던 시절 생각해야지 돈 좀 벌었다고 나그네 푸대접하는 주인이 참 못됐다고 조롱한 시이다. 조롱시라 보기보다 주인에게 던지는 불평시라 보는 게 좋겠다.

---

136) 史略(사략): 일종의 초급 역사 교과서로 천자문, 소학(小學)과 함께 어린아이가 흔히 배우는 서적이었음. 史略(사략)의 삼황오제(三皇五帝) 중국 신화가 너무 황당하게 부풀려져 역사적 사실이 아니라 판단되어 조선 시대에는 史略(사략)을 교육 자료로 쓰지 않았고 중국과 일본에서도 너무 허황한 내용이 많아 읽지도 않았는데 오로지 조선에서만 읽는다는 주장이 많아 史略(사략)을 공부하는 것을 부끄럽게 여긴 때도 있었다. 사략초권(史略初卷)의 제1장 천황씨장(天皇氏章)의 '太古伏羲神農氏(태고복희신농씨)'의 첫 글자가 '콩 태(太) 字이다.

64. 空手來 空手去 공수래 공수거

- 빈손으로 왔다 빈손으로 가는데

출가(出家)한 스님처럼 인간은 세상에 빈손으로 왔다가 어차피 늙고 병들어 죽음에 이르러 빈손으로 이생을 떠나간다며, 김삿갓이 자신의 삶을 되돌아 보며 생사(生死)에 관해 읊은 도가(道家)적 의미의 시이다.

작품해설

生從何處來
생 종 하 처 래

태어날 때 어디에서 왔으며

死向何處去
사 향 하 처 거

죽어서는 어디로 가는가?

世事琴三尺
세 사 금 삼 척

세상사 거문고 석 자 소리에 모두 담겼고

生涯酒一杯
생 애 주 일 배

인생살이 모두 한잔 술 속에 담겨있네.

이응수의 『金笠詩集』에는 수록되어 있지 않지만, 김삿갓에 관한 많은 시집에 포함되어 있고, 시의 내용이 김삿갓의 생애를 잘 설명해주는 듯하여 추가해 옮겼다. 조선 선조 때 휴정 서산대사(休靜 西山大師)[137]가 묘향산의 원적암(圓寂菴)에서 85세에 입적하기 전 지은 「臨終偈(임종게)」에서 인용한 듯하다.

臨終偈임종게 — 休靜휴정 西山大師서산대사

生也一片浮雲起
생 야 일 편 부 운 기

삶이란 한 조각의 구름이 일어남이요

死也一片浮雲滅
사 야 일 편 부 운 멸

죽음이란 한 조각의 뜬구름이 사라짐이다.

浮雲自體本無實
부 운 자 체 본 무 실

뜬구름이란 애당초 실체가 없는 것이고

---

137) 휴정 서산대사(休靜 西山大師): 불법(佛法)을 지키기 위해(護法호법) 나라를 지키며 (護國호국) 살생의 번뇌를 극복하며 73세 고령임에도 불구하고 승병(僧兵)을 모아 임진왜란 당시 (1592년경) 왜군을 크게 무찔렀던 고승(高僧).

生死去來亦如然
생 사 거 래 역 여 연

죽고 살고 오고 가는 것 역시 그와 같도다.

65. 兩班論양반론

- 양반에 관하여 논하다

    어떤 양반 집 대문에서 밥 구걸하는데, 행색이 남루한 김삿갓을 보고 출신성분이 비천하다 여기며 주인이 '어디 김씨냐?' 물으며 무시하니, 지금은 비록 폐족(廢族)되었을망정 그래도 세도 가문 장동 김씨(壯洞 金氏) 가문 출신의 김삿갓이 자존심이 크게 상해 주인을 점잖게 꾸짖는 시이다. 두 구(句)씩 짝을 이룬 칠언율시(七言律詩)로 기승전결(起承轉結) 구도와 시상(詩想)의 전개를 확연히 표현한 '班(반)'字가 거듭 쓰인 동자중출시(同字重出詩)이다.

작품해설

彼兩班此兩班
피 양 반 차 양 반

네가 양반이면 나도 양반이니

班不知班何班
반 부 지 반 하 반

양반이 양반도 못 알아보면서 네가 어찌 양반이뇨?

朝鮮三姓其中班
조 선 삼 성 기 중 반

조선 성씨 중 세 성씨만 양반이니

駕洛一邦在上班
가 락 일 방 재 상 반

가락(金海 金氏) 출신이 한 나라에서 위에 속하는 양반으로

주해

駕洛(가락): 경상도 김해지역에 수로왕(首露王)이 세웠던 고대 국가, 가야(伽倻)를 지칭.

來千里此月客班
래 천 리 차 월 객 반

달밤에 천 리 길 찾아온 나그네가 양반이오.

好八字今時富班
호 팔 자 금 시 부 반

요즘 팔자가 좋아 부자 되면 양반이라 하는구나.

觀其爾班厭眞班
관 기 이 반 염 진 반

네 지위를 살펴보니 본질이 양반을 싫어하는지라

주해

爾班(이반): 너의 지위(신분 계급)

客班可知主人班
객 반 가 지 주 인 반

손님 양반이 주인의 지위를 가히 알겠구나.

김삿갓이 먼 길 유랑하다 어떤 양반 집에 들러 구걸을 하니, 집주인이 거드름 피우며 김삿갓의 본관이 어디인 양반이냐고 묻는다. 본관이 당시 최고의 세도 가문인 장동 김씨(壯洞 金氏)이지만 폐족(廢族) 가문 출신이라 대답을 못 하니, 집주인이 언짢아하며 박대한다. 약이 오른 김삿갓이 조롱 섞인 시로 응답한다.

이 양반(彼兩班), 저 양반(此兩班), 지반(知班), 하반(何班), 중반(中班), 상반(上班), 객반(客班), 부반(富班), 이반(爾班), 진반(眞班), 주인반(主人班) 등 같은 '班' 字를 정신없이 늘어놓으며, "지천(地天)으로 깔린 게 양반인데, 목에 힘주며 웬 꼴값을 떠느냐? 양반이라면서 양반도 못 알아보고, 김해 김(金)씨가 조선 삼성(三姓)중 제일 높은 양반이며 내가 바로 그 지역 김(金)씨이노라. 원래 진짜 양반은 양반 타령 안 하는 게 법인데, 돈 좀 벌었다고 목에 힘주는 네 꼬락서니 보니 양반은 무슨 썩어질 양반?"이라고 한 방 먹이고 떠났다.

66. 吟空家음공가

- 추운 골방에서 읊다

　엄동설한 추운 밤에 불도 안 땐 방에 홀로 누워 잠을 청하자니 너무 추워 잠이 안 온다. 불을 지피고자 했지만, 부싯돌의 깃(羽우) 마저 떨어져 얼어 죽을 지경인데, 김삿갓은 한고조(漢高祖) 유방(劉邦), 도연명(陶淵明), 진시황(秦始皇)의 아들 시황자(始皇子), 초패왕(楚覇王) 항우(項羽) 등 영웅호걸 이름을 들먹이며 읊은 시이다. 한자(漢字)와 한글의 음은 같지만, 뜻이 다른 동음이어(同音異語) 형식의 이중구조 시로 전통적 한시(漢詩)의 필법에 얽매이지 않고 자유분방하고 해학적으로 읊은 시이다.

작품해설

甚寒漢高祖
심 한 한 고 조

너무 추워 방이 춥구나(寒房한방)!

주해

漢高祖(한고조): 한나라를 세운 유방(劉邦).

不來陶淵明
불 래 도 연 명

잠도 오지 않고

陶淵明(도연명, 365~427): 도연명(陶淵明)의 이름이 '潛잠'. 중국 문학사 중 가장 위대하게 손꼽히는 시인. 세상사에 시든 몸과 마음의 안식처를 찾아 전원으로 돌아가겠다며 지은 시 「귀거래사(歸去來辭)」로 유명하다.

慾擊始皇子
욕 격 시 황 자

부싯돌에 불붙이려는데

주해

始皇子(시황자): 진시황(秦始皇)의 맏아들. 시황자(始皇子)의 이름 '扶蘇부소'를 소리 나는 대로 '부싯돌'이라고 우리말로 표현.

無奈楚覇王
무 나 초 패 왕

부싯돌 깃털(羿우)은 떨어져 나가고 없으니 이를 어찌할꼬!

주해

奈(나): 어찌, 어찌할꼬. 楚覇王(초패왕): 항우(項羽).

첨언

　김삿갓이 어느 추운 날 밤 골방에 들어가 잠을 청했는데 너무 추워 잠을 잘 수가 없었다. 골방의 '방(房)'을 한고조(漢高祖) 유방(劉邦)의 이름 '방(邦)'으로 빗대고, '잠'을 도연명(陶淵明)의 이름 潛(잠)'에 빗대어 시를 지었다. 너무 추워 불을 피우려 '부싯돌'을 치려 해도 '깃'조차 없다고 한탄한다. 시황자(始皇子)의 이름 '부소(扶蘇)'는 '부싯돌'을 의미하며, 초패왕(楚

覇王)의 이름이 '우(羽)'는 부싯돌에 불붙이는 깃털을 의미한다. 한문 실력도 대단하지만, 중국 역사 속 인물의 이름을 들먹이며 차디찬 골방에서 해학적 시를 읊으며 잠 못 이루는 밤을 지새우는 김삿갓의 선비정신이 아름답다.

67. 暗夜訪紅蓮암야방홍련

- 어두운 밤 홍련을 찾다

중국 호남성(湖南省)에 있는 동정호(洞庭湖) 인근 청루(靑樓)의 연인 홍련(紅蓮)을 야밤에 보기 위해 기녀(妓女)들이 자는 방을 한밤중에 몰래 들어 갔는데 어둠 속에서 얼떨결에 추파(秋波)라는 기생의 발을 밟고 일을 망쳤다고 아쉬워하는 해학 시이다.

주해

청루(靑樓): 홍등가의 술집.

작품해설

探香狂蝶半夜行
탐 향 광 접 반 야 행

꽃향기 찾아 날아드는 미친 나비처럼 야밤에 나섰지만

百花深處摠無情
백 화 심 처 총 무 정

온갖 기녀들이 깊이 잠들어 있어 정신이 없네.

주해

摠(총): 모두.

欲採紅蓮南浦去
욕 채 홍 련 남 포 거

홍련을 찾으려고 남포로 내려가다가

洞庭秋波小舟驚
동 정 추 파 소 주 경

동정호 가을 물결에 작은 배가 깜짝 놀라네.

주해

洞庭(동정): 두보의 시「登岳陽樓(등악양루)」의 배경이 된 중국 호남성(湖南省)에 있는 동정호(洞庭湖)를 말한다.

秋波(추파): '가을 물결'이라는 뜻이지만, 여기서는 '秋波(추파)'라는 기녀를 의미함.

첨언

김삿갓이 그리운 기녀(妓女) 홍련을 만나 하룻밤 운우(雲雨)의 정을 나누려고 여인들이 깊이 잠들어 있는 기방(妓房)을 한밤중에 찾아갔다. 어둠 속에서 홍련 곁에 누우려고 더듬어 가다 재수 없게 '秋波(추파)'라는 다른 기녀의 작은 발(여기서는 小舟소주로 표현)을 밟아 기녀들이 깜짝 놀라는 바람에 홍련과의 하룻밤 정사(情事)가 미수에 그쳤다는 재미있는 해학 시이다.

68. 鳳凰봉황
- 상서로운 봉황에 대하여

김삿갓이 지인(知人)의 집을 찾았는데 집에 있으면서도 없다고 하니, 약이 올라 '에라이, 밴댕이 소갈딱지 없는 소인배야, 봉황새가 나니 잡새가 숲속으로 숨는구나!'라 조롱하며 지은 시이다.

작품해설

鳳飛靑山鳥隱林
봉비청산조은림

주해

鳳(봉): 봉황(鳳凰), 전설 속의 새.

청산에 봉황 날아오르니 새들은 숲속으로 숨고

龍登碧海魚潛水
용등벽해어잠수

주해

潛(잠): 잠기다.

푸른 바다에서 용이 오르니 물고기들은 물속으로 숨는구나!

함경남도 단천(端川) 고을에 글 벗도 많고 대우도 좋았다. 당시 단천(端川)은 다른 지역에 비해 선비정신이 두터워 김삿갓은 가끔 그곳을 들러 잠시 머물곤 했다. 김삿갓이 가끔 찾던 한 선비의 집을 방문했는데, 김삿갓의 남루한 행색이 못마땅했는지, 아니면 자신의 문학적 재능이 김삿갓의 실력에 못 미침을 시기해서 그랬는지, 집에 있으면서도 만나기를 거절했다. "집주인 지금 집에 없소!" 하니, 김삿갓이 "에라이, 잡새나 잡아에 지나지 않는 소인배야! 나 김삿갓은 봉황새요 용이니라! 잡새들과 잡어들이 봉황 나타나니 모두 숨는구나!"라고 꾸짖기 위해 지었다는 글이다.

69. 貴樂堂귀락당

- 당나귀 집

김삿갓이 함경남도 북청(北靑) 지역을 유랑하다 주위를 바라보니 멀리 고대광실(高大廣室) 으리으리한 기와집이 한 채 있는지라 가까이 가서 보니, 대문 위 현액판(懸額板)에 아무 글도 쓰여 있지 않아 궁금해 나눈 정(鄭)씨 성을 가진 집주인과의 대화 내용이다.

작품해설

김삿갓

아무것도 안 쓰인 저 현액(懸額)[138]에 집 당호(堂號)는 쓰셔야 하지 않겠소?

주인

건넛마을 임초시(林初試)가 써 준다고 약속은 했지만, 당신이 글을 잘 쓰면 써주셔도 좋소.

---

138) 현액(懸額): 현판(懸板)이라고도 하며 글씨나 그림을 나무판, 종이, 비단에 쓰거나 새겨서 문 위에 거는 액자류를 말함.

김삿갓

썩 잘 쓰지는 못해도 흉내는 좀 냅니다.

　지필묵(紙筆墨)을 가져오라 한 후 김삿갓은 현액에 '貴樂堂귀락당'이라고
써주었다. 훌륭한 글솜씨를 보고 주인이 흡족해하며 김삿갓에게 술과
안주로 크게 대접했고 노잣돈까지 챙겨 주었다. 김삿갓이 작별 인사를
하고 유량 길을 떠나자마자 건넛마을 임초시[139](林初試)가 소문을 듣고
달려와 현액(懸額)을 바라보며 넌지시 웃으며 주인에게 말을 건넸다.

임초시(林初試)

글을 잘 쓰긴 썼지만 자네를 흉본 글이네.

주인

아니, 뭐라고?

임초시(林初試)

글을 거꾸로 읽어보게.

주인

堂樂貴!
당 나 귀

---

139) 초시(初試): 과거(科擧)의 첫 번째 시험. 조선 시대 과거 시험 가운데 생원, 진사를 뽑는 소과(小科).과거
　　　시험의 1단계 시험 혹은 그 시험에서 급제한 사람을 지칭.

임초시(林初試)

그렇네. 자네 성(姓)이 '鄭정'가이고 옛말에 '鄭정'가를 '당나귀 鄭'이라고 부르지 않는가?

주인

이런 개자식 같은 놈이 다 있나?

임초시(林初試)

여하튼 글을 거꾸로 읽는 사람도 없고, '貴樂堂귀락당' 필체와 글 뜻도 훌륭하니 그대로 놔두게. 그런데 그 사람 혹시 삿갓을 쓰고 있지 않았나?

주인

옷은 거지같이 더럽게 입었고 삿갓을 쓰고 있었네.

임초시(林初試)

그가 바로 김삿갓이었네. 좀 일찍 와 나도 김삿갓을 한번 뵈었으면 좋았을걸!

주인

아~ 그가 말로만 듣던 김삿갓이었구나!

조금 전까지 개자식이라고 악담(惡談)까지 퍼붓던 것과는 달리 주인은 현액(懸額)의 '貴樂堂귀락당' 김삿갓 글을 흐뭇한 마음으로 올려 보았다.

돈 좀 벌어 족보를 사서 양반 행세하는 무식한 농민들이 많았던 시대에 김삿갓이 그런 부자를 글 석 자로 신나게 놀려먹었다. 남의 성(姓)을 갖고 놀려먹는 일은 예나 지금이나 흔하다. 옛날에 윤(尹) 씨를 소(丑축)에 꼬리가 붙은 형상이라 '꼬리곰탕'이라 놀렸고, 서(徐)씨는 쥐(鼠서) 자와 음이 같다고 하여 '鼠서생원'이라 불렀는가 하면, 요새도 웃지 못할 별난 성명(姓名)들이 많다. 방귀남, 방귀녀, 석을년, 조진년, 이강도…. 사주팔자니 주역 운운하는 철학관의 감언이설로 지은 성명이라고 볼 수밖에 없다. 김삿갓이 남의 성(姓)을 갖고 글 장난이 좀 심했던 것 같다. 다행히 집주인이 만족했다 하니 다행이다.

70. 諺文詩언문시

- 언문시 한 수

김삿갓이 논길을 가다 낫을 허리에 차고 소를 몰고 가던 목동과 말을 나눴는데, 그 목동의 말투가 너무 건방지고 버릇이 없어 읊은 언문시(諺文詩)이다.

작품해설

腰下佩기역
요 하 패

허리 아래 기역을 달랑 매달고

주해

腰(요): 허리. 佩(패): 차다, 지니다.

牛鼻穿이응
우 비 천

소 코에는 이응을 꿰뚫었구나!

주해

穿(천): 뚫다.

歸家修리을
귀 가 수

집에 가서 몸을 수양하라

不然點디귿
불 연 점

그리지 않으면 디귿에 점 찍을 수도 있느니라!

不然(불연): 그렇지 아니함.

목동이 허리에 찬 낫과 소 코의 코뚜레[140] 형상을 한글 자음(子音) '기역(ㄱ), 이웅(ㅇ)'으로 빗댔으며, '리을'과 '디귿'에 점을 찍은 형상을 '몸 기(己)'와 '죽을 망(亡)'자로 표현했다. 더 쉽게 풀이하면, "네 이놈, 허리에는 '기역'자 모양의 낫을 차고, 소 코에는 '이웅' 자 모양의 멍에를 뚫었구나. 집에 돌아가 몸이나 잘 보살펴라. 그리하지 않으면 죽어 뒈질 것이다".

이 언문시는 조선 후기 같은 시기 포천 지역에 은거했던 문신(文臣)인 양문대신 강산(梁門大臣 薑山) 이서구(李書九, 1724~1825))의 다음 시의 내용에서 원용한듯하다.

我看世시옷
아 간 세

---

140) 코뚜레: 소고삐, 소굴레, 소멍에.

내가 세상 사람을 보건데

禍福由미음
화 복 유

불행과 행복이 모두 입 때문이로다.

若不修리을
약 불 수

몸을 잘 다스리지 아니하면

終當點다귿
종 당 점

끝내 죽게 되느니라!

'시옷'은 사람 '인(人)' 자를 빗댔고, '미음', '리을', '點다귿'은 각각 입 '구(口)', 몸 '기(己)', 죽을 '망(亡)' 자를 빗댔다.

71. 開春詩會作개춘시회작

- 봄맞이 시 짓기 모임

김삿갓이 봄을 맞아 산에서 마을 선비들이 시를 짓는 모임이 열린 것을 보고 술이라도 한잔 얻어 마시려고 읊은 언문시이다.

작품해설

데각데각登高山
　　　　등 고 산

데각데각 높은 산에 오르니

주해

데각데각: 나무로 만든 우리나라 고대의 나막신을 신고 걷는 발걸음 소리.

시근빨뜩息氣散
　　　　식 기 산

씨근벌떡 숨결이 흩어지네.

醉眼朦朧굶어觀
취 안 몽 롱　　　관

술 취해 굶어서 정신이 몽롱한 눈으로 보니

붉웃붉웃花爛漫
화 난 만

울긋불긋 꽃이 만발했구나.

주해

爛漫(난만): 꽃이 피어 화려함.

첨언

선비들이 "언문풍월도 시냐?"라며 무시하자, 김삿갓이 한자(漢字)를 약간 섞어 수준 있는 조롱 시를 읊고 도망쳤다.

諺文眞書석거作
언 문 진 서   작

언문과 진서를 섞어서 지었는데

是耶非耶皆吾子
시 야 비 야 개 오 자

옳다 그르다 하는 놈은 모두 내 새끼다!

72. 犢價訴題독가소제

- 송아짓값 고소장

가난한 과부네 송아지를 부잣집 황소가 뿔로 들이받아 죽였다 하소연하는 과부의 딱한 사정을 듣고 송아짓값을 받아주기 위해 관가에 바치라고 써준 소송문이다.

주해

犢(독): 송아지.

작품해설

四兩七錢之犢을
사 양 칠 전 지 독

넉 냥 일곱 푼짜리 송아지를

放於靑山綠水하야
방 어 청 산 녹 수

푸른 산 푸른 물에 풀어 놓아

養於靑山綠水러니
양 어 청 산 녹 수

푸른 산 푸른 물로 키웠는데

隣家飽太之牛가
인 가 포 태 지 우

콩만 먹어 돼지같이 살찐 이웃집 그 소가

用其角於此犢하니
용 기 각 어 차 독

이 송아지를 뿔로 받으니

如之何卽可乎리요.
여 지 하 즉 가 호

어찌하면 좋으리오!

첨언

어느 가난한 과부가 자기 송아지가 부잣집 소의 뿔에 받혀 죽었다고 하소연하자 김삿갓이 측은히 여겨 이 소송문을 지어 관가에 바쳐 송아 짓값을 받아주었다. 소들끼리 싸우다 벌어진 일인데 김삿갓이 소송문까지 써줄 필요가 있었나? 하여간 김삿갓은 뺑덕이 어멈처럼 안 끼는 데가 없다.

73. 求鷹判題구응판제
- 매를 돌려달라는 매 주인을 꾸짖는 소송문

김삿갓이 어느 고을 군수(郡守)가 골치 아픈 소송을 해결 못 해 끙끙대
고 있을 때 김삿갓이 해결해 주겠다고 읊은 시이다.

주해

鷹(응): 매, 송골매, 해동청. 判題(판제): 재판의 제목, 소송.

작품해설

得於靑山
득 어 청 산

청산에서 잡았다가

失於靑山
실 어 청 산

청산에서 잃었으니

問於靑山
문 어 청 산

청산에 물어보라!

靑山不答
청 산 부 답

청산이 대답을 안 하거든

靑山有罪
청 산 유 죄

청산이 죄가 있으니

捕來靑山
포 래 청 산

청산을 당장 잡아 오렷다!

첨언

　어떤 사람이 같은 마을 친구와 함께 매를 사냥하러 갔다가 잡았던 매를 실수로 날려 보낸 친구에게 "내 매를 찾아오라!"라며 소송을 냈다. 그 친구는 꿩이 나타나 잡은 매를 잠시 이용해 꿩을 잡으려 했지만, 매가 날아가 버린 걸 난들 어찌하겠느냐며 항변하자, 김삿갓이 멋진 판례의 시를 써 군수에게 주어 매 주인으로 하여금 소송 취하하게 해준 시이다. 청산에서 매를 잡아 청산에서 놓쳐 청산에게 물어봐도 말이 없으니, 청산을 잡아 오라는 얘기다. 청산을 어떻게 잡아 오겠는가? 원고와 피고 모두 말이 없고 소송은 취소되니, 군수가 기뻐했다는 얘기다. 시의 모든 구절에 '청산(靑山)'이라는 시어(詩語)를 넣어 운율을 맞춘 재미있는 시이다.

74. 破來訴題파래소재

- 파격적인 소송

가을밤 깊어 가니 나뭇잎은 실바람과 된서리에 시들어 한 잎 두 잎 떨어지니, 이게 실바람 탓이냐? 아니면 된서리 탓이냐? 김삿갓의 선문답(禪問答) 같은 소송시이다.

訴題(소제): 소송의 제목, 소송.

深秋一葉
심 추 일 엽

깊어 가는 가을밤 마지막 잎새는 떨어지니

病於嚴霜
병 어 엄 상

된서리에 병들고

嚴霜(엄상): 된서리, 모진 서리.

落於微風
낙 어 미 풍

실바람에 떨어지니

주해

微風(미풍): 솔바람, 실바람.

嚴霜之故耶
엄 상 지 고 야

그게 된서리 탓인가?

微風之故耶
미 풍 지 고 야

실바람 탓인가?

주해

故耶(고야): 그런 이유 때문인가? 여기서 '故'는 까닭, 연유, '耶'는 '그런가?'라는 의미로 해석.

첨언

깊어 가는 가을밤 창밖을 바라보니 된서리 실바람에 나뭇잎이 하나 떨어진다. 나뭇잎 떨어진 게 된서리 탓인가? 아니면 실바람 탓인가? 김 삿갓이 어느 마을을 지나는데 논밭에서 농부 갑·을·병 세 사람이 밭 가는 농기구인 '따비 (耟거, 큰 가래)'에 관한 손해배상 건으로 심하게 다툰다. 가래가 원래 갑의 소유인데 을이 빌려 쓰다 많이 부서졌는데, 그걸 또 병이 을한테 빌려 이용하다 가래의 끝 부삽 부분이 부러져 못쓰게 되었다. 따비의 주인 갑이 병에게 손해를 배상하라고 요구하니, 병은 이미 망가진 따비를 을에게 빌렸지 갑에게 빌린 게 아니니 손해를 배상할 이유가 없다고 주장한다. 이에 김삿갓이 병을 위한 민사소송 변호사 역할을 하며 문제를 해결해 줬다는 얘기다. 가을밤 모진 서리에 낙엽이 중병이 들어 이미 죽게 되었는데 그까짓 실바람 좀 불었다고 무슨 영향이 있었겠느냐는 얘기다. 손해배상은 차라리 을에게 하란 의미로도 해석된다. 하여튼 김삿갓은 뺑덕이 어멈처럼 오지랖 넓어 낄 데 안 낄 데 가리지 않고 참견하지 않고는 못 배기는 마당발인 듯하다.

75. 墓爭묘쟁

- 묏자리에 대한 다툼

　어떤 사대부(士大夫) 집안에 딸이 죽었는데, 이웃집은 가난하지만, 묏자리는 최고 길지(吉地)라는 소문을 듣고 그 사대부집은 죽은 딸을 이웃집 할아버지와 아버지 묘 사이에 몰래 묻었다. 가난한 집의 청을 받아 김삿갓이 써 준 소송문이다. 그의 또 다른 묘쟁(墓爭)에 관한 시 '山所訴出산소소출, 무덤 소송에 대해 읊다)'에서처럼 김삿갓이 묘에 관한 다툼을 잘 해결해 주었다는 시이다.

작품해설

以士大夫之女
이 사 새 부 지 녀

사대부집 따님이

臥於祖父之間
와 어 조 부 지 간

(이웃집) 할아버지와 아버지 사이에 누웠으니

待之於祖父乎
대 지 어 조 부 호

(댁의) 할아버지 곁에서 시중을 들으리까?

待之於親父乎
대 지 어 친 부 호

(댁의) 친아버지 곁에서 시중을 들으오리까?

첨언

어떤 세도 가문의 사대부 집 딸이 죽었는데, 이웃집은 가난하지만, 못
자리는 최고 길지(吉地)라는 소문을 듣고 그 사대부집은 죽은 딸을 이웃
집 할아버지와 아버지 묘 사이에 몰래 묻었다. 가난한 이웃은 계속 딸
묘를 다른 곳으로 이장(移葬)하라 요구했지만, 묵묵부답이다. 김삿갓이
가난한 집의 하소연을 듣고 이 시를 써 사대부집에 보냈더니, 창피해서
곧바로 딸의 무덤을 이장했다는 얘기다. 하기야 명색이 사대부 집의 딸
인데, 죽어서까지 이웃집 할아버지와 아버지의 첩 노릇을 동시에 하게
해서야 되겠나? 묘지(墓地)에 관한 명문가 다툼으로 조선 시대 때부터 약
400년 가까이 이어온 파평(坡平) 尹씨와 청송(青松) 沈씨 사이의 산송(山訟)
다툼이 있었다. 고려 시대 때 문하시중을 지낸 윤관(尹瓘)의 묘와 조선
시대 때 영의정을 지낸 심지원(沈之源)의 묘가 3m 남짓 떨어져 있는 데,
윤관 장군의 묘역에 2m 높이의 돌담이 설치돼 있어 심지원 묘의 앞을
가리게 되어 조망권과 산소 훼손 문제로 후손들의 다툼이 이어져 왔다.
두 가문 모두 조상을 올바로 섬기려는 마음에서 비롯된 것이지 서로 원
한은 없다며 극적으로 화해하게 되었으며, 심씨 문중 묘 10여 기의 이장
(移葬)에 필요한 땅 8천㎡를 윤씨 문중에서 제공하기로 하며 400년간 산
송(山訟)이 2005년에 일단락되었다. 만시지탄(晩時之歎)이지만 다행이다.
김삿갓이 심씨와 윤씨 문중의 산송(山訟) 다툼에 관해 알았다면 오래전
에 이미 해결했을 텐데.

76. 輓詞만사

- 만장 글

김삿갓이 하룻밤을 묵기 위해 어떤 고을에 자신을 이동지(李同知)라 부르는 사람의 집에 갔는데, 그 집 뒤쪽 집에 사는 김동지(金同知)라는 사람이 죽어 상여 글을 쓰고 싶은데 무식해서 못 써 고민하는 것을 보고 김삿갓이 써준 글이다.

> **주해**
>
> 輓詞(만사): 죽은 사람을 위해 지은 글, 상여 글, 挽詞만사, 挽章만장과 동일.

> **작품해설**

同知生前雙同知
동 지 생 전 쌍 동 지

동지여 그대 살아있을 때는 우리는 쌍동지였는데

> **주해**
>
> 同知(동지): 동지(同志)와 같은 의미.

同知死後獨同知
동 지 사 후 독 동 지

동지 죽은 후 나는 나 홀로 동지가 되었소이다.

同知捉去此同知
동 지 착 거 차 동 지

동지여 이내 동지 어서 잡아가소

捉(착): 잡다.

地下願作雙同知
지 하 원 작 쌍 동 지

지하에서라도 그대와 쌍동지 되고 싶소!

첨언

　'동지(同志)'라는 말이 20세기 이후에 쓰인 말인 줄 알았는데, 유사한 의미의 '동지(同知)'도 예로부터 쓰인 듯하다. 칠언절구(七言絶句)의 구(句)마다 앞뒤에 동지를 넣어 동요 같은 음 장단의 운율(韻律)마저 느껴진다.

77. 輓歌만가

- 상여곡을 부르다

칠흑같이 어두운 밤 산길을 가던 김삿갓이 지아비 무덤가에서 곡(哭)하는 여인이 애처로워 써준 애도가(哀悼歌)이다. 시제(詩題) '輓歌(만가)'의 의미는 상여꾼들이 상여를 메고 가며 부르는 구슬픈 곡(哭)소리를 의미하는데, 야밤에 무덤가에서 여인이 홀로 우는 상황이니 시제(詩題)가 '애도가(哀悼歌)'였으면 하는 아쉬움이 있다.

작품해설

歸何處 歸何處
귀 하 처 귀 하 처

어디로 가오, 어디로 가오

三生瑟 五垜衣
삼 생 슬 오 채 의

삼남 오녀 사랑하는 자식들을 두고

주해

三生瑟 五垜衣(삼생슬 오채의): 거문고 타는 세 아들과 오색 빛 예쁜 옷입는 다섯 딸을 의미하니 삼남 오녀의 자식을 뜻함.

都棄了 歸何處
도 기 료 귀 하 처

다 버리고 어디로 가오

주해

都(도): 모두, 다, 도읍, 우두머리.

有誰知 有誰知
유 수 지 유 수 지

누군들 알겠소, 누군들 알겠소?

黑漆漆 長夜中
흑 칠 칠 장 야 중

칠흑같이 어두운 긴긴밤에

주해

漆漆(칠칠): 칠흑같이 어두움, 새까맣게 칠함.

獨啾啾 有誰知
독 추 추 유 수 지

홀로 흐느끼는 이 슬픔을 그 누가 알겠소?

주해

啾啾(추추): 슬피 우는 곡(哭)소리, 새나 벌레들이 찍찍 우는 소리.

何時來 何時來
하 시 래 하 시 래

언제나 오시려오, 언제나 오시려오!

千疊山 萬重水
천 첩 산 만 중 수

산 넘고 넘어 물 건너

주해

疊(첩): 겹치다, 포개다.

此一去 何時來
차 일 거 하 시 새

이렇게 한번 가시면 언제 다시 오시려오!

첨언

　김삿갓이 야밤에 산길을 걸어가는데 어디선가 여인(女人)의 곡(哭)소리가 들려왔다. 다가가서 우는 사연을 들어보니 40대의 지아비가 어린 아들 셋, 딸 다섯 처자를 모두 버리고 세상을 떠나 울고 있다 한다. 김삿갓이 측은지심에 그냥 지나칠 수 없어 여인에게 다가가 이른다. "곡(哭)을 하시려면 슬피 추모하는 글이라도 하나 있어야 하지 않겠소?" 김삿갓은 붓을 들어 그 여인의 치맛자락에 애도문(哀悼文)을 써 내려갔다. 애도사(哀悼辭)를 써주는 김삿갓의 마음이 아름답다. 김삿갓이 이십 삼 세에 방랑 생활을 시작한 후 팔 년쯤 지났을 때 강원도 영월 땅에 지아비를 애타게 기다리다 죽은 한 살 연상인 본부인 장수 황씨(長水 黃氏)를 애도하며 글을 쓰지 않았을까? 객사한 주유천하 방랑시인(周遊天下 放浪詩人)인 아비의 시신(屍身)을 전라남도 화순(和順) 땅에서 강원도 영월군 와석리

(江原道 寧越郡 臥石里) 노루목 깊은 산 속 계곡까지 모셔와 반장(返葬)[141]하고 무덤 앞에서 흐느끼는 아들 익균(翼均)을 생각하면, 이 애도사는 김삿갓 자신을 위한 글이라는 생각도 든다.

---

141) 반장(返葬): 객사(客死)한 사람의 시신(屍身)을 고향으로 모셔와 장사(葬事) 지냄.

78. 松餠詩송병시

- 송편에 대하여 읊다

이 시는 김삿갓이 제주도 이고명(李高明) 씨 집에 문객(文客)으로 유숙할 때 남긴 송편에 관해 읊은 시이다. 이고명 씨의 고조부가 남긴 서책에 다음과 같은 글이 전한다. "내가 한라산에 있는 집에 살 때 어느 날 저녁 하룻밤 유숙을 청하는 '김립'이라는 걸인이 있었다. 때마침 부인들이 빙 둘러앉아 송편을 빚고 있으니, '手裡廻廻成鳥卵(수리회회성조란)…'라며 시를 읊었다." 그 외에도 김삿갓의 '暗夜訪紅蓮(암야방홍련)', '한식(寒食)' 이란 시도 전해지는 가서(家書)에 수록되어 있다. 이고명 씨는 "김립 선생은 내 집 문객(金笠先生 吾家之文客)이다."라고 가끔 말했으며 문객으로서 아주 가까웠다고 설명하곤 했다 한다.

작품해설

手裡廻廻成鳥卵
수 리 회 회 성 조 란

손안에 넣고 빙글빙글 돌리면 새알이 되고

주해

松餠(송병): 송편. 廻廻(회회): 빙빙 돌리다.

指頭個個合蚌脣
지 두 개 개 합 방 순

손가락 끝으로 하나하나 조개처럼 입술을 맞추네.

個個(개개): 하나씩. 蚌(방): 조개. 脣(순): 입술.

金盤削立峰千疊
금 반 삭 립 봉 천 첩

금쟁반에 수많은 산봉우리처럼 겹겹이 쌓아 올리고

削立(삭립): 깎아 세운 듯 송편을 가지런히 놓는다는 의미. 疊(첩): 쌓다, 포개다, 겹치다.

玉箸懸燈月半輪
옥 저 현 등 월 반 륜

등불 매달고 옥 젓가락으로 반달 같은 송편을 집어 먹네.

箸(저): 젓가락. 懸(현): 매달다, 달아매다. 月半輪(월반륜): 달의 둥근 모습의 반쪽, 반달.

추석 명절 음식으로 빠지지 않는 게 송편(松䭏)이다. 고려 시대 때부터 한가위 풍속(風俗) 음식으로 인기가 있었다 한다. 송병(松餠)이라고도 부른다. 한 해 농사 잘 해내 수고했다며 종들에게 주었다는 얘기도 있고, '송편을 예쁘게 빚으면 예쁜 자식이 태어난다.'라는 속설도 있다. 송편을 찔 때는 좀을 더하고 상하지 않게 하려고 솔잎을 깔고 찐 작은 떡이라 해서 송편(松소나무䭏작은 떡)이라 부른다. 중국에서도 중추절(仲秋節) 때 빚어 먹는 반달 보름달 모양의 만터우(饅头만두), 자오쯔(餃子교자), 훈툰(餛飩혼돈), 바오쯔(包子포자) 등 유사한 떡이 많이 있고, 일본에도 추석 대보름달 구경을 즐기며 먹는다는 츠키미단고(月見団子월견단자)도 있다. 그러나 송편 제조 방식과 어떤 재료를 만두소로 쓰냐에 따라 확연히 틀리며, 한중일 만두 중 어느 나라 만두가 제일 맛있냐는 각자의 취향에 따라 다를 수 있지만, 맛보다 송편이 우리에게 주는 풍속(風俗) 문화적 의미가 더 큰 의미가 있다 하겠다. 우리 속담에 '만두는 속 맛으로 먹고, 송편은 피 맛으로 먹는다'라고 했다. 자기 좋은 일만 하는 이기적인 사람을 뜻하기도 하지만, 송편은 겉과 속이 다 맛있다는 의미이다. 필자가 어렸던 시절엔 가난한 집이나 부잣집이나 명절 때가 되면 가족들 빙 둘러앉아 송편 빚으며 오순도순 둘러앉아 얘기 나누던 모습을 흔히 볼 수 있었는데, 요즘은 솔잎을 사용하지도 않고 만들거나 떡집 택배를 통해 배달해 먹기 때문에, 송편에 관한 우리의 인식이나 풍속문화가 사라짐이 무척 아쉽다.

170여 년 전 김삿갓이 비행기나 페리호 여객선도 없던 그때 그 멀고 먼 제주도까지 가서, 걸식 유랑했다 하니 기가 막힌다. 제주도의 이고명 씨가 김삿갓이 자기 집 문객이라며 자랑할 정도였다면 조선 팔도 어딜 가도 김삿갓의 명성은 널리 알려졌다는 얘기다.

부인들이 옹기종기 모여 빚고 있는 송편에 인간, 산, 달 등 자연을 끌어와 아름답고 재치있게 묘사한 칠언절구(七言絶句) 시이다. 둘러앉아 도란도란 속삭이며 송편을 빚고 있는 부인들의 정겨운 모습을 보는 감삿갓에게 강원도 영월 땅에 두고 온 고향 아내 장수 황씨(長水 黃氏) 씨와 아들 익균(翼均)은 생각나지 않았을까?

79. 山水詩산수시
- 아름다운 산과 강물을 보고 지은 시

  김삿갓이 금강산에 오르다 아름다운 산과 강을 보고 최씨 노인을 만나 서로 주거니 받거니 읊은 시이다. 물(水)을 군졸로 의인화(擬人化)한 김삿갓도 산(山)을 의인화한 최씨도 금수강산(錦繡江山) 찬미하는 시재(詩才)가 훌륭하다.

작품해설

김삿갓

山如劍氣衝天立
산 여 검 기 충 천 립

산은 기운이 서린 칼처럼 하늘 위로 솟아 있고

주해

衝天(충천): 하늘을 찌를 듯이 위로 솟아오름.

水學兵聲動地流
수 학 병 성 동 지 류

물이 군사의 부르짖음을 배워 전쟁이 났음을 알고 소란스레 흘러가네.

최씨

山欲渡江江口立
산 욕 도 강 강 구 립

산은 강물 건너려고 강가에 서 있고

水將穿石石頭廻
수 장 천 석 석 두 회

물은 돌을 뚫으려고 돌머리를 맴도는구나!

주해

將(장): 장차, 바야흐로 ~하려고 하다.

김삿갓

山不渡江江口立 (고쳐지음)
산 부 도 강 악 구 립

산은 강을 건너지 못해 강가에 서 있는 것이고

水難穿石石頭廻
수 난 천 석 석 두 회

물은 돌을 뚫지 못해 돌머리를 돌아가는 게요.

주해

穿(천): 뚫다, 구멍.

　금강산을 오르다 시 짓기 모임에 끼어들어 최(崔)씨라는 노인을 만나 아름다운 금강산 경치를 보며 주고받은 시이지만, 일설에 의하면 김삿갓의 집안을 폐족가문(廢族家門)으로 전락하게 한 홍경래(洪景來)가 읊은 시라고도 전한다. 김삿갓이 처음 두 구(句)를 짓고 최씨가 다음 두 구(句)를 지어 화답하니, 김삿갓이 최씨의 두 구(句)를 고쳐 다시 지은 시이다.

80. 風月풍월

- 바람과 달에 대하여

　구전(口傳)되어 온 김삿갓의 시 대부분이 그렇듯이 이 시의 시작인(詩作人)에 관한 여러 버전이 있다. 금강산을 오르다 발목을 다쳐 절에서 잠시 머물 때 그곳 범어 스님과 나눈 화답시라는 얘기도 있고, 정인(情人)이었던 옛사랑을 찾아 나눈 대화라는 얘기도 있다. 어떤 노인과 나눈 대화라는 얘기도 있고. 한 폭의 그림을 보고 서로 다른 해석이 있을 수 있듯이, 독자 스스로 자신만의 상황 설정을 해보고 시 해석을 해보는 것도 의미가 있겠다.

주해

風月(풍월): 청풍명월(淸風明月)의 줄임말.

작품해설

김삿갓

風失古行路
풍 실 고 행 로

바람은 그 옛날 거닐던 길을 잊었고

주해

古行路(고행로): 옛적에 거닐던 길.

月得新照處
월 득 신 조 처

달은 처음 보는 곳을 비추네.

노인

風動樹枝動
풍 동 수 지 동

바람이 부니 나뭇가지 흔들리고

月昇水波昇
월 승 수 파 승

달이 떠오르니 호숫가 물결도 높아지네.

첨언

김삿갓이 어느 마을을 지나다 덧문 창호지 바르고 있는 노인과 시로 말장난 친듯하다. 창문 구멍을 발라 놓았으니 바람 통할 구멍이 막혀 바람이 예전부터 다니던 길이 없어졌지만 그래도 달빛 덕분에 새로운 길 얻었단다. 비교해서 안 됐지만, 김삿갓의 시 두 구(句)는 창호지 발라버려 덧문을 통과 못 하지만 그래도 훤히 비치는 달빛 덕분에 팔도 유량 걱정 없다는 자신의 처지를 빗대어 읊은 듯하고, '바람이 부니 나뭇가지가 흔들린다.'라는 노인의 시는 '해가 뜨면 아침이다'라는 당연한 얘기를 하는 것 같아 좋은 점수를 줄 수가 없다. 혹자는 '風動樹枝動풍동수지동 月昇水波昇월승수파승'을 멀리 떠났다 돌아온 김삿갓에게 옛 연인이 "바람불면 나뭇가지 흔들리고 달 뜨면 파도가 일 듯이 당신을 기다리는 내 마음도 깊어만 가는구나!"라며 하소연하는 시구(詩句)라는 해설도 있다.

81. 破韻詩파운시

- 운(韻)의 시칙(詩則)을 따르지 않고 지은 시

 밥술 한 끼 못 얻어먹은 김삿갓이 배가 고파 어느 부잣집에 가서 밥 구걸하자, 유식한 체하길 좋아하는 주인장이 보기에 김삿갓의 흰 두루 마기는 남루하지만 글 좀 하는 선비 같아, 운(韻)으로 쓰지도 않는 자(字) 로 운(韻)을 부르며 시를 지으면 밥 한 끼 대접하겠다 했다. "독사 독 올 리나? 배고파 죽겠다는 사람한테 말이 되는 얘기를 해야지?" 김삿갓이 약이 잔뜩 올라 화를 내며 지팡이를 땅에 '쿵' 찍으며 일갈(一喝)하며 지 은 화풀이 시이다.

주해

破韻(파운): 한시의 운(韻) 쓰임 규칙에 어긋남.

작품해설

頭字韻中本無春
두 자 운 중 본 무 춘

머리에 두는 운(韻)자에 '봄 춘(春)' 자는 원래 안 쓰는데

呼韻先生似變頭
호 운 선 생 사 변 두

운 부르는 선생 머리가 돈 것 같네.

飢日常多飽日或
기 일 상 다 포 일 혹

허구한 날 배곯고 배부른 날 어쩌다니

飢(기): 굶주리다, 기아. 飽(포): 배부르다.

客到門前立筇太
객 도 문 전 립 공 태

나그네 문 앞에서 지팡이 '콩!'하고 찍어 세우네.

筇(공): 지팡이, 대

김삿갓이 모처에서 하룻밤 유숙을 위한 시 짓기 내기를 했는데 무식한 집주인이 운을 부르는 법도 몰라 '춘(春) 두(頭) 혹(或) 태(太)' 같은 운(韻)으로 쓰지도 않는 자(字)로 운(韻)을 부르며 시를 지으라 했다. 허구한 날 굶고 다녀 배고파 죽겠는데 그런 운으로 시를 지으라 하니, "이 집주인 머리가 돌았나 보네!" 하며 대 지팡이로 땅을 '콩!' 찍어 세웠다. 대 지팡이가 땅에 부딪히는 소리를 우리말 의성어 '쾅'을 한자의 '콩 (太태)' 자로 표현했다.

82. 平壤평양

- 평양을 지나며

김삿갓이 흔히 운(韻)으로 쓰지 않는 처소(處所) 어조사, 종결(終結) 어조사, 의문(疑問) 어조사인 '어(於), 야(也), 호(乎)' 자(字)를 써서 훈차(訓借)[142] 형식으로 지은 시이다.

작품해설

千里平壤十里於
천 리 평 양 십 리 어

천 리 길 평양 아직도 십 리나 늘어져 멀다 하고

大蛇當道人皆也
대 사 당 도 인 개 야

큰 뱀이 길에 나타나니 사람들 모두 '이끼야!' 놀라더라.

주해

蛇(사): 뱀.

---

142) 훈차(訓借): 우리말을 표기할 때 한자의 의미를 빌려 표기함, 의차(義借)라고도 함. (예) 漢高祖(한고조) = 寒房(한방, 추운 방): 漢나라를 세운 유방(劉邦)의 이름을 훈차한 후, '邦'을 우리말 동음이의어 '房'으로 음차했다. 의미와 무관하게 한자 음을 빌려 표기하는 것은 음차(音借) 또는 가차(假借)라 함.

日暮練光亭下水
일 모 연 관 정 하 수

연광정 아래 대동강 물로 해는 지는데

주해

練光亭(연광정): 대동강(大同江) 강변에 '덕암(德巖)'이라는 바위 위에 있으며 고려 시대 때 산수정(山水亭)이라는 이름으로 지어졌으나 조선 중종 때 연관정(練光亭) 이란 이름으로 중건된 누각.

白鷗無恙去來乎
백 구 무 양 거 래 호

백구만 무심하게 오 가누나?

주해

鷗(구): 갈매기. 恙(양): 병, 근심, 걱정.

첨언

김삿갓이 평양에 거의 다 갔을 때 어떤 노인에게 "여기서 평야까지 얼마나 남았소?"하고 물으니, 심보 고약한 이 노인네 '어(於), 야(也), 호(乎)' 같이 흔히 쓰지 않는 운(韻)을 부르면 가르쳐 주겠다 하여 지은 시이다. '어(於)'자와 '야(也)'자는 허사(虛辭)[143]이며 '이끼'도 글을 이어주는 허사로 뱀을 보고 놀란 비명 '잇끼'를 의미한다.

---

143) 허사(虛辭): 고유한 의미를 지니는 실사(實辭)와 달리 다른 말에 기대어 뜻을 도와주거나 이어주거나 끊어주는 우리말의 '토씨'와 같은 역할을 하는 단어를 가리킨다.

83. 斷句一句단구일구

- 짧은 시구(詩句) 한 구(句)

이 시구(詩句)는 김삿갓이 관풍헌 영월(寧越) 동헌(東軒)이었던 관풍헌(觀風軒)에서 있었던 백일장(白日場)에서 김익순(金益淳) 탄핵시(彈劾詩)를 써서 장원(壯元)이 되었지만, 그가 자신의 조부였음을 뒤늦게 알고 자신의 인생을 개탄(慨嘆)하며 읊은 시라고 전한다.

작품해설

萬事皆有定
만 사 개 유 정

세상만사 모두 분수대로 이미 정해져 있는데

주해

皆(개): 만사, 다.

浮生空自忙
부 생 공 자 망

뜬구름 인생들은 헛되이 바빠하는구나!

첨언

　'萬事分已定(만사분이정)이거늘 浮生空自忙(부생공자망)이니라.'라는 글이 명심보감(明心寶鑑, 順命篇)[144]에 있다. 세상만사 모두 분수가 이미 정해져 있는데, 덧없는 인생 부질없이 공명(功名)을 얻겠다고 혼자 바쁘게 살 필요가 있냐는 의미이다. 김삿갓도 한탄조로 명심보감(明心寶鑑) 글귀를 원용해 한탄하며 읊은 듯하다. 세상만사는 타고난 운명에 따라 이미 정해져 있는데 덧없는 인생 공명(功名)을 얻겠다고 어차피 안 되는 걸 쓸데없이 공부만 하며 살아온 게 허망하다는 의미이다. 세상만사 이미 다정해져 있으니 헛된 욕심을 버리고 쓸데없이 헤매며 살지 말라는 경구(警句)로 이해하면 된다.

---

144) 명심보감(明心寶鑑, 順命篇): 고려 시대 충렬왕 때 문신 추적(秋適)이 1305년에 중국 고전에서 선현들의 금언(金言)·명구(名句)를 엮어서 저작한 경세(經世)를 위한 수양서이자 제세(濟世)에 필요한 교훈서.

84. 破格詩파격시

- 시의 격식을 따르지 않고 지은 시

김삿갓이 어떤 가난한 농가에서 제사(祭祀)를 올릴 때 빈속에 술 한 잔 얻어먹고 취해 읊은 시이다. 형식이나 내용에서 기존 한시의 관행과 형식을 파괴하며 읊은 시이다.

주해

破格詩(파격시): 운(韻)의 형식을 무시하는 파운시(破韻詩)와 같이 규칙을 파괴한 한시(漢詩)의 파생적 시의 형태.

아래 파격시와 같이 원문대로 해석하면 '하늘은 멀고 멀어 잡을 수가 없고'가 되겠지만, 한자음을 한글음으로 음차(音借)해 짓궂은 말장난을 섞어 지은 시이다.

天長去無執
천 장 거 무 집

하늘은 멀고 멀어 가도 가도 잡을 수 없고(천장이 연기에 그을어 거무잡잡하고)

鳥飛枝二月
조 비 지 이 월

새가 나니 가지는 한들한들

二月(이월): 한들한들(한달+한달=두달).

風吹葉八分
풍 취 엽 팔 분

바람이 부니 나뭇잎이 너풀너풀 날리네.

八分(팔분): 너풀너풀(사/너분+사/너분=팔분). 吹(취): 불다, 바람, 부추기다.

登山鳥萊羹
등 산 조 래 갱

산에 오르니 새가 쑥국쑥국 지저귀고

萊(래): 명아주(쑥과 비슷하게 생긴 한해살이풀), 척박한 환경에서 쑥쑥 자란다 해서 이름 지어진 쑥과 유사한 모든 풀이나 잡초를 '쑥'이라고 부르기도 함. 羹(갱): 국, 삶다, 끓이다. 萊羹(래갱): 쑥국.

臨海魚草餅
임 해 어 초 병

바다에 가까이 가니 물고기가 풀떡풀떡하네.

餅(병): 떡. 草餅(초병): 뜻으로 표현하면 '풀떡'.

天長去無執
천 장 거 무 집

천장은 연기에 그을려 거무잡잡하고

天長去無執(천장거무집): 한글 '천장거무집'을 '천장 거무잡잡'으로 의역했다. 執(집): 잡다, 가지다.

花老蝶不來
화 로 접 불 래

꽃은 시들어 나비도 찾지 않네.

花老(화로)를 화로(火爐)로 해석. 蝶(접): 나비.
蝶(접)을 接(접)으로 해석.

菊樹寒沙發
국 수 한 사 발

국화꽃은 싸늘한 모래밭에 피어 있고

菊(국): 국화.

枝影半從地
지 영 반 종 지

국화 가지 그림자가 땅을 따라 길게 늘어져 있네.

주해

지령: 간장 반 종지.

江亭貧士過
강 정 빈 사 과

강가 정자를 가난한 선비가 지나다

주해

江亭貧士過(강정빈사과): 한글 '강정 빈사과'음을 '강정과 사과가 없다'로 의역.

大醉伏松下
대 취 복 송 하

크게 취해 솔나무 밑에 자빠져있네.

주해

大醉伏松下(대취복송하): 한글 '대추 복숭아'로 차음(借音).

月移山影改
월 이 산 영 개

달이 기우니 산의 달그림자도 비추는 곳이 변하고

短池孤草長
단 지 고 초 장

조그만 연못에는 풀이 크게 자라지 못하고

通市求利來
통 시 구 이 래

돈 벌러 시장가는 장사치들이 하나둘 늘어가네.

주해

通市(통시): 변소.

好博閑忘宅
호 박 한 망 택

노름을 좋아하면 집안일을 등한시하며 잊고

주해

博(박): 도박, 노름, 넓다. 閑忘(한망): 한가로이 잊음.

看章細覺情
간 장 세 각 정

글을 볼 때 사사로운 정에 마음을 뺏기네.

첨언

당시에도 지금의 '말 잇기 놀이'처럼 재미있는 차자(借字) 놀이 시 짓기 인기가 많았을 듯하다. 시구(詩句)를 따라 내려가다 보면 고상하고 품위 있는 가난한 선비의 품격을 볼 수 있는 것 같지만 가만히 들여다보면 그게 아니다. 예로부터 우리나라에서는 말 갖고 장난 치는 차자(借字). 차태(借態) 놀이 같은 언어유희가 많았다. 한자의 음(音)과 운(韻)을 우리말로 옮겨 세상이나 타인을 재미있게 비판 조롱했다. 이 시의 한자 음을 우리말로 옮기면 다음과 같이 그럴듯한 시가 된다.

새가 나니 가지는 한들한들하고

바람이 부니 나뭇잎이 너풀너풀 날리네.

산에 오르니 새가 쑥국쑥국 지저귀고

바다에 가까이 가니 물고기가 팔딱팔딱 튀네.

천장이 연기에 그을어 거무잡잡하고(去無執거무집)

화로(火爐)에는 접불(接불)되어 짚 타는 냄새가 나네.

상 위에 국수가 한 사발(寒沙發) 놓여 있고

간장은 반종지(半從地)이네.

제사상에 강정(江亭강정)과 사과(土過사과)는 없고

대추(大醉대추)와 복숭(伏松복송)아만 놓여 있구나.

월이(月移워리) 하고 부르자 사냥개(山影改산영개)가 오고

단지(短池)에는 고추장(孤草長고초장)이 있고

변소(通市통시) 구린내가 따라오네.

호박(好博)이 한 망태기(閑忘宅한망태기)이고

간장(看章간장)이 세 가지(細覺情세각정, 세 가지)네.

주해

접불: 불이 붙어짐(接불).

지렁: 간장, 경상도 사투리.

종지: 간장·고추장 등을 담아 상에 올리는 작은 그릇.

통시: 뒷간, 호남, 영남 지역의 사투리

시골 농가의 제사 집 정경(情景)을 어찌 이라도 잘 묘사할 수 있을까? 인공지능 'ChatGPT'에게 파격시를 지어보라 해도 김삿갓의 재치를 따라 잡기는 언감생심(焉敢生心)이다. 언어유희에 전지전능하신 김삿갓의 재능을 이어받은 후세의 우리도 그 맥을 이어 간다.

개가 벽 보고 짖으면 '월월(wall wall)'

소들이 노래를 부르면 '단체소송(團體소Song)'

화장실에서 금방 일보고 나온 사람 '일본사람(日本사람)'

85. 墳塋분영

- 어머니 무덤에서

김삿갓이 조선 팔도 떠돌다 어머니 생각에 고향에 들렀으나, 어머니는 이미 돌아가신 후였다. 어머니 무덤 앞에서 무릎 꿇고 울며 지었다는 칠언절구(七言絶句) 통곡 시(詩)이다.

작품해설

北邙山下新墳塋
북 망 산 하 신 분 영

북망산 자락 새로 지은 무덤에서

주해

北邙山(북망산): 사람이 죽어 묻히는 산. 墳塋(분영): 무덤.

千呼萬喚無反響
천 호 만 환 무 반 향

아무리 불러봐도 대답이 없네.

주해

喚(환): 부르다.

西山落日心寂寞
서 산 락 일 심 적 막

서산에 해는 지고 내 마음은 적막한데

山上唯聞松栢聲
산 상 유 문 송 백 성

산에서 쓸쓸한 솔바람 잣나무 바람 소리만 들려오네.

주해

松栢(송백): 소나무와 잣나무

첨언

　　양반집 규수로 안동김씨(安東金氏) 가문에 시집왔다가 시아버지의 대역
죄로 졸지에 상민(常民) 신분으로 추락한 김삿갓의 모친 함평 이씨(咸平 李
氏)의 가슴은 피멍으로 얼룩졌을 것이다. 남편마저 화병으로 세상을 떠
나니 가문의 복귀를 위해 남은 유일한 희망은 아들의 장원급제였을 것이
다. 함평(咸平) 李氏는 자식들이 폐족(廢族)의 자식으로 천대와 멸시를
받고 사는 게 싫어 가솔(家率)들을 이끌고 아무도 모르는 강원도 영월(江
原道 寧越) 외지로 옮기며 숨어 살았다. 아들이 장원급제하여 가문을 회
복시키는 것만이 마지막 비원(悲願)이었던 김삿갓의 모친 함평 이씨(咸平
李氏)의 마지막 비원(悲願)마저 외면한 채 유랑 걸식하며 떠도니, 쉰 살 지
천명(知天命) 넘은 나이의 그녀는 이미 하늘의 뜻을 알았을 것이다. '며느
리 하나 잘 못 들이면 집안 망한다.'라고 했나? 시댁 식구 잡아먹은 며느
리로 안동김씨(安東金氏) 가문의 귀신도 될 수 없다 여긴 백발의 그녀는
고개를 숙여 눈물 흘리며 친정으로 돌아갈 수밖에 없었을 것이다. 김삿

갓은 무슨 피치 못할 절박한 이유가 있어 30여 년 긴 세월을 유랑하며 조부, 부친, 모친에 대한 효(孝)마저 외면하며 살다가 객사(客死)할 수밖에 없었을까? 30여 년 방랑하다 고향을 들르니 어머니는 김삿갓이 집 떠난 지 3년 되던 김삿갓 나이 23살 때 이미 세상을 떠나셨단다.

"애끼, 이 못된 놈, 천하의 불효자(不孝子), 병연은 어머님 무덤 앞에서 땅을 치고 통곡합니다!" 자기 뺨을 때리며 울며 소리쳐도 어머님은 대답 없고 솔바람 소리만 지나가는구나.

맺음말

"세월이 흘러 망팔(望八) 나이 넘기며 살다 보니 사는 게 별로 재미도 없고, 중요한 뭔가 매일 잃어가며 사는 듯하다. 다리 힘은 점점 빠져 걸핏하면 자빠지고 눈도 마음도 황혼이 오듯 초점이 점점 흐려져 간다. 똑같은 나날을 이렇게 하루하루 보내다 나도 어느 날 갑자기 세상과 그렇게 작별하게 되는 건가? 노인의 무위고(無爲苦)에 시달리지 않고 편안한 노후(老後)를 즐기며 살다 행복(幸福)한 미소를 지으며 죽는 방법은 없을까?"

그런 방법은 없다. 할 일 없어 겪는 무위고(無爲苦)나 할 일 많아 겪는 유위고(有爲苦)나 힘든 건 매한가지이고 불행을 거치지 않은 행복은 진정한 행복(幸福)이라 할 수 없으니 차라리 무위고(無爲苦)를 도반(道伴)으로 삼고 사는 수밖에. 무위고(無爲苦)도 유위고(有爲苦)도 행복도 고통도 세상사 모두 우리 곁에 잠시 왔다 떠나는 동반자이자 인연이라 여기고 사는 수밖에.

공자님 말씀에 '세 사람이 가면 그중에 내 스승이 반드시 있다(三人行삼인행 必有我師필유아사)'라는 그럴듯한 말이 있다. 스승을 꼭 사람 가운데 찾을 필요가 있을까? 이제 나이 들어 찾는 사람도 별로 없으니, 사람 대신, 자연(自然)이나 독서(讀書)로 바꾸면 어떨까? 김삿갓처럼 강산을 떠돌아도 보고 책도 읽다 보면 마주치고 느끼는 세상 모든 것이 스승도 되고 인연(因緣)도 되겠지.

萬事皆有定
만 사 개 유 정

浮生空自忙
부 생 공 자 망

세상만사 모두 제 분수가 이미 정해져 있는데, 덧없는 인생 부질없이 공명(功名)을 얻겠다고 혼자 바쁘게 살 필요가 있냐는 의미이다.

법정(法頂) 스님이 출가(出家)해 속세(俗世)를 떠난 후 묵언수행(默言修行)하며 수많은 작품을 집필한 불임암(佛日庵)이 소재한 전남 순천의 조계산 기슭 송광사(松廣寺)의 말사(末寺)인 보림사를 지나며 고려말 문신 추적(秋適)이 편찬한 『명심보감(明心寶鑑)』「순명편(順命篇)」의 글을 인용해 읊은 김삿갓의 단구(短句)이다. 법정(法頂) 스님이 2010년 3월 11일 세수(世壽) 79세의 나이로 입적(入寂)하시기 전 서울 성북의 길상사(吉祥寺)에서 단기출가(短期出家) 수련 과정을 마친 필자에게 계첩(戒牒)과 '一華(일화)'라는 법명을 써 주신 적이 있다. 20여 년이 흐른 지금도 법정(法頂) 스님이 써주신 계율(戒律)대로 살지 못하고 있는 필자의 지나온 삶이 부끄럽다. 세상천지라는 게 원래 나그네 지나다 잠시 묵었다 떠나는 객사(客舍)라는 걸 알면서 왜 미련과 집착의 굴레를 벗어나지 못하나? 뜬구름 같은 탐욕과 애증 모두 내려놓고 안거낙업(安居樂業)하지 못하나?

從心所欲不踰矩
종 심 소 욕 불 유 구

마음 가는 대로 해도 법도에 어긋나지 않는다

공자가 70세 나이 되면 '어떤 일을 도모해도 법과 도리에 어긋나지 않을 만큼 인격 도야(陶冶)를 완성하게 된다.'라고 했는데, 틀린 말 같다. 필자에게 적용되는 말 같지는 않다. 알게 모르게 지은 죄도 크고, 마음은 가난하고 공덕(功德)도 쌓지 못했다. 부귀영달(富貴榮達)함은 모두 하늘에 달렸는데, '왜 그리 끊지 못하고, 버리지 못하고, 떠나지 못하며 애착과 탐욕의 삶에 매달리며 살아왔나?' 이제 와 생각하니 후회와 미련만 남는다.

2021년 겨울 『이응수의 金笠詩集 小考』를 발간하며 난해한 과시체(科試體)로 쓰인 『金笠詩集』 후편(後篇) 작품을 포함하지 못해 미련과 후회가 마음속 먹구름처럼 떠나지 않았다. 솔직히 서체의 구성이 매우 복잡하고 중국 경서(經書)와 『史記』와 같은 중국 고대역사에 관한 전문지식이 깊지 못해 애당초 후편(後篇) 작품 평역 시도에 엄두조차 내지 못했다. 2022년 겨울에는 역사나 인문학을 전공한 적이 없는 비전문가인 필자가 주제넘게 역사 인문서 『미래를 찾아 과거 속으로』를 출간하며 집필에 대한 열정을 쏟았지만, 그래도 『金笠詩集』 후편(後篇) 평역에 관한 미련이 마음에서 떠나질 않았다. 그 무겁고 죄스러운 잔감(殘感)에서 벗어나기 위한 열정이나 용기가 없어서인지, 나이가 들며 쓸데없는 근심·걱정이 너무 많아져 그런지, 세월만 헛되이 보내다가, 2023년 새해 각오로 후편(後篇)의 과시체(科試體)와 2021년에 발간한 도서에 수록하지 못한 시 몇 수를 추가 평역하겠다고 굳게 다짐하며 1월 1일 심기일전 산에 오르다 눈길에 미끄러지며 왼쪽 발목뼈가 세 조각으로 부서져, 입원 수술 후 뼈 고정핀을 아홉 개나 삽입하는 곤욕을 치렀다. 일터에도 못 가고 몇 달간 집에 있게 되니, 자연스레 본 도서를 집필할 수 있는 시간적 심적 여유를 가질 수 있었다. 사람은 누구나 살면서 뜻하지 않는 사고를 당하기도 한다. 사고로 심신의 고통을 받게 되어도, 죽지만 않는다면 사고(事故)라는 게 그리 나쁜 건만은 아닌듯하다는 생각도 든다. 잔소리 대신 오랜만에 간호해주는 마누라의 따뜻한 보살핌도 받을 수 있고, 누워 책도 쓸 수 있고, 잘못된 점을 뉘우치는 시간적 여유를 가질 수도 있고 뒤를 돌아보며 잘못한 점 회귀(回歸) 수정도 할 수 있으니 말이다.

　이제 『이응수의 金笠詩集 小考』의 속편에 해당하는 본서를 발간함에 두려움이 앞선다. 한문(漢文)과 중국 고대사(古代史)를 체계적으로 공부해 보지 못한 천학(淺學)의 비전문가인 필자가 집필한 본서가 오류(誤謬)와 사실과 다른 오역(誤譯)을 포함할 수도 있다는 걱정이 앞선다. 그런 부분에 관해서는 차후 추가 혹은 수정이 필요할 수도 있으니 이 글을 읽는 지식인들의 너그러운 양해(諒解)와 조언(助言)을 기대해 본다.

참고문헌

○ 金笠詩集 初版 (李應洙 編著, 1939, 학예사 刊行)

○ 金笠詩集 增補版 (李應洙 編著, 1941, 한성도서주식회사 刊行)

○ 이응수 金笠詩集 小考 (문세화, 2021, 북랩 發刊)

○ 史記列傳 (司馬遷 箸, 김원중 譯, 2020, 민음사 發刊)

○ 大東詩選 (張志淵 編著, 1918, 新文館 刊行)

○ 海藏集 (申錫愚, 1925, 한국고전연구원 刊行)

○ 大東奇聞 (姜斅錫 編著, 1926, 한양서원 刊行)

○ 海東詩選 增補 (申泰三 編著 1976, 世昌書館 發行)

○ 미래를 찾아 과거 속으로 (문세화, 2022, 북랩 發刊)

○ 김삿갓연구 (정대구 箸, 1990, 문학아카데미 發行)

○ KBS 역사저널 그날, KBS 역사 디지털 콘텐츠 (KBS 역사 추리 - 김삿갓 신드롬, 김삿갓
  은 한 사람이 아니었다)

○ 논문: 金笠詩集 원전연구 (양동식, 2004, 순천대학교, 국어국문학과)

○ 길 위의 詩 (양동식 編譯, 2007, 동학사 刊行)

○ 黃綠此集 (黃五 編著 李淑姬 譯著, 2007, 충남대학교출판부)

○ 新山 金笠詩 333 (宋新山 編譯, 2018, BOOKK 간행)

○ 논문: 김삿갓 한시에 대한 비판적 검토, A Critical Approach to Kim Sat-Gat's poet-
  ry (漢文學論集, 심경호, 2018, 고려대학교)